ro
ro
ro

Mia
Morgowski

DICKE HOSE

Roman

Rowohlt Taschenbuch Verlag

Originalausgabe
Veröffentlicht im Rowohlt Taschenbuch Verlag,
Reinbek bei Hamburg, Dezember 2012

Umschlaggestaltung yellowfarm gmbh, Stefanie Freischem
(Abbildung: Sebastian Marmaduke / Image Source / Corbis;
yellowfarm / Claudia Aengeneyndt)
Daumenkino Christof Tisch
Satz Arno Pro OTF (InDesign) bei
Pinkuin Satz und Datentechnik, Berlin
Druck und Bindung CPI – Clausen & Bosse, Leck
Printed in Germany
ISBN 978 3 499 25923 4

Selbstmitleid ist was für Heteros
(Kai, 30, Verkäufer bei Miucci)

1. Kapitel

«Sie wissen nicht zufällig, ob jemand in diesem Haus eine Katze hält?»

«Nein.»

«Nein, Sie wissen es nicht, oder nein, es gibt keine Katzen?»

Ich weiß es nicht. Ich bin Makler, nicht Nostradamus.

«Es gibt keine Katzen.» Ich blicke Britney Bauer, einer schätzungsweise dreißigjährigen Wohnungsinteressentin mit blondiertem Haar und Hang zum Übergewicht, fest in die blau umschminkten Augen. Mir wird schwindelig. Ob sie weiß, dass das Farbspiel auf ihren flatternden Lidern beim Betrachter einen Verwackelungseffekt entstehen lässt? Es ist, als begutachte man ein 3-D-Gemälde ohne die dazugehörige Brille. Irritiert schaue ich aus dem Fenster.

«Sind Sie sicher?» Sie lässt nicht locker. «Ich leide nämlich unter einer birkenpollenassoziierten Tierhaarallergie. Schon wenige Katzenhaare vor meiner Türschwelle reichen aus, damit ich in ein anaphylaktisches Koma falle.»

Schon klar, denke ich, *anaphallisches* Koma. Was soll denn das bitte schön sein? Den Begriff hat sie doch todsicher auf der Pilatesmatte aufgeschnappt, und zwar im Kurs: Wie atme ich meine Hüften schlank? Lächerlich! Außerdem: Wenn hier gleich einer bewusstlos wird, dann bin das vermutlich ich. Weil es hier nämlich verdammt nach orientalischem Hammelfleischgewürz riecht, seit die Bauersfrau über die Türschwelle getreten ist. Unfassbar, was manche Leute unter Parfum verstehen! Mit Sicherheit stand auf der Verpackung sogar irgendwo der Warnhinweis: Nicht in geschlossenen Räumen verwenden! Aber lesen kann man mit den beschmierten Wimpern vermutlich nicht.

Zum Glück ist Britney Bauer nicht allein zum Besichtigungstermin erschienen. Ihr Begleiter, Dr. Klaus Liebig, ein kurzbeiniger Promi-Zahnarzt aus München, wirkt aufgrund seiner untersetzten Statur und der üppig zur Schau gestellten Körperbehaarung mehr wie ein Seebär als ein Dentalchirurg. Mit einer Körpergröße von schätzungsweise 1,65 Meter ist er für einen Mann nicht besonders groß. Doch genau dieser Umstand macht ihn in meinen Augen zu dem perfekten Kunden. Kleine Männer benötigen nämlich meist etwas zum Angeben. Etwas, womit sie über ihre Körpergröße hinwegtäuschen können. Ein teures Auto (Jeep natürlich, da sitzt man höher), eine Frau (am besten ein Topmodel, damit die Schönheit der Begleiterin vom Größenunterschied ablenkt) oder eben ein cooles Apartment. Da es mit dem Topmodel offensichtlich nicht geklappt hat, sucht er nun nach der Wohnung.

Glück für mich.

Zwar macht Dr. Liebigs Anwesenheit den Hammelgewürzgestank nicht besser, sie hat aber einen entscheidenden Vorteil: In ihm finde ich einen ernstzunehmenden Ansprechpartner. Er hat das Geld, er hat das Sagen. Und das ist auch gut so. Männer wissen beim Immobilienkauf nun mal besser, worauf es ankommt. Sie stellen kurze, präzise Fragen, lassen sich durch Fakten überzeugen und durch Technik begeistern. Sie werden nicht von Gefühlen geleitet, sondern erkennen in Sekundenschnelle, wenn ihnen ein sahnemäßiges Objekt präsentiert wird. Und die Wohnung, in der wir gerade stehen, ist ein solcher Glücksfall: Drei Zimmer verteilen sich auf luxuriöse 85 Quadratmeter, die Lage ist 1a, nämlich inmitten von Hamburgs modernstem Viertel, der Hafencity. Dazu kommt eine Innenausstattung, die sich sehen lassen kann, gepaart mit fortschrittlichster Technik. Kurz: Hier ist alles vom Feinsten. Und der Kaufpreis von 645 000 Euro macht das einzigartige Angebot zu einem echten Schnäppchen.

Natürlich weiß Dr. Liebig das. Immerhin besichtigt er diese Wohnung bereits zum zweiten Mal – ein eindeutiges Indiz für sein ernstzunehmendes Kaufinteresse.

Blöd nur, dass er dieses Mal Entscheidungsbremse Britney im Schlepptau hat. Bei Wohnungsbesichtigungen präsentieren sich Frauen nämlich leider meist als unberechenbar. Im Gegensatz zu Männern stellen sie lange, irrelevante Fragen, lassen sich durch Fakten verwirren und von Technik langweilen. Ob ihnen ein Spitzenangebot vorliegt, ist Frauen herzlich egal, solange die Wohnung das richtige Karma, einen ansprechenden Geruch und einen Feng-Shui-Berater in der Nachbarschaft hat. Ein schwammiges Anforderungsprofil, würde ich sagen, das zudem für einen Mann nur schwer nachvollziehbar ist.

«Wissen Sie, Herr Held», sagt Dr. Liebig jetzt mit geradezu klischeehaft tiefer Arztstimme, «ich möchte mir hier in Hamburg ein zweites Standbein aufbauen. Eine zweite Praxis für ästhetische Kieferchirurgie, in der ich an drei Tagen in der Woche operieren werde.» Er wirft seiner Begleitung einen wollüstigen Blick zu. «Frau Bauer, meine äh … Assistentin, kümmert sich um die Terminvergabe und andere wichtige Belange in der Praxis. Ein verantwortungsvoller Posten, deswegen möchte ich … also die Klinik, sie exzellent untergebracht wissen. Ich suche dabei eine Firmenwohnung, die dann an Frau Bauer vermietet wird. Zu speziellen Konditionen, wenn Sie verstehen, was ich meine …» Er lacht, und man hat das Gefühl, unter ihm erzittert die Erde.

«Natürlich», erkläre ich augenzwinkernd und versuche mir nicht vorzustellen, wie es wäre, mit Britney morgens das Bad zu teilen.

Ein Liebesnest soll dies hier also werden, interessant. Oder besser gesagt: ein Glücksfall. Denn im Vergleich zu Anschaffungen aus Prestigegründen haben Liebesnest-Käufe einen ganz entscheidenden Vorteil: Sie gehen fast immer reibungslos über die Bühne und führen außerdem sehr schnell zum Wiederverkauf. Es wird nicht gemäkelt, wenig gefragt und nur in überschaubarem Rahmen versucht, den Kaufpreis zu drücken. Schließlich möchte der Käufer sich nicht als Geizkragen, sondern als erfolgreicher Don Juan hervortun.

Der Verkauf ist daher meist lächerlich einfach. Während der potentielle Investor die Räumlichkeiten abschreitet, als seien es frisch eroberte Ländereien, schmiegt sich seine Begleitung stumm und voller Bewunderung an ihn. Und später am Abend zeigt sie ihm dann die ganze Bandbreite ihrer Dankbarkeit.

«Bei dieser Wohnung können Sie unbesorgt sein», füge ich schnell noch hinzu, «exzellenter kann man seine ... *Mitarbeiterin* kaum unterbringen.»

Ich versuche mir nicht anmerken zu lassen, wie sehr mir die Beziehung der beiden widerstrebt. Dass er glaubt, sich mit einer Geliebten schmücken zu müssen – ob nun aufgrund seiner kurzen Beine oder um dem Klischee eines Zahnarztes zu entsprechen –, geht mir schon gehörig gegen den Strich. Zumal *schmücken* in Britneys Fall ohnehin eine fragwürdige Bezeichnung ist. Aber Frauen, die nicht den Anspruch haben, aus eigener Kraft und mit eigenem Geld etwas zu schaffen, sind in meinen Augen wirklich der Gipfel. Was mich bei Frauen außerdem auf die Palme bringt, sind Unentschlossenheit und divenhaftes Verhalten. Schon für sich genommen sind diese Eigenschaften unerträglich, vereint in einer Person sind sie eine Zumutung. Vereint in Britney steigert sich das Ganze zu einer atomaren Katastrophe. Sie ist quasi der fleischgewordene Reaktorstörfall. Die Kernschmelze.

Aufgebrezelt bis unter die Klimperwimpern stakst sie jetzt durch die Wohnung und macht eine Welle, als ginge es um ihr eigenes, sauer verdientes Erspartes, das in dieser Wohnung angelegt werden soll. Dabei ist sie doch nur das Accessoire von Dr. Liebig, und in dieser Rolle hat sie eigentlich vor allem eines zu tun: sich schweigsam und bewunderungsvoll an ihn zu schmiegen.

Aber offenbar hat ihr das niemand gesagt, denn in diesem Moment meldet sich ihre Piepsstimme wieder zu Wort: «Die Katzen, Herr Held. Sind Sie sicher, dass es hier keine gibt?»

Unfassbar, was glaubt die Nervensäge denn, was Makler so über die Angewohnheiten der anderen Hausbewohner wissen? Gar nichts! Ich weiß ja noch nicht einmal besonders viel über meine eigenen Nachbarn. Bei dieser Wohnung habe ich lediglich das Exposé nach den Angaben des Eigentümers angefertigt, und den habe ich natürlich nicht gefragt, ob Müllers im Ersten einen Hamster besitzen.

«Sie können wirklich beruhigt sein», wende ich mich in buddhistisch entspanntem Tonfall an Britney und hoffe, dass es ihr letzter Einwand vor einer langen Schweigeperiode war. «Tierhaltung ist laut Hausordnung verboten.»

Mehr gibt es zu dem Thema ja wohl nicht zu sagen. Jedenfalls von meiner Seite aus. Britney dagegen scheint noch immer nicht zufrieden zu sein. Aufmüpfig schielt sie unter den getuschten Wimpern hervor. Doch ehe sie das Wort «Katze» auch nur ein weiteres Mal in den Mund nehmen kann, setze ich einfach die Wohnungsführung fort. Sicher möchte Dr. Liebig jetzt endlich mal die begeisternde Technik sehen.

«Kommen wir nun also zu den vielen Highlights dieser Wohnung. Es gibt hier ein paar technische Raffinessen, die Sie begeistern werden.» Mit erzwungenem Enthusiasmus deute ich auf einen Kasten neben der Wohnungstür. Ein unscheinbares Ding, das es dennoch in sich hat. «Unten im Eingangsbereich des Hauses wurde eine moderne Videoüberwachungsanlage mit Langzeitspeicher installiert, für die Sie auf Ihrem Smartphone auch eine App installieren können. Wenn Sie nun also diesen Monitor einschalten ...» Ich tippe kurz auf das Gerät. «... können Sie bequem von überall auf der Welt erkennen, wer unten vor der Tür steht. Zudem ist der Vorgarten mit einer energiesparenden Beleuchtungsautomatik bestückt, die sich ebenfalls von überall ein- und ausschalten lässt. So ist zu jeder Tages- und Nachtzeit nachvollziehbar, dass es weit und breit ...» Ich drücke auf den Knopf für die Gartenbeleuchtung und wende mich ein letztes Mal an Fräulein Bauer. «... keine Katzen gibt.»

Sie kneift ihre blauen Tuschkastenaugen zusammen, was vermutlich ein erstes Anzeichen dafür ist, dass sie gleich in ein anaphallisches Koma oder so etwas fällt. Es könnte allerdings auch sein, dass sich ihr verkrampfter Gesichtsausdruck auf das Nichtfunktionieren der Lampen im Eingangsbereich bezieht. Denn, so muss ich leider feststellen, unten tut sich nichts. Keine Katzen, aber auch kein Licht. Nicht mal Hans Reiser, der Hausmeister, der mit seiner Firma hier im Viertel viele Häuser betreut und eigentlich ständig irgendwo herumschleicht, ist auszumachen.

Genervt starre ich auf den Monitor. Blicken wir da jetzt auf ein Standbild? Oder habe ich vielleicht den falschen Knopf gedrückt?

«Wir würden jetzt lieber die anderen Räume der Wohnung ansehen», sagt Dr. Liebig, als fürchte er, dass ich uns gleich alle in die Luft sprenge.

Mir soll es recht sein, denn spätestens, wenn Britney unter ihren 3-D-Wimpern im Wohnzimmer die wunderbare Aussicht erspäht, wird bei mir die Provisionskasse klingen.

Natürlich wird es hier und heute nicht zu einer Vertragsunterzeichnung kommen, so etwas geschieht erst später beim Notar. Aber den Entschluss, ein Objekt zu kaufen, trifft der Kunde in der Regel spätestens bei der zweiten Besichtigung. Sollten dann, wie es bei diesem Objekt zu erwarten ist, keine nennenswerten Probleme wie Reparaturstau oder das Fehlen nötiger Unterlagen auftauchen, geht der Verkauf reibungslos über die Bühne. In diesem Fall würde ein Teil der üblichen 6,25 % Maklercourtage direkt in meine Tasche wandern. Genau genommen 2 %. Als Bonus, sozusagen.

Vor meinem geistigen Auge sehe ich mich bereits nächste Woche im Skiurlaub an der Eisbar stehen und den Mädels Glühwein spendieren. Das wird ein Fest!

Mein Kumpel Florian und ich beabsichtigen nämlich, ab Montag die Pisten am Arlberg unsicher zu machen. Mit allem, was dazugehört: Après-Ski, Skihasen und jeder Menge Hüftschwünge. Dazu noch ...

Lautes Gehämmer holt mich in die Realität zurück. Britney, die offenbar genug von dem trendigen Videomonitor hat, ist der Umklammerung des Doktors entwischt und klackert nun auf spitzen Absätzen voran in Richtung Wohnzimmer. Dabei rammt sie ihre Hacken in den Holzfußboden, als müsse sie sich bei einem Steilwandabstieg sichern. Spinnt die jetzt total? Nicht, dass hier am Ende doch noch jemand auf die Idee kommt, den Preis zu drücken, weil die Dielen abgeschliffen werden müssen!

Vorsichtig schiele ich zu Dr. Liebig. Doch der scheint nicht nur blind vor Liebe, sondern außerdem bereits taub zu sein.

«Welche Himmelsrichtung ist das hier?», fragt Britney, die sich einfach nicht als schweigsames Anhängsel präsentieren will. Kaum dass wir im Wohnzimmer angekommen sind, fährt sie einen ihrer kilometerlangen Fingernägel aus und schabt mit ihm über die Fensterscheibe. «Doch nicht etwa Westen?»

Ich finde die Frage zwar etwas komisch, reiße mich aber – die Provision fest vor Augen – zusammen. Außerdem kenne ich ja das eigenartige Anforderungsprofil, das Frauen für Wohnungen haben.

«Dies hier ist, genau genommen, Südwesten», sage ich mit der Geduld eines in neunjähriger Meditation versunkenen Bodhidharma-Mönchs. «Sie haben also den ganzen Tag Sonne. Schön, nicht?»

Britney stöhnt auf und rollt mit den Kaleidoskop-Augen. «Also, ich weiß nicht, Klausi. Stell dir bitte mal vor, wie der Seidenteppich mit dem Mäandermuster, den du mir letzten Sommer geschenkt hast, hier ausbleicht. Wenn der den ganzen Tag Sonne abkriegt, ist er in null Komma nichts hinüber. Und du hörst es ja selbst ...» Sie trampelt erneut ein paar Schritte. «… ohne Teppich hält man es hier nun wirklich nicht aus.»

Spätestens jetzt ist es amtlich: Diese Frau ist anstrengend. Ein anstrengender, divenhafter Reaktorstörfall. Keine Ahnung, wie manche Männer es mit anstrengenden Frauen aushalten, mir sind sie ein Graus. Ich habe bereits einen anstrengenden Job, einen anstrengenden Chef, und mein Sexleben ist ebenfalls anstrengend, weil ich gerade keins habe. Auf keinen Fall möchte ich mich auch noch mit einer anstrengenden Frau umgeben. Weder beruflich noch privat.

Aber ich gebe nicht auf. «Von diesem Zimmer geht übrigens der Balkon ab», erkläre ich für den Fall, dass Dr. Liebig es noch nicht selbst gesehen hat. «Es bietet sich Ihnen ein phantastischer Blick über den Hafen. Sogar die Kreuzfahrtschiffe am anderen Elbufer können Sie beobachten – ist das nicht ein Traum?»

Ich preise die Aussicht, als wäre sie mein Verdienst. Zwar ist der meditative Klang meiner Stimme dahin, aber Dr. Liebigs Gesicht lässt mich Hoffnung schöpfen. Mit zahnärztlicher Präzision begutachtet er das Hafenpanorama.

«Wunderbar», brummt er, und ich kann mir gut vorstellen, wie er mit derselben Betonung «Oben rechts fehlt der Zweier» sagt.

«Gefällt es dir auch, Britney-Spatz?»

Nicht doch!, denke ich. Nicht die Frau fragen, niemals! Die wird hier doch sowieso bald wieder ausziehen. Spätestens, wenn sie mit ihren Nägeln versehentlich seine Eier perforiert hat, sucht der sich eine andere. Ich würde ihm allerdings wünschen, er fände vorher eine.

Als könnte Britney-Spatz meine Gedanken lesen, stößt sie ein unentschlossenes «Also, ich weiß ja nicht» aus und galoppiert lautstark aus dem Raum. Nicht ohne schwungvoll die Tür hinter sich zuzuwerfen. Vielleicht denkt sie beim nächsten Shopping-Bummel mal über ein Paar Hausschuhe nach?

Langsam reicht es mir. Diesen Quatsch zahlt einem doch kein

Mensch. Und obwohl man sich in diesem Beruf tagtäglich den Mund fusselig sabbelt, hält sich kein Gerücht so hartnäckig wie das, Immobilienmakler würden für wenig Arbeit viel Geld verdienen. Schwachsinn. Wer so etwas behauptet, hat nicht nur keine Ahnung von der Branche, er kennt auch meinen Chef nicht.

Friedrich von Klatt, Inhaber und Geschäftsführer von Hambitare Immobilien, ist ein moderner Sklaventreiber. Tag und Nacht lässt er seine Angestellten schuften, bezahlt dafür allerdings weniger als eine fernöstliche Textilfabrik ihren Akkordnähern. Und seine Anrufe nachts um 4 Uhr, bei denen er über schlechte Formulierungen in Exposés doziert, zähle ich schon gar nicht mehr. Er ist ein Schlitzohr. Ein Ausbeuter. Ein Teufel! Aber nicht ohne Charme, versteht sich. Sonst hätte er es in diesem Beruf vermutlich nicht so weit gebracht. Mit Sicherheit war es sein Charisma, das ihm – in Verbindung mit feudalen familiären Wurzeln und einem adeligen Nachnamen – dazu verholfen hat, sich in der Immobilienbranche einen ausgezeichneten Ruf zu verschaffen. Und wer für Friedrich von Klatt gearbeitet hat, findet später überall einen Job. Verkaufen, behauptet er immer, könnten seine Mitarbeiter alles. Selbst die Gartenlaube der eigenen Großmutter.

Ein Job bei Hambitare ist nicht selten das Sprungbrett auf dem Weg nach ganz oben. Direkt in den Schoß internationaler Firmen.

Dummerweise funktioniert dieses Prinzip auch andersherum. Wer von Friedrich von Klatt gefeuert wurde, sollte besser auswandern. Oder sich zum Hausmeister umschulen lassen.

Ich bin vor etwa einem Jahr zu Hambitare gestoßen. Eigentlich mehr aus Zufall. Jedenfalls hatte ich nicht wirklich damit gerechnet, den Job zu bekommen. Doch Friedrich von Klatt gefiel mein Name. «Alexander Held ...», sagte er andächtig, «dann zeigen Sie mal, ob an Ihrem Nachnamen etwas dran ist!»

Seit diesem Tag schleuse ich nun tagtäglich gut bis weniger gut betuchte Interessenten durch Hamburger Immobilien, vorrangig in der Hafencity. Ich beantworte Fragen, auf die einen keine Ausbildung der Welt vorbereitet hat, verhandele Verkaufspreise, veranlasse notwendige Gutachten und schlage mich mit Verwaltungen herum. Nein, wenig Arbeit hat bei Hambitare höchstens Friedrich von Klatt. Erst bei der Vertragsunterzeichnung erwacht er zum Leben. Dann geschieht es nicht selten, dass er einem in letzter Sekunde dazwischengrätscht und kaltlächelnd die Verkaufsprovision in die eigene Tasche steckt. Ein mieser Schachzug, denn diese Provisionen sind das Einzige, womit man bei Hambitare ein paar zusätzliche Euro einstreichen kann. Und ein warmer Regen für mein Konto wäre derzeit mehr als willkommen. Nicht nur könnte ich mit diesem Geld endlich die letzte Rate für meinen Flachbildfernseher bezahlen, ich würde es außerdem nächste Woche im Urlaub so richtig krachen lassen. Dafür diskutiere ich notfalls auch noch eine weitere Stunde das leidige Teppichthema.

«Selbstverständlich ist übermäßige Sonneneinstrahlung kein Problem», sage ich und deute auf eine Armada an Knöpfen neben der Balkontür. «Die Handhabung der Außenjalousie ist denkbar einfach.» Im Geiste versuche ich, mich an die Bedienungsanleitung oder zumindest ein ähnliches Gerät in einer anderen Wohnung zu erinnern. «Äh ... Memory-Funktion, Zeitschaltuhr – ist alles integriert.»

Vorsichtig drücke ich auf einen der Knöpfe. Sofort setzt sich einer der zahlreichen elektronischen Rollläden in Gang. Na bitte, wer sagt es denn?

Beinahe lautlos senken sich vor dem Fenster holzfarbene Lamellen hinab, die langsam, aber sicher den Raum verdunkeln. Und während ich mich noch frage, wie man Hamburg gedanklich überhaupt mit übermäßiger Sonneneinstrahlung in Verbindung bringen kann – vermutlich hält sich Britney nach ihrer Arbeit nur in neonbeleuchteten Einkaufszentren auf –, gerät das Wunder der Verdunklungstechnik ins Stocken. Etwa auf halber Fensterhöhe bleibt die Jalousie mit gequältem Ächzen stehen.

Ungläubig drücke ich den Knopf erneut. Der Sonnenschutz fächert auf und wieder zu, bewegt sich aber ansonsten keinen Millimeter.

Dr. Liebig verzieht keine Miene, sieht mir aber interessiert zu.

«Ich ... äh ... denke, dass hier noch die Memory-Funktion vom Vorbesitzer eingestellt ist. Sicher hatte er die Jalousie immer nur bis zu dieser Höhe ...» Halbherzig drücke ich auf den Knöpfen herum.

Warum zum Kuckuck ist so etwas nicht besser ausgeschildert? Wie soll sich denn ein normaler Mensch, der keinen Balkon, keine Südwestfenster und somit auch keine übermäßige Sonneneinstrahlung in seiner Wohnung hat, mit diesem High-End-Schwachsinn auskennen?

Ein letztes, nachdrückliches Pressen des Knopfes, und augenblicklich rauscht die Jalousie mit einem ohrenbetäubenden Knall in die Tiefe. Britneys Absatzgeklacker war dagegen ein leises Klopfen.

Erschrocken zucke ich zusammen. Stockfinster ist es nun im Raum. Vorsichtig beginne ich, mich an der Wand entlangzutasten, um die Tür oder einen Lichtschalter zu finden. Sekunden später weiß ich zumindest, wo die Tür ist. Ich stehe direkt davor, als Britney-Spatz sie mit Schwung von außen aufstößt.

Es gibt ein knirschendes Geräusch, als der Rahmen meine Nase trifft, dann sacke ich, eingekeilt zwischen Tür und Wand, auf den Boden.

«Klausi?», ruft sie in den Raum hinein. «Sieh dir bitte mal das Ankleidezimmer an, das ist ja wohl ein Albtraum!»

Statt das Licht einzuschalten oder sich wenigstens zu wundern, warum ihr kurzbeiniger Gönner mit seinem Makler im Dunkeln abhängt, trommelt sie mit ihren spitzen Fingernägeln ungeduldig auf den Türrahmen. Auch dass ich kurz darauf mit blutiger Nase und einer Stirn wie Godzilla vor ihr stehe, ignoriert sie geflissentlich. Stattdessen greift sie nach Dr. Liebigs Hand und zerrt ihn aufgebracht hinter sich her.

Vorsichtig untersuche ich meine Nase. Gebrochen fühlt sie sich nicht an, nur angeschwollen. Außerdem ertaste ich ein paar Rillen, vermutlich ein Abdruck, den die Verzierung der Tür auf meiner Stirn hinterlassen hat.

Jetzt nicht aufgeben, Alex!

Keinesfalls darf ich den Zahnarzt mit seinem nörgelnden Empfangsmonster allein lassen. Denn wenn ich es mir recht überlege, macht er ein klitzekleines bisschen den Eindruck, als könnte er seine faktenorientierte Kaufabsicht sonst Britneys mysteriösem Wohnungsanforderungsprofil unterordnen. Das darf auf keinen Fall passieren!

Zurzeit ist es erstaunlich still in der Wohnung, sodass ich tatsächlich ein paar Räume abklappern muss, ehe ich die beiden in der Abstellkammer entdecke. Offenbar der Raum, aus dem Britney ein Ankleidezimmer machen möchte. Muss ich mehr zum Thema Frauen und Wohnungssuche sagen? Ich meine, wo soll dann der Mann mit seiner Heißklebepistole, dem DSAL14-Akkuschrauber von Hitachi und dem Smokey-Mountain-Gartengrill hin?

Breitbeinig steht sie da, die anstrengendste aller anstrengenden Frauen, und schlägt sich mit theatralischer Geste die manikürten Hände vors Gesicht. «Klausi!», heult sie. «Sag mir bitte, dass dies hier nicht die endgültige Deckenhöhe ist!»

Augenblicklich klappt Klausis schwitzender Kopf nach hinten, und sein Blick schießt in die Höhe. Fachmännisch begutachtet er die verputzte Zimmerdecke.

Ich lasse meinen Blick folgen, doch sosehr ich mich bemühe, ich sehe das Problem nicht. Die Decke ist tadellos. Es tropft nicht, und es gibt keine Spuren von Feuchtigkeit. Dr. Liebig versteht offenbar auch nicht, was los ist. Kaltlächelnd wirft er mir aus seinem bärtigen Seemannsgesicht einen Blick zu, der nur eines bedeuten kann: *Sagen Sie es ihr, aber sagen Sie bloß nichts Falsches!*

«Also …», beginne ich ohne den kleinsten Schimmer, ob dies die gewünschte Antwort ist. «Wir haben in der gesamten Wohnung eine ursprüngliche Deckenhöhe von drei Metern. Der letzte Eigentümer hat allerdings eine Zwischendecke eingezogen, um diese exklusiven und überaus modernen Deckenleuchten zu integrieren.» Ich deute auf eine Reihe Halogenlampen und frage mich, wann die Technik dieses Objekts endlich anfängt, Dr. Liebig zu begeistern. «Wirklich, das Neuste vom Neuen wurde hier eingebaut. Mit stufenlosem Dimmer und zuschaltbarem Extralicht.»

Es war leider nicht die richtige Antwort.

«Das muss wieder raus», bellt Britney.

Und ich muss das mit dem männlichen Interesse an Technik in Wohnräumen mal überdenken. Denn Dr. Liebigs einziges Interesse gilt seiner Assistentin, und deren Stirn kräuselt sich gerade gefährlich. Ob das der Beginn eines anaphallischen Komas ist?

«Für einen Schuhschrank ist das inakzeptabel.» Sie sieht mich an, als solle ich die Arbeit am besten sofort erledigen.

Schuhschrank? Ankleidezimmer? Ich drehe gleich durch! Dies ist eine Abstellkammer, und warum jemand sein Geld aus dem Fenster geworfen hat, um hier eine teure Halogenbeleuchtung einzubauen, ist mir selbst ein Rätsel. Aber alles wieder rausreißen? Wer soll denn das bezahlen?

Vielleicht könnte der kleine Mann ja auch mal etwas dazu sagen?

Auffordernd sehe ich Dr. Liebig an. Doch er schweigt beharrlich.

Also wieder ich: «Es ist wirklich ein wunderbares Licht, und der Dimmer wird Sie begeistern!» Kurz entschlossen drücke ich einen der drei Lichtschalter. «Für einen Schuhschrank geradezu optimal.»

Als sich nichts tut, versuche ich es mit den anderen Knöpfen. Wieder nichts. Warum passiert so etwas immer mir? Wütend hämmere ich auf dem Scheißdimmer herum, als könnte ich damit Britneys Bauern-Birne erleuchten. Doch die technisch desinteressierte 3-D-Schnepfe ist nicht zu überzeugen. Weder mit noch ohne Halogenlicht.

«Für einen Schuhschrank ist das NICHT akzeptabel», wiederholt sie und dreht mit Schwung an einem der drei Schalter.

Augenblicklich schießen mir 18 000 Watt in die Augen. Benommen weiche ich einen Schritt zurück.

«Außerdem soll das Licht nicht von oben, sondern von den Regalen kommen.» Britney fuchtelt gefährlich nah mit ihren Fingernägeln vor meinem Gesicht herum. «Und Teppichboden muss hier rein. So wie bei *Sex and the City*!»

Ob der Doktor damit einverstanden ist? Sicherheitshalber spiele ich jetzt meinen letzten Trumpf aus: die Küche. Bei seiner Figur mit Sicherheit ein wichtiger Raum, wenn nicht gar der wichtigste. Ein Punkt für mich, dass sie so gut in Schuss ist. «Sehen Sie sich doch nur mal die Küche an!», rufe ich verzweifelt und schiebe die beiden vor mir her. «Sie wurde kaum benutzt. Spülmaschine, Herd und auch die Oberflächen sind wie neu, zudem verfügt sie über eine Mikrowelle mit integriertem Grill und einem stufenlos einstellbaren …»

Weiter komme ich nicht, denn aus dem Flur ertönt plötzlich ein spitzer Schrei.

«Oh mein Gott!», kreischt Britney. Sie muss irgendwo falsch abgebogen sein.

Der Doktor und ich tauschen einen irritierten Blick. Ob er sich wohl gerade dasselbe wünscht? Nämlich, dass jemand seiner Trulla ein paar Katzenhaare in den Kragen stopft und sie somit in ein hundertjähriges Koma versetzt?

Nein, offenbar wünscht er sich, dass Britney ihm noch ein paar weitere Jahre auf den Wecker geht, denn in dieser Sekunde dreht er sich um und eilt zurück in den Flur.

Obwohl ich meine Provision im Geiste bereits abgeschrieben habe, stolpere ich hinterher.

Britney steht an der Wohnungstür und deutet mit zitternder Krallenhand auf den Monitor der Videoüberwachung. Keine Ahnung, wie sie das Teil zum Laufen gebracht hat, vielleicht war es ihre radioaktive Strahlung. Auf jeden Fall läuft das Ding wieder, und auf dem Monitor sieht man, gestochen scharf und in brillanter Farbqualität, Hausmeister Reiser, wie er im gleißenden Schein der Lichtanlage herumstreunende Katzen füttert.

Britney greift sich röchelnd an den Hals. Gleich darauf stürzt sie, endlich einmal ohne einen Kommentar abzugeben, zur Tür hinaus.

Dr. Liebig sieht einen Moment irritiert zwischen mir und der Haustür hin und her. Anstatt Britney sofort hinterherzurennen, dreht er sich zu mir um und packt mich am Kragen. Mit einem Blick, als wolle er mir auf der Stelle ohne Betäubung den Weisheitszahn ziehen, zerrt er mich wüst zu sich heran.

«Sie mit Ihrer verdammten Technik!», zischt er. «Sie gehen mir auf die Nerven. Und noch etwas.» Seine Augen drohen aus den Höhlen zu springen. «Wenn meine Freundin aus einem Klo einen Schuhschrank oder aus einer Abstellkammer ein Klo machen möchte, dann ist das in erster Linie Ihr Problem und nicht meins. Schließlich wollen Sie die Wohnung verkaufen, nicht ich. Ich gehe nämlich jetzt einfach zur Konkurrenz und schaue mir dort etwas an. Und wenn morgen Ihr Chef nach Ihnen ruft, weil ich mich über Sie beschwert habe, möchte ich nicht in Ihrer Haut stecken!»

2. Kapitel

«Na, Alex, heute wieder ein paar Käufer zur Ader gelassen?»

Mein Kumpel Ben, Wirt und Inhaber der Szenebar *Goldquelle,* boxt mir freundschaftlich seine Faust gegen die Brust. Es ist halb neun am Abend, und ich brauche dringend ein paar Bier, um mich abzureagieren.

Die *Goldquelle* ist dafür der ideale Ort. Sie ist eine gelungene Mischung aus Bar und Kneipe. Modern und dennoch gemütlich. Gediegen und ranzig zugleich. Cocktails schmecken hier ebenso lecker wie die drei ausgewählten Sorten Fassbier und alles, was die Getränkekarte sonst noch zu bieten hat.

Vor etwa fünf Jahren, an einem feuchtfröhlichen Silvesterabend, haben Ben, Florian und ich uns mehr oder weniger zufällig hier kennengelernt. Damals hieß der Laden noch *Startschuss,* und es war hauptsächlich der günstige Alkohol, der die Gäste anlockte. Als sich vor drei Jahren der Wirt der Kneipe zur Ruhe setzte, sah Ben, der bis dahin als Koch in der Event-Gastronomie ein freudloses Dasein gefristet hatte, seine Chance zur Selbständigkeit gekommen. Mit bewundernswertem Organisationsgeschick und seinen geplünderten Ersparnissen machte er den Laden innerhalb eines halben Jahres zu dem, was er jetzt ist: eine Goldquelle. An fünf Abenden die Woche steht Ben persönlich hinterm Tresen, ein Umstand, der dem Laden genau die persönliche Note verleiht, die man in anderen Kneipen oft vergeblich sucht. Hinzu kommt, dass Ben nun mal der geborene Wirt ist. Ein gutmütiger Brummbär mit wachsendem Bauchumfang, der bei seinen Angestellten ebenso beliebt ist wie bei den zahlreichen Stammgästen. Egal ob diese arm oder reich, alt oder jung sind – Ben hat für alle ein offenes Ohr. Über die meisten seiner Gäste weiß er inzwischen vermutlich sogar mehr als deren Hausarzt, Ehepartner oder Therapeut.

Ben ist 32, genau wie ich, aber damit haben sich unsere Gemeinsamkeiten auch bereits erschöpft. Wir sind grundverschieden, das fängt schon beim Äußeren an. Denn im Gegensatz zu mir spielt Ben größentechnisch eher in Dr. Liebigs Liga. Hinzu kommt, dass sich auf seinem Kopf bereits tiefe Geheimratsecken durchs Haar gefräst haben. Um das zu kompensieren, trägt er seit neuestem einen Vollbart. Vielleicht aber auch, um den Frauen zu demonstrieren, dass es um seine Testosteronwerte noch bestens bestellt ist.

Ob ich ein paar Käufer zur Ader gelassen habe? Erschöpft lasse ich mich am Tresen nieder. «Nee, lief nicht so gut heute», murmele ich und nehme einen tiefen Schluck von dem Bier, das er mir ungefragt hinstellt.

Der Tag heute hat mich komplett ausgelaugt. Wieder keine Provision. So langsam frage ich mich, warum ausgerechnet ich immer die Interessenten mit Sprung in der Schüssel erwische. Dabei müsste ich wirklich dringend mal wieder für Hambitare einen Coup landen, sonst wird mein Chef bald sauer.

Keine Ahnung, wann ich das letzte Mal einen Deal zum Abschluss gebracht habe. Ich vermute, es war im Spätsommer. Jetzt haben wir Dezember. Und Friedrich von Klatt, der bei Hambitare eine Liste, den sogenannten *Score*, führt, verliert mit Sicherheit langsam die Geduld. Der *Score* ist eine Art Bestenliste aller Makler von Hambitare. Mittels eines ausgeklügelten Computerprogramms, das Verkäufe, Provisionen und Bewertungen des zu verkaufenden Objekts in Relation setzt, wird für jeden Mitarbeiter ein Platz auf der Liste ermittelt. Und diese Platzierung entscheidet dann darüber, welchen der Kollegen eine Zukunft bei Hambitare erwartet und welchen nicht. Diejenigen Mitarbeiter, die zum Jahresende auf den unteren beiden Plätzen stehen, erhalten die Kündigung.

Komischerweise erwischt Marcel, mein ärgster Konkurrent, niemals Kunden wie Britney oder den kurzbeinigen Doktor.

Mit Blick auf mein halbleeres Glas beginnt Ben, mir in stummem Einvernehmen ein weiteres Bier zu zapfen. Über dem geneigten Glas sieht er mich an. «Siehst ein bisschen fertig aus, Alex. Ging wohl um viel Geld heute, was?»

Ich nicke. Wie recht er hat. Ja, es ging um viel Geld. Um wie viel genau, mag ich mir gar nicht ausmalen. Dann würde ich Britney aller Wahrscheinlichkeit nach sofort an den getunten Wimpern aufhängen.

«Komm schon, Alex», drängelt er «du lässt dir doch sonst nicht alles aus der Nase ziehen. Erzähl! Hast du wieder eine Butze im Dachgeschoss an einen vertickt, der eigentlich eine Villa mit Garten haben wollte?» Er knallt mir das fertige Bier auf den Tresen. Schnell leere ich das alte Glas.

Es ist geradezu unheimlich, was Ben sich alles merkt. Manchmal habe ich das Gefühl, er führt heimlich Karteikarten über das, was ihm seine Gäste erzählen. Auch wenn er in dem genannten Fall möglicherweise etwas in den falschen Hals bekommen hat. Ich kann mich an einen derartigen Geniestreich jedenfalls nicht erinnern.

«Äh, ja, so ähnlich», gebe ich deshalb vage zurück und greife mir das frische Pils.

Während mir die kühle Flüssigkeit durch die Kehle rinnt, überlege ich, wie sich die Ereignisse des heutigen Tages in geeignete Worte fassen lassen. Als das Glas halb leer ist und die entspannende Wirkung des Alkohols endlich einsetzt, sage ich: «Heute war es echt krass. Der Typ, so ein Promizahnarzt aus München, war gar nicht so übel. Hat für sich und seine Helferin ein Liebesnest gesucht. Du weißt schon.» Ich mache eine obszöne Handbewegung.

Ben grinst.

«Hab mir dann stundenlang den Mund fusselig geredet, ihm alles erklärt und alles gezeigt, aber seine Empfangstrulla hat plötzlich angefangen zu –»

«Warte mal kurz.» Ben dreht sich weg, um bei einem anderen Gast abzukassieren. «Bin gleich wieder bei dir.»

Ich leere mein Glas. Zum Glück ist Ben kein Freund vieler Worte, und so kehrt er, nachdem er einem weiblichen Gast schnell noch ein Mineralwasser über den Tresen gereicht hat, wieder zu mir zurück. Auffordernd sieht er mich an. «Und, wie ging's weiter?»

Ich hole kurz Luft. «Dieser Zahnarzt hat also –»

«Du warst beim Zahnarzt? Ich dachte, du redest von einer Wohnungsbesichtigung?»

«Mann, Ben, tu ich doch!» Vielleicht ist an dem Gerücht doch was dran, dass Männer sich nicht auf mehrere Dinge gleichzeitig konzentrieren können. «Der Kaufinteressent ist Zahnarzt!», sage ich übertrieben deutlich. «Und dem habe ich also alles vorgeführt, von der Gegensprechanlage bis zu den elektrischen Fensterjalousien, und ich sage dir», ich mache eine Pause und vergewissere mich, dass Ben noch konzentriert zuhört, «der hätte die Wohnung genommen, todsicher, wenn nicht –»

«Klingt doch gut», wirft Ben unpassenderweise ein und lässt seinen Blick aufmerksam durch den Laden schweifen, damit ihm kein Bestellwunsch entgeht.

Irritiert fahre ich fort. «Also ... wenn sich nicht seine Tussi dauernd eingemischt hätte. Frauen! Die haben immer echt schräge Wünsche an eine Wohnung. Unter anderem wollte sie einen Schuhschrank wie bei *Sex and the City*.»

«Du guckst *Sex and the City*?» Ben, der gerade im Begriff ist, ein Tablett mit benutzten Gläsern und kleinen Flaschen von seiner Kollegin entgegenzunehmen, reißt überrascht die Augen auf. «Ist ja krass. Geht es dabei eigentlich wirklich um Sex?» Er wirft ein paar Flaschen in eine Kiste zu seinen Füßen, dass es scheppert.

Genervt verdrehe ich die Augen. «Mensch, Ben, natürlich gucke ich *Sex and the City* nicht! Keine Ahnung, worum es dabei geht. Es ist nur so, dass –»

In diesem Moment kracht eine Hand auf meine Schulter.

«Na, Jungs, alles klar?»

«Flo!», rufe ich überrascht. «Wo kommst du denn her?»

Ben pflichtet mir bei. «So wie du aussiehst, warst du wohl schon in den Bergen, was?»

Florian ist in einen protzigen Mantel gehüllt, so dick und schwer, dass er ihn vermutlich in der Tundra als Schlafsack nutzen könnte, ohne nennenswerte Erfrierungen davonzutragen. Mit Sicherheit ein Designer-Stück. Jedenfalls prangt ein faustgroßes Logo auf dem linken oberen Teil des Ärmels. Jeder normale, mündige Mensch hätte den Mantel reklamiert, weil anzunehmen ist, dass ein blinder Taiwanese das Etikett versehentlich auf die Außenseite gesteppt hat. Doch bei Florian verhält es sich genau andersherum. Ohne das bunte Namensemblem wäre das Kleidungsstück niemals in seinem Schrank gelandet.

Zu dem Schiwago-Mantel trägt er eine alberne Fellmütze, deren Klappen er heruntergelassen hat und die nun bei jeder Bewegung wie zwei pelzige Hundeohren um seinen Kopf herumtanzen.

So sympathisch ich Florian auch finde – er hat echt einen an der Waffel. Nicht auszudenken, wenn er nächste Woche in diesem Outfit neben mir an der Eisbar auftaucht. Total peinlich. Außerdem würde man uns vermutlich die falsche Getränkekarte aushändigen. Mit den Preisen für reiche Russen.

Florian kann eine zweihundertprozentige Preissteigerung natürlich egal sein, er hat einen reichen italienischen Geschäftsmann zum Vater, der kohlemäßig ordentlich absahnt und Florian daran teilhaben lässt. Ich dagegen habe, dank Britney, leider nur ein sehr überschaubares Urlaubsbudget.

Florian pellt sich aus seinem Globetrotter-Outfit, und in Sekundenschnelle breitet sich selbst in der inzwischen gut gefüllten *Goldquelle* eine Aftershave-Wolke aus, die es von der Intensität her durchaus mit dem Hammelfleischdunst von Britney Bauer aufnehmen kann. Ich muss niesen. An manchen Tagen kann man Florian bereits riechen, ehe er die Schwelle der *Goldquelle* überschritten hat. Heute wäre vermutlich ein solcher Tag gewesen, hätte mir nicht die Klimperwimper bereits vor Stunden den Geruchssinn weggeätzt.

«Mach mir mal ein Großes, Ben», sagt Florian. «Ich muss mich für die nächste Woche warmtrinken.» Er grinst mich an.

Der Gedanke an unsere bevorstehende Skireise und die damit verbundene Woche Urlaub ist das Einzige, was momentan Licht in meinen dunklen Alltag bringt. Ferien, endlich! Eine Woche raus aus dem Immobilienzirkus und abschalten. Keine Besichtigungen, kein Friedrich von Klatt und keine Britneys. Dafür Sonne, Schnee und Adrenalin pur bei der Abfahrt. Wie geil! Florian und ich im hippen St. Anton – 'ne echte Männersause!

Ben knallt ihm ein längst vorbereitetes Bier vor die Nase und plaudert drauflos. «Unser Alex hat seinem Zahnarzt 'ne Villa verkauft und 'ne krasse Provision eingeheimst.»

Ehe ich auch nur Luft holen kann, schlägt Flo mir erneut kumpelhaft auf die Schulter. «Echt, Alter? Dein Chef hat ja wirklich Glück mit dir.»

«Na ja … also, ich …»

Während ich fieberhaft überlege, wie ich die Geschichte wieder ein Stückchen mehr in Richtung Wahrheit drehen kann, ohne dabei als Volldepp dazustehen, fügt Florian hinzu: «Du scheinst es ja echt draufzuhaben, Alex. Chapeau! Auch wenn das natürlich nichts gegen das ist, was ich jeden Tag an Verkäufen abreiße. Ehrlich, Leute …» Er sieht von mir zu Ben und wieder zurück. «Was im Laden meines Vaters an Kohle über den Verkaufstresen wandert, da schlackert ihr mit den Ohren. Dagegen ist ein bisschen Maklergequatsche echt ein Fliegenschiss.»

Also, das finde ich nun wirklich eine gewagte These. Mit Sicherheit hatte er es noch nie mit überdrehten Britneys oder zu kurz geratenen Zahnärzten zu tun.

Florian arbeitet als Geschäftsführer in einem Laden seines Vaters, der irgendwelche Luxusartikel vertreibt. Handys, Aktentaschen und so, glaube ich. Was soll schon so schwer daran sein, das Zeug unter die Leute zu bringen? Manchmal nervt Florians Angeberei wirklich. Andererseits kann er ja nichts dafür, dass er der Sohn reicher Eltern ist. Vermutlich wird man automatisch etwas verschroben, wenn man sich von Kindesbeinen an in Luxuskreisen bewegt und sich so ziemlich alles leisten kann. Ich für meinen Teil habe damit eigentlich auch keine Probleme. Und Ben, soweit ich weiß, ebenfalls nicht. Der lernt in seiner Bar ohnehin die skurrilsten Typen kennen. Da fällt Florian mit seiner Prahlerei garantiert nicht besonders auf.

«Du stellst dir das ein bisschen zu einfach vor», beginne ich eine Lanze für den Maklerberuf zu brechen. «Wenn man erfolgreich sein will, gehört schon einiges an Verkaufsgeschick dazu.»

«Ach ja?» Florian hebt fragend eine Augenbraue. «Hambitare hat doch nur coole Wohnungen im Angebot. Was soll denn bitte so schwer daran sein, diese an einen Zahnarzt zu vermitteln?»

Angesäuert verschränke ich die Arme vor der Brust. «Man hat es ja nicht nur mit Zahnärzten zu tun, sondern auch mit deren Frauen. Und die sind oftmals schwer zu knacken.»

Florian greift sich eines der beiden Biere, mit denen Ben uns unaufgefordert versorgt hat, und leert es auf ex.

«Heute zum Beispiel», fahre ich fort. Jetzt ist mein Kampfgeist geweckt. «Da hatte der Typ so eine Frau dabei, die an allem etwas auszusetzen hatte. Kein Gespür für die Luxushütte. Sie wollte schon fast wieder gehen, da kam mir die Idee mit dem Schuhschrank.»

«Mit was?» Florian grinst immer noch.

«Na, ich habe vorgeschlagen, aus der Abstellkammer einen begehbaren Schuhschrank zu machen. Mit beleuchteten Regalen, dimmbaren Deckenlichtern und Veloursteppich. Genau wie in *Sex and the City*.»

Florians Grinsen erstirbt. «Und jetzt will der Kerl die Bude kaufen?», hakt er nach. «Wegen so einem Sexfilm?»

«Ganz genau.» Oder sagen wir mal: so ähnlich.

Ich registriere, dass Ben mich anglotzt, als hätte ich gerade behauptet, mir von der Provision eine Airline zulegen zu wollen.

«Na, wunderbar», sagt Florian, ohne auf den Verkauf näher einzugehen. «Wenn du so weitermachst, werbe ich dich eines Tages für meinen Laden ab.»

Schon beeindruckend, wie geschickt er es anstellt, eine Niederlage so aussehen zu lassen, als handele es sich dabei eigentlich um einen Sieg. Doch jetzt bin ich am Zug.

«Als wäre das ein Aufstieg», erkläre ich höhnisch. «Hinterm Tresen stehen und abkassieren kann doch nun wirklich jeder.»

Ben räuspert sich, sagt aber nichts.

«Weit gefehlt!» Florian verzieht das Gesicht. «Tatsächlich verhält es sich sogar so, dass es total schwer ist, gute Mitarbeiter zu finden. Auch bei uns im Laden gibt es immer mal wieder welche, die ihr Talent überschätzen.»

«Und wieso stellst du solche Nieten dann ein?»

Florian spielt mit seinem Glas. Dann erklärt er: «Ich kann mich doch nicht immer um alles kümmern. Manchmal muss ich mich auch auf meine erste Mitarbeiterin verlassen. Heißer Feger. Bisschen streng, aber ordentlich Holz vor der Hütte.» Er lacht und bestellt ein weiteres Bier. «Wie läuft es denn so mit deiner Tussi von Engel & Völkers?», will er dann wissen. «Hattet ihr schon ein Date?»

«Tanja und ich? Also, bei unserem Mittagessen am Dienstag war sie noch etwas schüchtern. Aber wie viele Frauen kennst du, die dich gleich bei der ersten Verabredung in ihre Wohnung zerren?»

Florian räuspert sich. «Nun, sagen wir mal so: Den Kaffee gibt es meistens bei mir zu Hause.»

«Angeber.»

«Keinesfalls.» Er macht einen vielsagenden Gesichtsausdruck.

Ich schlucke. «Soll das heißen, du hast diese ... diese ...»

«Natasha.»

«Genau. Diese Natasha rumgekriegt? Beim Kaffeetrinken?»

Mein Kumpel grinst übers ganze Gesicht. Ich fasse es nicht. Aber klar. Er fährt einen Porsche und außerdem eine alte Corvette, die angeblich mal Tony Curtis gehört hat, seine Bude misst 180 Quadratmeter und liegt direkt am Alsterpark. Mit Bargeld geht er auch nicht gerade knauserig um. Außerdem misst er etwa einen Meter achtzig und sieht immer aus wie ein Boss-Model. Da ist das Aufreißen ja geradezu ein Kinderspiel. Unter diesen Voraussetzungen hätte ich Tanja vermutlich sogar zu einem Quickie auf dem Klo im Asia-Imbiss an der Ecke überreden können.

Zum Glück haben Flo und ich nicht denselben Frauengeschmack. Während es mir bei Frauen in erster Linie darauf ankommt, dass sie selbständig und unkompliziert sind, steht Florian auf Sekretärinnen. Oder Frauen, die sich zumindest so stylen. Vermutlich liegt das an seinem Job. Er findet es geil, dass alle zu ihm aufschauen, und möchte deshalb auch privat den Geschäftsführer spielen.

«Nächste Woche könnt ihr eure Methoden ja an den Skihasen ausprobieren», schlägt Ben gütlich vor.

«Übrigens, Alex», sagt Flo, «deine Anzahlung ist noch immer nicht bei mir eingegangen. Achthundert Euro – meine Kontonummer hast du doch, oder?»

Bens Augen werden kugelrund. «Achthundert Euro? Für eine Woche? Spinnt ihr? Könnt ihr euch nicht ein Zimmer teilen?»

«Tun wir ja. Sonst ist alles ausgebucht.» Florian verzieht das Gesicht. «Glaub mir, Ben, wenn es sich vermeiden ließe, würde ich mich garantiert nicht mit diesem Immoscout auf ein Zimmer buchen lassen.» Er boxt mich freundschaftlich. «Aber wir wollen ja nicht in irgendeinen verschissenen Skiort. Wir wollen was Geiles. Direkt an den Puls der Zeit. Wo die Pisten anspruchsvoll und die Weiber erste Sahne sind. Deshalb fahren wir auch nach Stanton.»

«Ich denke, ihr fahrt nach St. Anton?» Ben versteht jetzt gar nichts mehr.

«Sag ich doch.» Florian leert sein Bier. «Zwischen all den Stammgästen, die schon ein Jahr im Voraus buchen, kann man froh sein, überhaupt noch ein Zimmer zu bekommen. Die Konkurrenz weiß leider auch, wo es gut ist.»

«Ach so.» Ben zeigt sich unbeeindruckt. Zum einen, weil er nicht Ski fahren kann, und zum anderen, weil ihm vermutlich nicht klar ist, wo St. Anton liegt und dass Insider den Ort englisch aussprechen. *Stanton.* «Also, mal ganz ehrlich», sein Blick wandert von mir zu Florian und wieder zurück, «ich würde lieber umdisponieren und in den Harz fahren, als mir irgendwo ein Zimmer mit einem von euch zu teilen.»

Florian stöhnt auf. «Mensch, Alter, vergiss mal den Harz, ja? Da ist das Skigebiet pupsklein, und um diese Jahreszeit liegt dort noch gar kein Schnee. Stanton dagegen ist Weltklasse. Dort fand sogar schon mal 'ne Weltmeisterschaft statt.»

Ben scheint immer noch nicht überzeugt. «Aha. Und wo genau liegt dieses *Stanton*?»

Florian fehlen bei so viel alpiner Ignoranz die Worte, also versuche ich, die Situation aufzuklären. «*Stanton*», sage ich und imitiere Florians Tonfall, «sagen eigentlich nur Leute wie Flo.» Ich werfe meinem Kumpel einen spöttischen Seitenblick zu. «Aber eigentlich ist das ein Skiort in Österreich. Im Vorarlberg.»

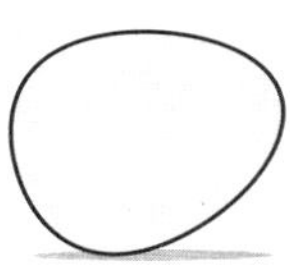

«Aha.» Ben malt demonstrativ einen Strich auf Florians Bierdeckel, bevor er ihm ein weiteres Pils zapft. «Ehrlich, Jungs, mir ist es egal, wohin ihr eure Kohle tragt. Ich bin froh, dass ich nicht mitfahren muss. Aber wenn es sich machen lässt», er sieht mit glänzenden Augen hoch, «dann bringt mir doch einen frischgebackenen Kaiserschmarrn mit!»

Flo und ich müssen lachen. Das ist Ben, wie wir ihn kennen. Für ihn ist die Welt in Ordnung, solange er zweimal am Tag eine warme Mahlzeit vorgesetzt bekommt. Das Leben kann so herrlich unkompliziert sein.

In der folgenden Stunde führen wir tiefschürfende Männergespräche. Über Sinn und Unsinn der Sommerzeit, die letzte EM und den FC Barcelona. Gerade als ich auf die Uhr sehe und erschrocken feststelle, dass morgen ja noch ein Arbeitstag ist, bekommt Florian Besuch. Eine schlanke Brünette mit schwarzen Augen und Sekretärinnenbrille baut sich vor uns auf. Sie trägt einen Nadelstreifenanzug, der über der Brust etwas spannt, hochhackige Schuhe und klimpernden Armschmuck. Alles in allem sieht sie aus, als käme sie direkt aus dem Büro. Oder vom Fasching.

Florian ist sichtlich erfreut. «Jungs, darf ich euch Natasha vorstellen?», sagt er mit unüberhörbarem Besitzerstolz. «Natasha, das sind Ben und Alex, meine zwei besten Kumpels.»

«Hi», sagen Ben und ich synchron und lächeln die Sekretärin freundlich an.

Ich bemühe mich außerdem, das Bild von mir etwas zu verfeinern. «Ich bin Alex. Makler bei Hambitare.»

Natasha ergreift meine ausgestreckte Hand. «Echt jetzt, du bist Makler?», fragt sie, und der Klang ihrer Stimme erinnert mich an mein ungeöltes Küchenfenster. «Cool.»

Hilfe! Noch ein Wort in dieser Frequenz, und ich bekomme einen Tinnitus. Auch wenn ein bisschen Bewunderung natürlich ganz guttut, nach allem, was ich mir hier heute Abend schon anhören musste.

«Hast du auch ein so schickes Loft wie Florian?» Natasha streckt mir ruckartig ihre Brust entgegen. Mit hoher Wahrscheinlichkeit wird mir in spätestens fünf Sekunden der oberste Knopf ihres Blazers ins Auge springen.

«Also, ich finde ja», fährt sie mit quietschender Stimme fort, «ein Mann muss eine geile, große Wohnung haben. Daran lässt sich einiges ablesen. Ob er Geschmack hat, zum Beispiel. Und wie souverän er sich in seinen eigenen vier Wänden bewegt. Nicht jeder kann einen großen Raum mit seiner Persönlichkeit ausfüllen.»

Während sie die letzten Worte herauspresst, stellt sie ihre überdimensionierte Handtasche auf den Tresen.

Instinktiv weiche ich zurück. Da ist er, der letzte Beweis: Sie ist eine Diva! Die Handtasche hat sie enttarnt. Zum Glück gibt es einen Divendresscode, der es uns Männern sehr leicht und sehr schnell ermöglicht, eine schmarotzerhafte Tussi zu entlarven, ehe sie größeren Schaden anrichten kann.

Merke: Eine Diva ist immer aufgebrezelt. Aufbrezelungsindizien können sein:

- Sonnenbrille im Winter
- Moonboots im Sommer
- Taschen im Tapeziertischformat
- Fingernägel mit Glitzersteinen, farbigen Spitzen oder der amerikanischen Flagge drauf
- Schmuck, den man hört, ehe man ihn sieht
- Haare bis zum Arschgeweih
- die Farbe Pink, egal ob an Haut, Haaren oder Klamotten
- Parfüm, das nach orientalischem Hammel stinkt

Ob Florian weiß, worauf er sich einlässt? Aber vermutlich ist es meinem Kumpel herzlich egal, ob seine Freundin eigenes Geld verdient oder sich den lieben langen Tag die Nägel tätowieren lässt. Mit seiner Prahlerei lädt er ja geradezu ein, dass Frauen sich ihm des Geldes wegen an den Hals werfen.

Ich allerdings möchte mir das Gequake nicht länger anhören müssen. Und ich möchte auch nicht, dass mir am Ende doch noch Natashas Jackenknopf ins Gesicht springt.

Mit gespielter Eile blicke ich auf die Uhr. «Sorry, Leute, aber ich düs los. Morgen muss ich früh raus.» Ich werfe Florian noch einen spöttischen Blick zu. «Da ist bei einer Besichtigung mein Verkaufsgeschick gefragt. Also, macht's gut!»

Ich schnappe mir meine Jacke, gebe Ben ein Zeichen, meine Biere anzuschreiben, und halte mir die Ohren zu, als ich im Rausgehen höre, wie Natasha sich einen Prosecco bestellt.

Zu Hause angekommen setze ich mich sofort an den Computer und überweise schweren Herzens die achthundert Euro Anzahlung für die Reise. Jetzt bleiben mir noch hundert Euro für eine Woche Skiurlaub.

3. Kapitel

«Herr Held, hätten Sie vielleicht die Güte, kurz in meinem Büro vorbeizukommen?»

Friedrich von Klatts Stimme klingt harmlos, aber das täuscht. Den Trick hat er im Laufe der Jahre perfektioniert.

«Bei der Gelegenheit könnten Sie mir vielleicht auch erklären, warum die Dreizimmerwohnung in der Hafencity wieder auf meinem Schreibtisch gelandet ist.»

«Hafencity? Welche Wohnung dort meinen Sie denn?»

Auch wenn bei Hambitare der Schwerpunkt der Vermittlungsarbeit auf dem neuentstandenen Touristenmagnet im Hamburger Hafen liegt und dort täglich Besichtigungen durchgeführt werden, weiß ich natürlich genau, worum es geht und was mich jetzt erwartet. Offenbar hat Dr. Liebig Ernst gemacht und sich über mich beschwert. Allerdings frage ich mich, was mir der Kerl eigentlich vorwirft. Ich meine, dass er sich nicht für Technik interessiert, ist ja wohl kaum mein Fehler. Oder dass seine Gespielin sich zwar bis zur Besinnungslosigkeit mit orientalischem Hammelgewürz eindieseln kann, dafür aber beim Anblick von zwei Katzen in ein anaphallisches Koma oder so fällt? Und ich kann auch nichts dafür, dass die Deckenhöhe in der Abstellkammer nicht ausreicht, um achtzig Paar Divenbotten darin unterzubringen.

Doch was auch immer Dr. Liebig meinem Chef aufgetischt haben mag, es spielt vermutlich keine Rolle. Beschwerde ist Beschwerde, da kennt Friedrich von Klatt keine Gnade. Ein unzufriedener Kunde ist ihm vermutlich sogar fünf Strafpunkte wert. Mist! Das ist bis Jahresende kaum mehr wettzumachen und bei meinem derzeitigen Punktestand gleichzusetzen mit einer Kündigung.

Der *Score* gibt nämlich nicht nur Woche für Woche Auskunft über die Erfolge aller Angestellten von Hambitare, nein, Friedrich von Klatt wäre mit Sicherheit nicht Chef eines florierenden Unternehmens, gäbe es nicht auch den umgekehrten Fall, also die Minuspunkte. Stümperhaft erstellte Exposés, Unpünktlichkeit sowie ungebührliches Verhalten gegenüber Kunden, all das führt zu Punktabzügen. Abhängig von der Schwere des Vergehens bis zu zehn.

Auch im Erfolgsfall kann man unterschiedliche Punktzahlen erreichen. Je nachdem, ob ein Mitarbeiter den potentiellen Wohnungskäufer selbst akquiriert oder nur die Abwicklung erledigt hat, bekommt man in der Regel zwischen einem und zehn Punkte. Allerdings ist hier nach oben hin keine Grenze gesetzt. Die Anzahl variiert je nach Objekt und wird im Voraus festgelegt. Eine gut verkäufliche Immobilie bringt natürlich weniger Punkte ein als ein Problemfall. Besonders schwierige Wohnungen oder Häuser können schon mal 50 Punkte einbringen. Für einen Selbstgänger wie die Dreizimmerwohnung in der Hafencity hätte ich zwar nur drei Punkte erhalten, aber immerhin. Am Jahresende bekommt der Listenbeste eine Prämie. Die beiden Letzten fliegen raus.

Friedrich von Klatt sitzt in seinem Büro am Schreibtisch. Bei meinem Eintreten brüllt er sofort los: «Wie kann es denn bitteschön sein, Herr Held, dass dieses Objekt nicht verkauft wurde? Ich denke, das war schon Ihre zweite Besichtigung mit dem Interessenten?»

«Ja schon, aber …» Ich schaffe es gerade noch, einzutreten und die Tür hinter mir zu schließen, ehe die Brüllerei weitergeht.

«Nichts aber!» Friedrich von Klatt hat kein Interesse an Details. «Das ist ein tadelloses Objekt: beste Lage, Ausstattung vom Feinsten, Südwest-Ausrichtung, und der Preis bewegt sich im Rahmen. Nein, nicht im Rahmen, der Preis ist super! Ein Selbstgänger, sozusagen. Ich würde wirklich gern wissen, was da schiefgelaufen ist.» Er macht eine Pause und lehnt sich in seinem Stuhl zurück. Aus zusammengekniffenen Augen fixiert er mich böse.

«Also … na ja, ich meine, soooo super ist der Preis nun auch nicht. 645 000 Euro – das muss sich ein …» Ein kleiner dicker Zahnarzt erst mal leisten können, will ich sagen, doch Friedrich von Klatt fällt mir ins Wort.

«Halten Sie mir jetzt bloß keinen Vortrag über Immobilienpreise! Ich kenne das Geschäft besser, als Sie Ihre Brieftasche. Und die ist vermutlich noch nicht mal besonders groß.» Mit hochrotem Kopf greift er sich einen Zettel vom Schreibtisch und hält ihn in die Luft. «Ich habe Erkundigungen über den Interessenten eingeholt. Bei Google. Das kennen Sie ja vielleicht.»

«Hm-m.»

«Irgendwo kann man sie alle packen. Man muss nur ein wenig über die Vorlieben und Hobbys in Erfahrung bringen, und schon fressen sie einem aus der Hand.»

Ach ja? Stand dort vielleicht auch etwas über verschrobene Britneys zu lesen? Wohl kaum. Ständig lässt Friedrich von Klatt wichtige Aspekte unter den Tisch fallen. Den Unsicherheitsfaktor Frau beispielsweise.

«Wenn ich dazu vielleicht kurz etwas sagen dürfte», starte ich den vorsichtigen Versuch, mich zu rechtfertigen. «Der Interessent hatte eine Begleiterin dabei, die war mit nichts zufrieden. Der hätte ich Schloss Windsor zum Dumpingpreis anbieten können, und sie hätte etwas daran auszusetzen gehabt.» Ich senke die Stimme. «Ehrlich, Chef, mit dieser Frau findet Dr. Liebig niemals eine Wohnung.»

Friedrich von Klatt gibt ein unwirsches Schnaufen von sich. «Was Sie nicht sagen.» Seine Stimme überschlägt sich fast. «Ein Freund bei Grossmann & Berger hat Dr. Liebig gestern Nachmittag noch ein weiteres Objekt gezeigt. Gleich nach Ihrer misslungenen Besichtigungstour. Und wissen Sie was?»

Sagen wir mal, ich ahne es.

«Dort hat er zugegriffen. Ein ähnliches Objekt, gleich gegenüber im Marco-Polo-Tower. Schlechtere Aussicht, kleinere Wohnung, aber derselbe Preis. Mittwoch ist bereits der Notartermin.» Seine Augen funkeln gefährlich. «Für mich hört es sich eher danach an, als hätten Sie mal wieder Schwierigkeiten mit dem weiblichen Geschlecht gehabt.»

Und für mich hört es sich ganz danach an, als hätte die andere Bude den schöneren Schuhschrank gehabt.

Mein Chef ist noch nicht fertig. «Ähnlich verkorkst verliefen ja bereits Ihre letzten Besichtigungen in den umliegenden Objekten. Soll ich Ihnen mal sagen, was ich glaube, Herr Held?»

Im Geiste schüttele ich den Kopf.

«Ich glaube, Sie haben ein Frauenproblem!»

BITTE? Ich schnappe nach Luft. «Ich habe überhaupt kein Problem mit Frauen. Es ist …»

«Vielleicht können Sie ja nur mit Männern.»

«Na ja. Mit Männern lässt es sich in der Tat leichter verhandeln.»

«Das habe ich nicht gemeint.» Friedrich von Klatt wirft mir einen schiefen Blick zu.

Moment mal, will der etwa andeuten, dass … «Wollen Sie etwa behaupten, dass … äh … dass ich schwul bin?»

Ich bekomme das Wort fast nicht über die Lippen. Also, wenn das kein Fall fürs Arbeitsgericht ist, dann weiß ich es auch nicht. Ich? Schwul? Ich bin so was von hetero, ich könnte Testosteron spenden gehen! Allein der Gedanke an diese exzentrischen Männlein, die, wie mein Kollege Marcel, tagein, tagaus zur Maniküre rennen, um sich danach den restlichen Tag mit der frischpolierten Hand vor dem Gesicht herumzuwedeln, ist mir ein Graus. Und erst die Klamotten! Als hätte ein blinder Klingone aus einer fremden Galaxie sie ihnen aufgeschwatzt. Entsetzlich. Ich würde lieber freiwillig einen Tag mit

Britney in der Parfümerie verbringen, als jemandem wie Marcel zu nahe zu kommen.

«Ich will gar nichts behaupten!», brüllt Friedrich von Klatt wieder los. «Außer, dass Sie bald mal wieder einen Fisch an Land ziehen müssen. Ihr aktueller Punktestand beträgt acht Punkte. Und wir haben bereits Dezember! Sie wissen, was das bedeutet.»

Acht Punkte? Wenn er sich da mal nicht verrechnet hat.

Aber um jeglichen Zweifel an seinen Rechenkünsten gleich im Keim zu ersticken, zieht mein Chef jetzt einen Stapel Farbausdrucke vom Schreibtisch. «Sie glauben mir nicht? Dann passen Sie mal auf.»

Hektisch nestelt er seine Lesebrille aus dem Etui und vertieft sich kurz in die Unterlagen, als wäre es das erste Mal heute. Elender Schauspieler.

«Im letzten halben Jahr sind uns Ihretwegen fünf Objekte durch die Lappen gegangen, weil die Interessenten schließlich zur Konkurrenz gegangen sind. Und jetzt hören Sie sich mal die Begründungen Ihrer Kunden an.» Es entsteht eine Pause, in der er in einem anderen Papier blättert und offensichtlich nach einer Zeile sucht, die er für vortragenswert hält. «Hier! Absage Objekt eins, Penthouse am Kaiserkai: Angeblich, weil Sie die Begleitung des Interessenten beleidigt haben.» Er blickt über den Rand seiner Brille und erwartet offenbar eine Stellungnahme.

«Also, das stimmt nur halb. Es war ein dummes Missverständnis. Die beiden Interessenten sprachen kaum Deutsch und noch weniger Englisch. Das waren Italiener und ...»

«Aber angeblich können Sie doch Italienisch», bellt mein Chef. «Das haben Sie zumindest in Ihrem Lebenslauf angegeben, wenn ich mich recht erinnere.»

«Nein. Doch. Also, natürlich kann ich Italienisch, es steckt nur ... äh ...»

... in den Kinderschuhen. «Es steckt nur manchmal fest.»

Tatsächlich muss ich wohl eine falsche Vokabel benutzt haben, möglicherweise habe ich statt: «Diese Wohnung bietet genügend Platz für vier Personen» gesagt: «Diese Wohnung bietet genügend Platz für vier Knallfrösche.» Aber das war natürlich ein lächerlicher Versprecher. Trotzdem verließen die Italiener nach drei weiteren Sätzen empört das Apartment.

Friedrich von Klatt macht eine wegwerfende Handbewegung. Dann fährt er fort, die Klageschrift vorzutragen: «Absage Objekt zwei, Maisonnettewohnung in der Überseeallee. Hier haben Sie angeblich nach einer Dreiviertelstunde Besichtigungsdauer zu dem Kunden gesagt: ‹Wenn Sie noch länger für die Besichtigung brauchen, gehe ich einfach so lange ins Kino.›»

Wieder ein Blick über den Brillenrand.

Wieder nicke ich. Ja, auch daran kann ich mich erinnern. «Das sollte natürlich ein Witz sein», erkläre ich. «Außerdem, mal ganz ehrlich, Chef – eine Dreiviertelstunde!? Wie lange braucht man denn, um sich einen Eindruck von einer Wohnung mit zwei Zimmern zu verschaffen? Es ging ja schließlich nicht um die Villa von *Brangelina.*»

Friedrich von Klatt verdreht die Augen und wendet sich wieder seinen Papieren zu. Nach kurzem, aber exzessivem Suchen wird er fündig.

«Und dann gestern Abend», er wedelt dramatisch mit einem Ausdruck, «der absolute Höhepunkt. Sie sollen ungeduldig und inkompetent gewesen sein.» Er macht eine Pause und sieht noch mal auf seinen Zettel. «Außerdem hätten Sie gelogen und die Begleiterin von Dr. Liebig in Lebensgefahr gebracht!» Wütend knallt mein Chef das Papier auf den Tisch. Dann stiert er mich an. «Was geht nur in Ihrem Kopf vor, Herr Held?»

Also das möchte er mit Sicherheit nicht wissen. «Ich ... äh ... das war ein bisschen anders, als die Dame es geschildert hat. Und zwar ...»

«Das interessiert mich nicht!», brüllt von Klatt. «Wir haben einen Ruf zu verlieren. Wo stehen wir denn, wenn sich in der Branche herumspricht, dass ich einen … einen … Verbrecher im Team habe? Noch dazu einen …» Er hämmert mit dem Zeigefinger auf den unteren Rand eines Zettels. «… der den letzten Platz auf dem *Score* belegt.»

Ich bin auf dem letzten Platz?

Da sieht man mal, was Frauen so anrichten können.

Mein Chef scheint sich inzwischen ausgetobt zu haben. Seine Stimme klingt wieder einigermaßen normal, und sein Blick wird etwas milder. «Sie kennen ja die Bedingungen, Herr Held.» Er legt die Papiere sorgfältig zurück auf den Schreibtisch. «Ende des Jahres wird zusammengezählt. Und für Sie sieht es nicht gerade rosig aus. Ihre Kollegen machen da eine weitaus bessere Figur.»

Wundert mich nicht. Bis auf ein paar wenige sind die übrigen Mitarbeiter bei Hambitare nämlich allesamt Streber. Arbeiten von morgens bis nachts, lassen sich nicht in die Karten gucken, und das Wort Spaß kennen sie gar nicht. Ständig haben sie Angst, man könne ihnen eine Immobilie wegschnappen oder einen *Score*-Punkt mehr ergattern. Und jetzt sind sie auch noch im Begriff, mich auszubooten. Bestimmt eine Verschwörung.

Dagegen habe ich keine Chance.

«Sie haben noch eine Chance», erklärt von Klatt, als könne er meine Gedanken lesen. «Am besten, Sie nehmen sich *das Objekt* vor.» Mit scheinheiliger Miene fährt er fort: «Der Verkauf dieser Immobilie scheint mir das Einzige zu sein, was Ihnen zur Rehabilitation verhelfen kann. Bei einem Erfolg sind immerhin 150 Punkte drin. Dann wären Sie wieder im Spiel.» Ein schiefes Lächeln huscht über sein Gesicht.

Sehr witzig. Der will mich doch loswerden, der alte Hund. *Das Objekt,* wie es hier genannt wird, ist unsere Karteileiche. Ein altes Haus, mitten in der Hafencity. Absolut unverkäuflich. Bislang fand sich jedenfalls kein Käufer, der auf die Bedingungen der Eigentümer eingehen mochte. Aber da meine ängstlichen Streberkollegen sich auch hierbei nicht in die Karten gucken lassen, weiß ich leider keine Einzelheiten. Die Sache war mir von Anfang an nicht so recht geheuer. Denn mal ganz ehrlich: Wenn Friedrich von Klatt 150 Punkte für den Verkauf eines Objekts vergibt, dann hat die Sache einen Haken. Und zwar einen gewaltigen.

Allerdings sieht es jetzt so aus, als sollte ich mich doch mal mit *dem Objekt* befassen. Nur eben nicht in der nächsten Woche.

«Äh ... Ab Montag fahre ich für zehn Tage mit einem Kumpel in den Urlaub», gebe ich zerknirscht von mir. «Skifahren in Österreich. Aber gleich danach gebe ich wieder richtig Gas.»

Kurz überschlage ich, ob es sich überhaupt noch lohnt zu kämpfen, aber soweit ich weiß, gibt es ein paar Kollegen, die sooo viel besser auch nicht dastehen. Selbst wenn ich *das Objekt* nicht loswerde, dürften ein oder zwei Abschlüsse in diesem Jahr noch reichen, um wieder dabei zu sein. Vielleicht katapultiert mich das nicht unbedingt ganz nach vorn, aber immerhin auch nicht auf die Straße.

«Zehn Tage haben Sie frei? Wer hat das denn genehmigt?»

«Sie selbst.»

«Ach.» Übersprungartig beginnt mein Chef aufs Neue, seine Papiere in Ordnung zu bringen. «Na, Sie müssen ja wissen, was Sie tun. Also, legen Sie los und sehen Sie zu, dass Sie die Kurve kriegen!»

Zerknirscht verlasse ich Friedrich von Klatts Zimmer und schlendere durch das beinahe leere Großraumbüro zu meinem Platz. Die meisten Kollegen befinden sich offensichtlich bei auswärtigen Terminen. Ihre Schreibtische sind aufgeräumt und die Computer ausgeschaltet. Nur an ein paar Tischen wird so getan, als würde gearbeitet. Dabei ist sicher niemandem das Gebrüll vom Chef entgangen.

«Na, Alex, hast du einen Einlauf bekommen?»

Marcel macht sich gar nicht erst die Mühe, Diskretion vorzutäuschen. Mit gespielter Lässigkeit fläzt er sich in seinem Bürostuhl und verschränkt grinsend die Arme vor der hageren Brust. An Marcel ist alles hager, die Beine, die Brust, sogar sein Kopf ist irgendwie schmal und seltsam in die Länge gezogen. Ein bisschen erinnert er an Lucky Luke, den Comic-Helden, nur dass der Cowboy witzig und cool ist. Eigenschaften, die Marcel vollkommen abgehen. Ihn prägt eigentlich nur eine Eigenschaft: Er ist schwul. Den meisten meiner Kollegen ist er egal, aber ich hasse ihn. Nicht wegen seiner sexuellen Neigung oder der intergalaktischen Klamotten, die er trägt, sondern weil er den ersten Platz auf dem *Score* belegt. Und zwar zu Unrecht, wie ich finde. Die Spitzenposition hat er sich nämlich nur durch sein albernes Tuntengesabbel ergattert. Vermutlich schließt er sich bei seinen Wohnungsbesichtigungen regelmäßig mit den Damen auf der Toilette ein und schwadroniert über Gesichtscremes. Wie genau er dann die Männer rumgekriegt hat, weiß ich nicht. Aber manches möchte man auch gar nicht so genau wissen.

Und was ich außerdem nicht möchte, ist, mit meinem schwulen Kollegen über einen Einlauf zu diskutieren.

«Ach, nicht der Rede wert», sage ich deshalb knapp und bin auch schon fast an ihm vorbei. «Es ging eigentlich nur um einen ... äh ... Spezialauftrag.»

Marcel, der sich eine Serviette ins karierte Oberhemd gesteckt hat und gerade im Begriff ist, sich mit spitzen Fingern ein Sandwich auszuwickeln, das von den Farben haargenau zu seinen Klamotten passt, hält in der Bewegung inne. «Ach», sagt er und sieht von seinem Schreibtisch auf.

«Ach», mache ich und starre angewidert auf seine bunte Stulle. Können Schwule sich nicht mal ein stinknormales Wurstbrot schmieren? Muss es denn immer gleich ein farbenfrohes, mehrstöckiges Kunstwerk aus Lachs, Meerrettich und Grünzeug sein, das ihr Essen zu einem politischen Statement werden lässt?

«Und was soll das für ein Spezialauftrag sein?» Bemüht beiläufig leckt Marcel sich den manikürten Zeigefinger ab.

Obwohl mich der Anblick ekelt, verharre ich vor seinem Schreibtisch. «Es geht um … *das Objekt*», sage ich und gebe meiner Stimme einen geheimnisvollen Unterton. «Sehr wahrscheinlich werde ich es noch diesen Monat verkaufen. Und du weißt ja, wie viele Punkte das auf im *Score* ergibt.» Zufrieden beobachte ich, wie Marcel kurz zusammenzuckt.

«Tatsächlich?» Sein Versuch, lässig zu klingen, scheitert daran, dass er inzwischen fast die komplette Hand im Mund stecken hat. «Dann wärst du ja wieder vorne mit dabei.»

«Ganz genau.»

«Und ich dachte, du wolltest jetzt erst mal in den Urlaub fahren. Mit deinem *Freund*.»

Er sagt «Freund», wie andere Leute «Lover» sagen würden. Total bescheuert.

«Florian ist nicht mein Freund, sondern mein Kumpel. Das ist ein wichtiger Unterschied, jedenfalls in deinen Kreisen. Aber das weißt du ja sicher.»

«Ich kann mir schon vorstellen, was ihr so macht … im Urlaub.» Genüsslich beißt Marcel in die Regenbogenstulle und grinst mich mit vollem Mund an. Zwischen seinen Zähnen klebt etwas, das gut und gerne Klingonenfleisch sein könnte.

Angewidert blicke ich zu Boden. «Ach ja? Und was soll das deiner Meinung nach sein?»

Eigentlich möchte ich es ja gar nicht wissen. Und ich möchte auch nicht, dass er es ausspricht. Und noch weniger möchte ich, dass er mich dabei ansieht und mich womöglich mit dem schwulen Weltraumfleisch bespuckt.

«Na, Frauen aufreißen natürlich. Sonst habt ihr Heteros ja keine Hobbys.»

Mir wird das jetzt zu blöd. «Nur weil ich nach Feierabend nicht regelmäßig durch die City bummele, um mir lustige Hemdchen für die nächste Party zu kaufen, heißt das noch lange nicht, dass ich ein Frauen-Aufreißer bin oder keine anderen Interessen habe. Aber das kannst du dir in deinem Regenbogenhirn natürlich nicht vorstellen.»

Während Marcel mich mit offenem Mund anstarrt, weil er vermutlich noch den Kommentar zu seinem Karohemd verdauen muss, nutze ich die Schweigeminute, um aus seinem Blickfeld zu verschwinden.

* * *

Abends in der *Goldquelle* bin ich immer noch wütend über Friedrich von Klatt und die Unterstellung, ich hätte ein Frauenproblem. Lächerlich. Zum Glück war heute mein letzter Arbeitstag. Morgen, am Samstag, muss ich schon keine Besichtigungen mehr durchführen, und abends, wenn die Straßen leerer sind, brausen Florian und ich los in Richtung Österreich. Mit seinem Porsche Cayenne dürfte die Strecke zum Arlberg innerhalb von sieben Stunden zu schaffen sein. Wenn wir uns mit dem Fahren abwechseln, müssten wir sogar fit genug sein, um Sonntag früh gleich die Skipisten zu stürmen. Wie geil das wird!

In aufgeregter Vorfreude lege ich die Arme hinter den Kopf, strecke und biege mich und bestelle noch ein Entspannungsbier. Wird Zeit, dass ich meinen Körper mal wieder sportlich herausfordere.

«Weißt du was?», sage ich zu Ben, der eigentlich gerade gar kein Ohr für mich hat, da freitagabends der Laden brummt. «Das ist mein erster richtiger Urlaub in diesem Jahr. Die paar Tage, die ich im Sommer hatte, zählen wohl kaum. Ich brauche jetzt wirklich mal eine Auszeit.»

Ben zapft weiter fleißig Bier, gleichzeitig weist er seine Mitarbeiter an, die Tische abzuräumen, und schafft es nebenbei noch, mir kurze Antworten zuzuwerfen. «Versteh ich total, Alex. Man muss auch mal abschalten, sonst bekommt man einen Burnout. Gerade wenn man ständig Höchstleistungen bringt, wie du. Da braucht man regelmäßige Regenerationszeiten.»

Ich nicke beeindruckt. Klingt wirklich, als sei ich urlaubsreif. «Und ich sag dir noch etwas», ich beuge mich ein bisschen zu ihm über den Tresen, «ich bin wirklich froh, jetzt mal zwei Wochen keine verschrobenen Frauen um mich zu haben.»

Ben grinst. Dann gibt er zu bedenken: «Und du glaubst, dass Urlaub mit Florian zur Regeneration das Richtige ist? Ich meine, der steht doch ständig unter Strom.»

Ich winke ab. «Ach, das passt schon. Wir lassen zehn Tage die Sau raus und powern uns auf der Piste ordentlich aus, so etwas entspannt mehr, als du dir vorstellen kannst.»

Ich ergehe mich in vorfreudigen Gedanken und nehme einen tiefen Schluck Bier, als Ben mir wie aus dem Nichts eine Auflistung meiner Bierdeckel präsentiert.

«Weißt du Alex, ich frage mich, ob du nicht Lust hast, vor der Reise noch deine Rechnungen zu bezahlen. Du schuldest mir inzwischen hundertfünfundsiebzig Euro und sechzig Cent. Nach der fetten Provision gestern sollte das doch wohl drin sein, oder?» Er sieht mich einen Moment ernst an, dann unkt er: «Nicht, dass du pleite zurückkommst, aus … *Stanton.*»

Obwohl ich mir über den Inhalt meines Portemonnaies keine Illusionen mache, greife ich schweigend in meine Jackentasche, um mein Geld hervorzuholen. Noch während meine Hand suchend herumkramt, höre ich Florian hinter mir einen Kommentar abgeben. «Na, Alter, willst du mal das Fußvolk bezahlen?»

Er legt seine Jacke ab und bestellt ein Bier, doch Ben bewegt sich nicht von der Stelle. Geduldig wartet er, bis ich mein letztes Geld aus der Lederbörse zusammengesucht habe, und nimmt es mit vorwurfsvoller Miene entgegen.

«Sorry, Ben, ich hab gerade nicht mehr in der Tasche. Nach dem Urlaub bekommst du den Rest – versprochen!»

Ben verdreht die Augen. Ohne ein Wort zu sagen, trollt er sich zum Zapfhahn. Ich verstehe ja, dass er sauer ist. Macht sicher keinen Spaß, hinter seiner Kohle herzulaufen. Wenn er das bei jedem Gast machen müsste, wäre die *Goldquelle* vermutlich längst versiegt.

«Na, schon gepackt?», will Florian von mir wissen.

«Nee, noch nicht. War wieder viel los bei Hambitare. Heute habe ich –»

Weiter komme ich nicht, denn Florians Handy klingelt. Kurz checkt er die Nummer auf dem Display, dann meldet er sich mit einem genervten «Ja?» und dreht sich zur Seite. Keine Ahnung, wie er bei dem Lärm hier überhaupt etwas versteht, aber je länger das Gespräch andauert, umso ungehaltener reagiert er.

«Und was soll *ich* da jetzt machen?», fragt er und rollt zu mir gewandt mit den Augen.

Der Anrufer beziehungsweise die Anruferin – ich kann Wortfetzen einer hellen Stimme erkennen – scheint aufgebracht zu sein. Florian kontert mit knappen Antworten. «Nein ... Nein ... ausgeschlossen ... Das passt nun wirklich nicht ... ja ... ich verstehe das ja, aber ... nein ... gut ... ich kümmere mich darum ... ja, ja, ist ja gut ...»

Langsam entfernt er sich mit dem Telefon. Ben und ich tauschen einen vielsagenden Blick aus.

«Da scheint wohl jemand sauer zu sein», mutmaßt er und grinst. «Tja, gut zu wissen, dass auch bei Florian nicht immer alles glattläuft.»

Eine Weile starre ich stumm auf mein Bier, während Ben sich um andere Gäste kümmert, dann kehrt Florian zu uns zurück. Seine Stirn liegt in Falten, und sein Gesicht hat die Farbe eines späten Sonnenuntergangs. Mit anderen Worten: Er ist wütend. Als Ben ihm endlich sein Bier hinstellt, leert er es in einem Zug.

«Alles gut?», frage ich halbherzig, da ich weiß, dass mein Kumpel sich nicht gern erklärt. Bisschen jammern, ja, aber einen richtigen Einblick in sein Leben gestattet Florian uns dann doch nicht.

So ist es auch dieses Mal. Statt einer Antwort starrt Flo sauertöpfisch ins Leere und trommelt nervös mit den Fingern auf den Tresen.

«Was ist denn los?», frage ich noch einmal. «Sind deine Aktien in den Keller gerauscht?»

Ben und ich sehen uns an und kichern. Unser Kumpel bemerkt es nicht einmal. Auf mein Zeichen hin zieht Ben eine schlanke Flasche aus dem Regal und schenkt uns dreien einen Schnaps ein.

«Auf Stanton!», sage ich und proste Florian zu.

Die gewünschte Reaktion bleibt aus.

«Hey, sollen wir dir 'ne flotte Gesprächspartnerin organisieren? Mit uns scheinst du ja nicht mehr reden zu wollen.» Schon leicht angeheitert deute ich mit ausgebreitetem Arm in den Raum. «Such dir eine aus, ich sehe mal, was ich für dich tun kann.»

Ohne meinem Blick zu folgen, hebt Flo plötzlich sein Glas, kippt sich den Inhalt in den Hals und schüttelt dann den Kopf. «Ich muss über etwas nachdenken, Alex», sagt er kurz angebunden. «Such dir doch selbst jemanden zum Spielen.»

Okay, ich hab's kapiert. Hier hat einer schlechte Laune. Eingeschnappt wende ich mich an Ben. «Hast du schon den neuen Bond im Kino gesehen? Krass, oder?»

Wir diskutieren eine Weile darüber, ob der Streifen besser oder schlechter war als der Letzte und wie viele Trainingseinheiten Daniel Craig wohl in Vorbereitung für den Film absolviert hat, als Florian plötzlich aufspringt und sich ans Herz greift. Er verdreht die Augen, sein Blick wird starr, und der Mund öffnet sich, doch es kommt kein Wort heraus.

Zunächst hat es den Anschein, als wolle er einen Witz machen, sodass ich trocken sage: «Wenn du jetzt einen auf Invalide machst, um zu vertuschen, dass ich auf der Piste die bessere Kondition habe, dann vergiss es. Der Trick zieht bei mir nicht.»

Florian zeigt keine Reaktion. Stattdessen beginnt jetzt die verkrampfte Hand, die er noch immer an sein Herz gepresst hält, zu zittern. Ein paar unzusammenhängende Worte, die ich beim besten Willen nicht verstehen kann, kommen über seine Lippen, dann bricht er kraftlos zusammen. Direkt vor meinen Füßen.

Ich bin so perplex, dass ich erst einmal übersprungartig mein Bier austrinke, ehe ich in die Knie gehe, um ihm zu helfen. «Flo?» Ich zerre an seinem Kragen. «Flo, hörst du mich?»

Wieder nur undeutliches Gemurmel. Zahlreiche Gäste sind herangeeilt. Hilfesuchend blicke ich hoch zum Tresen.

«Ich rufe einen Krankenwagen», sagt Ben, der offenbar eine gewisse Routine mit zusammenbrechenden Gästen hat. Er schnappt sich das Telefon und fragt nebenbei: «Atmet er noch?»

Ich halte Flo testweise die Hand vor die Nase. «Ja … ein bisschen.»

«Was soll das heißen, *ein bisschen*? Ja oder nein?» Ben kommt um den Tresen gelaufen und vergewissert sich selbst.

Gemeinsam richten wir Flo so weit auf, dass er an den Tresen gelehnt sitzen kann. Seine Hand hält er weiterhin auf die Brust gepresst. Ich wünschte, ich könnte etwas Entspannendes sagen, aber ich bin ein Mann, und deshalb fällt mir nichts ein außer: «Flo, hast du einen Herzinfarkt?»

Ben schiebt mich beiseite. «Mann, Alex, woher soll er denn das wissen? Und jetzt lass endlich seinen Kragen los, sonst bringst du ihn noch um.»

Erschrocken nehme ich meine Finger von Florian. Zum Glück

hört man bereits die Sirene des Krankenwagens, sodass ich aufspringe und Ben dabei helfe, die neugierigen Gäste zu verscheuchen und den Weg für die Rettungskräfte frei zu machen.

Fünf Minuten später kümmern sich zwei Sanitäter um Florian. Sie legen ihm eine Kochsalzinfusion, hieven ihn auf eine Trage und befragen ihn nebenbei eindringlich nach seinen Beschwerden. Doch es ist nach wie vor nichts aus Florian herauszubekommen.

«Ich ... kann ... hier nicht weg», stammelt Ben, dem der Schreck jetzt doch anzusehen ist. «Fährst du mit ihm, Alex?»

Ich nicke stumm. «Klar. Mache ich.» Ich bin genauso geschockt wie Ben, und der Gedanke, jetzt in ein Krankenhaus fahren zu müssen, lässt bei mir Angstschweiß ausbrechen.

Zum Glück schüttelt einer der Sanitäter den Kopf. «Ich würde Ihnen davon abraten. Es sieht nicht lebensbedrohlich aus, und im Krankenhaus werden jetzt erst einmal alle notwendigen Untersuchungen veranlasst. Danach wird Ihr Freund schlafen. Kommen Sie am besten morgen Vormittag. Sicher geht es ihm dann bereits besser.» Er wirft einen vielsagenden Blick auf die Schnapsgläser, die Ben gerade vom Tresen räumt. Aber Alkohol kann wohl kaum die Ursache für Flos Zusammenbruch sein. Ich erinnere mich noch sehr gut an weit schlimmere Abende. Florian kann deutlich mehr ab. Er ist ein Kämpfer.

Gerade versucht er, sich aufzurichten. «Alex ...», krächzt er tonlos, und ich komme mir vor wie in einer Folge *Doctor's Diary*. Gleich wird mein Kumpel sagen: «Wenn ich es nicht schaffe, kümmerst du dich dann um Natasha?»

Doch Flo sagt zum Glück etwas anderes, nämlich: «Kein Wort hierüber zu meiner Familie. Die regen sich nur unnötig auf.»

4. Kapitel

Als ich am nächsten Morgen gegen elf Uhr aufwache, glaube ich zunächst, schlecht geträumt zu haben. Diffuse Bilder eines Notarzteinsatzes tauchen vor meinem geistigen Auge auf, vermischen sich mit Kater und Kopfschmerz und verschwinden gleich darauf wieder. Erst nach einem extrastarken Kaffee fallen mir die Ereignisse des Vorabends wieder ein.

Das war kein Traum! Mein Kumpel hatte einen Herzanfall! Und statt mir gemütlich ein paar Brötchen zu schmieren, sollte ich besser in die Klinik fahren und nach Florian sehen. Wie konnte es nur zu diesem Zusammenbruch kommen? Haben Flo und ich tatsächlich schon das Alter erreicht, in dem man mit Herzproblemen rechnen muss? Wir sind doch noch nicht mal vierzig! Und Florian spielt sogar Golf!

Andererseits bietet wöchentliches Caddiefahren durchs Grüne natürlich keine ausreichende Infarktprophylaxe. Um sich fit zu halten, muss man körperlich schon etwas mehr leisten. Trotzdem – der klassische Kandidat für einen Herzkasper ist Flo nun wirklich nicht. Viel zu dünn und agil. Ob es vielleicht mit diesem Anruf zusammenhängt, den er gestern erhalten hat? Danach wirkte er jedenfalls ziemlich angespannt. Und dass Stress für uns Männer tödlich sein kann, weiß ja nun wirklich jeder. Nicht auszuschließen, dass ich das nächste Opfer bin. Immerhin habe ich einen stressigen Beruf. Und spiele nicht mal Schach!

Wie auf Bestellung verspüre ich ein Ziehen in der linken Brusthälfte. Kammerflimmern? Eine verstopfte Arterie? Wann war eigentlich mein letzter Gesundheitscheck? Hatte ich überhaupt schon mal einen? Sollte ich womöglich mit dem Kaffeetrinken aufhören?

Ich kippe die Tasse aus und koche mir stattdessen einen Kamillentee. Man muss das Schicksal ja nicht unbedingt herausfordern.

Mit dem festen Vorsatz, sofort nach dem Urlaub einen Termin beim Kardiologen, beim Röntgenfachmann und beim Zahnarzt zu vereinbaren, schnappe ich mir das Telefon. Laut Auskunft der Sanitäter sollte Flo ins Eppendorfer Krankenhaus eingeliefert werden. Besser, ich rufe dort erst mal an, bevor ich losfahre. Sonst brauche ich vielleicht Tage, um Florian in dem riesigen Komplex aufzuspüren.

Beim Gang durch die Wohnung wird mir bewusst, wie schnell plötzlich alles vorbei sein kann. Innerhalb von Minuten spielt es keine Rolle mehr, ob deine Couch einen Rotweinfleck hat oder der Flachbildfernseher noch nicht abbezahlt ist. Schnipp – alles egal! Man sollte sein Leben doch mehr genießen.

Mein Handy klingelt. Es ist Flo!

«Mensch, Alter, ich dachte, in Krankenhäusern darf man keine Handys benutzen», begrüße ich ihn erleichtert.

«Hallo, Alex, ich freu mich auch total, dass es dir gutgeht.»

«Sorry. Ich war nur so überrascht, dass ... Geht es dir wirklich gut? Was sagen die Ärzte? Ist es heilbar?»

«Jetzt mach bitte nicht so einen Wirbel.»

«Äh ... Ich dachte, ich soll fragen?» Mit Männern hat man es manchmal aber auch nicht leicht.

«Es ist alles okay.» Florian macht eine kurze Pause, dann sagt er ernst: «Alex, wir müssen reden.»

Also doch. Ich habe es ja geahnt. Er will es mir nur schonend beibringen, dass es mit ihm zu Ende geht.

«Könntest du nachher mal bei mir vorbeikommen?»

«Klar, ich ... stehe dir bei», sage ich ernst. «Du liegst sicher auf der Intensivstation, oder?»

«Äh, nee. Ich bin bereits wieder zu Hause.»

«Was??? So schnell?»

Er lacht. «Du klingst irgendwie ... enttäuscht.»

«Witzig.»

«Passt dir 14.00 Uhr? Viel später wäre bei mir blöd.»

Ah, da kommt sicher der Hausarzt zur Kontrolle. «Ja, 14.00 Uhr passt.»

«Bis später dann.»

Flo hat schon aufgelegt, und ich werde das ungute Gefühl nicht los, dass hier irgendetwas nicht stimmt. Er ist schon wieder zu Hause? Keine 12 Stunden nachdem er mit einem äußerst dramatischen Herzinfarkt eingeliefert wurde? Versteht man das heutzutage unter Kostensenkungen im Gesundheitssystem? Normalerweise führen Ärzte doch jede Untersuchung durch, die irgendwie Geld in ihre Kasse spült. Sehr merkwürdig. Oder bedeutet Florians frühzeitige Entlassung möglicherweise, dass seine Lage derart hoffnungslos ist? Hat er um seinen Zustand gewusst und war deshalb in Sorge, ich könnte gestern Abend noch seine Familie anrufen? Aber wie hätte ich das machen sollen, ich kenne doch niemanden aus dem Micolucci-Clan.

Plötzlich kommt mir ein weiterer, schrecklicher Gedanke: unser Urlaub! Sicher haben ihm die Ärzte von der Reise abgeraten, und das will er mir nun persönlich sagen. Ob er es wohl pietätlos fände, wenn ich dann allein fahre? Immerhin habe ich eine Anzahlung geleistet, und die bekomme ich garantiert nicht zurück. Es sei denn, Flo hat eine Reiserücktrittversicherung abgeschlossen, was in etwa so wahrscheinlich ist wie ein zweiter Urknall.

* * *

Drei Stunden später mache ich mich mit gemischten Gefühlen auf, um meinem Kumpel den gewünschten Besuch abzustatten.

Im Gegensatz zu dem quirligen Universitätsviertel, in dem ich wohne und in dem man abends oft Stunden braucht, um einen Parkplatz zu finden, lebt Florian gediegen und mit Tiefgarage in unmittelbarer Alsternähe. Und obwohl unsere Stadtteile unterschiedlicher nicht sein könnten, grenzen sie direkt aneinander. Zu Fuß könnte man die Strecke vermutlich in zehn Minuten zurücklegen, und möglicherweise wäre ein kurzer Spaziergang sogar eine gute Idee, schon wegen der Infarktprophylaxe. Doch heute ist es mir dafür definitiv zu kalt. Außerdem ist Spazierengehen nur etwas für Frauen. Die lieben es geradezu, einen sonntags nach dem Frühstück stundenlang um stehende Gewässer herumzuschleifen und dabei Problemdiskussionen zu führen. Weil sie nämlich genau wissen, dass man ihnen spätestens nach einer halben Runde auf Gedeih und Verderb ausgeliefert ist.

Zähneklappernd steige ich in meinen Fiat, umrunde umständlich eine verkehrsberuhigte Zone, halte an sechs roten Ampeln und parke zwanzig Minuten später direkt vor dem vierstöckigen Neubau, in dessen oberer Etage sich Florians Penthousewohnung befindet.

«Wer ist da?» Die Stimme meines Kumpels klingt durch die Sprechanlage erstaunlich kraftvoll und erholt. Als käme er gerade aus dem Urlaub.

«Ich bin's: Alex.»

Der Türöffner summt. Durch die schwere, gusseiserne Eingangstür betrete ich ein gediegenes Treppenhaus. Die Wände sind im Fünfziger-Jahre-Stil tapeziert, der Boden mit dunklen Marmorplatten ausgelegt. Wie jedes Mal, wenn ich Flo besuche, schreite ich ehrfürchtig zum Fahrstuhl. Vorbei an einem Marmorsockel, auf dem eine elfenbeinfarbene Büste prangt. Der Bauherr? Einer der Mitbewohner? Oder am Ende doch nur wieder Bismarck?

Während ich auf den Lift warte, fällt mir ein, dass ich meinem Kreislauf zuliebe vielleicht besser die Treppe nehmen sollte, doch es ist zu spät. Die Fahrstuhltür öffnet sich bereits, und ehe ich meine Überlegung zu Ende bringen kann, habe ich den mir bekannten Code eingegeben und schwebe nach oben. Direkt in Florians Wohnung.

«Ich bin im Wohnzimmer!», höre ich ihn rufen. Im Hintergrund nehme ich diffuses Motorengeheule wahr, das plötzlich verstummt. Offenbar hat er soeben den Fernseher ausgeschaltet.

Ich durchquere die riesige Wohnung, von der ich – wenn ich es mir recht überlege – bislang nicht mehr als Küche, Wohnzimmer und Gästetoilette gesehen habe. Keine Ahnung, was sich hinter den anderen Türen verbirgt, meistens treffen wir uns ohnehin in der *Goldquelle*.

Im Wohnzimmer dauert es einen Moment, ehe ich meinen Kumpel auf einer seiner drei U-förmig aufgestellten Couches entdecke. Er trägt ein weißes Hemd, eine helle Hose und verschmilzt beinahe gänzlich mit dem cremefarbenen Sofastoff. Vor ihm auf einem antiken Glastisch stehen eine Flasche Cola, diverse Gläser und ein Karton vom Lieferservice. Gerade ist er im Begriff, das letzte Stück einer extragroßen Pizza zu verschlingen, und man kann ohne Übertreibung sagen, dass er dabei aussieht wie das blühende Leben.

«Zu viel fetter Käse ist gar nicht gesund», doziere ich beim Hinsetzen und deute auf die Überreste im Pappkarton. «Und Cola ist schon mal gar nichts für Leute in deinem Zustand. Stattdessen solltest du lieber Wasser trinken und mal ein bisschen Sauerstoff in die Wohnung lassen.» Ich mache eine ausladende Geste in Richtung der bodentiefen Fenster.

«Jetzt spiel bloß nicht die Krankenschwester», entgegnet Florian mit vollem Mund. «Man will doch sein Leben auch ein bisschen genießen.»

Okay, das klingt schon mal nicht so, als würde mein Kumpel demnächst das Zeitliche segnen.

Ich lasse meinen Blick durch den riesigen Raum schweifen. Flos Wohnzimmer misst schätzungsweise 30 Quadratmeter, die noch größer wirken, weil heute die Schiebetür zum Nachbarzimmer offen steht. Wie es scheint, ist dort das Schlafzimmer. Auf seinem Bett türmen sich die Klamotten. Außerdem liegen dort ein Koffer und sein Snowboard.

«Wie ich sehe, bist du bereits am Packen. Heißt das, unser Urlaub findet statt?» Ich wage es kaum zu fragen. «Nun sag schon, was haben die Ärzte herausgefunden? Ich meine, dass du schon wieder zu Hause bist – ist das ein gutes Zeichen?»

Florian blickt an mir vorbei zur Wand. Dabei macht er einen leidenden Gesichtsausdruck, der mir seltsam bekannt vorkommt. Wo habe ich den nur schon mal gesehen?

«Wie man es nimmt», gibt er zurück und guckt noch einen Tick gequälter. «Sie haben mich die ganze Nacht durchgecheckt, aber nichts gefunden.»

«Mensch, Flo, das *ist* doch ein gutes Zeichen!» Ich bin ehrlich erfreut. Kein qualvolles Dahinsiechen, kein Sterben in meinen Armen und erst recht keine Beerdigung in Stanton.

Florian fixiert noch immer krampfhaft die Wand. Wie ein Patient mit schlimmer Diagnose. Hier ist doch etwas faul.

«Also, ich weiß nicht», sagt Flo und klingt dabei wenig begeistert, «ich meine, würdest du dir keine Sorgen machen, wenn du in einem Moment glaubst, dir springt das Herz aus der Brust, und im anderen Moment behaupten die Ärzte, alles wäre in bester Ordnung?» Ganz offensichtlich ist ihm das Thema unangenehm, denn er mag mich nicht ansehen.

«Du verschweigst mir doch nichts, oder?», versuche ich es auf die direkte Art. Vielleicht haben sie doch etwas gefunden, aber Florian will es nicht zugeben? Männer sind ja sehr gut im Verdrängen. Ganz anders als Frauen, die einem immer gleich eine generationenübergreifende Krankengeschichte auftischen.

«Natürlich nicht!», braust er entrüstet auf. «Wie … äh, wie kommst du denn darauf?»

«Weiß nicht. War nur so eine Idee.» Ich beschließe, das Thema zu wechseln. Männer machen das so. «Heißt das also, alles bleibt beim Alten, und wir düsen nachher noch nach St. Anton?»

«Na ja, nee, das wohl eher nicht», druckst er herum.

«Wohl eher nicht – heißt das nein?»

«Ja, das heißt es.» Flo versucht sich noch einmal kurz in unsicherem Blickkontakt, weicht dann aber wieder aus, als er zu sprechen beginnt. «Weißt du, Alex, mein Vater hat sich ziemlich erschrocken. Er meinte, diese Herzanfälle lägen in der Familie.»

«Dein Vater? Ich dachte, deine Familie sollte nichts von alldem erfahren?»

Florian ist für einen Moment so überrascht von meiner Frage, dass er vergisst, an mir vorbeizugucken. Wüsste ich es nicht besser, würde ich behaupten, er hat es nicht am Herzen, sondern an den Augen. Oder am Hirn.

«Das ... äh ... war ein dummer Zufall. Er rief mich überraschend heute Morgen auf dem Handy an, als gerade Visite war. Eine der Schwestern hat sich einfach mein Telefon geschnappt und gesagt, dass er in zehn Minuten wieder anrufen möge. Dann hat sie aufgelegt.»

«Was?» Ich bin ehrlich entsetzt. So geht man heutzutage mit Privatpatienten um? Frechheit.

«Na ja», erklärt Florian kleinlaut, «somit musste ich ihn natürlich zurückrufen und ihm die Sache erklären.» Inzwischen ist er rot angelaufen. Kein Wunder, ein solches übereifriges Verhalten von Pflegepersonal würde mich auch auf die Palme bringen.

«Verstehe.»

«Mein alter Herr besteht jetzt darauf, dass ich mich noch einmal gründlich durchchecken lasse. Und er hat bereits alle Hebel in Bewegung gesetzt und mich gleich nächste Woche zum Durchchecken in eine Spezialklinik am Bodensee einquartiert. Mein Flieger geht schon heute Abend.» Er seufzt. «Kannst dir ja vorstellen, was ich für einen Bock darauf habe.»

«Ja, äh, das kann ich. Andererseits», versuche ich der Sache etwas Positives abzugewinnen, «kannst du dir nach dem Klinikaufenthalt zumindest sicher sein, dass dir nichts fehlt.» Noch während ich den Satz zu Ende spreche, überlege ich, dass ich dann ja wohl guten Gewissens alleine nach St. Anton fahren könnte. Am besten, ich kläre das gleich mal.

«Flo, ich ...»

«Weißt du, Alex, der Grund, warum ich dich herbestellt habe, ist eigentlich noch etwas komplizierter.» Florian sieht auf einmal wieder sehr besorgt aus. «Du erinnerst dich vielleicht, dass ich gestern Abend einen Anruf bekommen habe?» Kurzer Blick zu mir, dann wieder zur Wand.

Ich nicke stumm. Stimmt, den Anruf hatte ich fast vergessen. Danach ging bei Flo der Herzkasper los.

«Das war die Geschäftsführerin bei uns im Laden, Victoria.»

«Moment mal, ich dachte, *du* seist dort Geschäftsführer?»

«Ich ... also, äh ... Habe ich Geschäftsführerin gesagt? Ich meinte natürlich die erste Verkäuferin.» Er macht eine wegwerfende Geste. «Wie dem auch sei, im Laden sind jedenfalls drei Leute krank geworden, und es ist haufenweise neue Ware angekommen. Außerdem ist auch noch Versace-Woche!» Er sieht mich erwartungsvoll an. Fast als befürchte er, diese Information könnte auch bei mir einen Herzinfarkt auslösen.

«Aha», mache ich und nicke unbeeindruckt.

«Sie hat also nur noch einen weiteren Verkäufer und kann es unmöglich mit ihm allein schaffen. Die beiden benötigen dringend Hilfe.»

Ja, und? Was kümmert mich diese Tussi und ihre Visage-Woche? «Komm mal auf den Punkt, Flo», erkläre ich genervt.

«Wir können so kurzfristig und für die kurze Zeit wohl niemanden einstellen. Also muss ich als ... äh, Geschäftsführer mir etwas einfallen lassen. Am besten wäre es natürlich, ich würde selbst im Laden das Ruder herumreißen.»

Ich weiß nicht genau, warum, aber in meinem Inneren beginnt sich ein ungutes Gefühl breitzumachen. «Ich verstehe ehrlich gesagt immer noch nicht ganz, warum du mir das erzählst.»

Mein Kumpel schürzt die Lippen. Fast sieht er etwas verlegen aus, doch das kann nur eine Täuschung sein. Diese Gefühlsregung geht Florian komplett ab.

«Nun, ich habe mir gedacht», beginnt er zögerlich, «da aus unserem Urlaub ja jetzt nichts wird und du somit Zeit hättest …»

Er sieht mich an, als müsste ich verstehen, was er von mir will. Tu ich aber nicht.

«… könntest *du* doch vielleicht in der nächsten Woche bei Miucci aushelfen.»

Bitte? Ich soll wo aushelfen? ICH? «Also, eigentlich hatte ich mir überlegt, allein nach St. Anton –»

«Alex, das hier ist echt wichtig», unterbricht Florian mich. «Niemandem außer dir würde ich eine solche Aufgabe anvertrauen. Nur du hast die Qualifikation.»

«Ich verstehe nicht …»

«Du bist der perfekte Mann für diesen Job. Du bist ein Top-Verkäufer, weißt genau, was Frauen wollen, und kannst alles verscherbeln, was sich zu Geld machen lässt. Du bist eben einfach ein Mann von Welt!»

Spricht er von mir? «Also … äh …»

Mir fehlen die Worte. Hört sich verdammt gut an, was er da gerade gesagt hat. Allerdings frage ich mich, woher er diese Informationen hat, doch nicht etwa von Ben? Außerdem würde ein Mann von Welt bestimmt lieber in den Skiurlaub fahren, als kurz vor Weihnachten Handytaschen zu verkaufen.

«Meinst du nicht …», beginne ich zaghaft. Doch Flo ist bereits vollkommen überwältigt von seiner Idee. Vehement schüttelt er den Kopf.

«Alex! Für dich wäre diese eine Woche ein Kinderspiel! Mal kurz dem Team ein bisschen unter die Arme greifen und zeigen, wo es langgeht. Ehrlich, Alex, niemand könnte das besser als du!»

Ich kann nicht anders, ich fühle mich geschmeichelt. Trotzdem bin ich noch nicht restlos überzeugt. Ich weiß doch gar nichts über den Laden. Weder, wo er ist, noch, was genau dort verkauft wird. Irgendwann hat Florian zwar mal was von exklusiven Mobiltelefonen und Aktentaschen erwähnt. Vermutlich ähnlicher Kram, wie man ihn bei Saturn bekommt, nur ein bisschen teurer.

«Komm schon, Alex», insistiert Florian weiter, «tu es für mich. Und für meinen Vater.»

«Hä? Wieso denn für deinen Vater?»

«Na, weil der todsicher auch einen Infarkt bekäme, wenn er annehmen müsste, im Laden läuft es nicht. Dann würde er zwischen Hamburg und dem Bodensee hin- und herpendeln, wäre schrecklich beunruhigt und würde sich einem Druck aussetzen, dem er in seinem Alter nicht mehr gewachsen ist. Denk an die Krankengeschichte in unserer Familie! Und am Ende fiele alles auf mich zurück und . . .» Er beendet den Satz nicht. Stattdessen hakt er noch einmal nach: «Versteh doch: Du wirst dringend gebraucht.»

So richtig überzeugt bin ich irgendwie immer noch nicht. Ich meine, sicher, verkaufen kann man alles, und –

«Okay», sagt Florian plötzlich, «ich sehe, du hast Schiss. Verstehe ich. Würde anderen sicher auch so gehen. Allerdings dachte ich, dass du …»

«Nein!» Frechheit. «Ich habe keine Angst, es ist nur …»

«… eine Riesenverantwortung, ich weiß.» Florian nickt staatsmännisch. «Das traut sich nicht jeder. Macht nichts.» Einen Moment scheint er nachzudenken, dann sagt er: «Ist vielleicht besser, ich frage Rico. Auch wenn der das mit Sicherheit nicht so gut draufhat wie du.»

Rico? Doch nicht etwa der langhaarige Klotzkopf von Flos letzter Geburtstagsparty? Ein hirnloser Idiot war das, der den ganzen Abend dummdreiste Sprüche geklopft hat. Wenn der mal nicht außerdem noch schwul ist. Und dem will Flo seinen Laden anvertrauen?

«Okay», höre ich mich sagen, «ich mache es.»

«Echt jetzt?»

«Echt jetzt!»

«Mensch, Alex, das ist ja super. Wirklich, das vergesse ich dir nie!»

Ich dir auch nicht, denke ich, halte aber meine Klappe. Stattdessen sage ich: «Ein paar Informationen bräuchte ich allerdings vorher noch.»

«Natürlich. Aber warte – ich rufe nur eben bei Victoria an und erzähle ihr, dass sie ab Montag Hilfe bekommt.»

Oh. Mein. Gott. Montag schon? Bedeutet das, morgen ist mein einziger Urlaubstag?

Florian greift zum Glastisch und schnappt sich sein Handy. Er wählt auf dem Display eine eingespeicherte Nummer, Sekunden später meldet sich am anderen Ende jemand.

«Vic, hier ist Florian. Pass auf. Ich muss ja nächste Woche in die Klinik und kann euch daher leider echt nicht unterstützen.» Pause. «Ich möchte da jetzt nicht drüber reden.» Wieder Pause. «Ja, genau, ich werde nächste Woche nicht in Hamburg sein.» Florian verstummt. In regelmäßigen Abständen gibt er nur noch Satzfetzen von sich. «Ja … Nein … Ist gut … Ja, so machen wir es.» Er sieht zu mir und rollt kurz mit den Augen. «Hör zu, Vic. Ich habe trotzdem jemanden für euch … Ja, genau … Einen Verkäufer. Ach, was sage ich», er grinst mich an, «einen Top-Verkäufer. Einen wahren Tausendsassa!» Am anderen Ende scheint jetzt jemand sehr aufgebracht zu sein. «Wo er vorher gearbeitet hat? Bei … äh, einem internationalen Konzern.»

Na, das würde Friedrich von Klatt aber freuen, denke ich und will die Information schon richtigstellen. Doch Florian streckt den Rücken durch und plustert sich regelrecht auf: «Prada!»

Es klingt wie: Keine Widerrede! Woher kann er denn Russisch?

«Du siehst also, Vic, er hat es drauf.»

Die Frau am anderen Ende scheint jetzt hocherfreut. Auch Florians Laune bessert sich zusehends. «Ja, klar ... Natürlich spricht er Italienisch.»

Mir wird ein bisschen schwindelig. Habe ich etwa auch vor meinen Freunden behauptet, ich spräche Italienisch? Das bezog sich doch nur auf ein paar Eissorten! Aber egal. Wie oft trifft man in Hamburg schon auf Italiener, geradezu lächerlich selten. Viel zu kalt hier.

«Ach, weißt du, frag ihn das doch Montag am besten selbst.» Florian will das Gespräch mit seiner Angestellten ganz offensichtlich beenden. «So machen wir es also, ciao!»

Er legt auf und will gerade das Handy auf die Couch pfeffern, als ihm noch etwas einfällt. In Blitzgeschwindigkeit tippt er eine SMS und verschickt sie.

«Deine Nummer», erklärt er. «Die wird Victoria vielleicht irgendwann brauchen.» Dann schreibt er eine weitere Nachricht und sendet sie an mich. «Ich schick dir noch die Adresse von Miucci. Ist total leicht zu finden, gleich am Anfang vom Neuen Wall. Mitten in der City also. Zieh dir am besten einen Anzug an. Irgendwas Teures. Haste ja sicher. Und rasier dich. Ach, und noch etwas», er macht eine Pause und sieht mich eindringlich an, «lass bloß die Finger von Victoria. Die ist schrecklich kompliziert. Egal was passiert, halte dich in jedem Fall von ihr fern, ist das klar?»

Es klingt fast wie eine Drohung.

«Ja, ja, schon klar.»

Florian sieht mir in die Augen. «Danke, Alex. Und halt mich auf dem Laufenden, ja?» Er klopft sich auf die Oberschenkel und steht auf. «Es wird Zeit, dass ich meinen Koffer für die Klinik packe. Aber wir sind ja jetzt auch durch.»

Kurz verschwindet er im Flur, dann kommt er mit einem Schlüsselbund zurück. Einen Moment hat es den Anschein, als wolle er mir den Schlüssel in die Hand drücken. Dann schüttelt er beinahe unmerklich den Kopf. «Ach, du hast mit Miucci ja schon genug zu tun», erklärt er und wirft den Schlüsselbund auf die Couch. «Ich werde Ben bitten, hier nach dem Rechten zu sehen. Du weißt schon: Blumen gießen, Briefkasten leeren und so Zeugs.»

Ich nicke, froh, dass wenigstens dieser Kelch an mir vorübergegangen ist.

«Mach dir keine Sorgen, Alex», sagt Flo noch einmal, und ich weiß nicht, ob er sich oder mich mit diesen Worten beruhigen möchte. «Ist alles halb so wild. Du weißt doch, worauf es ankommt.»

Also, da bin ich mir irgendwie gerade gar nicht mehr so sicher.

«Ist jedenfalls echt cool von dir, Alter, wirklich. Und nicht vergessen: Auf keinen Fall darf mein Vater etwas von diesem Deal mitbekommen. Dafür musst du sorgen. Egal wie!»

5. Kapitel

«Guten Tag, der Herr! Bringen Sie die reklamierte Kelly, oder sind Sie der Zwölf-Uhr-Termin für die Reinigung der Balenciaga City Tote?»

Wer ist tot?

Es ist zwanzig nach zwölf, und ich befinde mich in einem Paralleluniversum. Vielleicht auch in einem Raumschiff ... Dabei wollte ich eigentlich in Florians Laden. Vor mir steht ein schätzungsweise dreißigjähriger Typ mit schwarzer Gelfrisur und einem den drei Musketieren nachempfundenen, raspelkurz gestutzten Bart. Er sieht mich fragend an.

«Ich ... äh ...» Ob ich wen bringe? Und wer ist Kelly?

Irritiert sehe ich mich um. In den eher leeren Regalen befindet sich eine Ansammlung fremdartiger Materie. Ich glaube, es handelt sich um ... Damenhandtaschen! Na, das Geschäft scheint mir ja nicht so gut zu laufen. Kein Wunder. Florian hätte es lieber bei Handys und Aktentaschen belassen sollen.

«Ach, dann geht es vermutlich um die Jackie», sagt der Kerl mit der Spock-Frisur. «Ich hoffe, Sie konnten den Schaden beheben? Sah ja nicht gut aus.»

Jackie hat also einen Schaden. Höchst interessant. Letzte Woche Britney, heute Kelly – seit wann heißen Frauen eigentlich nicht mehr Stefanie? Oder Anna-Lena?

Heute Morgen um acht, als der Wecker klingelte, schien meine Welt noch in Ordnung zu sein. Zwar glaubte ich zunächst, ich sei in St. Anton und der Schmerz in meinem Kopf rühre von einem glühweingetränkten Après-Ski-Nachmittag mit anschließendem Kaminabend bei Jagertee her. Aber schon sehr bald ging mir auf, dass ich mich in meiner Wohnung befand und es somit nur der vorabendliche

Abstecher in die *Goldquelle* gewesen sein konnte, der seine schmerzhaften Spuren hinterlassen hatte. Immerhin ein kleines Andenken an meinen einzigen Urlaubstag!

Und nun stehe ich hier, fühle mich wie ein Eindringling in eine fremde Galaxie und überlege, ob ich mich nicht vielleicht doch in der Hausnummer geirrt habe. Forschend lasse ich meinen Blick durch den Raum schweifen. Wo bitte sind die exklusiven Mobiltelefone? Dabei macht der Laden sehr wohl einen exklusiven Eindruck, was allerdings hauptsächlich auf die Idee des Innenausstatters zurückzuführen ist, den Eingangsbereich mit hellem Teppichboden auszulegen. Total unpraktisch. Ist bestimmt bekifft gewesen, der gute Mann.

Bei Wohnungsbesichtigungen wäre ein solcher Boden das Todesurteil jeder Verkaufsprovision. Niemand möchte heutzutage noch Auslegeware in seiner Wohnung, erst recht nicht, wenn sie weiß ist.

Die linke Seite des Eingangsbereiches wird fast komplett von einer langen, gläsernen Verkaufsvitrine eingenommen. Sie ist dunkel getönt und mit tinnefartigem Kleinkram bestückt: Schlüsselanhänger in Herzchenform, Portemonnaies mit Glitzersteinen, die ganze Palette an Kinkerlitzchen. Hinter der Vitrine ragt ein imposantes schwarzes Regal bis an die Decke. Verdeckte Wandlampen beleuchten unaufdringlich die Regalböden. Ganz nach Britneys Geschmack, schätze ich mal. Auf den Regalen, angeordnet wie feinste chinesische Porzellanfiguren, befinden sich die Handtaschen und setzen vermutlich gerade Staub an. Kleine, große, bunte, einfarbige, zerknitterte und total unpraktische Taschen – Ramsch, so weit das Auge reicht.

Zwischen Glastresen und Regalmonster steht Mr. Spock und schaut mich fragend an. Bis auf seine Haare, die exakt der Regalfarbe entsprechen und die offenbar auch mit demselben Lack versiegelt wurden, ist alles an dem Kerl … beige. Hellbeige, um genau zu sein. Sein Anzug, das Hemd und sogar die unifarbene Krawatte. Wie ein gepelltes Ei mit Bart sieht er aus und verstärkt so auf wundersame Weise den außerirdischen Eindruck dieses Ladens.

«Also ... Das mit Jackie tut mir leid», sage ich, weil der Typ mich immer noch so dämlich anstarrt. Dabei interessiert mich die Frau nicht die Bohne. Vielmehr würde ich gerne wissen, wo ich hier gelandet bin. «Können Sie mir vielleicht sagen, ob ich hier bei ...» Zur Sicherheit schaue ich noch mal auf mein Handydisplay. «Ob ich hier bei ... Mukki bin?»

Im Stillen bete ich, dass er nein sagt.

«Ach du liebe Güte!», bricht es statt einer Antwort aus ihm heraus. Sein Musketierbart kräuselt sich gefährlich. «Haben Sie die Kelly etwa im Auto gelassen? Dann sind Sie hoffentlich gut versichert. Ausgerechnet die Kelly!» Er schüttelt oberlehrerhaft den Kopf. «Wird häufig entwendet und später bei eBay versteigert.»

Wären seine Haare nicht fest betoniert, stünden sie ihm jetzt vermutlich zu Berge. Wovon redet der Kerl nur? Bin ich hier nun bei Mukki oder nicht?

«Am besten, Sie holen die Kelly herein.» Er hört nicht auf, mir mit dem Thema auf die Nerven zu gehen. «Oder wollen Sie sich vorher noch kurz die Marcie anschauen? Vermutlich müssen Sie die später auch mitnehmen.» Er seufzt. «Wenn Sie mich fragen – ich glaube ja, sie wurde nicht gut behandelt.»

Herrje, ist das hier etwa ein Frauenhaus?

Doch die Sorge um Marcie scheint bei Mr. Spock nur von kurzer Dauer zu sein. Mit frisch entknittertem Bärtchen macht er sich jetzt daran, einen Karton auf den Glastresen zu hieven und mit Engelsgeduld auszupacken. Dabei kommt zunächst eine weitere Schachtel zum Vorschein, dann ein Stoffbeutel. Mit spitzen Fingern greift er sich das Ungetüm, öffnete es an zwei Schnüren und fasst anschließend hinein. Gespannt halte ich die Luft an. Derart sorgfältig kann ja wohl nur das neue iPhone verpackt worden sein. Oder es handelt sich um eines der luxuriösen Mobiltelefone, von denen Florian erzählt hat. Sauteure Dinger. Soweit ich mich erinnere, kostet das Einsteigermodell etwa 4000 Euro. Nach oben sind dann, je nach Ausstattung, keine Grenzen gesetzt.

Als die Hand von Mr. Spock aus dem Beutel wieder auftaucht, hält sie jedoch kein Luxushandy bereit, sondern – wie sollte es anders sein – eine weitere Tasche.

Fasziniert beobachte ich, wie der Verkaufsclown nun seinen Blick andächtig über die Tasche streifen lässt und mit der Hand sanft die Konturen nachzeichnet. Dann öffnet er vorsichtig alle Reißverschlüsse und sieht hinein. Zu guter Letzt hält er sich das Gesamtwerk noch unter die Nase, um an dem Leder zu schnüffeln. Eine neue Partydroge?

Ich unterdrücke ein Stöhnen. Hier bin ich definitiv falsch. Ich sollte mich schleunigst vom Acker machen.

«Äh … ich schätze mal, ich habe mich in der Hausnummer geirrt», sage ich und schiebe noch einen Witz hinterher. «Ich habe nämlich weder Biggi noch Mandy im Gepäck. Hahaha!»

Der Außerirdische mit der Betonfrisur lächelt schmallippig. «Falls Sie zu … *Mukki* möchten, sind Sie hier in der Tat falsch.»

Na, wer sagt's denn. Erleichtert atme ich auf und will bereits zum Ausgang gehen, da räuspert er sich lautstark.

«Dies hier ist *Miucci*! Italienisch ausgesprochen: Mijutschi. Meinten Sie das vielleicht?»

Oh. Na, da muss man erst mal draufkommen. Hätte Flo ja gerne mal erwähnen können.

Einen Moment später verharre ich fassungslos, als mir die Bedeutung seiner Worte in ihrer vollen Bandbreite bewusst wird. Diese überladene Taschenhalde soll die noble Boutique meines Freundes sein? Hier soll ich die nächsten zehn Tage arbeiten? Gemeinsam mit einem bärtigen gepellten Ei?

Kein Wunder, dass hier alle krank geworden sind!

«Nachdem Sie ja nun wissen, wo Sie sich befinden – kann ich Ihnen sonst noch irgendwie weiterhelfen?», fragt das Ei scheinheilig.

Noch könnte ich fliehen. Niemand hier kennt mich. Allerdings müsste ich mir dann aller Wahrscheinlichkeit nach ein neues Dasein im Exil aufbauen. Florian möchte ich nach einer Kapitulation jedenfalls nicht mehr unter die Augen treten. Aber ich bin ja kein Feigling. Das hier sieht mit Sicherheit schlimmer aus, als es ist. Ich meine, Mr. Spock kann den amtlichen Ansturm von null Komma null Kunden doch auch super allein bewältigen. Ich werde mich einfach ins ruhige Chefbüro zurückziehen, mich dort den Rest der Woche verschanzen, und schon ist die Zeit herum. Perfekt.

Ich gehe zum Tresen und erkläre mit fester Stimme: «Ich bin Alexander Held.»

Der Kerl reagiert nicht ganz so, wie ich es erwartet hätte. «Aha», sagt er gelangweilt und widmet sich schon wieder dem Lederbeutel.

«Ich soll hier ...»

Tja, was soll ich denn hier eigentlich tun? *Aushelfen?* Klingt zu banal. *Für kranke Kollegen einspringen?* Trifft es auch nicht so recht. *Meinem Kumpel einen Gefallen erweisen?* Genauso blöd. Noch dazu irgendwie schwul. Also sage ich: «Ich soll hier den Geschäftsführer vertreten!» Genau richtig, denn mit dieser Aussage ist praktischerweise auch gleich geklärt, wer hier das Sagen hat. Nämlich ich.

Mr. Spock reißt überrascht die Augen auf. So weit, dass seine Brauen komplett unter dem gelackten Pony verschwinden. Dabei starrt er mich an, als käme ich direkt vom Klimagipfel und wolle nun das weltweite Verbot von Haarspray persönlich überwachen.

«Ja, Sie haben richtig gehört: Ich bin der neue Geschäftsführer. Also, äh ... die Vertretung.»

Für einen Moment fürchte ich, er würde anfangen zu weinen. Oder mit dem Handtäschchen nach mir werfen. Doch nichts dergleichen geschieht. Im Gegenteil. Es hat den Anschein, als hätte er seine Gesichtszüge wieder unter Kontrolle. Übersprungartig streichelt er die frisch entbundene Tasche.

«Aha», brummt er. «Das ist ja … eine Überraschung.»

Ich kann mir nicht helfen, aber so richtig begeistert klingt er nicht. Unerhört. Was glaubt er denn, wen er vor sich hat? Ich meine, ich bin immerhin sein neuer Chef. Ein bisschen Freundlichkeit wäre da durchaus angebracht, auch wenn ich möglicherweise etwas mit der Tür ins Haus gefallen bin. Andererseits hat Offenheit ja wohl noch niemandem geschadet.

Kommentarlos, aber ohne mich auch nur eine Sekunde aus den Augen zu lassen, greift er sich jetzt an das Revers seines Sakkos und spricht in ein winziges Mikrophon, das kaum sichtbar an der Unterseite befestigt ist.

«Vic, kommst du mal bitte ins Foyer?» Gleich darauf verfällt er wieder in stummes Taschenstreicheln.

Hätte ich nur nicht diesen quälenden Kopfschmerz. Meine Birne fühlt sich an, als sei sie mit Blei gefüllt – schwer und unbeweglich. Ansonsten würde ich dem Kerl jetzt nämlich mal etwas erzählen. Über den Umgang mit Vorgesetzten zum Beispiel. Der kann mich doch hier nicht einfach so herumstehen lassen. Meine erste Amtshandlung wird definitiv sein, ihm eine Schulung aufzubrummen. Am besten am Wochenende.

«Guten Tag. Wie kann ich helfen?» Eine junge Frau mit dunkelblondem Zopf und entwaffnendem Lächeln baut sich vor mir auf. Sie hat sich lautlos auf der blütenweißen Auslegeware angeschlichen und nutzt den Überraschungseffekt, um mir selbstsicher die Hand zu reichen. «Ich bin Victoria Wendt, die Geschäftsführerin. Gibt es ein Problem?»

Aus bernsteinfarbenen Augen werde ich freundlich gemustert. Einen Tick zu freundlich, wie ich finde. Das soll wohl darüber hinwegtäuschen, dass sie sich gerade von der ersten Verkäuferin zur Geschäftsführerin upgegradet hat. Interessant. Wird wirklich Zeit, dass hier mal einer nach dem Rechten sieht.

Ich versuche, mir Respekt zu verschaffen, indem ich ihren Blick erwidere, fest und unerbittlich. Für ganze drei Sekunden. Dann übermannt mich aus heiterem Himmel eine Hitzewelle.

«U-äh …», gebe ich urwaldmäßig von mir. Zu mehr bin ich nicht fähig, denn das Blei aus meinem Kopf scheint sich blitzartig im ganzen Körper verteilt zu haben. Mein Arm lässt sich nicht mehr heben. Sogar meine Zunge fühlt sich zentnerschwer an.

Was ist nur los?

Ich verwerfe die Idee, Victoria Wendt die Hand zu geben. Stattdessen scanne ich sie ab: ein durchaus sympathisches Gesicht, schlanker Hals, der von einem schwarzen Rolli verdeckt wird, dann folgt ein mit Ketten behangener, aber wohlgeformter Busen, darunter ein enger schwarzer Rock und schließlich schwarze Strumpfhosen, die in schwarzen, hochhackigen Stiefeln stecken. Keine Moonboots, keine Sonnenbrille, kurze Fingernägel. Und wenn sie keine überformatige Handtasche trägt, könnte ihr Divenfaktor gegen null gehen. Kaum zu glauben, schließlich arbeitet sie auf dieser Taschenhalde.

Nur mit Mühe schaffe ich es, meinen bleischweren Kopf wieder anzuheben und Victoria Wendt ins Gesicht zu schauen. Ihre Lippen öffnen sich fragend und verleihen der Situation etwas unangemessen Erotisches. Aus Angst, einen weiteren Urwaldlaut von mir zu geben, presse ich die Zähne aufeinander und starre ihr stumm, wie ein dysfunktionaler Steinzeitmensch, in die Bernsteinaugen.

«Vic, das hier ist Herr … Held», mischt sich jetzt der Taschenstreichler ein. «Er … äh … will den *Geschäftsführer* vertreten.»

Idiot! Muss der Kerl denn gleich mit der Tür ins Haus fallen? So wie er die Worte betont, klingt es außerdem, als wäre ICH der Bekloppte von uns dreien.

Um gar nicht erst einen falschen Verdacht aufkommen zu lassen, erkläre ich schnell: «Florian Micolucci schickt mich», und hoffe, dass damit alles gesagt ist. Die beiden werden wohl noch wissen, wer ihnen ihr Gehalt zahlt. Und in der Tat löst die bloße Erwähnung des Namens Micolucci bei den beiden eine sofortige Reaktion aus. Während Mr. Spock spöttisch den Mund verzieht, legt Fräulein Wendt nachdenklich die Stirn in Falten. Vermutlich schämt sie sich, weil ich sie bei ihrer Hochstapelei erwischt habe.

Nach einem Moment des Schweigens, in dem ich unauffällig versuche, mir die feuchten Hände an der Jeans abzuwischen, scheint sie einzusehen, dass ich hier ab sofort die Hosen anhabe. Wenn ich es nicht besser wüsste, würde ich sogar sagen, sie freut sich.

«Ach, das ist ja toll. Dann sind Sie also der Top-Verkäufer, den Florian angekündigt hat?»

«Äh … ja. Ganz genau, der bin ich. Der *Top-Verkäufer.*» Ich werfe ihrem Kollegen einen erhabenen Seitenblick zu.

«Das ist ja wunderbar!»

«Wunderbar, ja, das ist … äh … es.»

Was rede ich denn da? Sind das vielleicht erste Anzeichen einer Bleivergiftung?

Zumindest Victoria Wendt scheint von dem Wunder meines Erscheinens überzeugt zu sein. Na ja, jedenfalls so gut wie. Mit schiefgelegtem Kopf lässt sie ihren Blick erst langsam an mir herunter- und anschließend genauso langsam wieder hinaufwandern. Als sie mir anschließend in die Augen sieht, hat es den Anschein, als müsse sie sich ein Grinsen verkneifen.

Mir wird schon wieder heiß. Was soll denn dieses Abscannen? Gefällt ihr etwa mein Outfit nicht? Dabei habe ich mich heute Morgen bewusst für Jeans und Jeanshemd entschieden. Also, so bewusst es jemandem möglich ist, dessen bester Anzug sich in der Reinigung befindet. Herzlichen Dank für die blutige Nase, Britney! Den zweitbesten Anzug konnte ich nicht finden, und einen drittbesten besitze ich nicht. Aber Jeans gehen ja bekanntlich immer. Zeitlos und somit modern. Gleichzeitig ist es die klassische Arbeiterkluft, die sofort zeigt, dass ich ein Chef bin, der zupacken kann, und nicht von Standesdünkeln beherrscht werde.

«Sie wissen ja, wir brauchen hier dringend Unterstützung», macht Victoria noch einmal auf ihre missliche Lage aufmerksam. «Nicht nur, dass wir unterbesetzt sind, es ist außerdem noch das Event, das am Samstag ansteht.» Plötzlich lacht sie und schlägt sich mit der flachen Hand gegen die Stirn. «Aber natürlich wissen Sie über alles längst Bescheid, Florian hat sicher alles Wissenswerte erklärt. Entschuldigung, aber heute war schon derart viel los, ich bin etwas durcheinander.»

Tja, dann sind wir ja schon zu zweit. Ein Event? Über das ich Bescheid wissen soll? Ist Florian jetzt auch noch dement?

«Klar, das Event. Kein Problem!» Ich wedele wirr mit der Hand vor meinem Gesicht herum. «Events sind ... wirklich überhaupt kein Problem.»

Victoria Wendt strahlt. «Das dachte ich mir.» Ihre bernsteinfarbenen Augen leuchten mit ihrer Haut und dem glänzenden Haar um die Wette. Ich sollte da besser nicht so genau hingucken.

«Sicher haben Sie bei Prada auch oft Veranstaltungen organisiert, nicht wahr?»

Prada?

«Sie kommen doch von Prada, oder?»

Aus dem Augenwinkel sehe ich, wie dem Taschenstreichler die Kinnlade runterklappt.

«Ich? Äh ... absolut! Von Prada, ganz genau.» Was hat Florian sich nur dabei gedacht?

«Prima, dann kann ja nichts mehr schiefgehen.» Victoria Wendt atmet geräuschvoll aus, ganz so, als wäre eine unerträgliche Last von ihren Schultern genommen und direkt auf meine geladen worden. «Also dann – herzlich willkommen im Team!»

Diesmal schüttele ich ihre Hand. «Danke.»

Noch einmal wage ich den Versuch, ihr in die Augen zu sehen. Wieder schießt mir sofort kochendes Blei durch den Körper. Ein ausweichender Blick auf ihren kettenbehangenen Busen hilft leider auch nicht weiter. Im Gegenteil. Ich kann fühlen, wie sich Schweißperlen auf meiner Stirn bilden.

«Da bin ich aber froh, dass Florian uns dieses Mal einen Profi geschickt hat. Wir duzen uns hier übrigens alle. Ich hoffe, das ist für dich okay. Vor den Kunden dann aber bitte Vornamen und *Sie.*» Victoria deutet auf Mr. Spock. «Deinen neuen Kollegen Kai kennst du ja schon. Der Einzige, der außer mir von der Magen-Darm-Epidemie verschont wurde.»

Ausgerechnet der!, denke ich. Aber die Dummen behütet ja bekanntlich der liebe Gott.

«Hi, Kai!», reime ich und zwinkere ihm kurz zu.

O Gott, habe ich das wirklich getan? Das Blei hat mein Gehirn verätzt. Es kommt auch nicht besonders gut an. Mit bitterbösem Blick wickelt *mein neuer Kollege* eine weitere Tasche aus.

«Wir haben haufenweise neue Ware im Keller», erklärt Victoria und deutet auf eine Treppe im hinteren Ladenbereich, «alles muss ausgepackt, erfasst und umdekoriert werden. Außerdem soll der Verkaufsraum für das Event vorbereitet, der Keller entrümpelt und dort ein weiterer Verkaufsraum eingerichtet werden. Ich habe alles genau geplant und zeitlich durchgetimt. Wenn du das jetzt übernehmen könntest, dann ...»

Ich?

«Äh ... sag mir einfach, was zu tun ist – ich mache es. Tut einfach so, als wäre ich ein ganz normaler Kollege.»

Warum sich jetzt einmischen, wo die beiden ja so gut aufeinander eingespielt sind? Ich will mich hier ja auch nicht totarbeiten. Schon gar nicht als Geschäftsführer. Außerdem sind mir Standesdünkel wirklich zuwider, deshalb werde ich einfach das tun, was man mir aufträgt – und fertig. Wenn Victoria später nicht mehr weiterweiß und heulend einen Nervenzusammenbruch bekommt, kann ich schließlich immer noch eingreifen.

«Super!», freut sich meine neue, selbsternannte Chefin. «Ich hoffe, du bist auf alles gefasst, es wird eine harte Woche. Aber wie es aussieht, bist du jemand, der zupacken kann.»

Mein Reden. Es war offenbar die richtige Entscheidung, das Jeans-Ensemble zu wählen.

«Allerdings musst du dich natürlich noch umziehen. Wir haben momentan Versace-Woche», erklärt sie. «Ich suche dir gleich mal ein schickes Outfit raus.»

Mist, es war die falsche Entscheidung, die Jeans-Kombi zu wählen. Mit meinem Anzug wäre ihr vermutlich gar nicht aufgefallen, dass ich nicht in die Visage-Woche passe.

Obwohl Victoria mit ihrer Funktion, die sie hier im Laden bekleidet, etwas geschummelt hat, verstehe ich Florians Warnung nicht. Ich meine, warum soll ich mich von ihr fernhalten? Weil sie eine Lügnerin ist? Den Zahn werde ich ihr schon noch ziehen. Ansonsten macht sie mir bislang einen netten Eindruck. Einen sehr netten. Sobald die Bleivergiftung überstanden ist und ich wieder Herr über meine Motorik und mein Sprachzentrum bin, könnte ich mir sogar vorstellen, sie nach einem Date zu fragen. Heute Abend habe ich zwar schon eine Verabredung – ein Abendessen mit Tanja, das ich gestern noch spontan arrangiert habe –, aber wenn es mit ihr schiefläuft, wäre Victoria auf jeden Fall eine gute Alternative. Flo hat wirklich keine Ahnung von Frauen.

«Versteh das bitte nicht falsch, Alexander, aber dürfte ich vielleicht trotzdem noch deine Papiere sehen? Du weißt schon, Lebenslauf und ein paar Zeugnisse und so. Reine Routine, ich werde den Teufel tun, jemanden mit deinen Vorkenntnissen wieder gehen zu lassen.»

Augenblicklich verklumpt das Blei in meinem Kopf und sackt mit Schwung in Richtung Kniekehlen. Fast wäre ich dabei zu Boden gegangen.

Sie möchte WAS sehen? Meine Papiere? Warum? Ich komme doch auf Empfehlung des Chefs!

«Also, äh … ich habe jetzt gar nichts dabei.» Unsicher sehe ich von ihr zu Kai. «Alles kam so plötzlich, und … ich lebe ja eigentlich in … äh, München.»

«Verstehe», sagt Victoria und schweigt kurz. Mein Gott. Die Frau kann schweigen und verstehen. Ich sollte wirklich dringend mit ihr ausgehen. Doch plötzlich runzelt sie die Stirn. «Also, ich weiß, du kommst auf Empfehlung, und Florian hat mich ja gestern auch extra noch angerufen.» Sie scheint noch einmal über alles nachzudenken. «Aber letzten Endes bin ich natürlich verantwortlich für den Laden. Es scheint mir am besten zu sein, wenn ich schnell den Senior informiere, damit er auch Bescheid weiß.»

Irgendwie komme ich jetzt nicht mehr ganz mit. Warum glaubt Victoria, sie sei verantwortlich? Wie viel Verantwortung kann denn eine erste Verkäuferin tragen? Ich bin doch in Vertretung des Geschäftsführers hier. Gut, ich habe gerade freiwillig darauf verzichtet, den Obermacker raushängen zu lassen, aber muss ich deswegen gleich meinen Pass vorzeigen?

Dann fällt es mir wie Schuppen von den Augen. Auf keinen Fall darf Victoria bei Florians Vater anrufen! Ich erinnere mich noch sehr genau daran, was mein Kumpel gesagt hat: Sein Vater darf nichts von unserem Deal erfahren. Also kein Anruf. Unter keinen Umständen! Ich möchte schließlich nicht die Schuld an einer tödlichen Dosis Aufregung und damit womöglich die Verantwortung für eine ganze Sippe Infarkt-Toter tragen.

«Das … äh … wird nicht nötig sein», bricht es aus mir heraus, ohne dass der Gedanke fertig gedacht wäre. Wie kann ich mich also – ohne geeignete Zeugnisse und ohne die Geschäftsführerfrage noch einmal neu zu diskutieren – als vertrauenswürdig und kompetent ausweisen? Es müsste etwas sein, das mich außerdem vor weiteren Fragen bewahrt und einen Anruf bei Florians Vater nicht nur unnötig, sondern geradezu unmöglich macht. Mmh, vielleicht in dem ich persönlich …

«Wenn du willst, rufe ich schnell selbst in Mailand an und erkläre alles.» Wir haben die Kellertreppe erreicht. «Es ist nicht gut, wenn wir … äh … Papa so aufregen. Er sollte auch nicht erfahren, dass Flo krank ist. Denn ganz unter uns: Um das Herz unseres Vaters ist es nicht zum Besten bestellt.»

Victoria horcht auf. «Papa? Heißt das, du bist …»

«Florians Bruder, ganz genau.» Es kommt mir nicht so leicht über die Lippen, wie ich möchte, aber immerhin, es kommt. Innerlich beglückwünsche ich mich zu dieser Idee. Damit sind alle lästigen Fragen aus der Welt geschaffen.

«Ich dachte, der heißt Felipe und –»

Okay, fast alle.

Ich schlage die Hacken zusammen. «Gestatten: Felipe Alexander Held-Micolucci. So lautet mein voller Name.»

Victorias Stirn ist eine einzige Kraterlandschaft. «… und lebt in der Schweiz!»

Herrje, wie hartnäckig ist die denn?

«Ach, *den* meinst du, den Pippo.» Ich gebe ein selbstsicheres Gackern von mir. «Stimmt, den gibt es ja auch noch. Lange nichts gehört von ihm. Hat sich geradezu eingegraben in … äh … der Schweiz.»

Victoria sieht in keiner Weise überzeugt aus.

«Ich bin der andere Bruder», füge ich schnell hinzu. «Der Alex. Ist etwas verzwickt. Wir sind nur so halbe Geschwister, also … äh, Halbgeschwister eben. Deshalb heißt Florian ja auch Micolucci mit Nachnamen, und ich trage Mamas Namen. Held.»

Jetzt, da ich es ausspreche, kommt es mir gar nicht mehr so abwegig vor. Ich meine, wir leben schließlich in Zeiten von Patchworkfamilien, da ist das hier doch keine Besonderheit. Außerdem wird mir gerade auf wundersame Weise die Entstehung des Boutiquennamens bewusst. Miucci ist eine Abkürzung des Familiennamens. Logisch.

Während ich noch über italienische Namen im Allgemeinen und meinen, Alexander Held-Micolucci, im Besonderen nachdenke, macht Victoria eine merkwürdige Wandlung durch. War sie gerade eben noch herzlich und freundlich, wirkt sie nun auf einmal so, als müsse sie sich zusammenreißen, um mir nicht ins Gesicht zu spucken. Ihr eingefrorenes Lächeln erreicht die Augen nicht mehr, und ihr turboerotischer Mund zuckt spöttisch.

«Tja, was haben wir für ein Glück, nicht wahr, Kai?», wendet sie sich mit unüberhörbarer Ironie an den Außerirdischen.

«Total», gibt dieser nicht minder ironisch zurück. Dabei fixiert er mich, als sei mir der Betrug auf die Stirn tätowiert. «Ein echter Glücksfall.»

Wichser.

«Warum hat Florian nicht gleich gesagt, dass er uns seinen Bruder schickt? Dann hätten wir uns die ganze Diskussion natürlich sparen können.» Victoria ringt sich ein Lächeln ab.

Was zum Geier geht hier vor sich?

«Trotzdem brauche ich natürlich deine Papiere. Du weißt schon, wegen der Versicherung und so weiter. Auch wenn es nur um zehn Tage geht.»

Ich nicke. «Klar.» *Kurz mal nachdenken.* «Bestimmt kann ich es organisieren, dass jemand in meiner Münchner Wohnung die

Unterlagen zusammensucht und hierherschickt. Das dürfte eigentlich machbar sein.» … und garantiert zehn Tage dauern.

«Prima.» Victoria dreht sich energisch um. Ihr Zopf fliegt hinterher. «Dann machen wir trotz deiner immensen Vorkenntnisse zunächst einmal eine Geschäftsbegehung, also gleich nachdem du dich umgezogen hast.» Sie schenkt mir ein süffisantes Lächeln. «Sagte ich schon, dass wir momentan Versace-Woche haben?»

6. Kapitel

Keine halbe Stunde später erwäge ich zum ersten Mal, Florian und seinen italienischen Clan einem frühen Herztod auszuliefern, indem ich den Deal mit ihm platzen lasse.

Voll böser Vorahnungen stehe ich mit Victoria, von der noch nicht abschließend geklärt ist, ob ich mit ihr essen gehen sollte oder nicht, im Keller von Miucci und beobachte misstrauisch, wie sie mir etwas zum Anziehen raussucht.

Das letzte Mal, als ich von einer Frau eingekleidet wurde, ging die Aktion gründlich daneben. Ich war zwölf und wurde anlässlich der Konfirmation meiner Cousine Bettina in einen Anzug gesteckt, der mich, dank eines psychedelischen schwarzweißen Karomusters und eines den Achtzigern geschuldeten XXL-Jackenformats, wie eine wandelnde Zielflagge beim Autorennen aussehen ließ. Die anwesende Tantenschar schrie vor Begeisterung. Und als wäre das allein für einen Teenager nicht Grund genug, sich das Leben zu nehmen, drückten sie mir außerdem unentwegt feuchte Küsse ins Gesicht.

Um mich abzulenken, lasse ich meinen Blick durch den Raum schweifen. Das Wort *Keller* scheint mir für dieses feudale Untergeschoss kaum die richtige Bezeichnung zu sein. Der Boden ist durchweg mit dunkel gebeizten und auf Hochglanz lackierten Holzdielen ausgelegt, in deren Mitte ein üppig verschnörkelter Teppich prangt. Zwei in sich verschlungene Buchstaben, E und M, bilden das Zentrum des Musters und wurden farblich hervorgehoben. Ich schätze, es handelt sich hierbei um die Initialen von Ernesto Micolucci, Florians Vater.

Obwohl wir uns im Kellergeschoss befinden, verfügt der Raum

über bodentiefe Fenster. Keine zwei Meter unter dem Fenstersims blickt man auf einen Seitenarm der Alster, der dort still und vermutlich stinkend vor sich hin dümpelt. Typisch für Hamburg. Wer in dieser Stadt etwas auf sich hält, kann ohne Wasserblick nicht existieren. Und schon gar nicht repräsentieren. Dabei ist es vollkommen unerheblich, ob es sich bei dem Gewässer um einen mit bloßem Auge kaum noch wahrnehmbaren Teil der Elbe oder einen modrigen Alsterarm direkt vor dem Fenster handelt. Jeder Tropfen Wasser macht in Hamburg aus einer *guten* Wohnlage eine *exklusive*.

Dieser Raum dient eindeutig nicht als Verkaufsraum, trotzdem funkeln hier schwere Kronleuchter an der Decke. An den Wänden wurde weiße und beige Farbe zu einem ungleichmäßigen Sandton verwischt und anschließend mit Wachstechnik veredelt. Ein moderner Schreibtisch mit Blick zum Fenster steht an der kurzen Seite des Zimmers, und an den beiden Längsseiten prangen meterlange Kleiderstangen. Außer dem verschnörkelten Logo-Teppich entdecke ich noch einen weiteren Farbtupfer: zwei lilafarbene Samtvorhänge, die gegenüber dem Schreibtisch wandhoch von der Decke baumeln.

«Dieser Raum ist unser interner Showroom», erklärt Victoria, die meinem Blick gefolgt ist. «Wenn eine neue Kollektion eintrifft und es Sinn macht, sich die Schnitte und den Sitz am Model anzuschauen, geschieht dies meist hier unten. Dann öffnen wir die Zwischentür zum Nachbarraum und erhalten so genügend Platz, um einen kleinen Laufsteg zu simulieren.» In ihrer Stimme schwingt Stolz mit, was ich angesichts der Tatsache, dass dieser Laden ja wohl kaum ihr Verdienst ist, eigenartig finde.

«Wenn nichts präsentiert werden muss, nutzen wir die Fläche als Büro. Und, wie man sieht, auch ein bisschen als Lager.»

Also, falls sie die vielen Klamotten meint, die hier rumstehen, hätte ich da eine Idee: eBay …

«Normalerweise ist es hier nicht derart unordentlich», entschuldigt sich Victoria «aber seitdem drei Kollegen ausgefallen sind, kommen wir mit dem Aufräumen und dem Auffüllen der Ware kaum mehr hinterher. Nebenan stapeln sich die Kartons bereits bis zur Decke, deshalb mussten wir hierhin ausweichen.»

Wie zum Beweis durchquert sie den Raum und öffnet eine als Spiegel getarnte Tür zwischen den Umkleiden. Ich erhasche einen kurzen Blick auf das Chaos, ehe Victoria die Tür verschämt wieder schließt. Sie deutet auf die kilometerlange Kleiderstange.

«Dort links hängt die Versace-Musterkollektion. Es sind Teile, die wir zur Ansicht bekommen haben und die wir später, sobald die gesamte Kollektion erhältlich ist, tragen dürfen, wenn wir möchten. Aus Werbegründen ist das in den entsprechenden Designer-Wochen natürlich unerlässlich.» Sie deutet kurz an sich herunter. «Das hier ist zum Beispiel von Versace.»

Ich versuche, nicht so genau hinzugucken. Unter keinen Umständen möchte ich, dass mir wieder so heiß wird. Heute bin ich konditionell eindeutig nicht gut drauf. Zumal mir vor Hunger regelrecht schlecht ist und ich außerdem unter einem amtlichen Nachdurst leide. Wäre toll, wenn sie jetzt mal zur Sache kommen könnte, damit ich eine Mittagspause einlegen und nebenbei eine Handvoll Kopfschmerztabletten einwerfen kann. Mehr muss ich vom Keller ja nun wirklich nicht wissen.

«Durch diese Tür», Victoria deutet auf einen weiteren Spiegel mit Griff, «gelangt man in das Treppenhaus zwischen diesem und dem Nachbarhaus. Von dort wird die Ware angeliefert und hier zwischengelagert, bis wir alles gesichtet und geordnet haben. Dann beginnen wir möglichst zeitnah mit dem Einsortieren.»

Ich unterdrücke ein Gähnen. Wie kann man sich nur so in Details verlieren? Wie sich zeigt, stellen Frauen nicht nur irrelevante Fragen, sie geben auch noch ausführliche, uninteressante Erklärungen ab. Zu der Frage, wann hier beispielsweise Feierabend ist und wo man mit-

tags ordentlich essen kann, kommt sie wahrscheinlich erst am Ende der zehn Tage.

«Nach oben gelangt man mit diesem Fahrstuhl», macht Victoria gnadenlos weiter mit der Kellershow, «er führt in den hinteren Verkaufsraum, von wo aus …»

Ab hier blende ich mich aus. Was geht mich das alles an? Ich bleibe doch nur ein paar Tage. Außerdem springe ich hier als Top-Verkäufer ein, nicht als Lagerist oder Kartonstapler.

«… ab und zu präsentieren wir im Haus eine richtige Modenschau. Mit geladenen Gästen, Presse und so weiter. Dann müssen sich die Models hier unten umziehen», sagt Victoria, und ich werde kurz wieder wach. Weil Männer nun mal beim Wort *Model* hellhörig werden. Das ist genetisch bedingt.

«… deshalb die beiden Umkleidekabinen.» Meine selbsternannte Chefin schiebt einen der lila Samtvorhänge zur Seite. «Heute kannst du hier schnell das Outfit wechseln. Möchtest du lieber etwas aus der Frühlings- oder der Sommerkollektion tragen?»

«Äh … Aber wir haben Winter!»

«Ganz genau. Deshalb verkaufen wir ja auch bereits die Kollektion für das nächste Frühjahr und den nächsten Sommer.»

«Echt? Krass.»

Ich ernte einen schiefen Blick. «Sag bloß, bei Prada lief das anders?»

«Äh … na ja … ich war da ja normalerweise mehr für … Events zuständig.»

Eine von Victorias Augenbrauen hebt sich. Vermutlich ein Zeichen ihrer Anerkennung. «Scheint so, als habe es viele davon gegeben.»

Ich verstehe nicht so recht, was sie mir damit sagen möchte. Muss ich aber auch gar nicht, denn sie ist bereits bei der nächsten Überlegung: «Ich würde dir die Sommerkollektion vorschlagen. Bevorzugst du eine besondere Farbe? Gelb oder Pink?»

«Tja …» Schwarz. Dunkelbraun. Dunkelblau …

«Kai ist farblich leider nicht so mutig. Aber Männer mit italienischen Wurzeln, wie du, gehen mit Farben ja ohnehin viel souveräner um. Und als Sohn des Hauses weißt du natürlich, wie wichtig diese verkaufsfördernde Maßnahme ist.»

«Na-natürlich.»

«Dann hast du sicher nichts gegen den Sorbet-Trend einzuwenden?»

Sorbet-Trend? Klingt verlockend, ist aber bestimmt eine Falle. «Tja, also ich würde gern …»

«Wusste ich es doch! Finde ich toll, dass du dich was traust.» Hochzufrieden nickt Victoria mir zu. «Endlich mal ein Kerl, der keine Angst hat, für schwul gehalten zu werden, nur weil er eine bunte Hose trägt. Also: Gelb oder Pink?»

Eigentlich immer noch am liebsten Schwarz.

«Ich schätze mal, du wählst Gelb. Auch wenn ich persönlich Pink schöner fände. Passt besser zu deinem Teint. Für einen Italiener bist du ja recht hellhäutig.»

Also, das schlägt doch dem Fass den Boden aus. Hellhäutig lasse ich vielleicht gerade noch so durchgehen, aber ich und Pink? Das wäre ja, als würde die Fußballnationalmannschaft demnächst im Röckchen spielen. Abartig!

«Auf keinen Fall Pink!»

«Okay, dann also Gelb.»

Victoria eilt zur Kleiderstange, pickt einen Kleidersack heraus und hängt ihn im Anschluss in die Kabine. Mich schiebt sie gleich hinterher. «Der Anzug sollte dir passen, probier mal.» Unerbittlich schließt sie den Vorhang.

In meinem Kopf schrillen die Alarmglocken: Ich sag nur: Konfirmationsanzug!

Hat sie außerdem eben gesagt, sie würde Pink bevorzugen? Ding-

dong, Divenalarm! Ich werde einen Teufel tun und sie nach einem Date fragen!

«Es ist auch ein Hemd dabei», höre ich sie dumpf sprechen. «Und während du dich anziehst, suche ich dir noch eine geeignete Krawatte dazu heraus.»

Möglicherweise war die Erwähnung meiner Verwandtschaftsverhältnisse doch kein so genialer Schachzug. Jetzt hält sie mich für einen mutigen, modelustigen Italiener mit Hang zum Sorbetessen. Für einen, der sich was traut, im Gegensatz zu dem eierschalfarbenen Spock oben im Verkaufsraum.

Mit gemischten Gefühlen beginne ich, mein Jeanshemd aufzuknöpfen. Nebenbei begutachte ich die Umkleidekabine, für die *Haremsgemach* eine weit bessere Bezeichnung wäre. Alles in allem hat man hier drinnen schätzungsweise zehn Quadratmeter zur Verfügung, die Wände sind tapeziert und mit pompösen Spiegeln, einer schmalen Anrichte mit Papiertüchern und sogar einem kleinen, eingelassenen Flachbildfernseher bestückt. Was für eine Verschwendung!

Das Ganze wird mir immer unheimlicher. Ich möchte eigentlich auch gar keine anderen Klamotten tragen als meine eigenen. Warum auch? Nur wegen der blöden Aktionswoche? Die Idee ist doch todsicher auf Victorias Mist gewachsen. Einem Mann wäre von vornherein klar gewesen, dass es totaler Bullshit ist, seine Geschlechtsgenossen durch lebende Werbefiguren zu einem Spontankauf zu bewegen. Kein Mann kauft sich spontan einen Anzug, nicht mal, wenn er sorbet- oder wie auch immer farben ist. Auch keiner, der sich *was traut*. Männer kaufen vielleicht spontan einen Hamburger. Oder einen Liter Motoröl, wenn er an der Tankstelle im Angebot ist. Aber NIEMALS einen Anzug. Für einen derartigen Kauf muss es einen triftigen Grund geben. Eine Hochzeit, beispielsweise. Oder eine Beerdigung. Dann geht der Mann in ein Geschäft seiner Wahl und fragt nach einem Modell in der bevorzugten Preisklasse. KEINESWEGS fragt er nach der Farbe! Falls Größe oder Preis nicht stimmen, kauft er stattdessen lieber den Hamburger. Und UNTER KEINEN UMSTÄNDEN würde der Mann am selben Tag einen weiteren Klamottenladen aufsuchen. Dafür ist ihm seine Zeit zu schade.

Es macht folglich gar keinen Sinn, dass ich mich umziehe. Ich werde Victoria diese simple Logik erläutern. Diese Frau muss definitiv mal jemand in ihre Schranken weisen. Nur weil Flo nicht anwesend ist, denkt die doch glatt, sie kann hier total ausflippen.

«Kommst du klar?», flötet sie hinter dem Vorhang. «Schön, dass du so selbstbewusst bist und dich für den Sorbet-Trend entschieden hast.»

Also, von *entschieden* kann ja wohl kaum die Rede sein. Andererseits möchte ich das Bild, das sie von mir als selbstbewusstem, modemutigem Sohn des Hauses hat, jetzt ungern revidieren. Ich könnte also zumindest mal schauen, was sie mir ausgesucht hat, dann sehen wir weiter.

Misstrauisch öffne ich den Reißverschluss des Kleidersacks. Drinnen befindet sich, genau wie Victoria es angekündigt hatte, etwas Gelbes. Ein Anzug. Ein gelber Anzug. Nein, er ist nicht gelb, er ist kanariengelb. Ein komplettes Outfit in einer Farbe, in der nicht mal ein schwuler Postbeamter zur Christopher-Street-Day-Parade gehen würde. Sogar das Hemd ist gelb, nur heller. Als hätte ein nierenkranker Rentner eine Baumwollplantage bepinkelt. Oder als hätte das Teil zu lange in einem Zimmer mit Südwest-Ausrichtung am Fenster gehangen, um es mal mit Britneys Argumenten auszudrücken.

Niemals werde ich dieses Ding anziehen. Niemals!

«Und, wie ist die Farbe?», will Victoria wissen. «Der Anzug müsste eigentlich passen. Auf Anhieb würde ich sagen, du hast dieselbe Größe wie Kai. Möglicherweise ist Kai in den Hüften etwas schmaler.»

Auf Anhieb würde ICH sagen: Das ist eine Frechheit. Will sie damit vielleicht andeuten, ich sei dick? Wer gibt ihr das Recht, über meine Hüften zu urteilen? Nur weil mein Taillenumfang möglicherweise ein kleines bisschen stärker ist als der einer einjährigen Blutbuche?

Zum Beweis meiner fettfreien Hüfte jette ich mit Schallgeschwindigkeit in die Anzughose. Passt wie angegossen, wer sagt's denn? Es ist eher das Hemd, das zu klein ist. Oder meine Brust zu muskulös. Ha! Damit hat die Königin der Kellerräume wohl nicht gerechnet. Nur weil ich hellhäutig bin, muss ich ja kein Hänfling sein.

«Hier gibt es ein Missverständnis», erkläre ich, ohne den Vorhang auch nur einen Millimeter zu öffnen. «Du hast mir ein Frauenhemd rausgesucht. Außerdem ist Gelb vielleicht doch nicht so ganz meine Farbe und –»

Der Hall meiner Worte ist noch nicht komplett vom Haremsteppich verschlungen, da reißt Victoria auch schon den Vorhang zurück. «Willst du jetzt doch lieber Pink?»

Langsam erwäge ich, das Arbeitsgericht einzuschalten. Was hier abläuft, ist ja wohl Mobbing. Ich möchte weder Gelb noch Pink, ich möchte nach Hause. Oder in die *Goldquelle*. Auf jeden Fall weg von hier.

«Lass mal sehen», befiehlt Victoria und tritt einen Schritt näher.

Mit schlanken Fingern nestelt sie geschickt an meinem Hemd herum, wobei ich reflexartig den Bauch einziehe. Dabei habe ich eigentlich gar keinen. Es gibt nichts, wofür ich mich schämen müsste. Okay, das Brusthaar könnte üppiger sprießen, und mit ein bisschen Sonnenbräune hätte man mir den Italiener wahrscheinlich eher abgekauft. Aber wir haben Dezember. Kein blonder Hetero, der noch alle Tassen im Schrank hat, ist im Winter gebräunt.

«Ausziehen!», sagt Victoria im Kasernenton und verschränkt die Arme vor der Brust.

«Aber ich will kein Pink!»

«Das habe ich verstanden.»

«Und warum soll ich mich dann ausziehen?»

«Du sollst dich nicht komplett ausziehen. Nur das T-Shirt unter dem gelben Hemd. Oder willst du allen Ernstes dieses Slim-Cut-Hemd mit einem T-Shirt drunter tragen?»

«Na ja …»

Victoria sieht aus, als hätte ich vorgeschlagen, das T-Shirt *über* dem Hemd zu tragen.

«Dieses Hemd hat einen Stretchanteil», erklärt sie genervt. «Es passt sich deiner Körperform an. Alles, was du drunterträgst, zeichnet sich ab. Normalerweise wissen Italiener so was doch.»

Normalerweise lassen sich Italiener auch nicht von einer Frau sagen, was sie anziehen sollen. Nicht mal, wenn sie zur Konfirmation ihrer Cousine müssen.

Ansonsten hat Victoria vermutlich recht. Ich kenne jedenfalls keinen Spaghettifresser, der nicht versessen darauf wäre, der Welt sein Brustgestrüpp zu präsentieren.

«Verkauft Prada denn keine Stretchhemden?», fängt Victoria jetzt wieder mit ihrem Lieblingsthema an und wirft mir einen prüfenden Blick zu.

«Also, bei der … äh …» Hochkonzentriert beginne ich, mich vor ihren Augen erst aus dem Hemd, dann aus meinem T-Shirt zu pellen. «Bei der Eventplanung trägt man eigentlich eher selten so enge Hemden. Das behindert den Aktionsradius.»

Einen Moment wirkt es so, als wolle Victoria diese Information hinterfragen, doch dann scheint sie es sich anders überlegt zu haben. Mit unmissverständlichem Blick hebt sie den pipigelben Stofflappen auf, den ich achtlos auf den Boden geworfen habe, und drückt ihn mir gegen die nackte Brust.

«Wir müssen uns ein bisschen beeilen. Kai ist oben allein, und es gibt haufenweise Arbeit.»

Brav ergreife ich die Slim-Cut-Stretch-Sorbet-Missgeburt und

werfe das Teil unter Victorias strengen Augen erneut über. Warum mache ich das nur? Ach ja. Ich bin der Mann, der sich was traut.

Plötzlich fühle ich Victorias Finger an meiner Brust. Offenbar geht es ihr noch immer nicht schnell genug, weshalb sie nun wie eine Mutter beginnt, mir das Hemd zuzuknöpfen.

Auf einer Skala von 1 bis 10 – wobei 1 für *Geht mir am Arsch vorbei!* steht und 10 für *Mir ist das alles so peinlich, dass ich lieber eine Woche in dem karierten Konfirmationsanzug in der* Goldquelle *arbeiten würde, als mir von dieser Frau das Hemd zuknöpfen zu lassen!* – bewege ich mich gefühlstechnisch im Bereich einer satten 70 000. Ich meine, ich stehe mit offener, kanarienvogelfarbener Hose, uringelbem Hemd und einer Alkoholfahne, die auf Kleinkinder und Haustiere mit Sicherheit toxisch wirken würde, vor einer Frau. Einer sehr hübschen Frau. Außerdem bin ich unrasiert und Brusthaar-Minimalist. Das sagt wohl alles.

«Siehst du, passt doch wunderbar!» Victoria ist beim vorletzten Knopf angelangt und blickt hoch. Vermutlich, um zu sehen, ob ich mich darüber freue, ab sofort optisch in einer Liga mit einer Gummiente zu spielen.

Einen Moment sehen wir uns in die Augen. Wir stehen so dicht voreinander, dass ich dunkle Punkte in ihrer bernsteinfarbenen Iris ausmachen kann. Außerdem entdecke ich Sommersprossen auf ihrer Nase, die sie versucht hat, durch eine dünne Schicht Make-up zu verdecken. Ihr Haar und überhaupt alles an ihr duftet unaufdringlich, aber gut. So gut, dass ich am liebsten meine Nase darin vergraben möchte. Kein Hauch orientalisches Hammelfleischgewürz weht darin. Wenn ich mich festlegen müsste, würde ich sagen: Sommerwiese light.

Die erste Hitzewallung trifft mich vollkommen überraschend. Sie schlägt hauptsächlich unterhalb der Gürtellinie ein. Erfreulicherweise habe ich die Hose inzwischen geschlossen. Die zweite Welle hat nichts mehr mit Victoria zu tun. Sie knockt mich aus, da ich seit schätzungsweise fünf Minuten die Luft anhalte und mir nun langsam der Sauerstoff ausgeht.

«Ist alles okay?», fragt sie besorgt und nestelt am letzten Knopf herum.

Ich schweige beharrlich. Erst als sie ihre Finger von meinem Oberkörper nimmt, drehe ich mich um und japse nach Luft. Keine Sekunde zu spät, aber dennoch ein Fehler. Denn nun blicke ich direkt in den mannshohen Spiegel der Kabine und kann das ganze Ausmaß der Wer-sagt's-denn-Woche – oder wie die noch mal hieß – begutachten. Es ist, gelinde gesagt, ein Desaster.

«Steht dir super!», freut sich die Queen des schlechten Geschmacks und hält mir zu allem Überfluss nun auch noch das quietschgelbe Sakko hin. «Gefällt es dir?»

So gut wie eine eitrige Wunde.

«Total», sage ich matt und streife das Oberteil über. Das Einzige, was an diesem Anzug super ist, ist die Tatsache, dass ich ihn in fünf Stunden wieder ausziehen kann. Den Quatsch kauft definitiv kein Mensch. Jedenfalls keiner, der im Vollbesitz seines Augenlichts ist.

Victoria reicht mir eine beigefarbene Krawatte. Mein Glück. Wäre das Ding schwarz, würde man mich vermutlich für einen Atomkraftaktivisten halten.

«Deine Outfits für den Rest der Woche habe ich mit Kais Anzügen abgestimmt und dir der Reihe nach dort auf die Kleiderstange gehängt.» Victoria deutet auf die rechte Wand. «Freitags ist hier immer Dress-down-Day, da geht unser Kleidungsstil etwas mehr in Richtung easy-casual. Mit kurzen Hosen und so.» Sie lächelt.

Ich nicht. Kurze Hosen? Im Dezember? Tickt die noch ganz richtig? Ich möchte wirklich nicht wissen, was mich morgen erwartet. Eine Grippe vermutlich, denn ich trage ja gerade die Sommerkollektion.

Sobald sich die Gelegenheit ergibt, werde ich mich bei Florian beschweren.

«Hier hast du noch passende Schuhe.» Victoria drückt mir einen Karton in die Hand. «43, oder?», fragt sie, und ich nicke mechanisch. «Dachte ich es mir doch.» Zufrieden wendet sie sich ab. «Ich gehe schon mal hoch. Bitte beeil dich, damit wir oben mit der Einführung weitermachen können.»

«Und ... äh, wann ist hier Mittagspause? Also, nicht, dass ich dringend eine bräuchte, wir haben ja noch gar nicht richtig losgelegt, aber ... »

«Ja, du hast vollkommen recht. Wir sollten wirklich schleunigst mit der Arbeit beginnen. Wenn du also wirklich keine Pause brauchst ... ?» Ein fast flehender Blick trifft mich.

«K-keineswegs. Ich bin pausenloses Arbeiten gewohnt.»

«Prima. Dann bis gleich.»

Mit diesen Worten verlässt Victoria den Raum. Hypnotisiert starre ich einen Moment auf ihren Hintern. Warum noch mal wollte ich nicht mit ihr ausgehen?

Fünf Minuten später weiß ich es wieder: weil sie eine Diva ist! Und ich habe den Beweis. Und zwar einen, der schwerer wiegt, als ihre bloße Vorliebe für Pink.

Der Beweis steht direkt vor meiner Nase, neben dem Karton mit den ach so passenden Schuhen, den ich sicherheitshalber erst mal ungeöffnet auf dem Schreibtisch deponiert habe. Gut, wenn man es genau nimmt, steht das divenüberführende Beweisstück nicht exakt neben dem Schuhkarton, sondern eher etwas darunter. Eingekeilt zwischen Schubladenschrank und Papierkorb. Halbherzig versteckt unter einer Strickjacke lauert dort eine riesige Handtasche!

Nun ist es also amtlich: Meine selbsternannte Chefin besitzt eine Handtasche (Beweisstück A), wie sie tussenhafter nicht sein könnte. Es ist geradezu eine Monstertasche. Schlicht und schwarz, aber nun mal eine Riesentasche. Eine, in der man ohne Probleme das Toupetset von Rudi Völler unterkriegen könnte. Oder eine Mikrowelle aus den Achtzigern. Zuzüglich des 365+ Geschirrsets von Ikea. Und dass Beweisstück A Victoria gehört, lässt sich kinderleicht beweisen, nämlich anhand von Beweisstück B, einer Haarbürste, die mir bei einem sehr kurzen, SEHR beiläufigen Blick ins Innere des Taschenmonsters ins Auge springt.

Wer, wenn nicht Victoria, benötigt in diesem Laden eine Bürste? Wohl kaum Mr. Spock mit der Betonfrisur.

Ab sofort werde ich Florians Warnung also beherzigen, ich werde Victoria weder zum Essengehen einladen noch ihr jemals wieder so nahe kommen, dass Nebenwirkungen zu erwarten sind. Ich werde sie am besten, so gut es geht, ignorieren. Sie ist mir jetzt schon so was von egal. Meinetwegen könnte sie in ihrer Freizeit pinkfarbene Regenwürmer züchten und anschließend aufessen, mich würde das nicht mehr interessieren.

Und Victoria ist mir nicht zuletzt deswegen so unglaublich egal, weil ich heute Abend bereits ein Date habe. Eines, das sehr vielversprechend zu werden scheint. Mit Tanja, einer attraktiven Maklerkollegin, die mit Sicherheit nicht auf pinkfarbene Anzüge steht und auch ansonsten erfrischend normal ist. Sie verdient ihr eigenes Geld, schmückt sich nicht mit fremden Federn und behauptet auch nicht, die Chefin von irgendwem zu sein. Und vor allem ist nicht zu erwarten, dass sie mir vorschreibt, was ich anziehen soll. Im Gegenteil. Wenn der Abend so läuft, wie ich ihn mir vorstelle, soll sie mir ruhig sagen, was ich *ausziehen* soll.

7. Kapitel

Argwöhnisch betrachte ich den Schuhkarton. Was Victoria mir wohl rausgesucht hat, doch hoffentlich keine gelben Gummistiefel? Zuzutrauen wäre es ihr.

Mit Schwung reiße ich den Deckel runter – und erstarre. Gummistiefel wären im Gegensatz hierzu ja noch okay gewesen. Stattdessen blicke ich auf ein Paar beigefarbener Lackschuhe. Kein Scherz, LACKSCHUHE! Nach den Hitzewallungen, dem hämmernden Kopfschmerz und der Verärgerung über den gelben Anzug ist dies eindeutig der Gipfel. Mir reicht es! Auch wenn mir eine leise Stimme, tief in meinem Inneren, sagt, dass sich der italienischstämmige Sohn eines Modetycoons über Lackschuhe vermutlich nicht beschweren würde und eine derartige Reaktion bei Victoria daher unnötig Verdacht erregen dürfte, muss ich meiner Wut Luft machen. Und ich weiß auch schon, wer sich jetzt warm anziehen kann!

Aufgebracht wähle ich Florians Nummer. Sollte er nicht sofort etwas gegen diesen Modezirkus unternehmen, sind wir die längste Zeit Freunde gewesen!

Viel zu früh ertönt ein nerviges Tuten im Telefon: kein Netz. War ja klar. Ich bin ein Gefangener im Miucci-Keller. Inhaftiert in meinem eigenen, pipigelben Guantanamo.

«Alexander, kommst du?» Meine Gefängniswärterin in der oberen Etage klingt gestresst. «Wir brauchen dich. Dringend!»

In Zeitlupentempo bewege ich mich zur Treppe. Keinen Millimeter weiter.

«Alexander?»

Ja doch! Ich stehe vor der Treppe, unfähig, den ersten Schritt zu machen. ZWÖLF STUFEN BIS ZUR HÖLLE. Warum nur bricht kein Tsunami los, wenn man einen braucht? Ein Wasserrohrbruch wäre auch o. k., da bin ich gar nicht wählerisch. Oder Bombenalarm wegen eines Blindgängers direkt unter diesem Keller.

NOCH ELF STUFEN. Schlimm genug, dass Victoria mich in diesem Outfit gesehen hat. Jetzt soll ich mich damit auch noch der Öffentlichkeit zeigen? Die lachen mich doch aus!

NOCH ZEHN STUFEN. Warum trägt Victoria eigentlich etwas Schwarzes, wo sie doch Pink so liebt?

NOCH NEUN STUFEN. Und der Taschen-Fetischist? Wieso darf der in erträglichem saharasandfarbenem Anzug hier herumstehen und einen auf George Clooney machen, während ich wie ein schwuler Eisverkäufer am Brokeback Mountain aussehe?

NOCH ACHT STUFEN. Das wird Florian mindestens einen fetten Abend in der *Goldquelle* kosten. Einen? Wohl eher zehn. Und meinen Zettel bei Ben kann er auch gleich bezahlen!

NOCH SIEBEN STUFEN. Hilfe, bin ich derjenige, der sich dort vorn in der Wandverkleidung spiegelt? Oder erscheint mir gerade Bibo, der gelbe Vogel aus der Sesamstraße?

NOCH SECHS STUFEN. Fehlt nur noch, dass mich jemand für einen schwulen Modefuzzi hält, weil ich in dem Laden – oh mein Gott, mir fällt etwas ein.

NOCH FÜNF STUFEN. Mr. Spock ist schwul! Dass ich da nicht längst draufgekommen bin! Ich fasse es nicht, schon wieder ein Schwuler in meinem direkten Umfeld. Ist man denn vor denen nirgendwo mehr sicher?

NOCH VIER STUFEN. Ich kann nicht mit einem Schwulen zusammenarbeiten, unmöglich. Sieht man ja an Marcel.

NOCH DREI STUFEN. Was, wenn der Spock da oben mich anmacht? Wenn der mich in diesem Outfit sieht, denkt der doch todsicher, ich sei ebenfalls vom anderen Ufer.

NOCH ZWEI STUFEN. Hilfe!

NOCH EINE STUFE. Und Victoria? Hält sie mich etwa für einen homosexuellen Albino-Italiener mit löchrigem Brusthaar und Alkoholproblemen?

Oben angekommen, erwartet mich Mr. Spock und verzieht das Gesicht zu einem Grinsen. Ich sag es ja: Schon geht das Angebaggere los.

«Wo bleibst du denn?», fragt er scheinheilig, aber ich weiß genau, was er eigentlich sagen will, nämlich: «Soll ich dir vielleicht aus den Klamotten helfen, du Hosenpinkler?»

Damit wären die Fronten wohl geklärt: Wir beide werden keine Freunde.

«Kai!», ruft Victoria. «Im Foyer wartet Kundschaft.» Sie klingt immer noch ein bisschen gehetzt. «Schaffst du es vorn noch eine Weile allein?»

Warum nur ist sie zu dem Kerl so freundlich? Und mich behandelt sie wie einen Teenager auf dem Weg zur Konfirmation seiner Cousine. Dabei ist er doch derjenige, der die Meise hat. Und ich bin der Sohn des Hauses.

«Ich zeige Alexander schnell den hinteren Teil des Ladens, dann schicke ich ihn dir ins Foyer, und du erklärst ihm dort das Wichtigste, ja?»

Der Taschen-Fetischist nickt. «Alles klar. Sicher wird er alles auf Anhieb verstehen, er ist ja unser *Top-Verkäufer*.» Sein Tonfall wirkt irgendwie gekünstelt. «Ab 16.00 Uhr müsst ihr ohnehin allein zurechtkommen. Du weißt ja, ich habe dann einen Termin.»

Viktoria wirft einen kurzen Blick auf die Uhr. «Wir beeilen uns!» Schon drängt sie sich an mir vorbei und tippelt durch den Flur. «Das Foyer im Eingangsbereich und den Keller kennst du ja schon. Jetzt zeige ich dir schnell noch die weiteren Verkaufsräume.»

Willenlos trotte ich hinterher. Nicht einmal der Blick auf ihren Hintern kann meine Schmach lindern.

Nacheinander klappern wir die Räume des rückwärtigen Geschäftsteils ab. Ich stelle lange, irrelevante Fragen, um möglichst viel Zeit zu vertrödeln. Victoria gibt kurze, präzise Antworten, um mich möglichst schnell an die Tunte auszuliefern. Es ist ein anstrengender Wettlauf gegen die Uhr.

Der hintere Verkaufsbereich teilt sich im Großen und Ganzen in zwei Räume auf: einen bemerkenswert geräumigen, der durch ein fulminantes Schuhregal von einem etwas kleineren getrennt wird. Außerdem gibt es noch einen sehr kleinen Raum, den Victoria das Boudoir nennt, sowie eine geräumige Lounge-Ecke mit Sofa. Die Wände hier oben sind in demselben gediegenen Cremeweiß gestrichen, und es baumeln ebenso opulente Kronleuchter von der Decke wie im Keller. Der Boden ist mit dunklen Holzdielen ausgelegt, was, im Gegensatz zum Eingangsbereich, sicher um einiges praktischer zu pflegen ist. Zunächst erfahre ich, dass in dem großen Raum die aktuelle Kollektion hängt, wohingegen sich auf der anderen Seite des Raumteilers ausgewählte Jeansmodelle, Sonnenbrillen und *Basics* finden, was auch immer damit gemeint ist.

Plötzlich fällt mein Blick auf ein Preisschild.

«295 Euro für eine Jeans!? Da hat wohl jemand das Komma vergessen», witzele ich und kassiere einen missbilligenden Blick, gefolgt von einem Stirnrunzeln.

Ich versuche, mich zu beherrschen, schließlich muss ich so tun, als sei ich aus der Branche und Wucherpreise mein Lebenselixier.

«Ha!», platzt es dann aber doch aus mir heraus, als ich ein bedrucktes T-Shirt für 189 Euro entdecke. «Die Farbe ... das ist wohl Blattgold, was? Wenn mein ... äh, Vater sich da nicht ein bisschen weit aus dem Fenster gelehnt hat. Also, mit dem Preis, meine ich.»

Das Stirnrunzeln verdichtet sich. «Hast du eigentlich überhaupt jemals bei Miucci im Laden gearbeitet?», will Victoria sogleich wissen. «Oder auch nur in der Eventplanung?»

Okay, jetzt ist Vorsicht geboten. Zumal man ihrem Tonfall ein kleines bisschen Ironie entnehmen kann. Sie deutet auf das T-Shirt. «Ich meine, da es sich bei diesem Shirt um eine Fremdmarke handelt, hat dein Vater den Preis weder selbst gemacht noch mit einem Medium besprochen. Er wurde ihm schlicht und einfach vom Hersteller diktiert.»

Oh. Ach so. Natürlich.

Fremdmarke? Also, für mich ist das hier alles fremd.

«Weißt du», ich mache eine wegwerfende Geste, «dieser ganze Geldkram ist nichts für mich. Darum sollen sich andere kümmern. So kann ich mich fein raushalten, sollte sich jemand darüber beschweren, dass zum Beispiel diese Schuhe hier ...» Lässig greife ich mir ein paar zu kurz geratene Stiefel und will gerade schnodderig den Preis vorlesen, als ich die Zahl entziffere. «... 475 Euro kosten», bringe ich krächzend hervor und lasse vor Schreck einen Stiefel fallen.

«Vorsicht!», ruft Victoria besorgt, «die Schnalle ist mit Swarovski-Steinen besetzt!» Sie bückt sich, um den Schuh aufzuheben. «Im Übrigen habt ihr mit diesem Preis sehr wohl etwas zu tun. Das ist ein Miucci-Schuh, wie man am Logo unschwer erkennen kann.» Sie deutet auf den Schriftzug, der die Innensohle ziert, dann stellt sie das teure Teil andächtig zurück ins Regal.

Mir richten sich die Nackenhaare auf. Swarovski-Steine? Das ist doch wirklich kaum zu glauben. Wo man auch hinguckt, machen sich die Russen ihre Taschen voll.

Angesichts meines ungläubigen Blicks fühlt Victoria sich bemüßigt, eine weitere Erklärung abzugeben: «Anders als in reinen Markenläden führen wir hier auch noch Designer wie Dolce & Gabbana, Balmain, Chloé und Marc Jacobs, um mal ein paar Beispiele zu nennen.»

«Und natürlich Miucci», schieße ich ins Blaue.

Offenbar war mein Kommentar nicht so abwegig. Sah Victoria

bis eben aus, als glaubte sie mir kein Wort, hat es nun zumindest den Anschein, als halte sie mich nur für einen harmlosen Volltrottel. Definitiv eine Steigerung.

«Natürlich. Bei der Eigenmarke Miucci versucht dein Vater nicht nur modisch vorausschauend zu sein, sondern außerdem noch umweltbewusst zu produzieren. Du weißt schon: Biobaumwolle, Anfertigung in Deutschland, alternative Materialien und so.» Sie greift sich eine pinkfarbene Tasche, die zur Dekoration an einer kopflosen Puppe hing. «Dieses Modell ist zum Beispiel gar nicht aus Leder. Sieht trotzdem toll aus, oder?»

Ich versuche gar nicht erst, dem Teil etwas abzugewinnen, sondern gebe gleich ein vielsagendes «Total!» von mir. Beiläufig werfe ich einen Blick auf das Preisschild – und muss mich an der Puppe festhalten. 595 Euro!!! Das kann sich doch kein Öko leisten! Ich meine, Bio-Baumwolle und Jute-Taschen gibt es doch auch bei H&M. Wer bitte schön kauft also derart teuren Kram? Doch wohl niemand, der ganz bei Trost ist! Aber klar, das Sortiment dieses Ladens richtet sich an gelangweilte Frauen, die den lieben langen Tag nichts Besseres zu tun haben, als das Geld ihrer schwer schuftenden Männer zu verjubeln. An anstrengende Schmarotzer-Britneys, die ihren kurzbeinigen Partnern den letzten Euro aus der Tasche saugen.

Mit solchen Frauen möchte ich nun wirklich nichts zu tun haben. Denn mal ganz ehrlich: Niemand, der sein Geld durch eigene, schweißtreibende Arbeit verdient, würde auch nur in Erwägung ziehen, eine Jeans für 300 Euro oder eine Tasche für den Preis eines Laptops zu kaufen!

Ich rege mich derart auf, dass ich gar nicht bemerke, dass wir inzwischen im Boudoir stehen.

«Hier schließt sich der Kreis. Hier findet die Miucci-Kundin, was ihr zu einem kompletten Outfit fehlt: Unterwäsche!» Wieder schwingt ein stolzer Unterton in Victorias Stimme mit. Als habe sie

gerade kerngesunde Drillinge zur Welt gebracht. «Du siehst, man kann sich bei uns von Kopf bis Fuß einkleiden.»

Wie kann sie sich nur so in alles hineinsteigern? Ich meine, dies ist lediglich ein Raum voll mit Höschen. Nichts Weltbewegendes also.

Genervt blicke ich mich im Raum um und – revidiere mein Urteil. Was ich in diesem Raum erblicke, ist schon irgendwie bewegend. Beziehungsweise: Eine Frau, in eines dieser Wäschesets gekleidet, könnte einem Mann durchaus bewegende Momente bescheren.

Um mich herum, an Kleiderstangen und auf einem Tisch dekoriert, finden sich winzige, hauchdünne Unterwäscheteile. Nachthemden, BHs, alles, was das Männerherz höherschlagen lässt. Möglicherweise sollte ich meine Meinung über die Miucci-Kundin doch noch einmal überdenken. Denn wenn sie *diese* Wäsche trägt, hat sie zumindest einen Teil vom Geld ihres Mannes sinnvoll investiert.

Ob Victoria selbst auch eines dieser getupften Höschen unter ihrer seriösen Kluft verbirgt? Oder vielleicht das mit den schwarzen Schleifen? Oder …

Eine Woge Adrenalin brandet über mich hinweg. Notwendiges, sauerstoffhaltiges Blut wird durch meinen Körper gepumpt, versorgt aber dummerweise nur den Teil, der sich unterhalb der Gürtellinie befindet. Der Rest fühlt sich an, als würde er gar nicht mehr durchblutet. Aus Angst vor einer Ohnmacht rufe ich mir das Bild von Friedrich von Klatt vor Augen, wie er in einem dieser gepunkteten BHs durch sein Büro stolziert und dabei den Zettel mit dem *Score* zerreißt. Dann atme ich dreimal tief durch und habe mich einigermaßen wieder im Griff.

Victoria erzählt irgendwas über Größen und Preise, dann rauscht sie aus dem Raum und bedeutet mir mit ausschweifender Geste, ihr zu folgen.

Unsere nächste Station ist die Loungeecke im Flur. Hier zeigt mir die Frau, von der ich mir garantiert nie wieder vorstellen werde, was sie unter ihren Kleidern trägt, eine opulente Sitzgarnitur, bestehend aus zwei grauen Sofas, zwei Sesseln und einem kleinen Tisch, auf dem Zeitschriften und ein paar Prospekte ausgelegt sind.

«Falls ein Kunde oder die Begleitung eine Pause braucht», sagt Victoria und deutet anschließend auf eine verspiegelte Tür. «Dahinter befindet sich die Küche. Kaffee, Wasser, Orangensaft und Sekt, ganz nach Belieben.»

«Also, einen Kaffee könnte ich jetzt wirklich vertragen», äußere ich spontan. «Oder habt ihr vielleicht Kamillentee?»

Wenn schon meine Nerven in diesem Laden verschlissen werden, sollte ich wenigstens auf mein Herz achten. Doch Sekunden später bereue ich diese Vorsichtsmaßnahme. Wenn Victoria mich bis hierhin noch nicht für einen verweichlichten Sorbet-Fetischisten gehalten hat, dann würde sie es spätestens von jetzt an tun.

«Normalerweise wäre das ja kein Problem», sagt sie und sieht mich an, als stünde zu befürchten, dass ich gleich kraftlos zu gelbem Staub zerfalle. «Mitarbeiter dürfen sich natürlich auch gerne bedienen. Heute sitzt uns allerdings die Zeit etwas im Nacken. Kai erledigt am Nachmittag ein paar dringende Einkäufe für den Laden, du bist also für den Rest des Tages im Foyer auf dich gestellt. Deshalb ist es wichtig, dass er dir dort vorher noch alles zeigt.»

Natürlich. Kai geht shoppen, und ich muss verdursten. War ja klar.

«Wo befindet sich denn eigentlich die Herrenabteilung mit den Handys und Laptoptaschen und so?», heuchele ich Interesse, da ich der Schwúppe heute am liebsten gar nicht mehr begegnen würde. Die Männeretage zu besichtigen dürfte mir bei Victorias Mitteilungsbedürfnis mindestens eine Viertelstunde Zeit einbringen.

«Es gibt hier keine Herrenabteilung. Auch keine Handys.» Meine selbsternannte Chefin schürzt die Lippen.

Mein Blick fällt auf meine neuen Lackschuhe. «Bitte?»

«Eine Herrenabteilung gibt es hier nicht. Männer kaufen selbstverständlich bei uns ein, allerdings hauptsächlich Accessoires.»

Haha. Männer. Kaufen. Accessoires. Dass ich nicht lache.

«Im Foyer bei Kai gibt es beispielsweise Taschenmodelle für Männer. Aktentaschen, Reisetaschen, Handy- und Laptophüllen. Sie sind sehr beliebt und verkaufen sich wirklich gut.»

Fast beginne ich, ihr zu glauben. Fast.

«Aber ... wieso hängen dann im Keller so ... *schicke* ... Anzüge wie der, den ich aus ... *Werbegründen* tragen soll? Wenn Männer hier gar keine kaufen können?» Die will mich doch veräppeln!

Offenbar nicht. Trotzdem nickt Victoria, als hätte ich etwas sehr Schlaues von mir gegeben.

«Ja, du hast recht. Das muss natürlich komisch auf dich wirken.»

Komisch? Komisch finde ich hier ehrlich gesagt gar nichts.

«Das ist leider ein Defizit dieses Ladens. Die Räumlichkeiten reichen nicht aus, um auch noch Herrenkollektionen zu präsentieren. «Männer können sich die Mode aber in Ruhe im Internet ansehen und dort natürlich auch bestellen. Die meisten von ihnen bevorzugen ohnehin Online-Shopping. Ich glaube, viele genieren sich und trauen sich nicht, sich bei ihrer Kleiderwahl beraten zu lassen. Sie bestellen lieber zu Hause vor dem Rechner. Anonym und bequem. Und natürlich mit allen Annehmlichkeiten, die man auch beim normalen Einkaufen bei Miucci hat: Umtausch, Rabattaktionen und Stilberatung.» Victoria holt kurz Luft, dann macht sie weiter: «Falls etwas nicht passt oder nicht gefällt, können die Kunden die Ware im Laden tauschen oder auf dem Postwege retournieren.»

Ach. Männer trauen sich also nicht, sich hier beraten zu lassen. Ist ja interessant. Vermutlich haben sie Angst vor dem Musketier mit der Betonfrisur. Kann ich absolut nachvollziehen. «Trotzdem verstehe ich nicht, wieso ich dann als lebendes Model herhalten soll.»

Victoria schüttelt den Kopf. «Du machst hier natürlich Werbung für die Frauen. Die gucken sich die Anzüge an, sagen zu Hause ihrem Mann oder Freund, was gerade in ist, und dann wählen sie gemeinsam etwas im Netz aus.»

O Schreck! Also bin ich schuld, wenn demnächst ein ahnungsloser Mann zu Hause diesen Bibo-Anzug auspackt? Ich bin ein Verräter am männlichen Geschlecht!

Victoria grinst mich an. «Du hast offenbar keine Freundin …»

Auch wenn ich diese Unterstellung eigentlich eine Unverschämtheit finde, bin ich doch erleichtert, dass sie unter meiner gelben Hülle noch den Hetero erkennt und nicht nach meinem Freund gefragt hat.

«Wieso?», frage ich misstrauisch. Möchte sie vielleicht mit mir ausgehen?

«Na, weil du sonst wüsstest, dass Frauen das Einkaufsverhalten ihrer Männer steuern.» Dann wird ihr Grinsen noch breiter. «Vielleicht stellt deine Freundin es aber auch so geschickt an, dass du gar nicht bemerkst, wie du manipuliert wirst.»

Mir fehlen die Worte. «Ich … also …»

In diesem Moment meldet Kai sich über Victorias Knopf im Ohr. Sie nestelt an ihrem Rollkragen herum und sagt kurz darauf, wie zu sich selbst: «Alles klar, wir kommen.»

O nein. Ich will nicht nach vorn! Denn eines hat die schlaue Victoria vergessen: Als heterosexueller Mann kann man keine Handtaschen verkaufen, das ist genetisch nicht vorgesehen. Vollkommen ausgeschlossen. Wie denn auch? Ich weiß ja nicht mal, wie man eine Tasche hält. Das wäre in etwa so, als müsste ich einen Vortrag über Slipeinlagen halten. Oder über Epiliergeräte.

«Äh … Ist es nicht vielleicht besser, ich bediene heute in einem der hinteren Verkaufsräume?» Zum Beispiel bei den Höschen?

«Also, wenn ich es nicht besser wüsste, würde ich annehmen, du hast Angst.»

Witzig.

«Ich, Angst? Wovor denn?»

«Weiß ich auch nicht. Vielleicht vor Kai?»

«Schwachsinn!» Ich bin ehrlich empört.

«Na, dann vielleicht vor den Taschen? Bist du mit den Modellen vertraut? Sicher arbeitest du regelmäßig in eurem Stammhaus in Mailand, oder?»

«Also … nicht ganz sooo regelmäßig.»

Victoria legt den Kopf schief. «Wann warst du denn das letzte Mal in Italien?»

Öhm. Also, wenn man *Piccola Italia*, das kleine italienische Restaurant bei Hambitare um die Ecke, mitzählt, dann war ich letzte Woche in Italien. Ansonsten: mit sechzehn.

«Hm, in … Italien?», stottere ich. «Tja, so genau weiß ich das gar nicht mehr … Es kommt mir aber vor, als sei es gestern gewesen.»

Warum ist das überhaupt wichtig? Ich bin der Sohn des Hauses. Ich bin Spezialist. Der Top-Verkäufer. Das muss nicht hinterfragt werden.

«O. k., pass auf.» Victoria sieht mich intensiv an. «Es kam gerade neue Ware, ich erkläre dir nur kurz das Nötigste.»

Das *Nötigste* erklärt Victoria mir anhand eines der zentnerschweren Prospekte, die auf dem Tisch der Sitzecke herumliegen. Wir setzen uns nebeneinander auf das graue Sofa, und sie beginnt, mit Überschallgeschwindigkeit durch die Seiten zu blättern. Dabei weht mir unentwegt der Duft von Sommerwiese light in die Nase und macht es mir unmöglich, zu der nötigen Konzentration zu finden. Zumal Victoria jetzt Namen ausstößt, die ich im Leben noch nicht gehört habe.

«Kelly, Jackie und Marcie …»

Ihr schlanker Zeigefinger beschreibt im Katalog ein wildes Zickzackmuster, und mir wird schwindelig. Also schiele ich nebenbei auf die Cover der ausliegenden Zeitschriften. *Vogue* heißt die oberste. Abgebildet ist eine hübsche Frau in einem ärmlich wirkenden Häkellappen. Sieht mir irgendwie eher aus wie ein Spendenaufruf für das Rote Kreuz als nach einer Kaufanregung.

«Alexander?»

Ich zucke zusammen.

«Hörst du mir überhaupt zu?»

«Absolut. Du warst bei Marcie.»

«Nein, ich war bei Cookie.» Sie blättert hektisch weiter durch den Katalog. «Hier haben wir außerdem Karlie, Daria und Jade.»

Ich bin fasziniert. Bei *Natasha* frage ich mich, ob sie wohl nach Flos Freundin benannt wurde, und bei einem Modell, das Black Katie heißt, muss ich mir ein Lachen verkneifen. Klingt irgendwie mehr nach schwarzer Mamba als nach einer Handtasche.

«Haben die Taschen eigentlich auch Nachnamen?», frage ich, halb zum Spaß, halb weil es mich wirklich interessiert. Man stelle sich nur mal vor, ich müsste mir zu den vielen Modellen auch noch die Nachnamen einprägen!

Entschuldigung, kann ich bei Ihnen die Natasha bekommen?

Natürlich, welche suchen Sie denn? Natasha Hoffmann oder Natasha Schäfer? Oh, ich sehe gerade, seit neuestem führen wir auch eine Natasha Schmitz-Böhm.

Ist das krass?

Victoria scheint meine Frage weder witzig zu finden, noch nimmt sie sie ernst. Mit gequälter Miene steht sie auf. «Ich hoffe, du konntest dir auf die Schnelle ein paar Namen einprägen.» Sie klingt ehrlich besorgt. «Du bist schließlich gleich vorn allein.»

«Kein Sorge», erkläre ich und folge ihr ins Foyer. «Die Mädels sind bei mir in guten Händen!»

* * *

Zehn Minuten später bereue ich es bereits, ihr nicht besser zugehört zu haben. Ich stehe hinter dem Verkaufstresen und fühle mich in meinem signalgelben Anzug wie auf dem Präsentierteller. Wenn jetzt eine Kundin käme und nach der Biggy fragen würde – ich hätte keinen Schimmer. Aber zum Glück ist der Schwule ja noch da, auch wenn ich es unter allen Umständen vermeiden möchte, ihn um Hilfe zu bitten.

Ohnehin beobachtet er mich die ganze Zeit schon mit Argusaugen. Glaubt der etwa, ich stehle eine Handtasche? Oder ärgert er sich jetzt vielleicht doch, sich nicht für diesen zitronengelben Anzug entschieden zu haben?

Er bedient mir gegenüber eine Kundin, und auch Victoria wird sofort in Beschlag genommen. Zu mir traut sich zunächst niemand. Kein Wunder, die haben vermutlich alle Angst vor meinem atomaren Outfit.

«Ich bringe dir gleich noch einen eigenen Schlüsselbund», zischt Victoria mir zu, während sie für eine Kundin unterm Tresen eine Halstuchkollektion hervorholt. «Morgen früh müsstest du bitte den Laden öffnen, ich bin dann noch bei einem Ordertermin, und Kai kommt später, weil er für mich etwas von der Post abholen muss.»

Ich höre nur am Rande zu, weil ich krampfhaft versuche, weniger gelb auszusehen. Außerdem fürchte ich, dass man mich durch die Fensterscheibe erkennen könnte.

«Du solltest gegen acht Uhr hier sein», erklärt Victoria weiter, «dann wird manchmal schon die neue Ware geliefert. Du packst einfach aus, was du in der kurzen Zeit schaffst, machst einen Kontrollgang, ob alles ordentlich aussieht, und öffnest um Punkt zehn die Türen für die Kunden. Denk daran, den Türalarm einzuschalten. Falls du dann das Foyer verlässt, kannst du überall hören, wenn jemand den Laden betritt. Dein Outfit für morgen habe ich dir bereits zurechtgelegt, es hängt im Keller, und es wäre toll, wenn du ...» Sie macht eine Pause und sieht mir fast flehentlich in die Augen. «… wenn du morgen ohne Alkoholfahne hier auftauchen könntest.»

Mit diesen Worten galoppiert sie mit den Tüchern zu ihrer Kundin in den hinteren Teil des Ladens.

Ich atme auf und will mich gerade irgendwo hinsetzen, als die Tür geöffnet wird und eine in die Breite gegangene Joan Collins den Laden betritt.

«Guten Tag.» Angelockt von meinem Paradiesvogeloutfit, steuert sie zielstrebig auf mich zu. Leider fehlt ein Mann an ihrer Seite, mit dem ich das Verkaufsgespräch mal eben schnell abwickeln könnte. Sie ist allein, und sie sieht anstrengend aus.

«Führen Sie auch Mulberry?», will sie als Erstes von mir wissen.

Ich sag ja: Ihr fehlt der Mann. Sie will ein BlackBerry und hat sich im Laden geirrt. Kann ja mal passieren.

«Da sind sie hier komplett falsch», erkläre ich freundlich. «Soweit ich weiß, bekommen Sie das bei Saturn. Ist nur leider ein Stück zu laufen.» Mitleidig begutachte ich ihre Leibesfülle und die schwindelerregende Höhe ihrer Absätze.

«Bei Saturn?» Die Kundin reißt überrascht ihre Augen auf. «Seit wann führen die denn so was?»

Herrje. Manche Frauen sind aber auch wirklich extrem verpeilt. Wollen ein technisches Gerät kaufen und haben keine Ahnung, wo. «Ganz genau, bei Saturn.» Ich spreche bewusst langsam und deutlich. «Das ist der Elektronikfachmarkt am Hauptbahnhof.» Als sie nicht reagiert, versuche ich, ihr mit dem Werbespot auf die Sprünge zu helfen. «Ich bin doch nicht blöd!», sage ich mit einer geballten Ladung Euphorie in der Stimme. Fernsehen schaut doch nun wirklich jeder.

Jetzt geschehen zwei Dinge gleichzeitig. Kai am Tresen gegenüber lässt vor Schreck eine Handtasche fallen, und die pummelige Joan Collins vor mir stemmt energisch ihre Arme in die Hüften.

«Das wage ich zu bezweifeln, junger Mann. Denn dieser Wer-

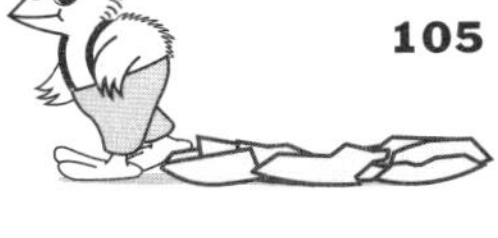

bespruch gehört zu Media Markt. Außerdem suche ich keinen Black-Berry. Sondern eine Tasche von *Mul*berry.»

Oh. «Also, äh … Mulberry …» Auch wenn ich mir gerade noch geschworen hatte, es ohne ihn zu schaffen, starre ich nun hilfesuchend zu Kai hinüber. Ihm ist sämtliche Farbe aus dem Gesicht gewichen, sodass er seinem vulkanischen Vorbild Mr. Spock zum Verwechseln ähnlich sieht. Mit aufeinandergepressten Lippen nickt er mir zu.

«Mulberry … haben wir! An was dachten Sie denn da so?», frage ich und mache eine diffuse Geste in Richtung Regal. Im Stillen hege ich die Hoffnung, sie würde selbst mit dem Finger auf ein Modell in dem Monster-Sortiment deuten.

«Sagen *Sie* es mir!», entgegnet Joan Collins spitz. «Vielleicht nehme ich auch etwas anderes. Was haben Sie denn in der letzten Zeit an neuen Modellen hereinbekommen?»

«Tja … äh … alles Mögliche.»

So wird das hier nichts. Ich meine, kann sie nicht einfach gucken, was ihr gefällt, es kaufen und dann wieder abzwitschern? Wenn sie keine konkrete Vorstellung hat, kann dieses Gespräch gut und gerne eine halbe Stunde dauern – was für eine Zeitverschwendung! Typisch Frau. Anstatt sich vorher im Internet zu informieren und den Anbieter mit dem besten Preis rauszusuchen, stapfen sie einfach in den erstbesten Laden und lassen sich alles vortanzen. Und am Ende geben sie vielleicht hundert Euro mehr aus als notwendig. Kein Wunder, dass Europa in Schulden versinkt.

Wie es aussieht, hat Joan Collins weder ihren Kaufwunsch vorher gegoogelt, noch beabsichtigt sie, sich selbst auf die Suche zu machen. Geschweige denn hat sie vor, diesen Laden auf absehbare Zeit wieder zu verlassen. Im Gegenteil. Gerade beginnt sie in Seelenruhe, Hut und Schal abzulegen.

«Sie sind neu hier, nicht wahr?»

Na, wer sagt es denn? Wenn sie *mich* als neu enttarnen kann, wird sie wohl auch ein neues Taschenmodell ohne fremde Hilfe ausmachen können. «Nicht neu», sage ich und versuche, meinem Tonfall etwas Herablassendes zu geben, «sondern von Prada.»

Bloß nicht zu nett sein, denke ich. Sonst zieht die Trulla auch noch ihren Mantel aus.

«Ach, wirklich?», quietscht sie angetan und beginnt, ihren Mantel auszuziehen.

Mist! Langsam sollte ich wirklich mal nachforschen, was genau es mit dieser Wunderwaffe Prada eigentlich auf sich hat. Bislang steht lediglich eines fest: Frauen und Schwule sind davon zutiefst beeindruckt.

Joan Collins zupft sich nun auch noch seelenruhig ihre Handschuhe von den wurstigen Fingern.

Du liebe Güte, will die hier übernachten? Ein Glück, dass wir keine Kantine haben, sonst wäre sie vermutlich schon zum Frühstück angereist.

«Junger Mann, seien Sie bitte so gut und präsentieren Sie mir die neusten Modelle. Und zwar der Reihe nach.» Sie lässt sich in den Besuchersessel neben der Glasvitrine plumpsen. «Ich bin eine vielbeschäftigte Frau. Einkaufen ist für mich Luxus. Ich habe nicht vor, mir dabei den Hals zu verrenken. Außerdem möchte ich das Leder befühlen und sehen, wie die Taschen auf andere wirken.»

Eine vielbeschäftigte Frau, schon klar. Alles, was ich der Tante an Beschäftigung zutraue ist, Sahnebaisers zu essen. Und jetzt will sie faul hier rumsitzen, während ich ihr alle Taschen einzeln vom Regal hole? Und was bitte schön meint sie mit *präsentieren*? Das soll wohl ein Witz sein.

Ein weiterer Blick zu Kai, und die Sache ist klar: Es ist kein Witz.

«Wünschen Sie ein Gläschen Sekt, Frau Grünewald?», flötet er durchs Foyer. «Sie wissen ja, das Bizzelwasser hilft ungemein, sich zwischen den vielen schönen Dingen zu entscheiden.»

Das *Bizzelwasser* hilft vermutlich auch ungemein dabei, seinem Kollegen den Hals umzudrehen.

«Gern!» Joan Collins freut sich.

«Wird sofort erledigt!» Kai schleift mich am Ärmel hinter sich her in die kleine Küche. «Carmen Grünewald ist eine Stammkundin. Und zwar eine unserer besten!», zischt er. «Sie reist viel und möchte auf eine subtile Art immer topaktuell gekleidet sein. In der Regel läuft es so, dass sie hier anruft, sich von Victoria telefonisch beraten lässt und wir ihr dann eine Auswahl Kleider und Accessoires nach Hause schicken. Eine sehr große Auswahl, die sie meist komplett ersteht. Und das …» Er reißt mahnend die Brauen in die Höhe. «… einmal im Quartal! Vic weiß zum Glück sehr genau, was Frau Grünewald steht.»

Was könnte das sein? Ein Gartenzelt? Also, mich beeindruckt er mit dem Gesülze nicht die Bohne. «Und was will sie dann heute hier, wenn sie so gern telefoniert?»

Kai rollt mit den Augen. «Immer wenn es ihre Zeit zulässt, kommt sie persönlich im Laden vorbei. Vermutlich will sie sehen, wo ihr Geld bleibt. Und den persönlichen Kontakt pflegen. Deshalb ist sie auch gleich auf dich zugesteuert. Neue Gesichter möchte sie natürlich sofort kennenlernen.»

Er öffnet den Kühlschrank und schiebt ein paar Flaschen hin und her. «Sie hält sich schätzungsweise die nächsten zwei Stunden hier auf und lässt sich bei ein paar Gläsern Sekt die neusten Trends vorführen. Vermutlich will sie einfach nur ein bisschen unterhalten werden. Ich glaube, Miucci ist eine Art Entspannungsoase für sie.»

Und da kommt sie ausgerechnet heute vorbei? Und bleibt dann gleich ZWEI STUNDEN? Klingt für mich keineswegs nach Entspannungsoase. Eher nach Folter.

Kai zieht eine Flasche Sekt aus dem Kühlschrank. «Und wenn ich vorführen sage, dann meine ich übrigens auch vorführen.» Mit einem Knall lässt er den Korken ploppen.

«Äh … und was genau bedeutet das für mich?» Mir schwant Übles.

«Na, was wohl?» Kai stellt vier Sektgläser zu der Flasche auf ein Tablett. «Du nimmst dir eine Tasche aus dem Regal, hängst sie dir über die Schulter, läufst ein paar Schritte und drehst dich ein bisschen. Auf diese Art bekommt die Kundin einen Eindruck, wie die Tasche an anderen Frauen wirkt.»

«Aber ich bin keine Frau!»

Er sieht mich genervt an. «Ich denke, das ist Frau Grünewald egal.»

Egal? Wie kann es jemandem egal sein, ob ich ein Mann oder eine Frau bin?

Mechanisch ergreife ich den Sektkühler, den Kai mit Eiswürfeln befüllt hat und mir vor den Bauch presst. Er selbst nimmt das Tablett, dann schiebt er mich vor sich her in Richtung Tür.

«Los jetzt, lass sie nicht so lange warten. Ich muss nämlich gleich weg.»

Meine Freude darüber, ihn loszuwerden, erstirbt bei dem Gedanken an das, was mir nun bevorsteht. Ich kann doch nicht allen Ernstes mit einer albernen Handtasche hier durch den Laden tippeln, nur damit Joan Grünewald-Collins ihren fetten Arsch nicht bewegen muss, sondern sich schön einen anschickern kann. Das ist doch lächerlich! Was, wenn mich dabei jemand durch das Fenster beobachtet? Ein vorbeilaufender Passant, beispielsweise. Oder die Polizei.

Meine einzige Erfahrung im Bezug auf das Halten von Handtaschen beschränkt sich außerdem auf wenige Male, die ich vor einer Kaufhaustoilette die Tasche einer Freundin halten sollte. Mordspeinlich. Seitdem weiß ich nicht nur, wie lange Frauen auf dem Klo brauchen, sondern auch, wie demütigend es ist, Schulter an Schulter mit anderen Kerlen auf Frauchens Rückkehr zu warten. Und bei den Gelegenheiten ging es nur ums *Halten*. Jetzt ist auf einmal von *Präsentieren* die Rede. Hat denn keiner Mitleid mit mir?

Frau Grünewald jedenfalls nicht. Ungeduldig grabscht sie sich ein Sektglas vom Tablett und lehnt sich entspannt im Sessel zurück. «Dann legen Sie mal los, junger Mann. Ich muss spätestens um halb vier bei Vidal Sassoon zum Haareschneiden sein.»

Hallo? Halb vier, das ist in zwei Stunden! Ich kann doch nicht zwei Stunden den Vorführfuzzi geben, wie stellt die sich das vor? Irritiert schaue ich zu Kai. Er grinst und freut sich wahrscheinlich, dass er mal wieder recht behalten hat. Mit einer Hand vollführt er außerdem eine Art Kurbelbewegung, was wohl als Zeichen zum Loslegen gedacht ist.

Ich werfe einen unentschlossenen Blick auf die Regale voller Taschen. Mit welcher soll ich bloß anfangen? Und wie hießen die noch mal? Nach kurzem Überlegen entscheide ich mich für ein Modell, dass meines Erachtens nach am besten zu Joan Collins passt: ein dicker Stoffsack in Dunkelblau mit einer furchteinflößenden Metallkette.

Im Stillen bete ich, dass ihr das Teil so gut gefällt, dass sie die anderen Modelle gar nicht mehr vorgeführt haben will.

Beherzt halte ich ihr das blaue Ungetüm unter die Nase. «Und?», frage ich. «Super, oder?»

Sie verzieht das Gesicht. «Ist das dunkelblau oder schwarz?»

«Dunkelblau.» Du blinde Eule.

«Hach. Aber Dunkelblau, ist das nicht *last season*? Die entspricht IN KEINSTER WEISE meiner Vorstellung. Ich brauche etwas im Aktenformat. Abschließbar, mit mehreren Innenfächern und einem Handyfach.»

Ach, plötzlich weiß sie also doch, was sie will!

«Frau Grünewald ...», trötet Kai plötzlich von gegenüber, und seine Stimme überschlägt sich dabei fast. «Dunkelblau ist das neue Schwarz! Stella McCartney hat für den Winter auf Dunkelblau gesetzt und ist damit *so now*! Und die Falabella, die Alexander Ihnen gerade zeigt, ist unser *best buy*. Ein echtes *must-have*!» Während er mit unverständlichen Worten auf sie einredet, wirft er sich seinen Mantel über und steckt seine Schlüssel ein. Dann schlägt er die Hände vor der Brust zusammen. «I love love love it!»

Carmen Grünewald und ich starren ihn gleichermaßen fasziniert an.

«Geh doch mal ein paar Schritte, Alex», fordert er mich jetzt auf, nicht ohne mir ein zuckersüßes Lächeln zu schenken. «Bis zum Fenster. Dort drehst du dich ein paarmal hin und her. So kann Frau Grünewald sehen, wie wunderbar diese Tasche ihre … Trägerin schmückt.» Er klatscht wieder in die Hände. «Das ist … *so very* Miucci!»

Tickt der noch ganz richtig? Blau ist das neue Schwarz? Und was soll die Anspielung auf die *Trägerin*? Will der etwa andeuten, ich hätte etwas Feminines?

Ein Blick in die Runde sagt mir, dass ich keine Wahl habe. Beide erwarten eine Präsentation, die *so very Miucci* ist. Ich hasse hasse hasse ihn!

Unbeholfen wage ich ein paar Schritte und schlackere mit der Metallkette, als ginge es darum, ein ekliges Insekt von der Tasche zu schütteln.

«Nicht doch!», ruft Kai entsetzt. «Nicht so daran reißen. Das mag die Falabella nicht. Häng dir die *bag* lieber locker über die Schulter. *Casual!* Und am Fenster wechselst du dann die Seite.»

Geht's noch? Wir sind doch hier nicht bei der Ponydressur! Was soll das überhaupt? Hat die Grünewald auf einmal vergessen, dass diese Tasche IN KEINSTER WEISE ihren Anforderungen entspricht?

Gerade als ich schweren Herzens den letzten mir verbliebenen Stolz herunterschlucke und wie ein kastrierter Balletttänzer taschenschwingend durch den Laden aufs Schaufenster zuflaniere, passiert das Unvermeidliche: Draußen vor dem Fenster entdecke ich ein bekanntes Gesicht. Und es gehört ausgerechnet dem Menschen, von dem ich ohne Übertreibung sagen kann, dass es der letzte ist, den ich zu sehen wünsche. Schon gar nicht in diesem Moment, da ich mit dem dunkelblauen Stoffmonster eine alberne Pirouette vollführe, mit der ich höchstwahrscheinlich beim Cirque du Soleil Karriere machen könnte.

Draußen steht Marcel und grinst. Zwar ist er ohne intergalaktisch belegte Regenbogenstulle unterwegs, dafür aber mit gelb kariertem Regenschirm und dazu passender Schiebermütze. Ein objektiver Beobachter würde vermutlich sagen, wir sehen ähnlich schräg aus. Aber das täuscht. Immerhin trägt er den Firlefanz freiwillig.

Als sich unsere Blicke begegnen, wird sein Grinsen noch einen Tick breiter.

Ich hasse hasse hasse ihn!

Kai, der sich inzwischen komplett angezogen hat, um vorzeitig dieses Irrenhaus zu verlassen, schlägt sich mit der flachen Hand gegen die Stirn. «Ach, Gottchen», stöhnt er, «ich habe meinen Schal unten liegengelassen.»

Aufgebracht rauscht er in Richtung Keller.

«Sie machen das ganz wunderbar», ruft Carmen Grünewald, ohne sich von der Fratze hinter der Scheibe beeindrucken zu lassen. «Wenn Sie die Tasche bitte noch einmal umdrehen könnten, sodass die Frontseite und die verzierte Klappe sichtbar sind ...»

Ich bin unfähig, mich von der Stelle zu bewegen.

«Hallo?», hakt sie nach. «Könnten Sie die Tasche bitte drehen?»

Nein, das kann ich nicht. Ich kann momentan nur wie festgefroren herumstehen und Marcel durch die Scheibe anstarren, als könne ich ihn mittels Blickkontakt in eine zerstückelte Borkenkäferlarve verwandeln. Unnötig zu erwähnen, dass es nicht funktioniert. Stattdessen legt Marcel jetzt Daumen und Zeigefinger seiner beiden Hände zu einem Herz zusammen, schließt die Augen und spitzt seine Lippen zu einem Kussmund.

Als er die Augen wieder öffnet, präsentiere ich ihm als Antwort meinen Mittelfinger.

8. Kapitel

«Prost!», sagt Tanja und sieht mir tief in die Augen.

«Auf einen wunderbaren Abend!» Ich erhebe ebenfalls mein Glas. «Möge er genauso schön weitergehen, wie er begonnen hat!» Mühelos halte ich ihrem Blick stand. Keine Schweißausbrüche, kein Kreislaufkollaps, keine Sprachstörungen. Hier stimmt die Chemie. Kommt eben nur auf die richtige Frau an.

Tanja ist Maklerin bei Engel und Völkers, einem renommierten Hamburger Immobilienbüro, und somit im weitesten Sinne eine Kollegin von mir. Wir haben uns vor drei Monaten bei einer Software-Schulung kennengelernt und sind seitdem zweimal gemeinsam in der Mittagspause essen gewesen. Anfangs glaubte ich, Tanja habe einen Freund, weil sie bei unserem ersten Treffen irgendwie desinteressiert wirkte. Doch sehr schnell stellte sich heraus, dass es nur an der miefigen Atmosphäre vom Asia-Quick, unserem Treffpunkt, lag. Schon bei der anschließenden Spritztour mit Florians Corvette taute sie sichtbar auf. Das Wetter war herrlich, und obwohl wir nur Zeit für eine Runde um die Alster hatten, wirkte sie sofort wesentlich gelöster. Wie schon gesagt: Frauen lieben es, Gewässer zu umrunden, selbst wenn man dabei im Auto sitzt. So auch Tanja.

Heute ist nun unser erstes richtiges Date. Wir sitzen entspannt bei *Piccola Italia,* haben gerade unsere Vorspeise bekommen, und es sieht aus, als wäre dies der Beginn eines grandiosen Abends.

«Und? Wie läuft es bei euch so?», will Tanja wissen und pult sich nebenbei einen Olivenkern aus dem Mund. «Man hört ja so viel Gutes über Hambitare.»

«Tatsächlich?» Ich habe irgendwie keine Lust, in meinem Urlaub über den Laden zu reden. Mein Maklerjob erscheint mir gerade meilenweit weg, außerdem erinnert mich ihre Frage an Marcel, und an den möchte ich nun wirklich nicht schon wieder denken.

«Also, ich habe heute ein fettes Objekt verkauft.» Sie grinst. «Gab 'ne ordentliche Provision.» Mit lässiger Geste wirft sie sich eine Haarsträhne über die Schulter. Erleichtert registriere ich, dass ihr blondes Haar, das sie heute zum ersten Mal offen trägt, zwar bis zum Busen reicht, keineswegs jedoch bis zum Arschgeweih. Falls sie überhaupt eines hat. Das herauszufinden ist Teil meines Programms für den heutigen Abend. Und mein Date scheint ähnliche Absichten zu haben. Trotz des konservativen Businesskostüms wirkt sie keineswegs zugeknöpft, im Gegenteil. Bis zum Brustansatz gewährt ihre aufgeknöpfte Bluse Einblick. Insgesamt kann man ohne Übertreibung sagen, dass Tanja gut aussieht. Eine Tatsache, die ich bei Frauen sehr zu schätzen weiß, die aber keineswegs Bedingung ist. Ich habe in meiner Zeit als Makler so viele verrückte Frauen kennengelernt, mir reicht es inzwischen schon, wenn eine nicht allergisch und nicht auf der Suche nach einer Tasche ist.

Vor allem die Tatsache, dass Tanja einen guten Job hat und nicht den lieben langen Tag in Designer-Boutiquen das Geld ihrer Eltern oder eines Mannes ausgibt, macht sie für mich zu einer heißen Kandidatin für eine feste Beziehung.

«Du scheinst aber auch schon einige gute Deals unter Dach und Fach gebracht zu haben, oder?» Sie lacht kokett. «Immerhin fährst du so ein cooles Auto.»

Einen Moment überlege ich, was genau sie an meinem zehn Jahre alten Fiat Punto so unglaublich cool findet, da fällt mir unsere Spritztour mit Flos Corvette wieder ein.

«Äh, ja, Friedrich von Klatt lässt sich nicht lumpen.»

«Dann hast du sicher auch eine tolle Wohnung, oder?» Augenaufschlag. Dann wieder Haare über die Schulter werfen. «Ich meine, als Makler sitzt man ja direkt an der Quelle. Und ich liiiiebe alles, was mit

Wohnungen zu tun hat, du weißt schon: einrichten, gestalten, dekorieren. Ich bin inzwischen wirklich gut darin, ein Zuhause heimelig zu machen.»

Sie nippt an ihrem Rotwein und wirft mir einen vielsagenden Blick zu.

Viel hat sie noch nicht getrunken, ich hingegen bin schon beim zweiten Glas. Der Tag hat mir einiges abverlangt, insbesondere die Nachmittagsbetreuung von Carmen Grünewald, die in der Tat exakt zwei Stunden dauerte. Die Frau hat sich doch allen Ernstes acht verschiedene Taschen vorführen lassen! Nach zwei Stunden entschied sie sich für das dunkelblaue *Must-have* mit der Sklavenkette, das ich ihr gleich am Anfang präsentiert hatte. Meinen Einwand, die Tasche habe nur ein Fach und sei ohne Sicherheitsverschluss und deshalb total funktionslos, wischte sie mit einer lapidaren Handbewegung fort. «Wissen Sie, junger Mann», erklärte sie und leerte das dritte Glas Sekt, «das war doch nur so eine grobe Richtung, die ich eingangs vorgegeben habe. Eine Idee, sozusagen. Und wenn die Wintermodelle nun mal dieses Jahr so ausfallen, hat es keinen Zweck, sich dagegen zu wehren. *It's so beautiful!*»

Umso erfreulicher ist es, dass Tanja einen selbständigen und bodenständigen Eindruck macht. Exzessives Shoppen scheint nicht zu ihren Hobbys zu gehören, und eine Diva ist sie auch nicht. Ihre Handtasche ist klein, schwarz und höchstwahrscheinlich von Karstadt.

«Letztes Jahr habe ich mir mein eigenes Loft gekauft», sagt sie jetzt und strahlt. «Der helle Wahnsinn! Mit Dachterrasse und Whirlpool!»

O-kay, das mit ihrer bescheidenen Bodenständigkeit muss ich noch mal überprüfen. Aber immerhin kauft sie bleibende Werte. Und es ist ihr eigenes, sauer verdientes Geld, das sie ausgibt. Somit ist nichts gegen ein Loft mit Dachterrasse einzuwenden. Außer vielleicht, dass es ja wohl eine himmelschreiende Ungerechtigkeit ist, dass Tanja, die meines Wissens drei Jahre jünger ist als ich, bereits ein Eigenheim erwirtschaftet hat. Noch dazu eines mit Luxusausstattung. Wobei ein Whirlpool natürlich Bullshit ist. Verbraucht zu viel Wasser, und es dauert ewig, bis er vollgelaufen ist. Von der Wirtschaftlichkeit ganz zu schweigen. Aber dieses Thema ist Frauen selbstverständlich fremd.

Tatsächlich habe ich bei Wohnungsbesichtigungen noch nie einen Mann erlebt, der sich eine Wellnesswanne wünschte. Nicht mal diejenigen, die buchstäblich im Geld schwimmen.

Ich bin ohnehin eher der Dusch-Typ. Sparsam und schnell. Stundenlanges Einweichen, womöglich noch zu zweit bei Kerzenschein, ist nichts für mich. Aber vermutlich kann man in ihrem Whirlpool auch duschen.

Tanja ist nun nicht mehr zu bremsen. «Na ja, und da es in dem Haus, in dem ich jetzt wohne, eine Tiefgarage gibt, habe ich mir letzte Woche auch noch ein Auto gegönnt. Den neuen Audi TT.»

Ich schlucke.

Sie hat sich eine Wohnung UND ein Auto gekauft? Einen Audi TT? Wie kann das sein? Ich habe noch nicht mal meinen Plasmafernseher abbezahlt, und Tanja durchbricht bereits die finanzielle Schallmauer?

Statt einer Antwort leere ich zunächst einmal mein Rotweinglas. Langsam beginne ich mich zu fragen, wie und vor allem wo dieser Abend enden wird. Mit Sicherheit nicht in meiner Zweizimmerwohnung, die weder aufgeräumt ist noch in irgendeiner Form luxuriös anmutet. Andererseits muss Tanja das ja nicht wissen. Vorerst jedenfalls nicht.

«Verstehe ...», sagt sie jetzt und weicht etwas zurück, als der Kellner unseren Hauptgang bringt. «Du magst nicht so prahlen. Wie süß!» Sie hält ihre Haare zurück und beugt sich über den Teller zu mir vor. Dann flüstert sie verschwörerisch: «Aber mir kannst du es doch erzählen. Berufsgeheimnis.» Kurz hebt sie die Finger wie zum Schwur, dann lehnt sie sich wieder zurück und sieht mich herausfordernd an. «Ich schätze mal, du hast in der Hafencity zugeschlagen. Habe ich recht?» Sie spießt ein paar Rigatoni auf, lässt die Tomatensoße heruntertropfen und schiebt sich mit gespitzten Lippen die Gabel in den Mund.

Statt zu antworten, bestelle ich beim Kellner eine weitere Flasche Rotwein. Irgendwie fehlt mir für dieses Gespräch der nötige Schwung. Was hatte Florians Freundin Natasha neulich im Bezug auf Männer und Wohnungen gesagt? *Ein Mann muss eine geile, große Wohnung haben. Daran lässt sich einiges ablesen.*

Tja, an meiner Wohnung ließe sich allerhöchstens ablesen, dass ich mir keine Putzfrau leisten kann.

Während ich mich ebenfalls über meine Nudeln hermache, überlege ich weiter: Tanja scheint mir im Gegensatz zu Natasha keine Diva zu sein, und sie macht auch keinen oberflächlichen Eindruck. Ihr könnte ich sagen, wie es ist. Nämlich, dass ich einen geizigen, kleinkriminellen Chef habe, der mir immer die freakigen Wohnungsinteressenten unterschiebt, sodass ich schon lange keine Provision mehr gesehen habe. Tanja würde das verstehen, hundertpro. Außerdem ist eine Lüge ja nun wirklich keine Grundlage für eine Beziehung.

«Die Hafencity war mir zu laut. Dort sind außerdem zu viele Touristen unterwegs», fahre ich fort. «Ich habe mir deshalb lieber etwas in … äh, Pöseldorf ausgesucht.»

Kaum hat die Lüge meinen Mund verlassen, könnte ich mich auch schon ohrfeigen. Hektisch drehe ich an meinen Spaghetti. Wieso suche ich mir unter all den geilen Villenvierteln ausgerechnet diesen Rentnerbezirk aus? Wer, außer Florian, wohnt schon in Pöseldorf?

Tanja scheint das egal zu sein. «Echt? In Pöseldorf? Bestimmt mit Alsterblick, wie geil ist das denn!» Sie flippt förmlich aus. Eine Reaktion, die meine Zweizimmerwohnung im Univiertel höchstwahrscheinlich nicht hervorgerufen hätte. Aber klar, Tanja sucht, genau wie ich, jemanden, der sicher auf eigenen Beinen steht.

Damit wäre jetzt auch eindeutig geklärt, wo wir nach dem Essen unseren Kaffee trinken werden. Nämlich bei ihr.

Fünf Minuten später stellt sich heraus, dass es bei ihr nicht geht. «Ich ... äh ... habe mich übergangsweise bei einer Freundin einquartiert. In meiner Wohnung sind momentan die ... Handwerker, ein Albtraum!»

Ich wische gerade mit einem Stück Brot meinen Teller sauber und halte in der Bewegung inne. «Handwerker? Ich dachte, deine Wohnung sei neu?»

Verlegen stochert sie mit der Gabel im Essen herum. «Ja, na ja. Ist sie ja auch. Ich lasse aber noch Dielen verlegen und dunkel versiegeln.» Ihr Blick flattert etwas, als sie mich ansieht. «Ein irrer Dreck ist das. Und dann erst der Gestank!»

«Verstehe», sage ich und fühle, wie der Abend den Bach runtergeht. «Tja, das ist ja blöd. Ich wollte nämlich eigentlich vorschlagen, dass wir –»

«... dass wir noch einen Absacker trinken?» Tanjas Augen leuchten. «Das wäre schön! Ich würde sogar eine Ausnahme machen und mit zu dir gehen. Auch wenn eine anständige Frau so etwas normalerweise natürlich nicht tut. Und schon gar keine berufstätige Frau an einem Montagabend!»

Ihr laszives Augenzwinkern lässt mich an ihrem tiefverwurzelten Anstand zweifeln. Herrje, wo soll ich denn nun hin mit ihr? Habe ich vielleicht gerade so etwas wie eine Pechsträhne?

«Äh, das hört sich wirklich ... vielversprechend an», gebe ich zurück und versuche mich in einem ähnlich zweideutigen Zwinkern.

«Allerdings schlage ich vor, dass wir vorher noch einen kurzen Zwischenstopp einlegen. Sozusagen der Absacker vor dem Absacker.» Und ich weiß auch schon, wo.

Fragend sieht Tanja mich an. «Ach ja?»

Es war hoch gepokert, aber meine Rechnung geht auf. Tanja steht offenbar auf Männer, die einen Plan haben. Dass das bei mir nur bedingt der Fall ist, kann sie natürlich nicht wissen. Aber es gibt immerhin eine klitzekleine Möglichkeit, den Abend zu retten: Alkohol. Nicht besonders originell, ich weiß, aber momentan der einzige greifbare Ausweg aus meinem Dilemma. Denn noch bin ich nicht bereit, dieses Date als gescheitert zu verbuchen. Der vage Hoffnungsschimmer, Tanja würde in betrunkenem Zustand Pöseldorf nicht vom Univiertel und 60 nicht von loftmäßigen 120 Quadratmetern unterscheiden können, lässt mich am Ball bleiben

Während ich noch überlege, wie lange es wohl dauert, bis bei ihr die Zahlen verwischen, kommt mir plötzlich eine andere Idee. Eine, die so genial ist, dass ich kaum glauben kann, sie nach diversen Gläsern Wein noch gehabt zu haben.

In Windeseile begleiche ich die Rechnung, lasse uns ein Taxi rufen, und keine Viertelstunde später erreichen wir die *Goldquelle.*

Obwohl die Woche gerade erst begonnen hat, ist der Laden gut gefüllt. Vermutlich liegt es daran, dass montags den ganzen Abend Happy Hour ist und alle Cocktails nur 5 Euro kosten. Ein Umstand, der mir heute auch nicht weiterhilft, denn nach Essen und Taxifahrt bin ich so gut wie pleite. Und da Ben sicher nicht wild darauf ist, meinen Zettel um weitere fünfzig Euro aufzustocken, empfehle ich Tanja einen Cocktail mit möglichst vielen Umdrehungen.

Um zu vermeiden, dass Ben mich vor meiner Begleiterin nach Miucci fragt, wähle ich einen Tisch, der weit weg von der Bar ist. Dann steuere ich zum Bestellen allein den Tresen an.

«Na, Alter, alles klar?», fragt Ben und schlägt mir kumpelhaft auf die Schulter. «Wie ich sehe, bist du gerade mal einen Tag in der Boutique zugange und hast schon 'ne Frau am Start. Gratuliere!»

«Witzbold. Das ist Tanja, du weißt schon, von dem Date hatte ich neulich erzählt.»

Ben hebt fragend die Augenbrauen. «Und? Läuft es gut?» Er gibt meine Cocktailwünsche an eine Kollegin weiter. «Oder kommst du zufällig, um deinen Zettel zu begleichen?»

«Na ja ...», weiche ich aus. «Du kriegst deine Kohle schon noch, das weißt du doch. Aber ich hab mal wieder kein Bargeld dabei. Reicht gerade noch fürs Taxi zurück.» Ich halte ihm mein geöffnetes Portemonnaie unter die Nase.

Ben verdreht genervt die Augen.

«Heute müsste ich also noch mal anschreiben, aber dafür ...» Ich senke verschwörerisch die Stimme. «... werde ich dir auch einen Gefallen tun.»

«Ach ja?», fragt Ben, und die Skepsis in seiner Stimme ist nicht zu überhören. «Und welcher sollte das sein?»

«Also ...» Einen Moment muss ich überlegen, wie ich Ben meine Idee am besten verkaufe, dann beschließe ich, mit der Tür ins Haus zu fallen: «Ich übernehme ab sofort das lästige Blumengießen in Florians Loft. Du musst mir nur den Schlüssel geben, dann kümmere ich mich um alles.» Ich strahle meinen Kumpel enthusiastisch an.

Doch Ben ist skeptisch. «Du willst aber hoffentlich nicht, dass ich dir dafür einen Teil deiner Schulden erlasse, oder?»

Energisch schüttele ich den Kopf. «Keineswegs. Geschieht einfach so. Aus freiem Willen. Zinsen abarbeiten, sozusagen.»

Ben sieht mich eine Weile schweigend an, dann schüttelt er den Kopf. «Was willst du wirklich, Alex? Spuck's aus oder vergiss es.»

Im Geiste verdrehe ich jetzt die Augen. Warum muss der Kerl nur immer so misstrauisch sein? Dies soll doch nur ein Gefallen unter Freunden werden.

«Du willst doch nicht etwa die Braut mit Flos Loft beeindrucken, oder?» Er deutet mit dem Kopf in Richtung Tanja.

«Na ja …» Ein Barmann lässt sich einfach nichts vormachen. «Weißt du, sie hat 'ne coole Wohnung, ein fettes Auto … Da brauche ich irgendwie auch ein bisschen was zum Vorzeigen. Und jetzt, da Flo nicht zu Hause ist, dachte ich …»

«Du willst dort übernachten? Mit ihr?» Mein Kumpel reißt die Augen auf. «Weiß Florian davon?»

Jetzt verdrehe ich die Augen. «Mann, Ben, natürlich nicht. Woher denn? Wegen einer solchen Lappalie will ich ihn nun wirklich nicht in der Klinik stören. Außerdem weißt du, dass er nichts dagegen hätte. Im Übrigen …» Ich mache eine Pause und warte, bis Ben einen Gast abkassiert hat. «Im Übrigen schuldet Flo mir ja wohl einen Gefallen für diese Woche in seinem Laden.»

Das scheint Ben einzusehen. Mit Schulden kennt er sich aus. «Na gut», sagt er und ist wahrscheinlich sogar froh, die lästige Aufgabe an mich loszuwerden, «warte kurz, ich habe den Schlüssel hinten in meinem Schrank. Flo hat ihn mir gestern Abend noch vorbeigebracht. Gar nicht so verkehrt, wenn du dort heute nach dem Rechten siehst, ich habe echt genug um die Ohren. Aber du übernimmst auch den Rest der Woche, verstanden?»

Ich nicke ergeben.

Kurz darauf kommt Ben zurück und überreicht mir ein Schlüsselbund. «Hier», sagt er und wirft mir einen warnenden Blick zu, «vergiss aber nicht, dich um Rüdiger zu kümmern. Alle zwei Tage braucht der frisches Wasser und etwas zu fressen.»

«Rüdiger? Äh … Jaja, alles roger – ich schaff das schon!»

Ich bin so aufgeregt, dass ich gar nicht genau zuhöre. Am liebsten würde ich die Cocktails abbestellen und mich gleich mit Tanja auf den Weg machen. Wie geil, ich bin frischgebackener Loftbesitzer! Jetzt wird alles gut.

Berauscht von dem Gedanken an die bevorstehende Nacht kehre ich zurück zu Tanja an den Tisch, auf dem Bens Kollegin bereits unsere Drinks drapiert hat.

«Cin cin!», proste ich ihr zu. «Trink schnell aus, wir sollten jetzt wirklich dringend zu mir fahren.»

* * *

Eine halbe Stunde später bremst das Taxi vor dem Haus, in dem ich seit nunmehr dreißig Minuten wohne. Ich drücke dem Fahrer meine letzten zehn Euro in die Hand, zücke den Schlüsselbund und öffne die untere Haustür. Zum Glück ist Florian nicht nebenbei Platzwart in irgendeinem Sportclub, sodass die Schlüsselanzahl am Bund überschaubar ist. Schon beim ersten Versuch erwische ich den Richtigen.

Im Eingangsbereich blickt Tanja sich bewundernd um, und als ich dann weltmännisch den Code für den Fahrstuhl eingebe, um uns direkt ins Loft zu befördern, kann sie kaum mehr an sich halten.

«Ist das toll, Alex! Ich hatte ja keine Ahnung, dass du so wohnst!»

Die Fahrstuhltür öffnet sich, und sofort hüpft Tanja voran in die Wohnung. Sie bemerkt nicht, dass ich einen Moment in Schockstarre verharre. Was, wenn Flo eine Alarmanlage installiert hat? Doch zum Glück war Umsicht noch nie sein Steckenpferd, und wir können uns unbehelligt durch die Räume bewegen. So unbehelligt es einem möglich ist, wenn überall Klamotten herumliegen. Auf dem Boden, den Möbeln und dem Tisch – einfach in der ganzen Wohnung verteilt.

Also, dafür, dass ich am Sonntagnachmittag noch Gast in einer aufgeräumten Yuppie-Bude war, sieht es hier nun aus, als habe Florian beim Kofferpacken einen hysterischen Anfall erlitten. Kreuz und quer findet sich sein Krempel, darunter sogar ein paar Frauenklamotten. Tanja scheint das nicht zu stören. Unbeirrt setzt sie ihre Besichtigung fort. Und während sie aufgeregt von Zimmer zu Zimmer springt und dabei verzückt vor sich hin quietscht, inspiziere ich den riesigen Kühlschrank. Sekt besitzt mein Kumpel nicht, dafür aber Champagner. Nicht mein Problem. Nach all dem, was ich für Flo bereits heute getan habe, ist eine anständige Flasche Schampus ja wohl das Mindeste, was er mir schuldet. Selbst wenn sie ein Geschenk von Monsieur Rothschild höchstpersönlich war.

Von irgendwoher ertönt plötzlich ein spitzer Schrei.

Tanja!

Panisch nehme ich den Champagner, schnappe mir noch zwei Gläser und laufe in die Richtung, aus der jetzt lautes Füßetrampeln kommt. Dann höre ich plötzlich Wasser. Viel Wasser.

Tanja sitzt im Badezimmer auf dem Rand einer weißen Monsterwanne, in die sich gerade gefühlte tausend Liter Wasser ergießen. Sie strahlt. «Du hast ja eine Wellnesswanne!»

Ich bin, ehrlich gesagt, genauso überrascht wie sie. Da sich in Florians Wohnung Bad und WC in getrennten Räumen befinden, bin ich noch nie in seinem Badezimmer gewesen.

«Aber du hast doch auch so eine Wanne», antworte ich und bringe Tanja damit kurz ein bisschen aus der Fassung.

Verlegen sieht sie mich an. «Ja … klar. Aber … äh … keine mit Massagedüsen und Starlight-Effekt! Also, du bist mir ja einer …» Sie steht auf, nimmt mir Flasche und Gläser aus der Hand und dekoriert sie auf dem Wannenrand. Dann zieht sie mich am Gürtel zu sich heran und flüstert mir ins Ohr: «Du bist wirklich ein Glückstreffer!»

Es ist unser erster Körperkontakt, wenn man von ein paar Wangenküsschen zur Begrüßung absieht, und ich habe Sorge, dass mein Kreislauf wieder ausflippt. Doch nichts dergleichen geschieht. Vielleicht weil ich an Massagedüsen und Starlight-Effekt denken muss?

Einen Moment sehen wir uns schweigend in die Augen, dann folgt die logische Konsequenz: Wir küssen uns.

Fast bin ich enttäuscht, dass Tanja nicht nach Sommerwiese light duftet, sondern irgendwie nach … Vanillekipferl extrastrong. Aber immer noch besser als das Aroma von orientalischem Hammelfleischgewürz.

Unsere Lippen finden sich erneut, und während Tanja ein paar wohlige Seufzer ausstößt, überlege ich, warum zum Geier mein Kumpel eine Wellnesswanne besitzt. Hat der sie noch alle?

Tanjas Mund löst sich von meinem. «Ich schau mich noch ein bisschen um, ja, Liebling?»

«Natürlich, mein … äh … Schatz.»

Kaum zu fassen, noch vor knapp drei Stunden war ich ein unbezahlter Taschenverkäufer in einer Tussen-Boutique, und auf einmal hat sich mein Leben komplett gewendet. Plötzlich bin ich ein Mann auf dem Weg in eine Beziehung. Und mit einer Wellnesswanne, ob ich will oder nicht.

Ich sehe Tanja zu, wie sie durch das riesige Wohnzimmer stöbert. Ab und an bewundert sie einen Sessel oder bestaunt einen Teppich, dann verschwindet sie im Flur.

Ob ich in ihren Augen wohl die Räume *mit meiner Persönlichkeit ausfülle,* wie Flos Natasha es von einem Mann erwartet? Möglicherweise bin ich gar nicht der klassische Loftbesitzer, und Tanja merkt das?

Ich greife nach der Champagnerflasche und will sie gerade öffnen, als ich Tanja fragen höre: «Schaaatz, wer ist denn der Kerl in deinem Schlafzimmer?»

Mir gefriert das Blut in den Adern. Ein fremder Kerl, hier in der Wohnung? Doch nicht etwa Flo, der seinen Flug ins Hospital verpennt hat? Bitte nicht! Ich knalle die Flasche auf den Tisch, hechte durch den Flur und gehe im Geiste schon mal die möglichen Ausreden durch.

Mit der dumpfen Vorahnung, mein neues Loftbesitzer-Image

könnte sich schon sehr bald erledigt haben, platze ich ins Schlafzimmer.

«Meine Güte, Alex ...» Tanja kniet auf dem Boden und starrt mit aufgerissenen Augen in eine Ecke des Zimmers.

Ich folge ihrem Blick – und kann nicht glauben, was ich sehe. Direkt vor mir steht ein mittelgroßer Metallkäfig, in dem ein Fellknäuel emsig im Laufrad turnt. Ein Hamster. Ich zwinkere dreimal mit den Augen, in der Hoffnung, es handele sich lediglich um einen Fleck auf meiner Iris, doch es ändert sich nichts.

«Ein erfolgreicher Mann mit Geschmack, der auch noch tierlieb ist», sagt Tanja begeistert. «Ach Alex, ich kann das alles kaum glauben!»

Ich ehrlich gesagt auch nicht. Sprachlos begutachte ich das rennende Tier. Flo besitzt einen Hamster? Erst die Doppelwanne und nun auch noch ein plüschiges Haustier? Führt Flo vielleicht ein Doppelleben? Ich meine, wir reden hier ja nicht von einem Hund oder einer Katze, was ich, genau genommen, auch schon merkwürdig gefunden hätte. Hier geht es um ein Kleintier! Ein klitzekleines, quietschendes Kleintier im Schlafzimmer!

Mir kommt ein schrecklicher Verdacht. Ist es vielleicht möglich, dass mein Kumpel schwul ist? Das würde jedenfalls die Wanne und sein Engagement in dieser Tussen-Boutique erklären. Und auch die Rasierwasserwolke, in die er sich ständig hüllt. Wobei ich bisher immer davon ausgegangen war, dass er damit Frauen betören will.

Kraftlos lasse ich mich auf die Kante von Flos King-Size-Bett plumpsen. Aber wer ist dann Natasha? Eine Alibibekanntschaft? Und die Frauenklamotten, die hier überall rumliegen? Rollenspiele?

Ich bin zu betrunken, um einen klaren Gedanken fassen zu können. Auf einmal fühle ich mich unendlich erschöpft. Am liebsten würde ich mich jetzt einfach hintenüberfallen lassen, mir ein Kissen heranziehen und schlafen. Muss ich nicht morgen ohnehin früh aufstehen, um den Laden aufzusperren? Wann war das bloß noch mal? Um neun? Zehn? Oder sogar schon um acht? Herrje, ich weiß nur noch, es war eine verdammt blöde Uhrzeit.

Für den Bruchteil einer Sekunde schweifen meine Gedanken ab zu Victoria. Was hat sie noch mal für einen Termin morgen früh? Irgendwie werde ich aus der Frau nicht schlau.

«Liebster, komm! Wir knipsen hier jetzt das Licht aus und lassen den kleinen Kerl schlafen. Unsere Wanne dürfte inzwischen voll sein. Hast du Kerzen?»

Mist, das hatte ich ja ganz vergessen. Warum müssen wir denn unbedingt gemeinsam baden? «Wollen wir nicht lieber gleich hierbleiben?», frage ich und klopfe verheißungsvoll auf den Platz neben mir im Bett.

Doch Tanja schüttelt den Kopf und zieht mich hoch. «Dafür ist später noch Zeit. Jetzt wollen wir erst mal in das heiße Bizzelwasser!»

Oh bitte, nicht schon wieder dieses Wort! Unter keinen Umständen möchte ich mit dem Gedanken an Mr. Spock ein Bad nehmen, erst recht kein heißes. Unmöglich.

«Nun sag schon: Gibt es hier irgendwo Kerzen?» Tanja schnappt sich die Champagnerflasche, nimmt meine Hand und zerrt mich hinter sich her ins Badezimmer.

«Kerzen? Äh ... ich denke schon.» Denn dies ist ein Schwulen-Loft. Hier findet man vermutlich sogar ein Kirschkernkissen. Gleich neben dem farblosen Nagellack und der Gesichtsmaske.

«Oh, da sind sie ja schon. Wie praktisch, im Badezimmerschrank!»

Okay, damit ist es amtlich: Mein Kumpel ist schwul.

Tanja drapiert etwa zwanzig Teelichter auf dem Wannenrand und stellt Flasche und Gläser dazu.

«Du hast ja wirklich an alles gedacht.» Sie grinst mich frivol an und beginnt, sich auszuziehen. «Warum haben wir uns eigentlich

nicht schon eher mal verabredet? Ich meine, wir passen ja geradezu perfekt zusammen, wer hätte das gedacht?»

«Tja. Ich weiß auch nicht.» Langsam ist mir alles egal.

Tanja trägt jetzt nur noch Unterwäsche. Nichts von Miucci, das sehe ich auf Anhieb.

«Ich habe ja immer gewusst, dass ich eines Tages den Traumprinzen zum Heiraten finden würde. Aber dass dieser Prinz in meiner direkten Nähe lebt, den gleichen Geschmack hat wie ich und auch noch denselben Beruf – das ist wirklich der Hammer!»

Sie schmiegt sich an mich. Wir küssen uns, und ich versuche, mir nicht anmerken zu lassen, dass ich ...

a) kurz davor bin, im Stehen einzuschlafen,
b) kein Prinz bin,
c) vor dem ersten Sex nicht sagen kann, ob wir gut zusammenpassen.

Tanja entledigt sich jetzt auch noch ihrer restlichen Kleidung. Einen Moment genießt sie es, dass ich sie anstarre, dann klettert sie mit eleganten Bewegungen in die Wanne.

«Komm schon, Liebling. Das wird wunderbar!»

Wird es nicht. Jedenfalls nicht sofort. Ich öffne die Champagnerflasche und schenke uns ein.

Kaum dass ich im glühend heißen Wasser Platz genommen und durstig drei Gläser Champagner hinuntergestürzt habe, trifft mich die erste Fangfrage.

«Sag mal, Alex, das mit der anderen Frau, ich meine ... die Klamotten im Flur und so ... Also, du weißt schon ...» Sie macht eine Pause und scheint nach den richtigen Worten zu suchen.

Mist. Die Klamotten. War ja klar, dass sie das nicht durchgehen lässt. Ich darf jetzt nicht die Ruhe verlieren. «Was für eine andere Frau?»

«Na ja, es sind wohl kaum deine Kleider, die hier herumliegen, oder?»

«Natürlich nicht. Ich schätze mal, die gehören Natasha.» Was rede ich denn da? Totaler Bullshit! Ich muss mich jetzt wirklich mal ein bisschen konzentrieren. Schließlich will ich Tanja nicht verärgern.

«Die ist ... also ... das war eigentlich Florians Freundin. Also, die Freundin meines ... Freundes.»

Mist, das klingt auch nicht gerade, als sollte man sich dringend mit mir einlassen.

«Und diesem Florian ist es egal, dass sich seine Freundin hier bei dir auszieht?»

«Äh ... habe ich gesagt, sie hätte sich hier ausgezogen? Sie hat sich umgezogen. Also, sie und Florian ... haben sich umgezogen. Hier. Also, neulich.»

Herrje, dieser Abend wird doch wohl nicht an Florians Unordnung scheitern?

Doch überraschenderweise macht Tanja jetzt eine versöhnliche Geste. «Ach, sie waren zu Besuch hier? Na, dann ist ja alles gut», sagt sie und strahlt mich an. «Ich vertraue dir natürlich, mein Schatz. Ein Mann wie du würde eine Beziehung niemals auf einer Lüge aufbauen, nicht wahr?»

9. Kapitel

Um elf Uhr werde ich vom Klingeln meines Handys wach. Tanja liegt friedlich schlummernd neben mir und gibt ein wohliges Grunzen von sich, als ich mich über sie beuge, um an mein Telefon zu gelangen.

«Alexander, wo zum Teufel steckst du?», schnaubt Victoria mir grußlos entgegen. «Der Fahrer von UPS hat mich freundlicherweise angerufen, weil wir uns kennen. Er sagt, bei Miucci sei niemand. Genau genommen ...» Sie holt kurz Luft, um sich für den Chefinnen-Tonfall nachzurüsten. «Genau genommen sei der Laden nicht einmal geöffnet. Wie kann das sein?»

Nun, der Sachverhalt ist schnell erklärt: Ich habe gestern Abend zu viel getrunken, wurde mitten in der Nacht zu einem einstündigen Wannenbad genötigt und anschließend, verschrumpelt wie eine alte Kartoffel, zweimal zum Sex verführt. Und das alles in Gegenwart eines Goldhamsters. Unter solchen Voraussetzungen kann man ja wohl schon mal den Wecker überhören. Allerdings bezweifele ich, Victoria mit dieser Erklärung überzeugen zu können, deshalb fahre ich besser gleich härtere Geschütze auf. Ich beschließe, den Sohn-des-Chefs-Bonus auszuspielen. Das wird sie zwar nicht beruhigen, aber höchstwahrscheinlich ein wenig einschüchtern.

«Gestern Abend habe ich noch ein sehr langes Telefonat mit meinem Vater geführt», lüge ich schläfrig, «und dabei ...»

«Alexander!» Victoria wirkt kein bisschen eingeschüchtert. Eher noch einen Tick aufgebrachter. «Ich stecke hier mitten in einer Order und komme frühestens gegen 14 Uhr raus. Kai ist schon den halben Vormittag bei der Post, weil ein Paket aus Italien auf dem Weg zu uns verlorengegangen ist. Danach muss er noch was für Miucci einkaufen und wird sicher erst am Nachmittag im Laden eintreffen. So lange kann das Geschäft doch nicht geschlossen bleiben!» Sie klingt jetzt fast ein bisschen verzweifelt. «Gegen zwölf Uhr erwarte ich einen weiteren Lieferanten. Der wird vermutlich nicht so gütig sein, auf uns zu warten. Er bringt die Taschenkollektion für die Eventwoche. Diese Sachen benötige ich wirklich dringend!»

Ja doch. Als würden bei Miucci nicht genug Taschen im Laden herumstehen!

«Wenn um zwölf Uhr niemand im Geschäft ist, geht die Kollektion postwendend zurück nach Italien. Wie soll ich das dann bitte schön deinem herzkranken Vater erklären?»

Ohne meine Antwort abzuwarten, legt sie auf.

Mist! Mit einem Hechtsprung jette ich aus dem Bett. Ein Telefonat zwischen Victoria und Flos Vater ist nun wirklich das Letzte, was ich gebrauchen kann.

«Wir müssen aufstehen», rufe ich der schlafenden Tanja zu, «ich werde dringend bei der Arbeit gebraucht. Victoria ist schon stinksauer und ...»

Tanja schlägt kurz die Augen auf. «Was für eine Victoria? Ich denke du arbeitest für Friedrich von Klatt?»

Harrr, Frauen! Noch nicht die Zähne geputzt, aber schon Betrug wittern.

«Äh ... Victoria ist ... eine Kollegin. Sie ist schnell überfordert, und dann spielt sie sich schrecklich auf.» Ich gebe einen Stoßseufzer von mir. «Ist ziemlich nervig mit den unselbständigen Mitarbeitern.»

Bevor Tanja weitere Fragen stellen kann, flüchte ich unter die Dusche. Aber der Weg lohnt kaum. Rasieren muss aus Zeitmangel ausfallen, und frische Klamotten habe ich leider nicht dabei. Nach kurzem Suchen ergattere ich zumindest eine neue Unterhose in einer der Kommoden. Als ich fertig zum Gehen bin, liegt Tanja noch immer im Bett.

«Du, Bautzelchen, ich schlafe noch eine Runde, ja? Danach schaffe

ich hier ein bisschen Ordnung und koche uns später etwas Schönes zum Abendessen. Wann kommst du nach Hause?»

NACH HAUSE? Sie meint doch nicht etwa DIESES Zuhause? Wird vielleicht doch langsam Zeit, dass wir mal reden.

«Ich ... äh ... weiß es nicht.» Scheiße Scheiße Scheiße. «Du kannst jedenfalls nicht hierbleiben», sage ich, möglicherweise einen Tick zu forsch. «Also ... ich meine, du musst doch ebenfalls zur Arbeit, oder? Nicht, dass du dort Ärger bekommst.»

Am Ende kündigen sie ihr noch, und ich muss dann die Raten für den Audi TT übernehmen!

«Ich werde heute mal meine Überstunden abbummeln.» Tanja gähnt.

«Na gut. Dann rufe ich dich wegen heute Abend nachher an», schlage ich halbherzig vor.

«Keine Sorge, Bautzelchen, ich schmeiße nichts weg, ohne dich vorher zu fragen. Ich weiß ja, wie empfindlich Männer da sind.»

Okay ... Im Grunde spricht ja auch nichts gegen einen weiteren Abend in dieser Umgebung, oder? Einen einzigen. Und bei selbstgekochtem Essen in einer aufgeräumten Bude ließe sich heute Abend sicher auch ganz wunderbar ein klärendes Gespräch führen. Außerdem könnte Tanja sich dann gleich um den Hamster kümmern.

Kurzerhand krame ich Flos Wohnungsschlüssel aus meiner Jackentasche hervor und lege ihn Tanja auf den Nachtschrank. Zur Sicherheit entferne ich vorher noch den Briefkastenschlüssel und stecke ein Küchenmesser ein, um unten am Haus Klingel- und Briefkastenschild abmontieren zu können. Gar nicht so einfach, so ein spontaner Umzug!

* * *

Als ich eine halbe Stunde später bei Miucci eintreffe, kleben bereits drei Zettel von unterschiedlichen Lieferanten an der Eingangstür. Ein weiterer Zulieferer hält gerade, als ich dabei bin, die Tür aufzuschließen. Die Kollektion für das Event, wer sagt's denn!

Ich knispele die Zettel von der Scheibe und bedeute dem Fahrer, die drei Kartons vorerst im Foyer abzuladen. Wer weiß schon, wo Victoria sie später haben möchte? Als der Mann fort ist, schalte ich zunächst einmal das Licht im Laden ein. Dann überlege ich, was Victoria mir sonst noch aufgetragen hatte. Aber es ist wie verhext, ich erinnere mich kaum. Es muss an dem Kater liegen, den mir dieses überstürzte Aufstehen eingebrockt hat. Wenn die Woche so weitergeht, muss ich am Ende meines Urlaubs Urlaub nehmen. Und wer vertritt MICH dann?

Plötzlich fällt mir ein: Da war irgendetwas mit dem Alarm. Richtig, die Überwachungsmonitore soll ich einschalten!

Zwei Minuten später ist auch das erledigt. Da ich meinem schmerzenden Kopf etwas Anstrengendes wie Kisten auspacken nicht zumuten möchte, mache ich mir erst mal einen Kaffee. Kamillentee gibt es hier offenbar nicht.

Gerade, als ich es mir mit dem Espresso in der Hand auf dem Sofa gemütlich machen will, betritt eine Kundin den Laden.

Sie ist schätzungsweise Anfang vierzig, hat blond gesträhntes Haar und eine gute Figur, das kann man trotz des Wintermantels sofort erkennen. Auf ihrer Nase prangt eine Sonnenbrille (Divenalarm!), die sie nun abnimmt, um mich anzusprechen.

«Guten Tag. Ich suche ein paar neue Dessous, Sie führen doch *Agent Provocateur*, nicht wahr?»

Ihre Frage und der mehr als zweideutige Blick jagen mir einen Schauer über den Rücken. Agent wer? Wo bleibt nur Victoria?

«Unterwäsche? Natürlich, haben wir! Im ... Boudoir.» So weit kenne ich mich inzwischen aus. Ob da allerdings etwas im Agenten-

Stil dabei ist, weiß ich nicht. Scheint mir auch eine komische Frage zu sein.

«Wunderbar», sagt die Kundin, und ihr Blick wird immer zweideutiger. «Dann zeigen Sie mir doch mal, was Sie so haben.»

Wieso guckt die mir jetzt in den Schritt? Herrje, meine Jeans steht offen, heilige Scheiße!

Peinlich berührt, schießt mir sofort das Blut in den Kopf. Zudem fällt mir in diesem Moment siedend heiß ein, dass ich mich ja noch umziehen sollte. Aber egal. Solange Victoria noch nicht hier ist, behalte ich meine Sachen von gestern einfach an. Damit verschrecke ich wenigstens nicht die Kunden. Also, wenn ich den Reißverschluss geschlossen habe, jedenfalls.

«Dann folgen Sie mir bitte», sage ich zu der Kundin, verspüre aber im Grunde genommen wenig Lust, jetzt hinten im Boudoir den Verkaufsfuzzi zu geben. Ich bin schrecklich müde, und diese Frau wirkt irgendwie eigenartig. Als führe sie etwas im Schilde.

Andererseits wäre es natürlich obercool, könnte ich Victoria bei ihrem Eintreffen berichten, dass ich bereits Wäsche im Wert eines Businessflugs nach Southampton verkauft habe. Mit Sicherheit würde das ihre Laune erheblich bessern.

Mit neuem Elan marschiere ich also vor der Kundin her und versuche, auf dem Weg ins Boudoir unauffällig meinen Reißverschluss zu schließen. Das hat man nun davon, wenn man grußlos und im Kasernenton aus dem Bett gescheucht wird. Vielen Dank, Victoria!

Beim Erreichen der hinteren Räume muss ich feststellen, dass Victoria gestern offenbar noch eine Nachtschicht eingelegt hat. Alle Regale sind neu aufgefüllt und mit ordentlich zusammengelegten Wäscheteilchen bestückt. Sogar die Stange mit den BH- und Höschen-Kombinationen quillt förmlich über. Eine der Schaufensterpuppen wurde in eine Kombination gesteckt, die mir die Schamesröte ins Gesicht treibt. Außerdem liegen vor mir auf dem Tisch zwei neue Bücher: *Die Kunst der Verführung* und *Die Geschichte der Reizwäsche.* Wer liest denn bloß so etwas?

«Sie sind neu hier, nicht wahr?», will die Kundin jetzt wissen und streift lasziv über die Buchdeckel. Dann begutachtet sie mit prüfendem Blick die ausgestellte Ware. «Neu und offenbar allein im Laden, oder täuscht das?»

Holla, das klingt aber verdammt, als wolle sie mich ausfragen. Die will doch wohl hoffentlich nichts klauen?

«Ich bin nicht neu, ich bin von Prada», entrüste ich mich und hoffe, dass mit dieser Aussage nicht nur meine Kompetenz geklärt ist, sondern auch, dass ich mit allen Wassern gewaschen bin und mich nicht mal eben schnell bestehlen lasse.

«Na, umso besser.»

Klingt nicht gerade beeindruckt. Dabei dachte ich, der Satz *Ich komme von Prada* hat im Kreise verwöhnter Modetussis in etwa denselben Stellenwert wie *Ich war in Harvard* bei angehenden Schwiegereltern. Mit der Frau stimmt doch was nicht.

Neugierig beginnt sie nun, die Kleiderstange zu durchforsten. Ab und zu unterbricht sie ihre Tätigkeit und blickt zu mir rüber. Fast so, als warte sie nur auf eine Gelegenheit zum Klauen. Ich fixiere sie mit zusammengekniffenen Augen und versuche, möglichst einschüchternd zu wirken. Sicherheitshalber verschränke ich außerdem die Arme vor der Brust.

Ihr nächster Blick in meine Richtung fällt sogar noch etwas länger aus. Abschätzend betrachtet sie mich von oben bis unten, dann platzt es aus ihr heraus: «Sie erinnern mich irgendwie an … Henning Baum. Sie wissen schon, *Der letzte Bulle.*»

Wie bitte? Das soll wohl ein Ablenkungsmanöver sein. Lächerlich. Ich meine, ich habe mit Henning Baum so viel Ähnlichkeit wie Kai mit Bob Marley, nämlich gar keine.

Folglich ist diese Kundin definitiv eine Diebin. Oder?

«Henning Baum», fügt sie erklärend an, «also der Schauspieler, der im Fernsehen diesen Polizisten spielt, der schwört auch auf dieses Jeans-Ensemble.» Mit ausgestrecktem Zeigefinger deutet sie an mir hoch und runter. «Und dann noch dieser Bart … Es gibt doch nichts Männlicheres als so ein Holzfäller-Outfit. Dazu ein Hauch Rasierwasser und eine leichte Alkoholfahne von letzter Nacht …» Sie rollt mit den Augen. «Welche Frau wird da nicht schwach?»

Also, da könnte ich ihr jetzt eine ganze Reihe von Namen nennen, allen voran Victoria, die mit Sicherheit andere Vorlieben hat. Aber ich möchte das Thema eigentlich gar nicht vertiefen. Ich möchte wieder nach Hause. Oder ins Foyer, zu den Handtaschen. Auf jeden Fall möchte ich nicht mit komischen Anmachsprüchen in eine Falle gelockt werden.

«Wollen wir dann?», fragt sie und verleiht ihrer Stimme einen sinnlichen Tonfall.

«Wollen wir dann *was*?»

Sie streift ihren Mantel ab und wirft ihn über einen Sessel. «Ein paar schöne Wäscheteile anprobieren?»

WIR?

Also, ich habe vielleicht heute Morgen nicht das schönste Höschen in Florians Kommode erwischt, aber eigentlich bin ich ganz zufrieden. Sieht ja keiner. Umziehen möchte ich mich jetzt jedenfalls nicht, zumal es für Männer hier ja auch gar kein Angebot gibt. Was soll also das Wir? Ich dachte, sie wollte mich loswerden, um heimlich das Sortiment einzupacken.

Und wo bleibt eigentlich Victoria, wenn man sie mal braucht? Ich kann doch hier jetzt nicht allein mit einer Kundin, die offensichtlich nicht alle Tassen im Schrank hat, durch die Reizwäsche stöbern und ihr womöglich noch beim Anprobieren helfen. Ausgeschlossen. Das steht doch in Deutschland sicher unter Strafe. Was, wenn die durchdreht und mir hinterher unterstellt, ich hätte sie belästigt?

«Ich nehme dieses, dieses und ... dieses.» Zielstrebig pickt die Kundin ein paar schwarze Ensembles von der Stange.

Als sie mir die Teile in die Hand drücken will, springe ich vor Schreck hinter den Wäschetisch, unter dem ich vor 24 Stunden beinahe ohnmächtig zusammengebrochen wäre.

«Ich ... äh ... werde mir das Ganze von hier aus ansehen», sage ich und finde das eigentlich auch schon viel zu gewagt.

Wortlos und ohne weitere Beute zu machen, steuert die verrückte Else jetzt eine der Umkleidekabinen an. «Na, dann los», sagt sie und beginnt, sich bei geöffnetem Vorhang auszuziehen.

Ich stehe immer noch wie angewurzelt am Wäschetisch und blättere übersprungartig durch *Die Kunst der Verführung*. Nebenbei beobachte ich aus dem Augenwinkel, was sich in der Kabine tut. Sicher ist sicher.

Als sie allerdings Anstalten macht, sich ihren BH abzustreifen, stürme ich zur Kabine und reiße mit Schwung den Vorhang vor. Du liebe Güte, das ist doch hier keine Peepshow!

«Ich ... äh ... sollte vielleicht besser mal vorn nach dem Rechten schauen», stottere ich, ohne genau zu wissen, was eigentlich dagegen spricht, einer Fremden beim Ausziehen zuzugucken. Schließlich bin ich Single. Jedenfalls so gut wie. Ich könnte sie also im Grunde genommen hier auf dem Tisch vögeln, wenn mir danach wäre. Andererseits muss ich aber aufpassen, dass im Laden nichts geklaut wird und es nicht –

«Hiergeblieben!», befielt die Verrückte. «Sie werden hier gebraucht!»

«Aber ...»

«Ich werde mir doch die Gelegenheit nicht entgehen lassen, von Henning Baum in Wäsche betrachtet zu werden.»

«Aber ich bin nicht Henning Baum!»

«Das soll Ihr Nachteil nicht sein.» Mit Schwung wird der Vorhang zur Seite geschoben. Panisch klammere ich mich an *Die Kunst der Verführung,* die ich immer noch in den Händen halte. Nein, mir steht der Sinn wirklich nicht danach, die Kundin hier auf dem Tisch zu vögeln. Und ich weiß auch, warum: weil ich nämlich gerade erst Sex hatte, und zwar mit einer Frau, die wunderbar zu mir passt. Und weil meine Fingerkuppen noch immer aufgeweicht sind vom Baden und mein Schädel allenfalls nach einer Aspirin verlangt, keineswegs jedoch nach ungestümen Stoßbewegungen. Außerdem ist diese Frau eindeutig plemplem. Und es gibt noch einen anderen Grund. Einen sehr maßgeblichen: Sie hat sich ausgerechnet das Wäscheset ausgesucht, in dem ich mir gestern Nachmittag Victoria vorgestellt habe. Und der stand das Teil eindeutig besser.

Wie aufs Stichwort wird mir wieder schwindelig. Es muss dieser Name sein, gegen den ich allergisch bin.

«Gefalle ich Ihnen?», will die Kundin jetzt wissen. Es ist eine Fangfrage, das weiß ich natürlich. Kein Mann hat es je überlebt, diese Frage mit Nein zu beantworten.

«Es ist ... äh ... es sieht ...»

... kompliziert aus, denke ich und lasse das Buch sinken.

Tatsächlich scheint das Teil nur aus Aussparungen zu bestehen, insbesondere in der Taille. Dort finden sich an beiden Seiten Löcher, durch die ein rotes Satinband geführt ist, das neben der Brust zu einer Schleife geknotet wird. Das hatte ich mir in meiner Phantasie irgendwie anders ausgemalt. So etwas kann nur eine Frau entworfen haben, Männer HASSEN Schleifen!

«Wenn Sie schon nicht sprechen, würden Sie dann bitte wenigstens gucken, ob alles richtig sitzt?», werde ich jetzt aufgefordert. «Vor allem am Po. Dort darf es nicht kneifen.» Sie stemmt ihre Hände in die Hüften und dreht sich selbstsicher um die eigene Achse.

Mein Mund wird trocken, und ich muss schlucken. Vor meinen Augen flimmert es. Jedes Mal, wenn sie mir den Rücken zuwendet, erscheint mir das Bild von Victoria. Jedes Mal, wenn sie mir das Gesicht zuwendet, verstärkt sich mein Kopfschmerz.

«Nun treten Sie doch mal näher, junger Mann. Oder haben Sie etwa Angst?»

«Natürlich nicht!» Immer diese Unterstellungen.

«Dann öffnen Sie bitte an der Seite die Schleife, ich habe sie falsch zugeknotet.»

«Aber ...»

«Also, Henning Baum wüsste jetzt mit Sicherheit, was zu tun ist», erfahre ich nun.

Dumme Nuss. Ich weiß natürlich auch, was zu tun ist. Weil mir nämlich inzwischen ein Licht aufgegangen ist: Diese Frau ist eine Testkäuferin. Sie soll mich im Auftrag von Victoria provozieren. Oder Kai hat sie mir auf den Hals gehetzt, weil er mir den Top-Verkäufer nicht abkauft. Aber in *die* Falle tappe ich nun wirklich nicht.

Wütend knalle ich *Die Kunst der Verführung* auf den Tisch. Es wäre mit Sicherheit besser gewesen, wenn die Trulla vorher mal ein paar Seiten davon gelesen hätte. Dann wäre ihr Schauspiel vielleicht um einiges überzeugender rübergekommen.

«Ich weiß auch sehr gut, was zu tun ist», sage ich energisch und ergreife statt der Flucht nun die Schnüren an ihrem Mieder. «Ein Profi weiß so etwas natürlich.»

«Ein Profi weiß vor allem, dass er an der Vordertür die Alarmglocke einschalten muss, wenn er sich im hinteren Teil des Ladens aufhält», sagt plötzlich eine Stimme hinter mir.

Ich wirbele herum. Vor mir steht – mit funkelnden Augen und Mordlust in der Stimme – Victoria.

In Zeitlupentempo lasse ich die Hände sinken.

«Haben wir schon zwei Uhr?» Es ist das Erste, was mir zu ihrem

Vorwurf einfällt. Natürlich wäre es deutlich schlauer gewesen, etwas zu sagen, das erklärt, warum ich die Kellys und Jackies im Foyer unbewacht sich selbst überlassen habe. Etwas, das mich ein bisschen mehr nach Sohn des Hauses und weniger nach notgeilem Wäschefetischisten aussehen ließe.

«Wäre es in Ordnung, wenn ich hier jetzt übernehme?», wendet sich Victoria mit aufgesetzter Unschuldsmiene an die Kundin und sieht im Anschluss mich an. «Dann könntest du zur Abwechslung vorn die Stellung halten und nebenbei die Taschenkollektion auspacken, die dort mitten im Weg steht.»

«Geht klar.»

«Und, Alexander?»

«Ja?»

«Vergiss nicht, dich vorher noch umzuziehen. Dein Outfit hängt im Keller auf der Kleiderstange. Rechts von dem gelben Anzug.» Sie lächelt zuckersüß.

Weiß Victoria denn nicht, wer Henning Baum ist und dass dieses Jeans-Outfit total angesagt ist?

Also, von Mode versteht sie definitiv nichts.

Dreieinhalb Minuten später, als ich mir den «Anzug des Tages» anschaue, wäre ich bereit, mir exakt diese Aussage mit einem glühenden Eisen auf die Brust brandmarken zu lassen. Das Grauen hat einen neuen Namen: Pink!

Dieser Versace muss ein schwuler Hawaiianer mit Drogenvergangenheit sein. Oder aber der Mann ist blind.

Die Hose des Anzugs ist zum Glück einfarbig – falls man bei einer pinkfarbenen Hose überhaupt von Glück sprechen kann. Doch Hemd und Jackett schlagen dem Fass den Boden aus. Sie sind schwarz-weiß gemustert, wie ein Zebra, und von goldenen und pinkfarbenen Schlingpflanzen durchbrochen. Ein Zebra im LSD-Dschungel! Von einer eckigen Schnörkelkante umrahmt. Etwas Ähnliches habe ich schon mal als Dekorfliese in überkandidelten Badezimmern gesehen.

Dieses Mal hat Victoria den Bogen eindeutig überspannt. Das werde ich nicht anziehen, niemals!

Wutschnaubend stürze ich aus dem Keller, durch den Laden und hinaus auf die Straße. Ohne Mantel, ohne Schal oder irgendetwas, das mich vor den eisigen Temperaturen schützen könnte. Der Himmel sieht aus, als würde es gleich anfangen zu schneien, doch mir ist das egal. Ein paar Schritte vom Laden entfernt hole ich mein iPhone aus der Hosentasche und wähle Florians Nummer. Scheißegal, wie es ihm geht, das hier muss aufhören!

Das Erste, was ich höre, als das Gespräch entgegengenommen wird, sind Straßengeräusche. Dann Schritte. Und Stimmen.

«Flo? Hallo?»

Eine Art Rückkopplung zertrümmert beinahe mein Trommelfell. Endlich ist Flos Stimme zu hören.

«Alex? Bist du es?»

«Witzig. Du siehst doch meine Nummer! Störe ich etwa?» In Krankenhäusern stört man ja irgendwie immer. Da hat man als Patient mehr Programm als die Teilnehmer der UNO-Vollversammlung.

Keine Antwort. Nur Geraschel.

«Gehst du spazieren?», frage ich. Dabei will ich im Grunde genommen gar nicht wissen, was er gerade macht. Eigentlich möchte ich nur loswerden, was sich hier so ereignet.

Aber obwohl die Kälte langsam durch mein Jeanshemd kriecht und meine Finger zu starren Eiszapfen werden, vergesse ich nicht, was sich gehört. «Wie geht es denn deinem Herzen? Haben die Ärzte schon etwas gefunden?»

Meine Fürsorge macht Flo ganz verlegen. «Nein, na ja … äh … nicht so recht», stottert er mit heiserer Stimme. «Nächste Woche soll ein …»

Leider kann ich nicht mehr verstehen, was nächste Woche Tolles gemacht werden soll, denn erstens spricht Flo schrecklich leise, und zweitens vernehme ich plötzlich ein mordsmäßiges Krachen in der Leitung. Als würde jemand, der keine Ahnung von Technik hat, einen Lautsprecher einschalten. Kurz darauf folgt der obligatorische Pfeifton, dann erklingt Musik. Schlimme Musik.

«... Ich will zehn nackte Friseusen ... oh, oh, zehn nackte Friseusen ... mit richtig feuchten Haaren ...»

Ich hör wohl nicht richtig. «Florian?», sage ich jetzt etwas lauter. «Was ist denn da los? Wo bist du?»

«... Ich hab sie alle gehabt, ich hab sie alle gesehen, doch es gibt nur ein paar, die mich wirklich verstehen ...»

Moment mal. Das ist doch – das kenne ich! Das ist ... Après-Ski-Mucke! Das hier ist eindeutig eines der Lieder, für die man mit Bommerlunder betäubt sein muss, um es ertragen zu können. Und wenn mich nicht alles täuscht, singt da sogar irgendwo in der Ferne jemand mit!

«Alex?», höre ich jetzt meinen Kumpel krächzen. «Kannst du mich hören?»

«Ja, dich und zwanzig Besoffene. Ich denke, du bist in einer Klinik?» Wenn ich es nicht besser wüsste, würde ich annehmen, er sei in einer Kneipe.

«Bin ich ja auch!», kräht Flo entrüstet. Der Chor der Besoffenen wird jetzt leiser. Offenbar hat mein Kumpel von den nackten Friseusen Abstand genommen. «Ich bin in der ... Krankenhauskantine. Hier wird gerade gefeiert. Der ... äh ... Geburtstag eines Pflegers.»

Ach. «So feiert man also in einer Privatklinik?»

«Ja, na ja, du weißt ja ...» Er senkt die Stimme. «Ich glaube, die sind aus Polen oder so. Keine Ahnung, was bei denen abgeht. Ehrlich, Alex, ich kenne die gar nicht.»

Seit wann hören Polen am Bodensee Après-Ski-Mucke?

Um mich herum fängt es jetzt tatsächlich an zu schneien. Wie passend! Zur Sicherheit flüchte ich mich in einen Hauseingang und beobachte, wie die vorbeihuschenden Passanten langsam weiße Schultern bekommen.

«Also scheint es dir wieder besser zu gehen, oder?», frage ich Flo und bin von der Kälte und dem Gesprächsverlauf ziemlich genervt. Ich meine, wenn er in der Krankenhauskantine mit unbekannten Polen unanständige Lieder singt, kann es ihm ja nicht so schlecht gehen. Jedenfalls nicht so schlecht wie mir gerade.

Auf der gegenüberliegenden Straßenseite bleibt jetzt jemand vor einem Schaufenster stehen. Die Gestalt kommt mir seltsam bekannt vor. Allerdings ist der Mann so dick eingemummelt, dass man ihn schlecht erkennen kann. Es könnte ein Schauspieler sein, Henry Hübchen vielleicht.

«Spinnst du?», ereifert sich Florian. «Ich feiere doch gar nicht! Ich war nur gerade dabei, mir einen … Tee zu holen, als du angerufen hast.»

Ach, und ich dachte, in einer Privatklinik bekommt man so etwas ans Bett gebracht.

Henry Hübchen auf der gegenüberliegenden Straßenseite dreht sich jetzt in meine Richtung um – und ich erstarre. Du liebe Güte, es ist Friedrich von Klatt!

Panisch drehe ich mich weg. Mein Chef macht mitten am Tag einen entspannten Citybummel, wie kann das sein? Unsicher schaue ich mich noch einmal vorsichtig um, doch es besteht kein Zweifel: Der grauhaarige Kerl im Daunenmantel ist mein Chef. Auf keinen Fall möchte ich von ihm angesprochen werden, bei dem weiß man nie so genau, was ihm gerade einfällt. Schließlich habe ich doch Urlaub!

Friedrich von Klatt überquert die Straße und läuft in meine Richtung.

«Flo, ich muss Schluss machen. Ich melde mich später wieder, wir haben einiges zu klären! Also, mach dich auf was gefasst!»

So schnell es meine steifgefrorenen Finger zulassen, lege ich auf und stopfe das Handy zurück in die Hosentasche. Mit dem Gesicht zum Boden hetze ich durch den dichter werdenden Schnee zurück zu Miucci.

Sofort husche ich an Victoria und der notgeilen Kundin vorbei und verschwinde im Keller. Beim Anblick des pinkfarbenen Anzugs werde ich schon wieder wütend. Spätestens heute Abend werde ich mich bei Flo melden, und dann kann er sich auf was gefasst machen. So geht es nicht weiter!

Bis dieser Albtraum zu Ende ist, werde ich allerdings wohl oder übel die Zähne zusammenbeißen und meinen Hintern in dieses Zebrakostüm zwängen müssen.

10. Kapitel

«Hallo, Herr Held, was machen Sie denn hier?»

Wie in jedem ordnungsgemäßen Albtraum gab es auch in meinem ganz persönlichen Miucci-Albtraum einen Moment, in dem ich glaubte, den Gipfel allen Schreckens erreicht zu haben. Das war der Augenblick, als ich in den pinkfarbenen Zebraanzug stieg. Doch nun, in dieser Sekunde, da die altbekannte Stimme meines Chefs hinter mir ertönt, weiß ich, dass der Zenit noch lange nicht erreicht ist.

Entsetzt fahre ich herum. «Herr von Klatt! Na, das ist ja eine ... äh ... Überraschung!»

«In der Tat ...», entgegnet mein Chef, und ich bin mir nicht sicher, ob er das Wiedersehen mit mir im Allgemeinen oder mein Zebrakostüm im Besonderen meint. «Ich dachte, Sie seien im Urlaub.»

«Bin ich doch auch!» Sofort könnte ich mich für diesen Ausrutscher ohrfeigen. Eine derartige Information sollte hier im Laden besser nicht die Runde machen. Sonst fliegt mir meine Sohn-des-Hauses-Story schneller um die Ohren, als Kai vor Überraschung sein Musketierbärtchen kräuseln kann.

Doch ich habe Glück. Außer meinem Chef und ein paar ziellos umherstreifenden Kundinnen ist gerade niemand in der Nähe. Mr. Spock ist noch immer nicht von seinem Einkaufsbummel zurück, und Victoria höre ich nach wie vor im hinteren Verkaufsraum auf die Testkäuferin einreden.

Nichtsdestotrotz muss Friedrich von Klatt, so schnell es geht, wieder verschwinden. Was will der Kerl überhaupt hier?

«Sie haben sich ja so ... schick gemacht», stottert er jetzt, geblendet von meinem Outfit. «Sagten Sie nicht, Sie wollen verreisen? Mit Ihrem ... *Freund*?» Plötzlich huscht ein verschwörerisches Zwinkern

über sein Gesicht. «Ah, ich verstehe. Na, und jetzt suchen Sie wohl noch ein passendes Geschenk für ihn, was?»

Moment mal. Nur weil ich mit einem Kumpel in den Urlaub fahren wollte und heute klamottentechnisch in die Kloschüssel gegriffen habe, ist das ja wohl noch lange kein Grund für eine derartige Unterstellung.

«Der Mann, mit dem ich verreisen wollte, ist nicht mein *Freund,* sondern mein Kumpel. Und wir sind nicht weggefahren, weil er krank wurde. Und dies hier», ich deute an mir herunter, «ist nicht das, wonach es aussieht.»

Hat der Mann etwa noch nie einen Hetero im Dschungel-Kostüm gesehen? Wird Zeit, dass er mal seinen beschränkten Makler-Horizont erweitert.

«Suchen Sie etwas Bestimmtes?», frage ich, um ihn schnellstmöglich abzuwimmeln, gebe mir allerdings im Geiste bereits die nächste Ohrfeige. Mein Chef glaubt, ich sei hier Kunde, und dabei muss es auch bleiben.

Etwas verwirrt fragt er zurück: «Ja, kennen Sie sich hier etwa aus?»

«Nun ja … Nicht wirklich. Aber sollten Sie die Herrenaccessoires suchen, dann sind Sie leider vergeblich hier. Die sind nämlich … äh … ausverkauft.»

Friedrich von Klatt reißt erstaunt die Augenbrauen in die Höhe. «Aber dort oben im Regal, da sehe ich doch …»

«Ein Ausstellungsstück. Unverkäufliches Muster, nur zum Anschauen. Habe ich selbst gerade erfahren. Tja, also, bis die neue Ware kommt, und die trifft erst in … äh … neun Tagen ein, ist es hier für uns Männer total uninteressant.» Unauffällig versuche ich, ihn Richtung Tür zu lotsen.

«Ach», seufzt mein Chef tief enttäuscht. Dann beäugt er mich misstrauisch. «Haben Sie denn noch etwas bekommen?»

Typisch: Futterneid!

«Nein, leider nicht.»

Friedrich von Klatt nickt zufrieden. So kennt man ihn. Gönnt einem nicht mal ein neues Laptoptäschchen.

«Ich wusste ja gar nicht, dass Sie in dieser Art ... Geschäft kaufen, Herr Held», sagt er nun, immer noch skeptisch. «Sie wirkten immer so ...»

SO WAS?

Hetero? Normal? Männlich?

«... so sparsam!»

Haha. Möglicherweise liegt das daran, dass ich unterbezahlt bin?

Doch ehe ich antworten kann, wechselt er das Thema: «Aber wie gut, dass ich Sie hier treffe, Herr Held! Bei Hambitare gibt es nämlich einen Notfall.» Seine Augen werden groß und bekommen einen traurigen Ausdruck, den ich ihm aber nicht so recht abkaufe.

«Einen Notfall?», wiederhole ich mechanisch.

«So ist es.» Er senkt die Stimme. «Die halbe Belegschaft ist krank. Lebensmittelvergiftung, Sie wissen schon ...» Kurz steckt er sich den Zeigefinger in den Mund, dann fährt er fröhlich fort: «Da sich nun aber herausstellt, dass Sie gar nicht verreist sind, können Sie ja ein paar Termine übernehmen, nicht wahr?»

Ohne den Blick von meinem Anzug zu nehmen, fischt er einen Kalender aus seiner Jackentasche und blättert hektisch durch die Seiten.

«Morgen bräuchte ich Sie beispielsweise um 18 Uhr 30 am Sandtorkai. Außerdem übermorgen um zwei und ...»

«Also, morgen passt es mir eigentlich nicht so gut.»

Friedrich von Klatt blickt überrascht hoch. Seine Stirn kräuselt sich bedrohlich. Dass jemand seine freie Zeit selbst einteilen möchte, scheint ihm bislang nicht untergekommen zu sein.

«Ich will ganz ehrlich zu Ihnen sein, Herr Held.» Er räuspert sich,

und seine Augen formen sich zu Schlitzen. «Sie sind nicht meine erste Wahl. Leider kommt momentan kein anderer in Frage. Jedoch sagt mir ein Blick auf den *Score* ...» Er fischt jetzt tatsächlich noch einen Farbausdruck aus der Sakkotasche und faltet ihn seelenruhig auseinander. «... dass Sie mit Sicherheit großes Interesse an einer zusätzlichen Möglichkeit haben, Punkte zu sammeln.»

Er dreht den Zettel um und hält ihn mir unter die Nase.

«Wenn Sie die Bude am Sandtorkai morgen loswerden und dann noch *das Objekt,* sagen wir mal in der nächsten Woche, wären Sie wieder im Spiel.»

Hochzufrieden, mir meinen vermeintlichen Einkaufsbummel verdorben zu haben, steckt er Kalender und *Score* wieder ein.

Wütend schlage ich die Zähne aufeinander. Am liebsten würde ich ihm jetzt eine nigelnagelneue Laptoptasche über den Kopf ziehen und darin ersticken.

Ist das zu fassen? Wie soll ich denn bitteschön morgen Nachmittag mal eben eine Stunde aus Guantanamo verschwinden? Victoria würde vermutlich eher die Versace-Woche abbrechen, als mir eine freie Sekunde zuzugestehen. Von einer Stunde ganz zu schweigen.

«Morgen, also, ich ... äh ...» Die Schlinge um meinen Hals zieht sich unerbittlich zu.

«Prima», sagt mein Chef. Und obwohl seine Augen zu ihrer normalen Form zurückfinden, lässt sein Blick keinen Zweifel über den Ernst meiner Lage zu. «Ich dachte mir, dass Sie nicht aufgeben.»

Dann holt er einen Schlüssel aus seiner Hosentasche.

«Hier. Wie gesagt, das Objekt am Sandtorkai um 18 Uhr 30.» Mit schlaffer Hand tätschelt er meine Schulter. «Wäre doch gelacht, wenn Sie die Bude nicht loswerden, Herr Held. Nach dem, was ich heute gesehen habe, scheinen Sie ja einiges an Überraschungen auf Lager zu haben!»

Während ich noch überlege, wie er das wohl gemeint haben könnte, geschieht das Unvermeidliche: Ich höre Victoria und die Testkäuferin ins Foyer kommen. In spätestens zehn Sekunden werden sie mit meinem Chef zusammenstoßen, und wie es dann weitergeht, mag ich mir gar nicht ausmalen.

Gehetzt blicke ich mich im Raum um und suche Fieberhaft nach einem Versteck. Zwar wäre die Situation dann noch lange nicht gerettet, aber immerhin etwas entschärft. Besser wäre natürlich, Friedrich von Klatt würde auf der Stelle verschwinden, aber damit ist wohl kaum zu rechnen.

Zu spät. Die beiden Frauen betreten bereits im Stechschritt das Foyer.

Übersprungartig lasse ich mich einfach zu Boden plumpsen. Und dort liege ich eingeklemmt zwischen Tresen und Besuchersessel und bete um ein Wunder. Meine Tarnung auf dem weißen Fußboden ist allerdings in etwa vergleichbar mit der eines pinkfarbenen Zebras inmitten der ausgedörrten afrikanischen Steppe. Irgendwie durchschaubar.

Noch bevor Friedrich von Klatt etwas sagen kann, rauschen die Frauen an uns vorbei zur Kasse. Die Testkäuferin möchte tatsächlich etwas kaufen! Hat der Mensch Töne? Hätte nicht gedacht, dass ihr Einsatz so weit geht.

«Und grüßen Sie mir Henning Baum!», sagt sie zum Abschied zu Victoria und verschwindet mit ihren Tragetaschen, ohne sich noch einmal umzudrehen.

Doch die Kuh ist noch nicht vom Eis.

Angelockt durch Friedrich von Klatt, der seit fünf Minuten neben dem Besucherstuhl steht und mit einem Ausdruck ungläubigen Staunens auf mich herunterstarrt, steuert Victoria auf uns zu. Meine Tarnung überdauert noch ein kurzes «Guten Tag, suchen Sie etwas Bestimmtes, oder möchten Sie sich nur ein bisschen umschauen?», dann werde ich entdeckt.

«Alexander?», höre ich ihre Stimme über mir. «Bist du das? Was machst du da unten?»

War ja klar, die Überlebenschance für pinkfarbene Zebras auf weißer Auslegeware ist einfach extrem gering.

In Zeitlupe richte ich mich auf. Doch Friedrich von Klatt drängt sich bereits ins Gespräch. «Also, ich habe mich vielleicht erschrocken, kann ich Ihnen sagen. Kurz befürchtete ich, Herr Held habe einen Zusammenbruch erlitten. Aber so wie es aussieht, ist er nur gestrauchelt. Alles scheint gutgegangen zu sein.»

Das wird sich erst noch zeigen.

Und da ist es auch schon: Victorias berühmtes Stirnrunzeln. Gleich wird sie fragen, woher Friedrich von Klatt und ich uns so gut kennen, und dann bleibt mir tatsächlich nur noch, meinen Chef mit einer Laptoptasche zu ersticken. Wenigstens erspare ich mir auf diese Art auch gleich die Wohnungsbesichtigung am Sandtorkai.

Doch statt etwas zu fragen, starrt Victoria mich mit offenem Mund an. Einen Moment lang hat es sogar den Anschein, sie könnte anfangen zu weinen. Oder zu lachen.

«WAS IST?», belle ich. Langsam bin ich es wirklich leid, ständig angestarrt zu werden.

Victoria beißt sich auf die Lippen. Und nachdem sie Friedrich von Klatt freundlich dazu ermuntert hat, er möge sich doch schon mal ein wenig im Laden umsehen, flüstert sie mir zu: «Du hast den falschen Anzug gegriffen. Der den du trägst, hing rechts von dem gelben. Ich meinte aber den auf der linken Seite. Er wäre ...» Sie macht eine Pause und verkneift sich erneut ein Grinsen. «... schlicht und dunkelblau gewesen.»

Das ist NICHT witzig!

«Also, ich finde, Pink steht ihm ganz wunderbar», mischt sich Friedrich von Klatt doch noch einmal ins Gespräch. Wie es zu erwarten war, hat er gelauscht. «Es lässt Sie so frisch aussehen, Herr Held.»

«Ja, nicht?» Victoria schenkt meinem Chef ein Lächeln unter Verbündeten. «Da haben Sie absolut recht.»

Warum nur bin ich eben nicht einfach tot umgefallen? Dann müsste ich mir diesen Scheiß jetzt nicht anhören. Friedrich von Klatt muss weg hier. Sofort!

«Ich werde den Termin wegen der Wohnung morgen in der Hafencity wahrnehmen», presse ich, so freundlich es mir in meiner momentanen Situation möglich ist, hervor. «18 Uhr 30 sagten Sie, nicht wahr?»

Friedrich von Klatt nickt, sichtlich beeindruckt von meiner gediegenen Wortwahl.

«Gut.» Ich richte mich auf. «Dann melde ich mich am Abend und sage Ihnen … äh … wie ich mich entschieden habe.» Mit diesen Worten schiebe ich meinen Chef vor mir her in Richtung Ausgang. Er soll glauben, ich würde ebenfalls aufbrechen.

«Moment!» Bockig wie ein alter Esel stemmt er seine Beine in den Boden. «Ich habe noch etwas vergessen. Die Wohnung hat leider keine Küche. Und keinen Balkon. Ich werde mal schauen, ob ich dafür als Bonus ein paar Punkte extra lockermachen kann. Aber erst einmal müssen Sie aktiv werden, Herr Held! Hahaha!»

Hahaha. Unsanft drücke ich ihn weiter zur Tür. «Gar kein Problem», rufe ich ihm hinterher, als er endlich die Schwelle überschritten hat. «Wer braucht schon eine Küche?»

Ich stelle mich auf den Gehweg und winke ihm so lange hinterher, bis ich mir sicher bin, dass er nicht noch einmal umdreht.

Als ich wenig später ins Foyer zurückkehre, ist Victoria gerade damit beschäftigt, ein paar Bestellungen zu sortieren und zusammenzupacken.

«Du suchst eine Wohnung in Hamburg?», erkundigt sie sich neugierig, und ich bin froh, dass sie nicht nach Friedrich von Klatt fragt. «Ohne Küche?»

«Also … das ist … äh …» Ich bin überrascht und gleichzeitig heilfroh, dass sie den Disput mit meinem Chef offenbar falsch interpretiert hat. «Ich ziehe vielleicht hierher. Und ich koche nicht gern. Also … genau genommen koche ich gar nicht.»

«Echt nicht?»

«Echt nicht.»

«Und wovon ernährst du dich, wenn du nicht kochst?»

«Ich … gehe essen. Oder lasse mir etwas kommen. Sushi zum Beispiel. Dafür braucht man ja nicht einmal Besteck.» Ich bin nicht glücklich über die Richtung, die dieses Gespräch nimmt. Weder kann ich mir eine Wohnung ohne Küche vorstellen – ich koche nämlich sehr gern –, noch bin ich ein Fan von japanischen Fischröllchen. Im Gegenteil. Schon beim Anblick dieser Schleimrollen wird mir schlecht. Andererseits klingt es nun mal wunderbar dekadent, nicht kochen zu müssen. Genau, wie es sich für den Sohn eines Mode-Mäzens gehört!

Und mein Plan scheint aufzugehen. Mit unverhohlener Bewunderung starrt Victoria mich an.

Tja, Baby: Bestellen ist das neue Kochen!

«Das ist ja interessant», sagt sie und schürzt nachdenklich die Lippen. «Außer dir und Kai kenne ich ehrlich gesagt keinen Mann, der wild auf Sushi ist. Schon gar keinen Italiener. Aber gut zu wissen.»

Was soll das nun wieder bedeuten? Was meint sie denn mit *außer mir und Kai*? Sie denkt doch wohl hoffentlich nicht, dass uns etwas verbindet? Ich bin kurz davor, die Sushi-Geschichte doch noch geradezurücken, da ist Victoria bereits beim nächsten Thema.

«Und was hat es mit den Punkten auf sich?», will sie wissen. «Ich meine, der komische Kerl eben – das war doch ein Makler, oder?»

«Sozusagen. Die … äh, die Punkte stehen für ein neuartiges Bewertungssystem. Diese Wohnung hat zehn Punkte und ist somit … äh … sehr gut bewertet.»

«Trotz der fehlenden Küche?»

«Ja … trotzdem.»

«Also, ich weiß ja nicht.» Sie schüttelt energisch den Kopf. «Makler sind doch echt das Letzte. Ich habe noch nie einen netten Makler kennengelernt. Allesamt Abzocker. Kassieren für wenig Arbeit viel Geld. Schlimm!»

«Aber … also, nicht alle Makler sind …» Ich weiß zwar nicht genau, was ich sagen will, um meine Zunft zu verteidigen. Ich weiß nur, dass ich diese Aussage so natürlich nicht stehenlassen kann. «Es gibt durchaus fleißige, nette Makler, die …»

Victoria macht eine wegwerfende Geste. «Niemals», sagt sie bestimmend und tackert weiter ihre Zettel zusammen, als wolle sie zwischen den Armen des Metallgeräts die gesamte Immobilienbranche zerquetschen.

* * *

Nachdem der Kollege mit der Betonfrisur von seiner Shoppingtour zurückgekehrt ist, werde ich für den Rest des Tages in den Keller verbannt, wo ich einer für einen Top-Verkäufer von Prada geradezu erniedrigenden Aufgabe nachgehen soll: aufräumen. Aber egal. Ich bin heilfroh, dass ich hier unten in Sicherheit bin. Nicht auszudenken, wenn ein weiteres bekanntes Gesicht auftauchen würde!

Die folgenden zweieinhalb Stunden verbringe ich damit, nach Victorias Anweisungen im Lager Kisten zu beschriften und so zu stapeln, dass man mühelos an die Ware in ihrem Inneren gelangen kann. Im Anschluss leere ich die Kartons mit den Taschen, die heute eingetroffen sind. Außerdem kam noch so komischer bunter Häkelkram, bei dem ich gar nicht weiß, wo oben und unten ist. Für einige Teile gibt es sogar eine Anleitung, wie man sie anzuziehen beziehungsweise zu knoten hat. Kaum zu glauben, dass ausgerechnet Frauen, denen ja bekanntlich schon das simple Auffüllen des Scheibenwaschwassers im Auto zu kompliziert ist, Lust haben, sich das Tragen eines Kleides erklären zu lassen. Und dafür sogar eine Gebrauchsanweisung lesen.

«Alexander?», ruft Victoria von oben herunter. «Wie weit bist du?»

Meine Fresse, nimmt das Gehetze hier denn nie ein Ende? Genervt blicke ich auf die Uhr. Es ist bereits kurz nach halb acht! Andere Leute haben um diese Zeit längst Feierabend, nur ich stehe immer noch in meinem pinkfarbenen Keller-Guantanamo und sortiere Häkellappen.

«Fertig!»

«Das ist ja toll», ertönt es plötzlich direkt hinter mir, und ich drehe mich überrascht um. Meine Gefängniswärterin hat sich lautlos über die Treppe angeschlichen und begutachtet nun fachmännisch die neue Ordnung. «Super», sagt sie mit ehrlicher Begeisterung in der Stimme.

Sie wandert die Kartonreihen ab und verströmt den Duft von Sommerwiese ligh*t*. Erst jetzt bemerke ich, dass sie sich umgezogen hat. Statt des gemusterten Seidenkleides von heute Morgen trägt sie nun Jeans und T-Shirt. Dazu eine übergroße graue Strickjacke, in der sie schmal und zerbrechlich wirkt.

«Endlich kann man hier wieder eintreten.» Anerkennend lässt sie ihren Blick durch beide Räume streifen. Immer wieder schaut sie zu mir, als könne sie es nicht glauben, dass ich tatsächlich etwas zustande gebracht habe. «Kai und ich haben uns nämlich gerade überlegt, wie wir am Freitag oben die Möbel umstellen, damit genügend Platz ist. Aber jetzt können wir ja auch nach hier unten ausweichen.»

Tja, ein Schwuler und eine Diva – wäre sicher spannend gewesen, da mal zuzuhören. Wer von den beiden wohl das bessere räumliche Vorstellungsvermögen hat?

«Ach, du meine Güte!» Victoria schlägt sich mit der Hand an die Stirn. «Du kennst ja noch gar keine Einzelheiten über das Event nächste Woche, nicht wahr? Tut mir leid, für eine Erklärung war irgendwie noch keine Zeit.» Nach kurzem Überlegen springt sie zur Treppe. «Ich hole schnell die Pläne.»

Herrje – ist denn immer noch kein Feierabend?

«Heute wird es etwas länger gehen», ruft Victoria von oben herunter, als hätte sie gerade noch schnell in mein Gehirn geschaut. «Hast du Hunger?»

«Und wie!»

«Dachte ich mir.»

Kaum dass ich allein im Keller bin, hetze ich in die Haremskabine und schäle mich aus der pinkfarbenen Gefängniskleidung. Offenbar sind Freizeitklamotten nach Ladenschluss erlaubt. Endlich! Meine Rückverwandlung vom Zebra zum Menschen!

Statt des Jeanshemdes belasse ich es jetzt ebenfalls beim T-Shirt. Nur mein iPhone ziehe ich noch aus der Hemdtasche und checke kurz, ob Flo sich noch mal gemeldet hat. Aber hier unten gibt es ja bekanntermaßen kein Netz.

«Alex?»

Victoria ist schon zurück und läuft suchend die Kellerräume ab. Ich stutze. Hat sie tatsächlich *Alex* gesagt? Nach zwei förmlichen Alexander-Tagen bin ich nun, heute, hier im Keller plötzlich Alex? Nur wegen der Kartonstapelei? Oder hat sie vielleicht getrunken?

«Komme!»

Zwei Sekunden später stehe ich vor Victoria, die sich schräg gegenüber der Kabine an den Schreibtisch gesetzt hat. Vor ihr liegt ein ausgebreiteter Grundriss des Ladens.

Während sie mit der einen Hand auf einige gelb markierte Flächen deutet, schiebt sie sich mit der anderen einen Schokoriegel in den Mund. «Möchtest du auch einen?», fragt sie und hält mir eine schmale Packung hin. «Gibt aber oben sonst gleich was Richtiges zu essen, Kai hat was bestellt.»

Ist Schokolade vielleicht die Droge, die sie so entspannt sein lässt? Dann ist es vielleicht besser, ich überlasse ihr auch noch den zweiten Riegel.

«Nein danke», murmele ich, lege mein Handy auf den Tisch und ziehe mir einen Stuhl heran.

«Für das Event wird der Laden in eine Art Werkstatt verwandelt», erklärt Victoria und deutet auf die Grundfläche des hinteren Verkaufsraums. «Eine echte kleine Produktionsstätte für die Miucci-Taschen. Es kommen extra die Profis aus Italien, die dort auch tatsächlich in der Fertigung arbeiten. Sie bauen hier ihre Werkbänke auf, und unsere Kunden können sich ein Bild machen, wie genau so eine Taschenproduktion abläuft. Vom Lederzuschnitt bis zur Einarbeitung der letzten Öse.» Triumphierend strahlt Victoria mich an. «Aber das Tollste ist: Die Kunden können sogar Wünsche äußern oder sich ihr Monogramm in eine der Taschen prägen lassen. Eine organisatorische Herausforderung, ich bin wirklich froh, dass du Italienisch sprichst.»

Öhm.

Es folgt ein verschämtes Lächeln. «Mein Italienisch ist nämlich etwas eingerostet, seit ich es nicht mehr schaffe, den Abendkurs zu besuchen.»

Tja, und ich bin wirklich froh, dass ich in diesem Moment sitze. Nicht allein wegen meiner Italienischkenntnisse, für die die Bezeichnung *eingefroren* geradezu ein Kompliment wäre. Viel schlimmer ist, dass ich schon wieder dieses Kribbeln verspüre. Von der körperlichen Nähe zu Victoria bekomme ich eine Gänsehaut. Vorsichtshalber hefte ich meinen Blick fest auf den Plan.

Victoria ist ganz in ihrem Element. «Kai und ich haben schon den Umbauplan für den Laden fertiggestellt. Jeder Arbeiter braucht Platz für seine Maschine, und es sollte sich eine logische Reihenfolge ergeben, die unsere Kunden bei der Besichtigung ablaufen können. Außerdem muss natürlich nebenbei noch der Verkauf weitergehen.

Dafür werden wir im Büro hier unten einen weiteren Verkaufsraum für Wäsche und Basics einrichten und oben im Boudoir die wichtigsten Teile der neuen Kollektion präsentieren.» Sie holt kurz Luft. «Es wird nicht leicht, aber es lohnt sich.»

Es lohnt sich? Dieser ganze Aufwand für einen Tag? Das kann nur eine Frau geplant haben!

«Natürlich kommen die Arbeiter nicht extra nur für einen Tag hierher», sagt Victoria und sieht mir fest in die Augen. Wieder habe ich den Eindruck, als könne sie mir direkt bis ins Hirn schauen. «Es ist eine Art Tournee. Sie reisen mit der Aktion durch Europa. Und am Wochenende sind sie eben in Hamburg. Toll, nicht?»

Ja, total toll. Trotzdem furchtbar aufwendig.

Aber wenn Frauen nichts zum Planen haben, sind sie bekanntlich nicht glücklich. Ständig muss irgendwas organisiert, sortiert oder aufgelistet werden. Frauen planen doch glatt ihren Urlaub ein Jahr im Voraus. Vermutlich ist sogar die irrwitzige Vorgabe mancher Firma, man solle seinen kompletten Jahresurlaub bis März einreichen, der Geistesblitz einer Frau gewesen. Todsicher. Denn nur eine Frau weiß bereits im Frühjahr, dass sie im Oktober eine Woche an der Nordsee im Watt wandern möchte. Ob es nun regnet oder schneit. Total egal. Hauptsache, es gibt einen Plan. Für einen Mann dagegen grenzt es ja bereits an Nötigung, wenn er gezwungen wird, montags zu entscheiden, ob er mittwochs ins Kino gehen möchte.

Victoria räuspert sich. «Es wäre also super, wenn du morgen in der mailändischen Zentrale anrufen könntest, um zu klären, ob wir noch an irgendetwas denken müssen. Manchmal vergessen die dort einfach, uns Bescheid zu sagen.»

Vorsichtig schiele ich von dem Plan hoch. Tatsächlich, Victoria scheint das ernst gemeint zu haben. Ihre Augen blicken freundlich, und seit langem sehe ich ihre Stirn ohne die angestrengten Falten. Sofern sie nicht diesen spöttischen Blick aufgesetzt hat, könnte ich

sie stundenlang angucken. Vor allem jetzt, da ihr Make-up nicht mehr ganz so perfekt sitzt wie am Morgen und auf ihrer Nase langsam die Sommersprossen zum Vorschein kommen. Dazu ist der Lidstrich leicht verwischt, und im Mundwinkel klebt irgendetwas.

Sollte Victoria tatsächlich in mein Gehirn gucken können, würde sie dort unweigerlich folgende Gedanken lesen:

- Ist der Krümel auf ihrer Lippe etwa ein Stück Schokolade?
- Warum nur habe ich mich heute Morgen nicht rasiert?
- Sollte ich nicht zum Abendessen bei Tanja sein?
- Warum muss ich dauernd daran denken, diese Lippen zu küssen?
- Wird in der mailändischen Zentrale vielleicht Deutsch oder wenigstens Holländisch gesprochen?

Die Situation, in der wir uns befinden, ist fernsehreif. Ein Mann und eine Frau sehen sich tief in die Augen. Keiner sagt was. Es knistert ... Selbst in Krimis bleiben dem Zuschauer ja neuerdings romantische Momente nicht erspart. Und ich bin mir sicher, dass ich das, was ich jetzt tue, in einer dieser Sequenzen aufgeschnappt habe. Von selbst wäre ich jedenfalls nicht draufgekommen, meine Hand an Victorias Mund zu führen, den Schokoladensplitter sanft von der Lippe zu zupfen und ihn anschließend aufzuessen. Nein, ohne das schlechte Fernsehprogramm hätte ich nur eines getan: mich daran erinnert, dass in meinem neuen, provisorischen Zuhause eine wunderbar normale Frau und ein Hamster mit dem Abendessen auf mich warten.

Doch dank ARD und RTL sitze ich nun hier und kann nicht aufhören, Victoria in die Augen zu sehen. Das Kribbeln verstärkt sich, und plötzlich schießt das flüssige Blei wieder durch meinen Körper. Mein Puls hämmert so stark, dass auch Victoria ihn bestimmt hören kann.

Die Möglichkeiten, wie es im Fernsehen weitergehen würde, sind schnell aufgezeigt:

a) Ich sage: «Die Schokolade hätte beim Küssen sicher gestört», und küsse sie.
b) Ich sage: «Deine Lippen hätten mit Schokolade sicher auch wunderbar geschmeckt», und küsse sie.
c) Das Telefon klingelt, ich murmele eine Entschuldigung und nehme den Anruf entgegen.

Doch nichts davon geschieht. Stattdessen starre ich einfach weiter auf ihre Lippen. Vielleicht hätte ich den Schokosplitter doch besser an Ort und Stelle lassen sollen? Dann wäre ich jetzt nicht in Zugzwang. Ich meine, hier unten im Keller befinden wir uns in einem Funkloch, auf das Telefon brauche ich also nicht zu warten.

Auf jeden Fall werde ich in Zukunft bei derartigen Szenen im Fernsehen entweder besser aufpassen oder schnell den Kanal wechseln. Umschalten auf «MacGyver» oder «Galileo». Dann säße ich auch nie wieder in einem Funkloch, weil ich immer eine selbstgebastelte Ersatzantenne griffbereit hätte, die mir selbst unter dem Ärmelkanal noch astreinen Empfang liefern würde.

Unsere Gesichter befinden sich inzwischen so dicht voreinander, dass ich schielen muss, um Victorias Nasenspitze scharf zu sehen. Gerade als ich denke, dass dies ja wohl eine Nähe ist, die niemand zulassen würde, der nicht geküsst werden möchte, geschieht das Unfassbare: Ich bekomme eine SMS.

Laut und unerbittlich gongt mein Handy durch die Stille des Kellers. Albtraum Technik!

Wir schrecken auseinander und starren gleichermaßen überrascht auf das iPhone. Ein Gerät, für das Privatsphäre ein Fremdwort ist.

Auf dem Display steht gut lesbar in einer lustigen Sprechblase: *Bautzelchen, wo bleibst du denn? Ich warte in der Wanne. Küsse von Tanja!*

11. Kapitel

«Bautzelchen!» Tanja empfängt mich in einem rosaroten Morgenmantel. Entweder hat sie sich inzwischen hier häuslich eingerichtet, oder aber – was ich eher befürchte – das Teil gehört Flo.

«Warum hast du dich nicht gemeldet und Bescheid gesagt, dass du später kommst?» Tanjas Miene ist vorwurfsvoll, trotzdem scheint sie das Thema nicht vertiefen zu wollen. «Mir sind inzwischen tausend Ideen gekommen, wie wir dein Loft umgestalten können.»

Schon komisch. Ich hatte ehrlich gesagt mit einer schlimmeren Szene gerechnet. Frauen sitzen doch sonst ständig mit der Stoppuhr zu Hause und machen sich Sorgen. In jedem Fall wünschen sie aber eine detailgenaue Berichterstattung, wo und von wem man aufgehalten wurde. Nicht so Tanja. Wie eine rosarote Wolke schwebt sie durch die Räume und hat mal wieder nur eines im Kopf: die Badewanne

«Warte, ich lasse schnell noch heißes Wasser einlaufen. Dann können wir gleich alles in Ruhe besprechen.» Sie rauscht ins Badezimmer.

Warum nur müssen wir denn schon wieder baden? Ich meine, andere Menschen setzten sich gemütlich an den Küchentisch und trinken dort ein Glas Wein. Nur Tanja tut geradezu so, als hätte sie seit Jahren keine Wanne mehr gesehen.

Aber okay. Ich hatte mir ohnehin vorgenommen, mit ihr ein klärendes Gespräch zu führen. Und wenn es unbedingt sein muss, mache ich das notfalls auch unter Wasser. Hauptsache, am Ende ist klar: In dieser Wohnung können wir nicht bleiben.

Ich werde einfach so tun, als wollte ich dieses Loft verkaufen und mit ein paar Habseligkeiten schon mal bei ihr einziehen. Natürlich ohne meine Wohnung im Univiertel aufzugeben. Falls es mit uns beiden dann doch nicht so gut läuft, kann ich wieder in meine eigenen vier Wände. Einziger Knackpunkt an der Sache: Mein Umzug müsste möglichst schnell über die Bühne gehen. Genau genommen innerhalb der nächsten Woche, was zu einem Problem werden könnte, da ich bei Miucci gerade alle Hände voll zu tun habe. Aber es ist auch nicht unmöglich.

Auf diese Weise bräuchte Tanja jedenfalls nicht zu erfahren, dass ich ein kleines bisschen geschwindelt habe.

Apropos Schwindel: Seit ich die Wohnungstür hinter mir geschlossen habe, fühle ich mich vollkommen erschöpft. Dieser Tag war die Hölle. Mir ist speiübel, und dass ich überhaupt noch lebe, verdanke ich nur einem Loch im Fußboden.

Nach der SMS von Tanja, die zugegebenermaßen ein wenig unpassend in die Situation gongte, blickte Victoria zunächst schmaläugig auf das Display. Dann sagte sie mit kaum zu überhörender Ironie in der Stimme: «Jetzt weiß ich zumindest, warum du keine Küche brauchst.»

Danach stand sie auf, faltete seelenruhig die Pläne zusammen und ging zur Treppe. «Sicher möchtest du nun doch lieber zu Hause essen. Oder, *Bautzelchen*?»

«Nein, das möchte ich nicht», gab ich bockig zurück, ohne auch nur im Entferntesten zu ahnen, dass ich mit diesem Spruch fast mein Todesurteil besiegelt hätte.

Denn als wir nacheinander die Treppe hochstiegen und schweigend die Sitzecke im Flur ansteuerten, machte ich kurz darauf eine furchtbare Entdeckung. Kai hatte tatsächlich Essen bestellt und alles fein säuberlich auf dem Couchtisch arrangiert. Mein Magen knurrte wie Hölle, und während mir bereits das Wasser im Mund zusammenlief, ließ ich mich auf das Sofa plumpsen und … erstarrte. Es gab Sushi! Ekliges, glibberiges, toxisches Sushi! Schleimige Fischröllchen, ummantelt von tausendjährigen Algen, garniert mit pipigelben Ingwerlappen.

Ich starrte auf meine Plastikschale, als könne ich sie mittels Willenskraft in eine Pizza verwandeln. Und tatsächlich kroch mir plötzlich ein herrlicher Duft in die Nase. Eine überwältigende Mischung aus Tomaten, Basilikum und warmem Käse wehte zu mir herüber und ließ meine Speichelproduktion auf Hochtouren laufen. Als ich aufsah, packte Victoria gerade eine Pizza aus.

«Ich mag kein Sushi», war ihre knappe Erklärung, nach der sie ohne Umschweife herzhaft in ihre Margherita biss. «Stört euch nicht daran und lasst es euch schmecken!»

Tanja und der rosa Morgenmantel schweben aus dem Badezimmer zurück. «Bautzel, du bist ja so nachdenklich. Hattest du einen harten Tag?» Ohne meine Antwort abzuwarten, plappert sie weiter: «Du kannst dich schon ausziehen, das Wasser ist wunderbar warm. Es wird dich entspannen.» Sie baut sich dicht vor mir auf und spitzt die Lippen zum Kuss.

Also, *hart* ist für diesen Tag gar kein Ausdruck! Hatte ich mir nicht am Sonntag erst vorgenommen, mein Leben mehr zu genießen? Bislang kann davon keine Rede sein. Im Gegenteil. Neben dem vielen Stress, der Begegnung mit meinem Chef und den Salmonellen, die aller Wahrscheinlichkeit nach gerade in meinem Magen darauf lauern, mich schon sehr bald ins Jenseits zu befördern, scheint es außerdem, als habe ich ein Kuss-Trauma davongetragen. Nie wieder werde ich eine Frau küssen können, ohne Angst zu haben, irgendwo könnte ein Handy durch die Stille gongen. Und ohne Victorias Sommersprossen vor mir zu sehen.

Tanja zupft mich am Ärmel. «Was ist, bekomme ich keinen Kuss?»

Ich beuge mich vor und küsse sie. Zum Glück gongt nichts. Und wenn ich die Augen geöffnet lasse, sehe ich auch keine Sommersprossen.

Gut so.

Zwei Minuten später sitzen wir mal wieder gemeinsam in der Wellnesswanne, und ich gebe mir größte Mühe, weder an meinen Chef noch an verseuchten Glibberfisch zu denken. Stattdessen denke ich an Werner Wischnewski.

Werner Wischnewski ist der freundliche Inhaber einer Firma, die ich morgen früh als Erstes anrufen muss. Wegen des Lochs im Fußboden bei Miucci, das mir das Leben gerettet hat.

Während Victoria nämlich mit ihrer duftenden Pizza durch den Laden spazierte, hier und dort stehen blieb, um die Umräumarbeiten des schwulen Kollegen zu begutachten, blieb sie plötzlich wie angewurzelt mitten im Raum stehen und starrte auf den Fußboden.

«Was ist denn hier passiert?», fragte sie entsetzt, als wäre jemand mit Hundescheiße an den Hacken durch den Laden marschiert.

Kai, der sich gerade ein Stück Glibberfisch in den Mund geschoben hatte, murmelte mampfend: «Wo?»

«Na, hier.» Victoria scharrte mit dem Fuß. «Hier fehlt ein Stück der Dielen!» Sie drehte sich zu Kai um. «Stand dort vorher das Regal drauf?»

Mr. Spock sprang auf, und für einen kurzen Moment befürchtete ich, ihm würde die Betonfrisur explodieren. Sichtlich geschockt starrte er auf die gleiche Stelle am Boden.

«Das ist mir noch gar nicht aufgefallen», gab er kleinlaut zu. «Irgendwer muss den Raumteiler extra so gestellt haben, dass man die Stelle nicht sieht. Oder aber ...» Er umkreiste das schadhafte Areal. «Jemand hat den Boden um das Regal herum verlegt.»

Hatte ich mir gerade noch in einer Mischung aus Hunger und Aufregung ein Stück des toxischen Sushis in den Mund geschoben, sah ich nun meine Chance gekommen, den Tisch und das widerliche Essen zu verlassen. Ich trat hinzu und schob den Raumteiler noch einen Tick weiter zur Seite. Und in der Tat: Mitten im Verkaufsraum blickte man auf hässlichen, nackten Beton.

Die Stimmung kippte. Mein Glück.

Vollmundig schlug ich vor, mich der Sache anzunehmen und gleich am nächsten Morgen Werner Wischnewski zu kontaktieren. Seine mir gut bekannte Fußbodenfirma würde den Schaden innerhalb der nächsten zwei Tage beheben können.

Mit diesem Versprechen stürmte ich endlich in den Feierabend.

«Du, Bautzelchen?» Tanja spritzt mir Wasser ins Gesicht. «Ich habe mir etwas überlegt.» Sie plinkert mich an. «Weißt du, deine Wohnung ist wunderbar groß, und wir sehen uns ja ab jetzt ohnehin täglich ... Also, wäre es da nicht praktischer, ich würde gleich bei dir einziehen?»

«HIER?» Es klingt entsetzter als beabsichtigt. Zwar finde ich die Aussage *Wir sehen uns ja ab jetzt täglich* schon ein bisschen angsteinflößend, gleichzeitig fühle ich mich geschmeichelt. Diese attraktive Frau, die in ihrem jungen Leben schon so viel erreicht hat – Karriere, Loft, Audi TT –, möchte mit mir zusammenziehen! Und im Grunde genommen hatte ich ja dieselbe Idee. Also, wenn auch mit einer marginalen Abweichung, die dringend noch ins rechte Lot gerückt werden muss.

«Aber wäre es nicht schöner, wir würden in deinem renovierten Loft wohnen?»

«Ach, weißt du ...» So wie Tanja jetzt die Lippen schürzt, erinnert sie mich sofort an Victoria. «Ich gebe es ja nur ungern zu, aber dein Loft ist irgendwie schöner als meins. Und auch größer. Es wäre bestimmt netter, hier zu leben.»

Das glaube ich kaum. Es sei denn, wir möchten unser Schlafzimmer mit einem Schwulen und einem Hamster teilen.

«Weißt du was?», versuche ich zu retten, was noch zu retten ist. «Was hältst du davon, wenn du mir am Wochenende mal deine Wohnung zeigst? Ich meine ...» Ich bemühe mich, Victorias Lippen von meinem geistigen Auge zu verbannen. «Dann können wir ja mal sehen, wo es MIR besser gefällt. Und danach entscheiden wir.»

«Ach, Bautzel», Tanja fixiert eine der hundert Kerzen auf dem Wannenrand, «glaub mir doch. Du hast es hier schöner. Ich werde meine Wohnung verkaufen, sobald sie fertig ist. Und von dem Geld können wir hier dann noch ein paar Dinge optimieren.»

«*Optimieren?*»

Sie weicht meinem Blick aus. «Zum Beispiel brauchen wir dringend einen Garderobenschrank. Außerdem eine andere Sitzgarnitur auf der Dachterrasse, und im Kinderzimmer wäre –»

«*Kinderzimmer*? Was für ein Kinderzimmer?» Dieses Loft ist im Grunde genommen ein einziges Kinderzimmer. Für einen Mann, der nie erwachsen wird.

Tanja deutet mit tropfnasser Hand auf die Wand hinter mir. «Na, das, in dem dein ganzer Sportkram steht. Ich meine, das Zeug brauchst du doch gar nicht.»

Bei ihrem fachmännischen Blick auf meinen Oberkörper fühle ich mich erneut geschmeichelt. Ich wusste allerdings gar nicht, dass Flo ein Sportzimmer hat. Und obwohl es sich dabei nicht um MEINEN Fitnessraum handelt, bereitet mir der Gedanke, eine Rudermaschine oder Hantelbank gegen ein Kinderbett zu tauschen, fast körperliche Schmerzen.

Vielleicht sollte ich Tanja doch die volle Wahrheit sagen? Ihr beichten, dass ich weder Loft noch Hamster besitze, ehe sie morgen Florians Möbel auf den Sperrmüll wirft?

Andererseits: Für eine derart selbständige Frau, die so perfekt zu mir passt, wäre ich ja sogar bereit, mir ein Kleintier anzuschaffen. Einen Goldfisch vielleicht. Viel größer ist das andere Problem: Wie soll ich auf die Schnelle an ein Loft kommen? Laut Friedrich von Klatt kann ich froh sein, wenn ich Ende des Jahres noch einen Job habe. Weiter kann man von einer Loftbesitzerkarriere wohl kaum entfernt sein.

«Bautzel, was ist denn?»

«Ich … äh, also … Ich …»

… habe keine Ahnung, was ich sagen soll.

«Das Sportzimmer, also … die Wohnung …»

Tanja richtet sich auf. «Das habe ich mir schon gedacht», sagt sie und lächelt. «Das Zeugs ist nur geleast, richtig?» Sie streichelt mir über die Wange. «Macht nichts, dann stellen wir es einfach später, wenn das Baby da ist, auf den Dachboden. So lange, bis der Leasingvertrag abgelaufen ist. Und danach verkaufen wir es. Ist doch alles kein Problem. Du hast doch einen Dachboden, oder?»

* * *

Ich schlafe schlecht in dieser Nacht. Ich träume von einem Computerspiel, bei dem man mit einer Pizzaschachtel herumfliegende Handtaschen auffangen muss. Leider erreiche ich nur ein miserables *Score*-Ergebnis. Als Friedrich von Klatt mir daraufhin in einem String-Tanga von *Agent Provokateur* erscheint, sich dazu eine dunkelblaue Falabella über die Schulter wirft und «I love love love it!» ruft, wache ich schweißgebadet auf.

Es ist sechs Uhr. Tanja schläft tief und fest, und ich überlege, wie ich mich um alles in der Welt aus diesem Loft und der ganzen geschwindelten Geschichte wieder herausmanövrieren kann.

Gegen acht Uhr habe ich die Antwort: Gar nicht.

Gegen neun Uhr, nachdem ich mich rasiert habe und Tanja mir ein «Guten Morgen, Bautzelchen» hingehaucht hat, bin ich mir zumindest schon mal über fünf Dinge im Klaren:

1. Ich möchte nicht den Rest meines Lebens Bautzelchen genannt werden.
2. Müsste ich mich zwischen Baby und Sportzimmer entscheiden, würde ich der Rudermaschine den Vorzug geben. Natürlich tut es auch ein Billardzimmer.

3. Ich muss Zeit gewinnen und Flo davon überzeugen, dass er MIR einen Gefallen schuldet und deshalb für vier Wochen in meine Bude zieht.
4. Seinen Hamster muss er allerdings mitnehmen.
5. Ich bin mal wieder zu spät dran.

«Musst du dich nicht auch langsam mal fertig machen?», frage ich Tanja, die sich gerade seelenruhig noch einmal umdreht, voller Neid. Offensichtlich geht man bei Engel & Völkers sehr locker mit den Arbeitszeiten um.

Sie schüttelt schläfrig mit dem Kopf. «Nein, mein Schatz. Ich habe mir ein paar Tage freigenommen. Außerdem bleibt gar keine Zeit mehr zum Arbeiten, es gibt ja einiges zu organisieren, jetzt, da wir heiraten wollen.»

* * *

Bei Miucci ist die Stimmung angespannt, und das hat ausnahmsweise einmal nichts mit mir zu tun. Selbst zu meiner Verspätung sagt keiner etwas. Vielmehr scheint Victoria der Schreck über das Loch im Boden noch in den Gliedern zu stecken.

«Hast du schon in der Mailänder Filiale angerufen und nachgefragt, ob die Leute aus der Fertigung noch spezielle Wünsche haben?», fragt sie, gleich nachdem sie mir ein reserviertes «Guten Morgen, Alexander» entgegengenuschelt hat.

Darf ich vielleicht erst mal ankommen?

Um ehrlich zu sein, ist es um mein Stimmungsbarometer heute auch nicht gerade zum Besten bestellt. Allerdings wäre *angespannt* für meine momentane Verfassung kaum die richtige Bezeichnung. *Kurz vorm Durchdrehen* träfe die Sache eher.

Wie, um alles in der Welt, kommt Tanja auf die Idee, dass wir hei-

raten wollen? Habe ich irgendetwas in diese Richtung gesagt? Etwas, das wie ein Antrag klang? Ich meine, Sex ist doch heutzutage kein Grund mehr zum Heiraten, nicht mal für Frauen. Und Zusammenziehen wohl ebenfalls nicht. Was also habe ich falsch gemacht? Ich würde mir vermutlich eher das Wort Bautzelchen auf den Schwanz tätowieren lassen, als nach zwei gemeinsamen Nächten in den Stand der Ehe zu treten. Da kann es noch so sehr den Anschein erwecken, man würde gut zusammenpassen.

«Hallo? Alexander? Italien?» Victoria baut sich vor mir auf. «Hast du schon mit den Kollegen dort gesprochen? Und was ist mit der Firma, die den Schaden am Fußboden beheben soll, wann kommen die?»

Du liebe Güte, was die Frau wieder für ein Tempo vorlegt! Wir haben noch nicht einmal elf Uhr, und ich soll schon zwei Telefonate geführt haben? Und eines davon mit Italienern? Vollkommen abwegig.

«Ich ... äh ...» Mein Blick bleibt auf Victorias Outfit hängen. Sie trägt ein langärmeliges weißes Wollkleid, das oben eng beginnt und zum Rock weit wird. Außerdem ist es mit gehäkelten Blumen und einer Bordüre verziert. Die Haare fallen ihr lockig über die Schultern, das Gesicht ist blass und die Sommersprossen wieder korrekt unter dem Make-up versteckt. Wie eine Schneekönigin sieht sie aus.

«Am besten, du verlangst Constanzia», kommt sie wieder auf das Telefonat zu sprechen. «Sie kennt sich mit allem gut aus. Ach, und frag doch bitte auch gleich noch, wann die bestellten Chloé-Schuhe kommen. Ein paar Kundinnen werden langsam ungeduldig.»

«Geht klar.» Schwierig, sich nicht von den Häkelblumen ablenken zu lassen. Ist da etwa eine direkt auf ihrem Po?

«Warte!» Victoria ist noch etwas eingefallen. «Ist vielleicht besser, du bestellst gleich fünf weitere Paare, Größe 37–41. Wer weiß, wie sich der Weihnachtsansturm auswirkt und –» Sie stockt. «Alexander? Hörst du mich?»

«… ’türlich!»

Die gute Nachricht ist: Wenn Victoria beim Sitzen den Rock hochschiebt, dürfte die Häkelblume auf ihrem Hintern nicht stören. Die schlechte ist, dass ich meine Italienischkenntnisse dringend in der Mittagspause noch mal auffrischen muss. Am besten bei YouTube, da findet man ja heutzutage alles.

Beunruhigender finde ich meine Rückverwandlung von Alex zu Alexander. Das ist wohl die Strafe für den missratenen Kuss. Bedeutet das, Victoria wäre gern von mir geküsst worden, und nun ist sie sauer, weil es nicht geklappt hat?

«Du musst dich noch umziehen», platzt die Betonfrisur in meine Gedanken. Vollkommen vertieft habe ich gar nicht bemerkt, dass Victoria bereits mit einer Kundin durch die hinteren Verkaufsräume schlendert. «Den Anzug des Tages hat Vic unten im Büro bereitgehängt. Auf der Kleiderstange. Ganz links.»

«Links», wiederhole ich, um sicherzugehen, dass ich mich nicht wieder ohne zwingenden Grund in einen Idioten verwandele.

«Ganz genau.» Kai verkneift sich ein Grinsen. Er trägt heute einen lachsfarbenen Anzug mit weißem Revers und erinnert stark an ein plattgetretenes Nigiri-Sushi. «Am frühen Nachmittag müsste dann einer von uns einer Stammkundin Kleider nach Hause liefern. Zur Anprobe. Es ist für ein Event am Abend. Möchtest du das übernehmen? Du kannst aber auch hier im Foyer die Stellung halten. Was ist dir lieber?»

Macht der Witze? «Die Anprobe!», sage ich wie aus der Pistole geschossen. Alles ist besser, als hier auf dem Präsentierteller zu stehen und Taschen zu schwenken. Nicht dass Friedrich von Klatt noch mal auf einen Spontanbesuch hereinschneit!

«Okay. Dann hör mir jetzt genau zu.» Kais Tonfall zwingt mich, genau das nicht zu tun. Was soll schon so schwer daran sein, einer überkandidelten Trulla ein Kleid durch den Türspalt zu schieben?

Langsam habe ich es wirklich satt, mir ständig sagen zu lassen, was ich tun soll.

«… schon alles bereitgehängt. Hinten im Keller, ganz rechts. Da hängen zwei Cavalli-Kleider in so einem durchsichtigen Kleidersack.»

Kavalierkleider?

«Eines ist Amber-Litschi, das andere Desert Rose …»

Hat er Litschi gesagt? Klingt lecker.

«Der andere Kleidersack mit dem Missoni-Ensemble muss mit dem Kurier zurück nach Italien …»

Ach, in Italien, da wäre ich jetzt auch gerne.

«Die Kundin wird nachher eines der Kleider auswählen und es am Abend auf einer Gala tragen. Morgen bringt sie uns beide Teile wieder zurück.»

Es entsteht eine kurze Pause, in der Kai vermutlich überlegt, ob er mir noch mehr Informationen zumuten kann.

«Die Kleider wurden von der Kundin bislang nicht anprobiert. Deshalb müssen sie vermutlich etwas auf Figur genäht werden. Vergiss also das Notfallset nicht, es liegt unten …»

Meine Güte, ich bin doch keine Strickliesel. Ich bin von Prada!

Ich meine, hat der Kerl keine größeren Probleme, als diesen Liefertermin? Ein Loft-Defizit beispielsweise.

Aber anstatt mit dem Schwulen zu diskutieren, trolle ich mich in den Keller, um mein Outfit zu wechseln. Die Scheußlichkeit des Tages ist grün. So ein grüner Farbton wird in diesen Hallen vermutlich «Kiwi» genannt. Kein Grund für ein Freudenfest, aber auf jeden Fall besser als das pinkfarbene Zebrateil. In Kombination mit der Hose, die einen sandigen Beigeton hat, sehe ich Minuten später allerdings aus wie Lawrence von Arabien auf Sumatra. Jetzt bin ich mir ganz sicher: Victoria will Rache für den missglückten Kuss. Aber Bestrafung durch Klamotten zieht bei mir seit der Konfirmation meiner Cousine nicht mehr. Ich habe nämlich beschlossen, mich über derartige Albernheiten nicht mehr aufzuregen. Geht alles aufs Herz. Sieht man ja bei Florian. Und am Ende der zehn Tage muss *ich* dann ins Sanatorium.

Während ich vorsichtshalber auf der Kleiderstange gründlich nachschaue, ob nicht doch noch irgendwo ein schlichter dunkelblauer Anzug hängt, entdecke ich das Kleider-Duo für die Kundin heute Nachmittag. Zur Sicherheit werfe ich einen Blick in den Kleidersack. Ja, es ist die Auswahl, von der Kai erzählt hat: zwei gehäkelte Scheußlichkeiten. Ob die Farbe nun Amber-was-auch-immer oder Desert Storm ist, vermag ich nicht zu beurteilen. Aber es klebt ein Zettel daran: *Difettoso*. Vermutlich der Name des italienischen Herstellers. Jetzt fehlt nur noch das Notfallpäckchen. Wo sollte das bloß noch mal zu finden sein?

«Alexander?» Die Schneekönigin meldet sich von oben.

«Ja?»

«Der Kurier ist schon da! Er steht unten vor der Tür zum Treppenhaus und will die reklamierten Taschen abholen. Es sind zwei Kartons, sie stehen direkt vor der Tür.»

An der besagten Tür sehe ich die Ware und brülle nach oben: «Alles klar, hab sie gefunden.»

«Gut», ruft Victoria zurück. «Dann gib ihm bitte auch die beiden defekten Missoni-Teile mit. Kai sagt, du wüsstest Bescheid.»

«Ja, ja, alles Roger!»

Schon klopft es an der Lieferantentür. Ein schmächtiger UPS-Fahrer blickt überrascht auf die beiden Kartons, die ich ihm vor die Füße schiebe. «Ist das alles?»

«Ja. Äh, nein. Moment!» Scheiße, die Klamotten.

Ich eile zurück ins Büro. Links hängt die Häkelware für die Kundin, folglich muss es der andere Sack sein. Sicherheitshalber schaue ich durch den Plastiksack noch einmal auf das eingenähte Markenetikett: Cavalli. Ja, davon hatte Kai gesprochen.

«Hier, das kommt noch dazu», informiere ich den Fahrer und drücke ihm den Kleidersack in den Arm. «Gute Fahrt!»

Zurück im Büro überlege ich einen Moment, womit ich gerade beschäftigt war, als die Königin mich rief. Ach ja, das Notfallset!

Ich schaue mich suchend im Raum um. Als ich nach einer Weile immer noch nichts gefunden habe, greife ich mir kurz entschlossen die Dinge, von denen ich weiß, dass sie MacGyver in Notfällen immer gute Dienste geleistet haben: Tesafilm, Schere und Tacker. Nach kurzer Überlegung stecke ich auch noch die Sprühflasche Haarlack ein, die auf einem Regal steht und todsicher Kai gehört. Hihihi. Wollen wir doch mal sehen, wie lange der Betonhelm ohne die nötige Nachbenetzung hält!

Ach, der Tag wird wunderbar. I love love love it!

12. Kapitel

«Sind Sie der Kuchen oder das Dominakostüm?»

Irritiert schaue ich noch einmal auf das Namensschild an der Wohnungstür: Grünewald. Ich bin definitiv richtig.

«Weder noch», rufe ich durch die geschlossene Tür. «Ich komme von Miucci und bringe Ihre Kleider.»

Augenblicklich wird die Haustür aufgerissen, und ich befinde mich Auge in Auge mit Joan Collins, der durchgeknallten Stammkundin, die mich vor zwei Tagen beim Taschenkauf fast wahnsinnig gemacht hat. Verdammt, hätte ich doch bloß den Nachmittag im Foyer gewählt!

«Ach, Sie sind das. Wie nett.» Im Gegensatz zu mir scheint Carmen Grünewald über unser Wiedersehen hocherfreut zu sein. «Hereinspaziert.»

«Also, ich ... ich wollte die Sachen eigentlich nur schnell abgeben.»

«Sie machen Witze. Los. Reinkommen!»

«Aber es ist doch sicher viel angenehmer, wenn Sie alles in Ruhe anprobieren, während ich draußen ...»

Rigoros packt sie mich am Arm, zerrt mich in die Wohnung und grabscht sich den Kleidersack. «Sie brauchen keine Angst zu haben», sagt sie, kaum dass die Haustür hinter mir ins Schloss gefallen ist. «Das Dominakostüm ist nicht für mich. Morgen wird eine Mitarbeiterin in meiner Firma verabschiedet. Sie geht in Rente. In Anspielung darauf, dass sie fortan ihr strenges Regiment zu Hause führen wird, schenken wir ihr ein Dominakostüm.»

«Ach so. Lustig.»

Na, wenn das mal die Wahrheit war. Die Tussi hatte ja vor zwei Tagen schon nicht alle Birnen im Leuchter, warum sollte sich daran inzwischen etwas geändert haben? Ich meine, ich bin ja nicht blöd. Wer wie die Grünewald vom Geld des Mannes lebt, wird wohl kaum eine eigene Firma haben. Geschweige denn Mitarbeiter. Jetzt kann man sich ja pipileicht ausmalen, wofür dieses Kostüm wirklich gedacht ist.

«Kommen Sie, machen Sie es sich gemütlich!» Domenica Grünewald-Collins deutet auffordernd in ein blütenweißes Wohnzimmer. «Nun ziehen Sie schon Ihren Mantel aus, ich tue Ihnen nichts. Versprochen!» Sie gibt ein kurzes Kichern von sich.

Ich habe keine Wahl. Bemüht langsam pelle ich mich aus dem Mantel, hänge ihn an eine futuristisch anmutende Garderobe und platziere meine Tasche darunter auf dem Boden. Dann betrete ich staunend das Wohnzimmer. Zentrum des Raums bildet eine cremefarbene Sitzecke, die um einen gediegenen Glastisch drapiert wurde. An so ziemlich jeder freien Wand steht eine Glasvitrine, jeweils zum Bersten mit Kristallgläsern in allen Formen und Farben bestückt. Bisschen überladen, das Ganze. Macht aber zum Glück nicht den Eindruck, als würde Carmen Grünewald einem zwielichtigen Nebenerwerb nachgehen. Nein, ein klassisches Frauendomizil ist das hier. Selbst der Schreibtisch, der am Fenster steht und vor Unterlagen förmlich überquillt, ist weiß. Kein Mann würde sich je in einer weißen Umgebung wohlfühlen. Geschweige denn hätte er Lust, sich an den erforderlichen Putzarbeiten zum Erhalt klinischer Reinheit zu beteiligen. Aber klar: Dies ist natürlich nur Mutter Grünewalds City-Apartment. Bestimmt ein Geschenk ihres schwer schuftenden Ehemanns, damit sie nach dem Einkaufsbummel ihre geschwollenen Beine etwas ausruhen kann. Ach nein, sie shoppt ja lieber telefonisch. Oder online. Was sonst sollen die Zettel auf ihrem Schreibtisch, bestimmt alles Rechnungen. Der arme Mann.

«Setzen Sie sich doch, Herr … Entschuldigung, wie war noch Ihr Name?»

«Held.»

«Ach ja.» Sie lässt den Kleidersack achtlos auf einen Sessel plumpsen. Mich drückt sie auf einen zweiten. «Ich hole uns erst einmal etwas zu trinken. Mögen Sie Whisky?»

Ohne meine Antwort abzuwarten, verschwindet sie im Nebenraum. Es klappert ein bisschen, Schränke werden geöffnet und wieder geschlossen, und kurz darauf klingt etwas nach Kühlschranktür.

«Ich bin sehr gespannt, was Frau Wendt mir für heute Abend herausgesucht hat», ruft Carmen Grünewald aus der Küche. «Ich bin auf eine sehr wichtige Gala eingeladen, aber das wissen Sie ja sicher.»

«Ich hörte davon», rufe ich zurück und denke im Stillen: Angeberin! Was wird sie schon Wichtiges vorhaben? Jahreshauptversammlung in Gilas Nagelstudio? Irgendeine Charity-Veranstaltung an der Seite ihres Mannes?

«Ich selbst habe nicht genug Zeit, mich mit aktuellen Modetrends zu befassen. Nur ab und zu, in der Bahn oder im Flugzeug, erwische ich mal eine Modezeitschrift. So wie vorgestern, als ich aus München zurückkam. Da las ich in der *Madame*, dass Cavalli jetzt *in* sein soll.»

«Ja, wenn die *Madame* das sagt ...»

«Genau, das dachte ich mir auch. Und bei Miucci wurde mir diese Aussage dann ja bestätigt. Frau Wendt wollte mir deshalb für heute Abend zwei Cavalli-Kleider heraussuchen.»

«Mmh.» Ich unterdrücke ein Gähnen. Hoffentlich dauert das hier nicht mehr allzu lange. Ich muss doch gleich zur Wohnungsbesichtigung.

«Sehen Sie sich ruhig um», sagt die Königin der Glasvitrinen, als sie mit einem überladenen Tablett um die Ecke biegt. «Meine Wohnung ist nicht besonders groß, aber mir macht das nichts aus. Ich bin ohnehin selten zu Hause. Und wenn, benutze ich eigentlich nur den Schreibtisch.» Sie gibt ein kurzes Gackern von sich. «Ich habe schon überlegt, ob ich die Küche zum Arbeitszimmer umbauen lasse. Zum

Kochen fehlt mir sowieso die Zeit, folglich nutze ich eigentlich nur den Kühlschrank.»

Ehrlich gesagt weiß ich, warum es ihr hier an Platz mangelt. Wer viermal im Jahr bei Miucci die Kreditkarte zum Glühen bringt, muss ja auch irgendwohin mit den Plünnen. Vermutlich ist ihr Schlafzimmer eine einzige Kleiderkammer.

Mit Schwung platziert Carmen Grünewald jetzt das Tablett mit einem weiteren Kristallensemble auf dem Couchtisch. Zwei dickbäuchige Gläser, eine opulente Karaffe und ein silberumrandeter Behälter mit Eiswürfeln klirren gegeneinander.

«Hach, was für ein wunderbares Geräusch», gerät sie sogleich ins Schwärmen. «Sie müssen wissen, ich mache nämlich in Bleikristall.» Mit einer Zange greift sie ein paar Eiswürfel und deutet nebenbei mit dem abgespreizten kleinen Finger in Richtung Karaffe. «Ich habe die Firma vor Jahren nach dem Tod meiner Eltern übernommen. Grünewald-Kristall, haben Sie sicher schon gehört.»

«Äh … ja. Habe ich.» Tatsächlich schwört meine Mutter auf Gläser dieser Marke. Unmöglich, dass die Grünewald allein hinter dieser Dynastie steckt. Sicher bedient sie nur das Telefon. Die Arbeit erledigt vermutlich ihr Mann.

Sie seufzt. «Manchmal wünschte ich wirklich, ich stünde nicht immer allein vor dem Ganzen. Alles muss man selbst entscheiden, und wenn es schnell gehen soll, auch selbst erledigen. Aber man wächst ja mit seinen Aufgaben. Und bis ich einem Mann so weit vertraue, dass ich ihm Einblick in meine Firma gebe, muss viel passieren. Die meisten, die ich bislang kennengelernt habe, sind faul und sonnen sich in meinem Erfolg.»

«Verstehe», sage ich, kann aber nicht so recht glauben, was ich da gerade gehört habe. Dies alles hat sie selbst geschaffen?

«Auf Events werde ich leider Gottes oft fotografiert. Dabei mache ich mir daraus eigentlich gar nichts. Aber ein schickes Outfit im neuesten Trend ist somit leider zwingend.» Jetzt grinst sie. «Die Tasche dazu habe ich ja bereits.»

«Ja, ich erinnere mich.»

Hochzufrieden erhebt Carmen Grünewald ihr Glas. «Trinken Sie! Das ist Midleton Whiskey. 25 Jahre im Bourbonfass gereift. Der wird Ihnen guttun. Sie wirken immer so … verkrampft.»

BITTE?

«Ja, wissen Sie, Herr Held, das ist mir bei Ihnen sofort aufgefallen. Ihnen fehlt die Verkaufserfahrung. Aber keine Angst, so etwas kommt mit den Jahren. Bei Miucci waren Sie bislang vermutlich eher mit anderen Dingen beschäftigt, nicht wahr?» Sie lässt sich ächzend aufs Sofa plumpsen. «Ist sicher nicht ganz einfach, als Sohn des Hauses. Man muss immer einen Tick besser sein als die anderen.»

Ich starre sie entsetzt an. Sohn des Hauses? Woher zum Henker hat sie diese Information?

«Wissen Sie …» Meine Gastgeberein beugt sich verschwörerisch zu mir. «Kai hat mir natürlich berichtet, dass Sie der Sohn von Ernesto Micolucci sind. Darauf sollten wir anstoßen!» Sie sieht mich auffordernd an.

Zwar erschließt sich mir nicht zu hundert Prozent, was es bei diesem Thema zu feiern gibt, aber ich habe durchaus schon aus abwegigeren Gründen Alkohol getrunken. Zögernd erhebe ich mein Glas. Sogleich donnert die Grünewald ihr Glas lautstark gegen meins, nimmt einen Zug, den man eigentlich eher John Wayne zugetraut hätte, und schließt einen Moment genießerisch die Augen. Dann scheint ihr etwas einzufallen. Kurz befürchte ich, sie würde gleich von meinem Bruder Pippo in der Schweiz anfangen, doch stattdessen fragt sie: «Aber ich verstehe nicht ganz, wieso Sie einen anderen Namen tragen. Woher kommt denn der *Held* in Ihnen?»

Schnell nehme ich einen ebenso großen Schluck. Aber anders als bei Carmen Wayne treten mir augenblicklich die Tränen in die Augen.

Hüstelnd sage ich: «Ein ... Doppelname. Wegen ... äh, meiner Mutter. Ist aber ganz praktisch, man will ja schließlich nicht immer und überall erkannt werden.»

«Ach, da haben Sie natürlich recht.» Carmen Grünewald nickt bekräftigend. «Unter diesen Umständen verstehe ich auch, dass Sie zunächst Wichtigeres im Laden zu tun hatten, als im Verkauf Erfahrungen zu sammeln. Außerdem: Wenn man so erstklassige Mitarbeiter eingestellt hat wie Sie ...» Schwärmerisch verdreht sie die Augen. «... dann braucht man sich nun wirklich keine Sorgen zu machen. Gerade auf Frau Wendt und ihr modisches Gespür kann man sich hundertprozentig verlassen. Nicht umsonst schafft sie es immer wieder, mir ein kleines Vermögen abzuluchsen.»

«Hmm», mache ich, weil mir nichts Besseres dazu einfällt. Ich meine, hat sie mich mal angesehen? Mein Anzug ist ja wohl nicht gerade ein Aushängeschild für Victorias guten Geschmack.

«Also, dann wollen wir doch mal einen Blick auf die guten Stücke werfen.» Von Vorfreude angeheizt, beugt sie sich über den Tisch und zieht den Kleidersack zu sich auf das Sofa. Mit ihren wurstigen Fingern öffnet sie den Reißverschluss.

Die Schutzhülle ist noch nicht zur Hälfte entfernt, da gellt bereits ein spitzer Schrei durch das blütenweiße Wohnzimmer. «Oh mein Gott!», quietscht die Kristallpäpstin, und ich nehme schnell noch einen Schluck, ehe mein Glas zerspringt. «Das ... ist ... das ist nicht Cavalli! Das ist Missoni!» Kraftlos lässt sie die Hände in den Schoß sinken. Es folgt ein weiterer Schrei, dann bockiges Füßescharren. «Das kann ich nicht anziehen. Über Missoni stand kein Wort in der *Madame*. Frau Wendt hätte das wissen müssen.»

Alter Falter, was soll man nun dazu sagen? Missionar, Kavalier – was macht das für einen Unterschied?

«Ich hatte ausdrücklich um ein En-vogue-Kleid von Cavalli gebeten!» La Grünewald ist außer sich. «Frau Wendt sagte außerdem, die

Farben der Saison wären Amber-Litschi und Desert Rose. Passend dazu habe ich mir schließlich auch die Nägel maniküren lassen. Aber dies hier ...» Ein braun lackierter Fingernagel hämmert auf den Kleiderbügel ein. «... ist blau!»

Ohne den Hauch einer Idee, wie die verfahrene Situation zu retten ist, ziehe ich den Kleidersack zu mir heran. Die Info, dass Blau das neue Schwarz ist, würde sie in dieser Situation vermutlich kaum trösten.

Mit wachsender Verunsicherung begutachte ich das ungeliebte Teil. «Also, extravagant sieht mir das hier schon aus», versuche ich die Lage ein wenig zu entschärfen. «Extravagant und –»

... todhässlich.

«Aber das ist nicht Cavalli», heult Carmen Grünewald. «Das ist ... das ist ... was soll das überhaupt sein?»

Ja, das frage ich mich auch und hole das Kleid aus dem Sack. Ich hätte spontan auf ein gehäkeltes Partyzelt getippt. Entstanden im Zuge der Gruppentherapie «Betrunkene häkeln für Betrunkene». Das Zelt hat keinen erkennbaren Schnitt, dafür aber ein bemerkenswertes Zickzackmuster. Es verläuft in Schlangenlinien und ist in der Farbgebung vermutlich ähnlich blau, wie es der Meister an der Häkelnadel gewesen sein muss.

Ich wühle tiefer im Kleidersack. Das zweite Teil ist immerhin schlicht. Und dunkelblau. Ein schlichter dunkelblauer Pullover, dessen seitliche Naht bereits gefährlich aufgeribbelt ist und der auch in heilem Zustand vermutlich nicht Frau Grünewalds erste Wahl für einen fernsehreifen Galaauftritt gewesen wäre. Als ich angewidert alles beiseitelege, entdecke ich unter der Häkeldecke noch einen dritten Stofffetzen: einen Badeanzug. Ebenfalls gehäkelt. Na super.

«Nie im Leben trage ich dieses ... DING auf einer Gala!», ereifert sich die Grünewald weiter. «Schon gar nicht, wenn es von Missoni ist! Frau Wendt scheint ihre besten Tage hinter sich zu haben!»

«Aber …»

«Nichts aber! SIE sind der Sohn des Hauses, SIE wissen nur zu gut, wie schnell man auf dem roten Teppich zum Gespött der Leute wird. SIE müssen deshalb sofort bei Miucci anrufen und den Irrtum aufklären. Die sollen mir, so schnell es geht, das Cavalli-Kleid mit dem Kurier schicken. Natürlich kostenlos.»

Kurz befürchte ich, sie würde nun doch noch ihre Domina-Peitsche unter dem cremefarbenen Sofa hervorziehen und mir damit einen überbraten. Aber stattdessen kippt sie sich einen weiteren Whisky in den Hals und beginnt gleich darauf wie ein verhaltensgestörter Tiger durchs Vorzeigewohnzimmer zu kreisen.

Was den Whisky betrifft, würde ich es ihr gern gleichtun, allerdings läuft mein Herz bereits jetzt auf Hochtouren, und um meinen Kreislauf ist es ähnlich schlecht bestellt wie neulich im Boudoir mit Victoria.

Sollte ich mir jetzt auch noch das Hirn wegballern, fiele mir unter Garantie nichts mehr ein, um dieser vertrackten Situation zu entkommen. Momentan bin ich mir zumindest über eine Sache im Klaren: Wenn es etwas gibt, das ich unter Garantie nicht machen werde, dann ist es ein Anruf bei Miucci. Weil, und jetzt kommen wir zum unangenehmen Teil meiner Überlegungen, ich mir nicht sicher bin, ob ich nicht vielleicht einen klitzekleinen Fehler gemacht habe. Einen, der dummerweise fatale Folgen hat.

Könnte es tatsächlich der Fall sein, dass ich die beiden Kleidersäcke vertauscht habe? Ist das, was ich in den Händen halte, möglicherweise das Paket mit den fehlerhaften Kleidern, die für den Kurier und somit für Italien bestimmt waren? Und stattdessen befinden sich nun die Kleider der Grünewald auf dem Weg nach Bella Italia? Arrrgh! Das würde dann in letzter Konsequenz wohl bedeuten, dass ich aus einer Häkeldecke, einem defekten Pulli und einem Badeanzug ein Galaoutfit kreieren muss. Ist das zu fassen?

Carmen Grünewald zieht weiter ihre Kreise durch das Wohnzimmer. Nicht mehr lange, und sie greift selbst zum Hörer, um bei Victoria mit dem ach so guten Geschmack eine Lawine loszutreten. Mir muss etwas anderes einfallen. Zum Beispiel:

1. Wir fahren gemeinsam zu Miucci, wo Carmen Grünewald sich ein neues Partykleid aussuchen kann. (Scheidet aus, da bei Miucci vermutlich kein weiteres Cavalli-Kostüm in Desert Storm rumhängt. Somit hätte ich eine Stammkundin vergrault, und Victoria würde mich stante pede mit einem pinkfarbenen Säbel enthaupten.)
2. Ich lasse etwas von Miucci hierherkommen. (Wird ebenfalls nicht funktionieren, da ich auch bei dieser Variante meinen Fehler eingestehen müsste und meiner pinkfarbenen Enthauptung nichts entgegenzusetzen hätte.)
3. Ich schütte mir den restlichen Whisky in den Schlund, fliehe aus der Wohnung, aus der Stadt, aus diesem Land und lasse mich für den Rest meiner Tage in meinem grünen Lawrence-von-Sumatra-Anzug auf Key West von Schwulen aushalten. (Scheidet auch aus, da der Whisky bereits leer ist.)
4. Ich denke noch einmal über alles nach, verziehe mich dafür aber zur Sicherheit aufs Klo.

Wie aufs Stichwort klingelt im Hause Grünewald das Telefon. Während die Hausherrin ein unwirsches «Hallo?!» in den Hörer schnaubt, springe ich blitzschnell auf, werfe mir die gehäkelten Missgeburten über den Arm und laufe in den Flur. Wenn das Victoria ist, muss ich Zeit gewinnen. Also doch die Flucht nach vorn.

Ich schnappe mir noch schnell meine Tasche mit dem Notfallset und reiße die erstbeste Tür im Flur auf. Ich habe Glück, es ist das Badezimmer.

«Wie bitte?», höre ich die aufgebrachte Grünewald ins Telefon schreien, ehe ich die Badzimmertür hinter mir zuknalle und von innen verriegele. Sicher ist sicher. So wie ihre Stimme klingt, möchte ich mich weder am anderen Ende der Leitung befinden noch von ihr auf dem Klo besucht werden.

Mit pochendem Herzen lasse ich mich auf den Badewannenrand sacken. Und nun? Was soll ich jetzt machen? Was würde Henning Baum an meiner Stelle tun? Zwei Badekugeln aneinanderreiben, um daraus Feuer zu machen und die ganze Wohnung abzufackeln? Eine Zigarette rauchen? In ein weiteres, zwanzigjähriges Koma sinken?

Durch die Tür höre ich die Grünewald weiter scharfzüngige Kommentare abgeben. «Was, glaubst du, wirft das für ein Licht auf mich, wenn ich ohne Begleitung …» Mehr verstehe ich nicht, da sie beim Umherwandern vermutlich gerade in ihrer ungeliebten Küche verschwunden ist. Zumindest scheint es nicht Victoria zu sein, mit der sie spricht. Doch wer weiß, wie lange ihr Gespräch andauert? Ich brauche wirklich schnell einen Geistesblitz.

In Ermangelung eines Plans kippe ich zunächst einmal das Notfallset auf dem Boden aus. Dabei fällt mein Blick auf Kais Haarspray, das neben den anderen willkürlich von mir zusammengesammelten Gegenständen jetzt auf dem gekachelten Badezimmerboden liegt. Irgendetwas scheint er auf die runde Plastikflasche geklebt zu haben. Etwa eine Anleitung? Wie blöd muss man sein, um sein Haar nach Leitfaden zu fixieren? Möglicherweise unterliegt seine Betonkreation ja einer von Starfigaro Rigatoni festgelegten Gestaltungsnorm?

Ich sehe mir die Flasche genauer an. Ein kleiner Zettel mit maschinengeschriebenen Zeilen klebt gleich unter dem Bild einer schmallippigen Frau mit Föhnwelle.

Neugierig beginne ich zu lesen:

Grundprinzipien für den Umgang mit weiblicher Kundschaft:

1. Sei immer ehrlich, aber erspare ihr die Wahrheit
2. Sei aufdringlich, ohne dich aufzudrängen
3. Lass ihren Weg zu deinem Ziel führen
4. Selbstmitleid ist was für Heteros
5. Eine Anprobe sagt mehr als 1000 Worte
6. Frage wenig und erfahre viel
7. Sei nicht naiv – sei kreativ!

Grundprinzipien für den Umgang mit schwuler Kundschaft:
Siehe oben

Grundprinzipien für den Umgang mit männlicher Kundschaft:
1. Was sie nicht will, wird er nicht kaufen

Ist das krass. Ich verstärke meinen Griff um die Flasche und lese den Text drei weitere Male. Sollte dieser Prinzipien-Humbug etwa tatsächlich das Kaufverhalten mündiger Menschen beeinflussen? Möglicherweise sogar dahingehend, dass eine Frau wie Carmen Grünewald, die immerhin eine Glasmanufaktur leitet, auf der Suche nach einer geräumigen Aktentasche mit abschließbaren Fächern plötzlich umschwenkt und sich stattdessen einen dunkelblauen Umhängebeutel anschafft?

Ich überlege kurz. Nachdem ich – aufgrund von Wortwahl und Rechtschreibung – ausgeschlossen habe, dass Kai diese Liste gemeinsam mit einem Freund in der Betty-Ford-Klinik zusammenphantasiert hat, beschließe ich, die Bedeutung der Sätze noch einmal genauer unter die Lupe zu nehmen.

Sei immer ehrlich, aber erspare ihr die Wahrheit. Wie soll das denn bitte schön gehen? *Sei aufdringlich, ohne dich aufzudrängen.* Hört sich irgendwie genauso unlogisch an. *Lass ihren Weg zu deinem Ziel führen.* Nun ja. Das klingt zumindest schon mal nach einem guten Ansatz. Aber: *Selbstmitleid ist was für Heteros* ist ja wohl eine bodenlose Unverschämtheit. *Eine Anprobe sagt mehr als 1000 Worte* hingegen kommt mir irgendwie bekannt vor. Ist das nicht ein Schlagerzitat?

Also, wenn das mal nicht die Liste eines bekifften Ashram-Jüngers ist!

Andererseits scheinen diese Prinzipien bei Kai ja irgendwie zu funktionieren. Der verkauft einem Affen glatt einen anderen Affen.

Im Flur höre ich jetzt Frau Grünewald ihren Anrufer anbrüllen. Puh! Mit Chance kommt mir eine Erleuchtung, ehe sie die Tür zum Bad eintritt, um mir mit dem abgebrochenen Hals einer Glaskaraffe die Halsschlagader zu durchtrennen.

Schützend wickele ich mir das Häkelzelt um den Körper und betrachte mich im Spiegel. Woran erinnert mich das nur? Tutanchamun? Wurst im Schlafrock? Aber nein!

Schlagartig fällt mir das Titelbild der *Vogue* ein, die bei Miucci auf dem Tisch in der Sitzecke lag. Irgendeine spindeldürre Supermodelfrau trug auf dem Bild eine ähnlich schräge Klamotte.

Ich ziehe den Stoff fester um meinen Körper. Ja, doch, so oder zumindest so ähnlich sah es aus. Wenn mich meine Erinnerung nicht trügt, gab es auf dem Foto allerdings noch ein paar Verschnürungen. Und plötzlich ist er da, der Geistesblitz!

Wie ein Irrer beginne ich, auf meinem Smartphone *Vogue* und Cover zu googeln. Nebenbei greife ich schon mal zur Schere, schneide den Pullover in Streifen und tackere sie zusammen. Das Preisschild über 1245 Euro mähe ich vorsichtshalber gleich mit ab. Dann wickele ich mir die blauen Streifen ebenfalls um den Rumpf. Als kurz darauf das gesuchte Bild auf meinem Handydisplay angezeigt wird, weiß ich, was noch nicht stimmt: Das Teil ist zu lang. Vorsichtig, um nicht meinen Lawrence-von-Sumatra-Anzug zu beschädigen, raspele ich den Häkellappen eine Handbreit kürzer. Jetzt noch ein bisschen von Kais Betonfixierer, um den fliehenden Faden zu fixieren und um eine Abschlusskante zu erzeugen, die dem ausgefransten Modell auf dem Foto entspricht – fertig!

Zufrieden vergleiche ich mein Spiegelbild mit dem Coverfoto der *Vogue*. Nicht exakt dasselbe, aber auch nicht vollkommen abwegig. Auf jeden Fall ein Hingucker. Außerdem passt es farblich sehr gut zu dem dunkelblauen *Must-have*-Täschchen, das die Grünewald bereits gekauft hat.

Ha! Sei nicht naiv, sei kreativ!

Schnell packe ich alle Utensilien zurück in die Tasche, klemme mir das Häkelunikat unter den Arm und öffne die Badezimmertür. Exakt im selben Moment, als Carmen Grünewald gerade wutschnaubend ihr Mobiltelefon zusammenklappt, trete ich ins Wohnzimmer. Mein strahlendes Lächeln soll sie entwaffnen.

«Sie können aufatmen, Frau Grünewald, es hat sich alles geklärt. Hier!» Ich halte ihr mein Handy mit dem neusten *Vogue*-Cover ins Gesicht. «Sehen Sie nur. Victoria ... äh, Frau Wendt hat keinen Fehler gemacht! Im Gegenteil!» Ich gebe meinem Lächeln eine überhebliche Note. «Sie wollte Ihnen an diesem wichtigen Abend nicht den neuesten, sondern den allerneuesten Trend mit auf den Weg geben. Et voilà – eine Miucci-Missoni-Kooperation! Bislang ein Einzelstück. Die Kollektion dazu erscheint erst ... äh ... nach Weihnachten!»

Carmen Grünewald kneift die Augen zusammen. Doch statt in exzessiven Jubel auszubrechen, schüttelt sie resigniert den Kopf.

«Es ist zu spät», sagt sie mit Grabesstimme.

Mir rutscht das Herz in die Hose. «Haben Sie ... etwa ... bei Miucci angerufen?», stottere ich.

«Nein.»

«Nicht? Aber dann ... ist doch alles super! Ich sage Ihnen, das Kleid ist der Hammer. Man muss es einfach richtig wickeln, dann sitzt es phänomenal. Das kann man sich nur so», ich deute auf den schlappen Wolllappen in meinem Arm, «nicht richtig vorstellen. Aber ...» Ich mache eine kurze Pause und rufe mir Kais Liste ins Gedächtnis. «*Eine Anprobe sagt mehr als 1000 Worte!* Los, versuchen Sie es.»

Einen Moment herrscht Schweigen. Die Kristallpäpstin scheint noch nicht restlos überzeugt zu sein. Daher entschließe ich mich, zum Äußersten zu gehen. Ich atme einmal tief ein und aus, schließe meine Augenlider zu einem betörenden Schlafzimmerblick und trällere mit im Geiste zusammengebissenen Zähnen: «I love love love it!»

Carmen Grünewald sieht mich an, als überlege sie, mir doch noch eine Glaskaraffe über den Kopf zu ziehen. Dann sagt sie nur: «Wenigstens sind wir farblich gut aufeinander abgestimmt. Sie haben ja hoffentlich noch nichts vor heute Abend, oder?»

13. Kapitel

«Vor mir müssen Sie keine Angst haben, ich bin schwul.»

Es ist zwar inzwischen eine Stunde her, dass dieser unfassbar dämliche Satz über meine Lippen gekommen ist, aber ich fühle mich immer noch, als hätte ich meine baumelnden Teile freiwillig an die Organmafia abgetreten. Leider war es die einzige Möglichkeit, Carmen Grünewald dazu zu bewegen, sich im Badeanzug vor mir zu präsentieren, damit ich ihr meine Kreation auf den Leib schnüren konnte.

Zu dem Zeitpunkt dachte ich allerdings auch noch, ihre Aufforderung, ich solle sie auf die Galaveranstaltung begleiten, sei ein Witz. Aber natürlich hätte ich es besser wissen müssen. Denn bei dem Anrufer, über den sie sich am Nachmittag so aufgeregt hatte, handelte es sich um ihren aktuellen Lover. Einen jener Kerle, denen sie unterstellt, sie würden sich nur in ihrem Erfolg sonnen. Offenbar hat der Typ mittlerweile genügend Sonne abbekommen, weswegen er ihr für den Abend abgesagt hat.

Mein Auftritt an ihrer Seite, sozusagen als Wiedergutmachung für den vorausgegangenen Stress, schien Frau Grünewald somit nur allzu logisch. Und irgendwie auch selbstverständlich.

«Ich kann unmöglich ohne männliche Begleitung über den roten Teppich gehen», echauffierte sie sich, «noch dazu in einem Missoni-Miucci-Kleid aus Ihrem Haus. Das wäre letztlich ja auch für Sie schlechte Publicity.»

Ich fand das zwar einen interessanten Gedankengang, allerdings wollte mir dessen Logik nicht so recht einleuchten. Doch das spielte keine Rolle. Mein Schicksal als Begleiter der Grünewald war besiegelt. Und wer trug die Schuld daran? Natürlich der Schwule. Denn Fakt war ja wohl: Hätte ich mich statt an Kais idiotische Verkaufsregeln lieber an Henning Baum gehalten und ein steinzeitmäßiges Badezimmerfeuer gelegt, anstatt das Kleid zu retten, wäre die Abendveranstaltung definitiv ausgefallen. Und zwar ohne dass ich oder der fehlende Cavalli die Schuld daran getragen hätten. Doch dank der blöden Tipps musste ich ja unbedingt vorpreschen und die Grünewald quasi noch dazu überreden, die Gala trotzdem zu besuchen. *Lass ihren Weg zu deinem Ziel führen …* Witzig. Ich würde mal sagen, der Schuss ist voll nach hinten losgegangen. Sie hat das Ziel vorgegeben, und ich Idiot führe sie nun über den roten Teppich.

«Also, im Grunde genommen kann ich wohl froh sein, dass es so gekommen ist, nicht?», sagt Carmen Grünewald, die PR für ihre Firma fest im Blick. «Das Schicksal hat mir den Miucci-Sohn als prominente Begleitung in die Hände gespielt, dazu trage ich ein Einzelstück aus Ihrem Haus –, wenn das kein Glück ist, dann weiß ich es auch nicht!»

Glück ist mein Stichwort, wenn auch in einem gänzlich anderen Zusammenhang. Mein Glück und auch mein Schicksal hängen von etwas ganz anderem ab: von der Wohnungsbesichtigung um 18 Uhr 30. Danach wird sich zeigen, ob das Jahr auch für mich noch eine glückliche Wendung nimmt. Ein Schaulaufen am Arm der Kristallkönigin würde meinen Job jedenfalls nicht retten.

«Also … ich kann heute Abend wirklich nicht», versuche ich noch einmal, mich aus der Affäre zu ziehen. «Ich habe einen wichtigen Termin. Jetzt gleich.»

«Dann verschieben Sie ihn.»

«Das geht nicht, ich habe die Telefonnummer meiner … Kunden nicht.»

«Was denn für ein Termin? Dauert der lange?»

«Ja.»

«Wie lange?»

«Lange.» Ein böser Blick lässt mich konkreter werden: «Äh … vermutlich eine Dreiviertelstunde. Es geht um eine Wohnungs… äh, also einen Verkauf. Den Verkauf … einer Wohnung … meiner Wohnung!»

«Sie verkaufen Ihre Wohnung?»

«Äh … ja!»

«Na, das ist ja nichts wirklich Wichtiges. Am besten fahren wir auf dem Weg zur Gala dort vorbei, dann erklären Sie dem Käufer das Nötigste und verschieben den Rest auf morgen – und allen ist geholfen.» Sie greift zum Telefon, um ein Taxi zu rufen.

Wie war das: *Selbstmitleid ist was für Heteros*?

* * *

Eine halbe Stunde später hält der Wagen vor einem zwölfstöckigen Gebäude in der Hafencity. Die Adresse ist gediegen, das Haus ebenfalls. Ich hoffe, der Interessent hat Verständnis für den Plan meiner Begleiterin, heute nur das Nötigste zu besprechen.

«Sie haben genau 25 Minuten!», schränkt Carmen Grünewald das Zeitfenster deutlich ein. «Dann müssen wir weiter. Die Veranstaltung findet im Hotel Atlantik statt, bis dahin fahren wir von hier aus noch mal zehn Minuten.» Mit diesen Worten knallt sie die Tür zu, lehnt sich auf dem Rücksitz zurück und grabscht nach der Tageszeitung des Taxifahrers.

Als ich einen Moment verharre, um das Ganze doch noch abzusagen, macht sie eine Handbewegung, als würde sie ein lästiges Insekt verscheuchen. Dann vertieft sie sich in die Schlagzeilen.

So utopisch ihre Vorgabe auch ist, ich muss es wenigstens versuchen. Ich krame in meiner Tasche nach dem Tesafilm und bringe ein Zettelchen mit der Aufschrift «Wohnungsbesichtigung» auf dem Klingelknopf an. Allerdings hätte ich mir die Aktion sparen können. Als ich mich umdrehe, sehe ich das Interessentenpaar bereits fröstelnd im Hauseingang warten.

Einen Moment bin ich sprachlos, denn ich glaube, eine jüngere Version des ehemaligen französischen Präsidentenpaares vor mir zu haben. Der Nicolas-Sarkozy-Lookalike ist zwar jünger als das prominente Original. Ansonsten aber ähnlich klein, und wenn er lacht, wird sein Gesicht von derselben comichaften Faltenbildung durchfurcht. Bei seiner Carla, bei deren Original sich meine Erinnerung auf den Vornamen beschränkt, bin ich mir bezüglich des Alters unschlüssig. Mit ihrer künstlich geglätteten Gesichtshaut würde ich ihr von 20 bis 60 jede Altersangabe glauben.

Nach einem kurzen Händeschütteln steigen wir gemeinsam in den Lift und schweben in die elfte Etage. Stumm starre ich auf die langsam wechselnde Digitalanzeige, während ich im Geiste drei Kreuze mache, dass mein langer Wintermantel den Lawrence-von-Sumatra-Anzug fast gänzlich verdeckt.

«Wissen Sie, Herr Held, ich wohne zurzeit noch in Stuttgart, beabsichtige aber, so bald es geht, nach Hamburg zu ziehen», beginnt die geliftete Carla bereits bei Stockwerk vier mich vollzuquatschen. «Diese Stadt und ihre bunten Einwohner sind so unglaublich inspirativ.»

Bunte Einwohner? Hat die doch etwas von meinem Anzug durchblitzen sehen? Aber gut. Wenn ein farbenfrohes Hosenbein sie inspiriert und am Ende dazu verleitet, diese Wohnung zu kaufen, soll mir jeder Kommentar recht sein.

Oben angekommen muss ich allerdings feststellen, dass die Sache schwieriger wird als zunächst angenommen. Denn dieses Apartment ist möbliert. Nichts Außergewöhnliches im oberen Preissegment und auch nichts, das sich nicht durch einen Anruf beim Sperrmüll ändern ließe. Aber nach einem Schnelldurchgang durch die Räume erinnere ich mich, das der wahre Knackpunkt dieser Wohnung ein anderer war. Zwei geräumige, stilvoll eingerichtete Zimmer, ein Bad mit Wellnesswanne (o Gott, ich muss Tanja anrufen und sagen, dass ich später komme!) und ein Gäste-WC sollen geschickt davon ablenken, dass hier ein Zimmer fehlt: die Küche. Kein Herdanschluss, keine Abzugshaube, nicht einmal ein Rest Kacheln oder Ähnliches ist erkennbar. Erst jetzt dämmert mir wieder, dass mein Chef so etwas andeutete. Aber wer zum Henker lebt in einer Wohnung ohne Küche?

Natürlich lässt sich nachträglich so ziemlich alles richten. Selbst in einem Dixi-Klo könnte man vermutlich eine Kochzeile einbauen und umgekehrt. Doch zunächst einmal verunsichert eine solche Tatsache den Kunden erfahrungsgemäß.

«Ja, doch sehr ansprechend», sagt das Carla-Double bereits im Flur und klingt bislang noch kein bisschen irritiert. «Wirklich – ein Traum!»

Eher ein Albtraum, würde ich sagen. Viel zu langsam schlendert sie von Zimmer zu Zimmer und begutachtet fachmännisch in jedem Raum den Ausblick.

Genervt blicke ich auf meine Armbanduhr. Wenn das hier in diesem Schneckentempo weitergeht, wird Carmen Grünewald vermutlich vor Ungeduld den Taxifahrer mit einem der Bänder ihres Kleids erwürgen.

«Sie müssen wissen», mischt sich jetzt Sarkozy ein und deutet auf seine Begleiterin, «sie ist Malerin und sucht ein Atelier.»

Verstehe, sie soll hier gar nicht einziehen, sondern nur ein bisschen den Pinsel schwingen. *Frage wenig und erfahre viel!*

«Oh, dann sind diese Räume wie geschafften für Sie», erkläre ich begeistert. Mir bleiben noch 12 Minuten. «Der Blick auf den Hafen und vor allem auf die Elbphilharmonie ist unvergleichlich … *inspirierend* für eine … äh, Künstlerin. Außerdem ist hier bei jedem Wetter und zu beinahe jeder Uhrzeit Tageslicht vorhanden. Perfekte Voraussetzungen zum Malen.»

Ich bin mir zwar nicht sicher, ob sie der Ausblick auf die derzeit wolkenverhangene Stadt über das Fehlen einer Küche hinwegtrösten wird, aber vielleicht bemerkt Carla das in ihrer Euphorie gar nicht? Da wäre das Fehlen einer Toilette sicher gravierender.

«Nun, meine Schöne, genau so hast du es dir vorgestellt, nicht wahr?» Der kleine Nick küsst seiner Carla kurz die Stirn. Geübt stellt er sich dabei kurz auf die Zehenspitzen und wippt gleich darauf wieder zurück. «Hier kannst du dir jeden Tag ein neues Motiv suchen, ohne dafür das Haus verlassen zu müssen! Und diese Adresse ist für Ausstellungen wirklich wunderbar repräsentativ.»

«Meinst du?», fragt die Künstlerin und wirft ihre braunen, langen Haare über die Schulter.

«Aber natürlich!», platze ich ins Gespräch und halte anschließend die Luft an. Sollte dies tatsächlich mein Glückstag sein?

Selbstverständlich werden die beiden nicht gleich heute den Vertrag unterschreiben, das ist mir schon klar. Zumal ihnen von jetzt an nur noch exakt acht Minuten für weitere Fragen bleiben. Aber vielleicht schaffe ich es, ihnen schon mal eine Willensbekundung zu entlocken? Die Begutachtung aller Unterlagen und den ganzen Rest könnten wir dann bei einer zweiten Besichtigung in der nächsten Woche erledigen. Dann wäre mir ein Platz auf einem der mittleren Plätze des *Scores* sicher!

Gerade als ich ein weiteres Treffen vorschlagen will, klingelt es an der Haustür.

Irritiert blicke ich zu dem Interessentenpaar. «Erwarten Sie noch jemanden?»

Beide schütteln den Kopf. Ich gehe zur Tür und sehe auf dem Überwachungsmonitor, der die Haustür im Erdgeschoss zeigt, nur den Kühler des Grünewald'schen Taxis.

Ein weiteres ungeduldiges Läuten ertönt. Steht etwa schon jemand vor der Tür im elften Stock?

Genervt reiße ich die Haustür auf und posaune dabei ein bitterböses «Ja?» ins Treppenhaus, das noch nicht ganz verklungen ist, als ich Carmen Grünewald vor mir stehen sehe.

Sie verzieht das Gesicht zu einem misslungenen Lächeln. «Ich wollte mal sehen, ob sich die Sache hier nicht beschleunigen lässt», sagt sie und drückt sich an mir vorbei in die Wohnung. «Außerdem müsste ich mal ganz kurz Ihre Toilette benutzen, Herr Held.»

Ohne meine Antwort abzuwarten, biegt sie in das erste Zimmer ab. «Oh, Sie sind aber nett eingerichtet», flötet sie und nimmt mit bewunderndem Blick eine weiße Sitzecke zur Kenntnis. «Da zeigt es sich mal wieder: Schwule haben einfach ein gutes Händchen in Geschmacksfragen.» Sie zwinkert mir zu. «Und sogar Grünewald-Kristall besitzen Sie!»

Geht es vielleicht noch ein bisschen lauter? Wie konnte mir nur dieser verdammte Homo-Quatsch über die Lippen kommen! Ich weiß doch, dass eine Frau mit derart brisanten Informationen nicht umgehen kann.

«Äh, zur Toilette geht es dort entlang», knurre ich und schiebe sie rückwärts in den Flur. «Letzte Tür rechts.»

Gerade will ich zurück zu meinen Kunden, da schreit sie auf, als säße auf dem Klo ein nackter, schwarzer Mann. Dann folgt ein ungläubiges «Roger?»

Ich wirbele herum und starre in die aufgerissenen Augen des kleinen Nick. Fast hat es den Anschein, als wäre er vor Schreck noch fünf Zentimeter geschrumpft.

«Car-men?», stammelt er, nicht minder entsetzt über die Begegnung. «Was machst du denn hier?»

Na, was wohl, denke ich, das, womit Frauen ihr halbes Leben vertrödeln: pinkeln.

«Die Frage ist wohl eher, was *du* hier machst.» Carmen Grünewalds Ton klingt frostig. «Solltest du nicht beruflich nach …» Sie tut, als würde sie nachdenken. «… nach Grenada?»

«Kanada», korrigiert Sarkozy ganz staatsmännisch. «Ich sollte nach Kanada. Das hat sich aber wieder zerschlagen.» Irritiert lässt er den Blick über das Kleid der Grünewald gleiten.

«Ach, wirklich?», kommt es spöttisch zurück. «Das ist ja schade.»

Der kleine Mann wird noch ein Stückchen kleiner und ringt sich ein verkrampftes Lächeln ab. «Na ja, ich hatte hier so viel zu tun. Und die Firma konnte unmöglich auf mich verzichten. Und …»

Carmen Grünewald kneift die Augen zusammen. «Ich meinte das anders. Ich meinte: Schade, dass du nicht nach Kanada verschwunden bist. Dann wären wir uns heute nicht begegnet.»

O-oh, hier braut sich was zusammen. Besser, ich trenne die beiden, ehe einer handgreiflich wird.

«Vielleicht sollten wir die Besichtigung an einem anderen Tag fortsetzen, wenn mehr Sonne in die Räume scheint und das Karma in der Wohnung besser ist?», schlage ich dem kleinen Nick vor. Wenn er ja sagt, wäre das ein eindeutiges Zeichen, für sein Kaufinteresse.

«Nicht nötig», erklärt die geliftete Carla, die in diesem Moment in den Flur tritt. «Die Räume inspirieren mich auch so.» Dann entdeckt sie die Grünewald in ihrem getackerten Kleid. «Wer ist das?», will sie mit hochgezogenen Augenbrauen von ihrem stetig schrumpfenden Nicolas wissen. «Jemand den ich kennen sollte?»

So energisch der kleine Nick auch den Kopf schüttelt, seine Antwort fällt unangemessen schlapp aus. «Nicht unbedingt», presst er fast tonlos hervor. Eine Aussage, mit der er bei keiner der Damen punkten kann. Im Gegenteil. Als ihm klar wird, was er gerade gesagt hat, tut er, was kleine Männer in solchen Situationen immer machen: Er gibt den Schwarzen Peter weiter.

An mich.

«Ich dachte, dies sei ein Exklusiv-Termin», nörgelt er und wird dabei wieder einen Zentimeter größer. «Was macht dann diese Frau hier? Mit abgespreiztem Tramper-Daumen deutet er auf Carmen Grünewald.

«Pinkeln», entfährt es mir. Allerdings frage ich mich langsam, ob ihre Blase nicht vielleicht Fehlalarm signalisiert hat. Ich rudere etwas zurück. «Es scheint mir doch besser zu sein, wir verschieben den Termin bis …»

«Bis zum St.-Nimmerleins-Tag», unterbricht mich die Grünewald gereizt. «Es ist nämlich so …»

Ich spüre, wie sie sich plötzlich bei mir unterhakt, ihren Körper an meinen presst und mir durch die Haare wuschelt.

«… dass diese Wohnung gar nicht mehr zum Verkauf steht. Mein Schatz hier», sie blinzelt mir verschwörerisch zu, «hat es sich gerade anders überlegt. Er behält das gute Stück.»

Ich kann nicht mit Bestimmtheit sagen, wen ihr Verhalten am meisten überrascht: den gedoubelten Präsidenten, mich oder die geliftete Carla. Aber während ich noch über die Bedeutung der Worte *Mein Schatz hat es sich anders überlegt* nachdenke, hat der Präsident sich erstaunlich schnell im Griff.

«Was soll denn das heißen, Herr Held? Sie haben es sich anders überlegt? Und wieso überhaupt *Ihre* Wohnung, ich dachte, Sie seien nur der –»

«Ein Missverständnis!», falle ich ihm ins Wort. Die Tatsache, dass ich eigentlich Makler bin, sollte vor der Grünewald nun wirklich nicht zur Sprache kommen. «Diese Wohnung steht selbstverständlich noch zum Verkauf.»

So gut es geht, ignoriere ich Carmen Grünewalds Fingernägel, die sich in das Fleisch meines Unterarms graben. Was ist nur mit ihr los? Was soll überhaupt dieses Spektakel? Woher kennt sie den kleinen Nick? Wohl kaum vom Glasbläserkongress.

«Dann ist es ja gut», seufzt Carla. «Die Räume inspirieren mich wirklich sehr. Gibt es hier eigentlich keine Küche?» Endlich reißt sie ihren Blick von der Grünewald und meiner Kleiderkreation und blickt fragend zu ihrem Mann. «Hast du eine Küche gesehen, Schatz?»

Ich halte die Luft an. Er hat das Geld, er hat das Sagen. Andererseits behauptet Kai: *Was sie nicht will, wird er nicht kaufen.* Verzwickt, würde ich sagen.

«Äh, ich habe noch nicht alle Zimmer gesehen», stammelt er und wirft Carmen Grünewald einen ängstlichen Blick zu. «Aber ohne Küche kommen diese Räume wohl nicht in Frage», erklärt er seiner Begleiterin, und es klingt fast wie ein Flehen.

«Selbstverständlich kann man hier eine Küche einbauen», versuche ich zu retten, was noch zu retten ist. «Der kleinere der beiden Räume ist ... Aua!»

Die Fingernägel der Grünewald fühlen sich wie Seeigelstacheln auf meiner Haut an. Dazu gibt sie undefinierbare Schnauf- und Zischlaute von sich.

«Ist das eigentlich ein Missoni-Kleid?», will die geliftete Carla plötzlich von ihr wissen, als hätten wir hier nicht gerade andere Probleme. «Ich dachte, man trägt jetzt Cavalli.»

Ich schaue auf meinen Arm, um zu sehen, ob die Seeigelstacheln bereits mein Fleisch durchbohrt haben oder ob es sich nur so anfühlt.

«Hahaha! Cavalli, Makkaroni – ist doch egal!» Ich gebe noch mal alles. «Es gibt hier übrigens einen sehr guten Italiener in der Nähe. Der liefert sogar das Essen. Da braucht man gar keine –»

«Also, Liebling, wenn dir das mit dem Kücheneinbau zu kompliziert erscheint, dann sehen wir uns nach einer anderen Wohnung um.» Auch der kleine Nick gibt sein Bestes. In seinem Fall bedeutet das, hier schnellstmöglich das Weite zu suchen. Inzwischen sieht er aus, als bedauere er sehr, noch nicht gänzlich in den Erdboden hineingeschrumpft zu sein. «Komm, mein Schatz.» Mit letzter Kraft hakt er sich bei ihr unter.

«Na, dann wäre ja alles geklärt», sagt Carmen Grünewald und lockert ihren Seeigelgriff. «Wir müssen jetzt ohnehin los.»

He! Und die Wohnung? Was ist mit meinem *Score*?

Gerade will ich ihr wütend eine Szene machen, da tritt Carla vor und erklärt: «Wir nehmen die Wohnung.» Sie sieht ihren Mann auffordernd an. «Die Räumlichkeiten sind für meine Zwecke perfekt. Es ist hell und freundlich. Außerdem suche ich ein Atelier und kein Kochstudio.»

Ich kann mein Glück kaum fassen. «Tja, dann», sage ich und reibe mir die Hände, «würde ich vorschlagen, Sie rufen mich morgen noch einmal wegen der Details an. Sicher möchten Sie einen Einblick in die Unterlagen.»

Die beiden nicken, und ich spüre, einen Schauer der Glückseligkeit über meinen Rücken laufen. Endlich gibt auch Carmen Grünewald meinen perforierten Arm frei.

Doch anstatt ihr Kleid glattzustreichen und sich mental auf den Galaabend vorzubereiten, baut sie sich vor der verdutzten Carla auf und zischt: «Schätzchen, Cavalli war gestern. Ich trage den Prototyp einer Miucci-Missoni-Kollektion. Sieh dir das Kleid gut an, denn wenn es eines Tages im Laden zum Kauf hängt, wirst du vielleicht schon nicht mehr aus deinen gelifteten Augen schauen können.»

Als ich nach meinem Handy taste, um notfalls schnell einen Krankenwagen rufen zu können, fährt sie fort: «Und noch etwas: Du wirst hier niemals wohnen. Verlieb dich also besser nicht in den Ausblick.» Sie deutet erst in Richtung Fenster, dann beschreibt ihre Hand einen Bogen und landet vor der Nase des kleinen Nick. «Denn das wäre ein fataler Fehler. Genauso wie sein Herz an einen Versager zu hängen.»

Mit diesen kryptischen Worten stapft sie zur Tür. Allerdings nicht, ohne mir vorher einen Blick zuzuwerfen, der nur eines bedeuten kann: Wenn Sie in fünf Minuten nicht mit mir im Taxi sitzen, wird aus dem Seeigel ein Haifisch!

Verunsichert schaue ich zu dem Präsidentendouble. Im Gegensatz zu mir sieht Sarkozy fast erleichtert aus. Er legt seiner Frau den Arm um die Taille, vermutlich um sie daran zu hindern, Carmen Grünewald hinterherzustürzen.

«Mach dir nichts draus, Liebes», sagt er beschwichtigend, «das ist die Verrückte, von der ich dir schon mal erzählt habe. Sie scheint noch immer nicht über unsere Trennung hinweg zu sein.»

Man sieht, wie es in Carla arbeitet. Vermutlich ist ihr nicht klar, dass von ihrer Reaktion meine weitere Zukunft abhängt.

«Nun?», hake ich vorsichtig nach. *Sei aufdringlich, ohne dich aufzudrängen.*

Nach einem Moment der Stille sagt sie zu mir: «Es bleibt dabei. Wir nehmen die Wohnung. Der Preis spielt keine Rolle.»

14. Kapitel

Die Taxifahrt zum Hotel Atlantik verläuft schweigend. Ein Umstand, der mir äußerst gelegen kommt, denn ich brauche jetzt wirklich langsam mal eine Pause.

Zwar verstehe ich noch immer nicht, was sich eben in der Wohnung zugetragen hat, aber ich bin froh, dass es vorbei ist. Ich mache drei Kreuze, dass Carmen Grünewald, ohne meinen Kunden an den Kragen zu gehen, das Feld geräumt hat. Ihre Drohung habe ich nicht verstanden, und bei dem Carla-Double scheint sie ebenfalls keine Wirkung gezeigt zu haben. Für mich hätte der Nachmittag somit nicht besser ausgehen können. Die Wohnung ist so gut wie verkauft! Der Hammer! Wurde aber auch Zeit, dass sich alles zum Guten wendet. Noch ein Problem mehr, und ich müsste mich tatsächlich mit Infarktprophylaxe beschäftigen.

Wir nähern uns dem Hotel. Ein letztes Mal zupft die Grünewald ihren Rocksaum zurecht, dann steigen wir aus dem Taxi.

Vor dem Eingang wartet ein gutgekleideter junger Mann mit Headset auf die eintreffenden Wagen. Wir werden freundlich gebeten, uns im Foyer nach links zu wenden, wo man sich sogleich unserer Mäntel annehmen möchte. Ich zögere. Im Schutz des dicken Wollmantels fühle ich mich einigermaßen sicher, nicht nur, was die arktischen Außentemperaturen anbelangt. In meinem pistazienfarbenen Anzug möchte ich mich dagegen nur ungern vor so vielen Menschen zeigen. Doch Carmen Grünewald kennt keine Gnade.

Sie gibt einem der Anzugträger ein Zeichen, der ihr hilft, mich aus dem Mantel zu reißen. Danach folgen wir der Anweisung des nächsten Headset-Heinis und biegen nach links um eine Ecke. Sofort blitzen gefühlte zweihundert Fotokameras auf.

Während ich erschrocken zusammenzucke, sonnt Carmen Grünewald sich im Blitzlichtgewitter.

Hatte sie nicht vorhin noch behauptet, sie mache sich nichts aus Pressefotos? Typisch Frau, kaum steht irgendwo einer mit einer Kamera, machen sie den Bock zum Gärtner. Einige der Fotografen beginnen jetzt sogar, ihren Namen zu rufen. Mein lieber Scholli! Langsam wundert mich gar nichts mehr. Wenn diese Pressemeute bereits bei einer Kristall-Kauffrau ein solches Tamtam veranstaltet, ist es ja kein Wunder, dass sich vergessene C-Promis wie Roberto Blanco immer noch für Stars halten.

Ich dagegen bin heilfroh, dass mir keine Beachtung geschenkt wird. Kein Mann in diesem Outfit sähe sich gern abgebildet in einem Hochglanzmagazin. Außer Don Johnson in den 80ern vielleicht.

Carmen Grünewald beginnt nun, sich wie ein Grillhähnchen zu drehen. Sie stemmt die Hände in die Hüften und spielt mit ihrem Rocksaum. Ich halte die Luft an. Mag ja sein, dass die Betonfrisur durch das Spray ihren Halt findet – aber dass der Häkelsaum mit dem Kleister vor einer anhaltenden Fummelattacke geschützt wird, wage ich zu bezweifeln.

Zum Glück hat La Grünewald sich auch schon wieder im Griff. Einmal dreht sie sich noch, dann hakt sie sich plötzlich bei mir unter und zieht mich zu sich heran. Als ich schon die Zähne zusammenbeiße, weil ich fürchte, sie würde gleich wieder ihre Krallennägel in meinen Unterarm schlagen, lässt sie stattdessen ihren Kopf auf meine Schulter sacken und sieht mich verträumt an.

Die Kameras blitzen und klacken, und ich bin kurz davor, zu hyperventilieren. Muss das denn sein? Als wäre es nicht schon schlimm genug, dass ich überhaupt fotografiert werde, muss ich jetzt auch noch mit der Grünewald auf ein Bild. Nur gut, dass mich hier niemand kennt.

«Frau Grünewald, mit wem sind Sie heute Abend hier? Wer ist Ihr

Begleiter?», will ein bärtiger Mann mit einem Puschelmikrophon, das an einen ausgefransten Wischmopp erinnert, wissen.

«Einen Namen, wir brauchen einen Namen!», brüllt jetzt auch ein Fotograf.

Zwei Reporter zücken gleichzeitig ihr Notizheft. «Wie heißen Sie?», werde ich gleich darauf direkt gefragt.

In Deutschland hat man das Recht, die Aussage zu verweigern. Ich werde also schön weiter schweigen und –

«Dies ist der Sohn von Ernesto Micolucci», höre ich meine Begleiterin sagen. Dabei klingt sie so stolz, als sei ich der dritte, aus einer Liaison mit Lady Gaga stammende, Sohn von Prinz Charles. «Alexander Micolucci. Ein Name, den Sie eigentlich kennen sollten!»

Als die Kameras erneut aufblitzen, wird mir nach und nach die volle Tragweite meiner Situation bewusst:

1. Ich bin nicht der Sohn des schwerreichen und offenbar durchaus bekannten Ernesto Micolucci. Ich weiß das, und er weiß das erst recht. Und sofern dieser Modemagnat sich nicht in seiner Jugend wie Casanova durch die Gegend gevögelt und bei der so entstandenen Kinderschar den Überblick verloren hat, wird er morgen – spätestens aber übermorgen – extrem sauer sein. Er wird seinen Anwalt anrufen, mich und die Presse verklagen und danach seinem Herzleiden erliegen.
2. Mit Florian verhält es sich ähnlich. Auch er wird vor Schreck und aus Sorge um seinen Daddy das Zeitliche segnen. Nicht nur wäre dann alles, was ich jetzt schon seinetwegen durchgemacht habe, umsonst gewesen, nein, ich ginge auch noch komplett leer aus. Nicht mal das Loft, geschweige denn den Hamster würde ich erben.
3. Ich trage ein Outfit des Schreckens. Was, wenn einer meiner Kollegen mich in der Zeitung entdeckt?

«Wie kommt es, dass wir Sie noch nie in Deutschland zu sehen bekommen haben, Herr Micolucci?» Wieder der Bärtige.

«Auch auf internationalem Parkett scheinen Sie sich rar zu machen.» Ein weiterer besonders hartnäckiger Pressefuzzi bohrt sich samt Notizheft in mein vermeintliches Promi-Privatleben.

Die Grünewald genießt den Rummel sichtlich. Mit breitem Kristallköniginnenlächeln schiebt sie sich ins Bild. «Es gibt nun mal noch Menschen, denen der Rummel um ihre Person unangenehm ist», sagt sie statt meiner und greift überflüssigerweise nach meiner Hand. Die Vertraulichkeit dieser Geste lässt mich wütend und die Presse neugierig werden.

«Seit wann sind Sie ein Paar?», will der Mann am Wischmopp-Mikro jetzt wissen. «Wo haben Sie sich kennengelernt?»

Wie bitte? Spinnen die jetzt total? Ich und die Grünewald – ein Paar? Schlimmer kann es ja wohl kaum noch kommen. Ich will sofort meinen Kardiologen sprechen!

Zu meiner Beruhigung scheint die Grünewald diese Idee ähnlich absurd zu finden. «Ich bitte Sie!», entrüstet sie sich. Doch anstatt nun klarzustellen, dass ich in diesem Szenario nur der Platzhalter für einen ihrer Lover bin, fügt sie hinzu: «Herr Micolucci ist für die Damenwelt leider nur platonisch zu haben. Er ist ein bisschen … verzaubert. Sie verstehen sicher, was ich damit sagen will.»

Mit einem mädchenhaften Kichern katapultiert sie sich auf meiner Liste verhasster Mitmenschen ganz weit nach oben.

Aber wie lautet Kais Prinzip? *Selbstmitleid ist etwas für Heteros.*

Außerdem muss Flo seiner Familie so nicht mehr selbst erklären, dass er schwul ist. Nur noch, warum sein Name falsch zitiert wurde.

«Oh», grinst der Wischmopp anzüglich. «Was für ein Glück für uns Männer!»

Augenblicklich gefrieren mir die Gesichtszüge. Ist das zu fassen? Der macht mich an! Vor laufender Kamera! Werden somit morgen

Florian, Victoria und der Rest der Welt über mein Coming-out informiert?

«Wir müssen jetzt hineingehen.» Es ist der erste vernünftige Satz des Tages von Carmen Grünewald. «War nett, mit Ihnen zu plaudern.»

Total. Noch netter wäre es nur, dem Typen den Mopp in den Hintern zu schieben.

«Eine Frage noch, Frau Grünewald. Was tragen Sie heute?»

Ja, was wohl, ein Kleid!

Die Grünewald streift sich mit den Händen das Häkelmonster glatt. «Miucci», sagt sie laut und deutlich. «Es ist aus der brandneuen Kollektion des Modehauses, die in Kooperation mit Missoni entstanden ist. Ab Januar europaweit in allen Filialen erhältlich.»

Ooookay. Jetzt ist mir die Enthauptung durch Victorias pinken Säbel sicher.

Vielleicht sollte ich mich doch langsam mal mit dem Gedanken an Flucht anfreunden. Mein neues Leben XXS – nicht unter Schwulen im gediegenen Key West, sondern irgendwo in einer Bambushütte im Sudan. Herzlichen Dank, du blöde Kristall-Schrapnelle.

Da ich keine Idee habe, was ich sonst tun könnte, trotte ich meiner Peinigerin hinterher in das Atlantik-Foyer. Vielleicht gibt es dort wenigstens Alkohol.

Plötzlich vibriert mein Telefon.

Es ist Florian, und zwar von zu Hause! Allmächtiger, er ist endlich zurück! Überglücklich nehme ich das Gespräch entgegen.

«Mensch, Alter, dein Anruf kommt wie gerufen. Ich bin mit dieser Kristall-Tussi im Atlantik, und wenn ich dir sage, was gerade passiert ist, dann …»

«Kristall-was?», sagt eine Stimme, die sich wenig nach Flo, dafür aber sehr nach Tanja anhört. «Was hat das zu bedeuten?»

«Äh …»

Du liebe Güte, ich habe total vergessen, mich bei ihr zu melden! Am besten erst mal die Wogen glätten mit einem möglichst unverbindlichen Satz. «Es ist nicht das, was du jetzt denkst.»

«Ach nein? Was denke ich denn?»

Wenn das bei Frauen mal immer so einfach zu sagen wäre. «Also ...»

«Alex! Du bist mit einer anderen Frau im Atlantik, während ich seit einer halben Stunde mit dem Essen auf dich warte? Ich glaube, ich spinne!»

Oh, Mist. Das Essen habe ich leider auch komplett vergessen. Dabei ist die Vorstellung, in Florians Loft gemütlich bei einem selbstgekochten Essen den Abend ausklingen zu lassen, momentan mehr als verlockend. Jedenfalls, solange Tanja nicht wieder baden möchte.

«Also, das hat sich jetzt vielleicht gerade etwas merkwürdig angehört, aber ich bin ... geschäftlich unterwegs.»

«Und was genau machen Makler abends im Atlantik?»

Harrr. «Müssen wir das jetzt am Telefon ausdiskutieren?»

«Ja, müssen wir.»

Frauen! Wenn sie reden wollen, wollen sie reden. Vollkommen egal, ob es gerade passt oder nicht. Man könnte kopfüber aus einer Boeing hängen, und sie würden noch schnell eine Diskussion über die mangelnde männliche Beteiligung bei der Hausarbeit anzetteln.

«Ich würde dir das gern später erklären», starte ich dennoch einen Versuch, das Gespräch zu beenden. Nicht zuletzt deswegen, weil Carmen Grünewald ständig an meinem Ärmel rumzieht.

Müsste ich nicht fürchten, dass Tanja im Affekt Florians Loft zertrümmert oder den Hamster erwürgt, würde ich jetzt einfach auflegen. Aber so ...

«Wer ist das?», will die Kristallkönigin wissen. «Wir sollten jetzt wirklich hineingehen.»

«Wer ist das?», will nun auch Tanja wissen.

Ich fühle, wie sich das Infarktrisiko mit jeder Sekunde potenziert. Mit letzter Kraft versuche ich, mich aus dem Grünewald'schen Hörbereich wegzudrehen, um Tanjas Wut unbelauscht zu entschärfen. «Wir besprechen das nachher zu Hause, okay? Ich muss jetzt auflegen.»

Habe ich wirklich zu Hause gesagt?

Tanja lässt nicht locker. «Sag, dass du mich nicht betrügst!»

«Natürlich nicht!» Mit wem denn auch? Ich bin doch neuerdings schwul.

«Also bleibt es bei der Hochzeit?»

«Bei ... äh, was für einer Hochzeit?»

«Sag, dass es dabei bleibt!»

Ich schwöre, von Hochzeit höre ich gerade das erste Mal. Jedenfalls aus meinem Mund. «Also ... es ist ... wir sollten da vielleicht noch einmal in Ruhe drüber ... reden.»

«Du willst reden? Also betrügst du mich doch!»

Natürlich. Frauenlogik. Und ich Idiot liefere auch noch die Steilvorlage. «Ich will nicht reden, ich will nur ein paar Dinge klarstellen. Auch bezüglich der ... äh ... Hochzeit.»

Der Anflug von Erleichterung, den ich beim Auflegen verspüre, verpufft augenblicklich, als ich auf dem Display sehe, dass Victoria dreimal versucht hat anzurufen. Nach dem letzten Mal hat sie eine SMS geschickt:

Ist alles gut gelaufen bei Frau Grünewald? Wo bleibst du, wir müssen doch noch Möbel umräumen. Kai ist nicht mehr lange da. Melde dich! Vic

Hilfe, woran man aber auch alles denken muss!

Ein Mann ist einfach kein Multitasker. Wir tun die Dinge mit Bedacht und Verstand. Wie sollte ich also in 136 Zeichen Victorias Frage beantworten, ob alles gut gelaufen ist? Aus Sicht ihrer Stammkundin scheint jetzt alles in bester Ordnung zu sein. Die Grünewald strahlt mit ihrem Kleid um die Wette. Trotzdem kann ich Entwarnung im Grunde genommen erst dann geben, wenn Familie Micolucci ihren neugewonnenen Sohn samt Missoni-Schnippelwurst in der Zeitung entdeckt hat. Sollte daraufhin keiner sterben, ist tatsächlich alles gut gelaufen.

Besser, ich bereite Victoria beizeiten darauf vor, dass in den nächsten Tagen einiges auf sie zukommen könnte. Ich tippe ihr schnell eine Antwort:

Musste auf der Gala als Begleitung einspringen. Komme hinterher vorbei und berichte! Gruß Alexander.

Gruß Alexander? Wenn sie sich plötzlich ganz privat *Vic* nennt? Sollte ich dann nicht besser *Alex* schreiben? Bedeutet Alexander nicht sonst so viel wie: Ich habe dein *Vic* zur Kenntnis genommen, möchte aber die Distanz zwischen uns wahren, zumal ich der Sohn deines Chefs bin, der ab morgen extrem berühmt ist? Andererseits war es ein grußloses *Vic*. Vielleicht sogar ein Diven-*Vic*. Schlimmstenfalls ein *Du-kannst-mich-mal-Vic*. Oder noch schlimmer: ein *Glaub-nicht-dass-ich-dich-jemals-wieder-meine-Unterlippe-berühren-lasse-Vic*. In dem Fall würde ich mit einem intimen *Alex* viel zu weit vorpreschen.

«Können wir jetzt?», fragt Carmen Grünewald ungeduldig und will sich schon wieder bei mir unterhaken.

Es ist doch immer wieder dasselbe: Kaum wird man für schwul gehalten, grabschen Frauen hemmungslos an dir herum. Als Hetero ist mir das jedenfalls nie passiert.

«Moment noch!» Ich entziehe mich ihrem Griff und drücke auf *Senden*. Dann eile ich voran in Richtung Festsaal.

* * *

Die Gala wird eine entsetzlich zähe Angelegenheit. Menschen, die ich entweder nicht kenne oder nicht mag, bekommen von unermüdlichen Rednern unwichtige Preise überreicht. Als endlich der letzte

Langweiler seinen goldfarbenen Staubfänger entgegennimmt, fange ich vor Freude fast an zu weinen. Endlich: Alkohol. Und danach: schnell zu Victoria.

Doch so schnell soll ich den Fängen der Kristallkönigin nicht entkommen. Als wir den Festsaal Richtung Bar verlassen, versammelt sich eine Traube Frauen um uns. Tatsächlich sind es nur drei, aber sie gebärden sich wie ein Dutzend. Aufgeregt schnatternd begutachten sie das Kleid von der Grünewald.

«Raffiniert! Ein Wickelkleid mit so aufwendiger Schnürung, das habe ich ja noch nie gesehen!»

«Und die ausgefranste Kante – *so Chanel!*»

«Wirklich, *très chic*. Sie sehen darin einfach *yummie* aus!»

«*Cosy and nice!*»

«Und erst diese Metalldetails – ganz schön Avantgarde!»

«Ein absolutes *key-piece*, dazu noch die Bijou-Bag – *lovely*!»

«Ja, auch von der Attitüde her. Und erst die Coulööör – ist das *oceanic-mint*?»

Staunend beobachte ich, wie Carmen Grünewald mit jeder Bemerkung einen Schritt höher klettert auf ihrem Weg zum Fashion-Olymp. Und wem hat sie das zu verdanken? Mir! Offenbar bin ich ein Naturtalent. Vielleicht sollte ich meinen Job an den Nagel hängen, und Designer werden? Einfacher kann man sein Geld ja kaum verdienen.

«Wenn ich die Damen kurz stören dürfte», unterbreche ich das Geschnatter, «ich muss mich leider verabschieden. Im Laden gibt es noch einiges zu tun, wir haben am Samstag ein Event, das …»

«Oh, ein Event?» Die Köpfe der Modemiezen drehen sich zu mir.

Bei allem richtigen Gespür für den Moment treffe ich leider nicht immer die richtigen Worte. Musste ich das Event erwähnen?

«Bei Miucci?»

«Wunderbar!»

«Samstag, sagten Sie?»

«WIR KOMMEN!!!»

Nicht besonders erfreut über diese Ankündigung wende ich mich an die Grünewald. «Entschuldigung, aber ich muss jetzt wirklich los. Frau Wendt erwartet mich, es gibt noch viel zu tun.»

«Verstehe.» Carmen Grünewald ist noch immer derart benommen von dem Interesse an ihrer Person, dass es ihr gerade vermutlich sogar egal wäre, wenn ein Meteorit in ihre Glasvitrine donnern würde. «Nun, dann bleibt mir nur noch, Ihnen für Ihre nette Begleitung zu danken.»

Ich nicke. Schön, dass sie trotz ihrer Verrücktheit noch weiß, was sich gehört.

Doch dann senkt sie die Stimme und flüstert mir vertraulich zu: «Herr Micolucci, bitte verstehen Sie das, was ich jetzt sage, nicht falsch, aber ...»

Ich überlege blitzschnell, was nun wohl kommen könnte:

- ... aber ich muss Ihnen sagen, dass ich eigentlich ein Mann bin und mit Ihnen eine Schwulenehe eingehen möchte.
- ... aber ich habe gar kein Cavalli-Kleid bestellt, sondern wollte nur sehen, wie viel MacGyver in Ihnen steckt.
- ... aber ich bin die Ehefrau von Ernesto Micolucci, mein Mann ist impotent und Florian adoptiert. Hätten wir einen weiteren Sohn, wüsste ich das.

Doch sie sagt etwas weit Schlimmeres.

«Ich muss Ihnen leider raten, von einem Verkauf Ihrer Wohnung an dieses Paar heute Abstand zu nehmen.» Sie sagt *dieses Paar* wie andere *diese stinkenden Ratten* sagen würden. «Der Kerl ist ein Exmann von mir und hat mich belogen und betrogen. Man darf ihm nicht trauen.»

Dann wird sie noch deutlicher. Mit dem Lächeln einer zweiköpfigen Massenmörderin fügt sie hinzu: «Andernfalls muss ich meine bisherigen Bestellungen bei Miucci stornieren und mich für die Zukunft nach einem anderen Stammgeschäft umsehen.»

15. Kapitel

Ich stehe auf dem Grünstreifen der vierspurigen Straße, die um die Alster herumführt, und versuche, Carmen Grünewalds Worte in verschiedene Richtungen zu deuten. Unmöglich. Mir will einfach keine andere Erklärung einfallen außer: Die Frau erpresst mich.

Nach allem, was ich für sie getan habe! Und damit meine ich nicht nur, dass ich ihr quasi ein Kleid auf den Leib geschneidert habe, das sie in den Fokus von Presse und Modemiezen katapultiert hat. Nein, ich spreche vor allem von meiner Präsenz an diesem schnarchlangweiligen Abend und den für mich daraus resultierenden Konsequenzen. Und wie dankt sie mir das? Indem sie mich nötigt, auf den Verkauf des Jahrhunderts zu verzichten. Mit welchem Recht?

Eine Weile bleibe ich noch auf dem kleinen Rasenstück stehen und beobachte die vorbeifahrenden Wagen. Dann schaue ich zum anderen Alsterufer. In einigen wenigen Wohnungen brennt noch Licht. Ob dort vielleicht jemand wohnt, der sich gerade mit ähnlich existentiellen Problemen herumschlägt?

Wohl kaum. Niemand außer mir manövriert sich in eine solche Lage, indem er sich auf einen derart schwachsinnigen Gefallen einlässt. Und genau an dieser Stelle ist mein Ansatzpunkt. Ich muss mit Florian sprechen. Wenn ich schon nicht von meiner Aufgabe zurücktreten kann, soll er mich wenigstens aus der Ferne ein wenig unterstützen.

Mein erster Impuls ist, ihm das Messer auf die kranke Brust zu setzen und ihn aufzufordern, seine verhaltensgestörte Stammkundin zurückzupfeifen. Aber wer weiß schon, ob eine gekränkte Carmen Grünewald sich überhaupt von jemandem etwas sagen lässt? Nein, erst mal sollte ich herausfinden, wie viel Macht diese Kundin wirklich besitzt. Möglicherweise überschätzt sie ihren Wert für Miucci ja und ist in Wahrheit nur eine von vielen Käuferinnen, deren vierteljährlicher Umsatz sich auf Kleinwagenniveau bewegt.

Dann käme es auf eine Kundin mehr oder weniger wohl kaum an.

Mit wachsender Wut überquere ich die Straße und wähle nebenbei Florians Nummer. Fünfmal tutet es, dann ist er dran.

«Mensch, Alex», stöhnt er und gähnt ausgiebig. «Weißt du, wie spät es ist?»

«Absolut. Ich komme nämlich gerade erst von der Arbeit. Dabei habe ich eigentlich Urlaub und muss gleich noch in deine Divenboutique zum Möbelrücken. Glaub mir, Flo, wenn einer weiß, wie spät es ist, dann bin ich das!»

Am anderen Ende höre ich leises Gemurmel, dann Geraschel. Offenbar hat mein Kumpel sich im Krankenhausbett aufgerichtet. Ein Anflug schlechten Gewissens überkommt mich. Wenn Flo um elf Uhr abends bereits in der Koje liegt, geht es ihm ganz offensichtlich immer noch nicht besser.

«Wie geht es dir denn?», erkundige ich mich, ehe ich ihn womöglich zur Schnecke mache, obwohl er nur noch drei Tage zu leben hat.

«Könnte nicht besser sein.» Für einen Sterbenden klingt Flo erstaunlich munter. Und als wäre ihm das auch gerade aufgefallen, fügt er mit plötzlich leidend klingender Stimme hinzu: «Na ja, den Umständen entsprechend eben.»

Aha. «Und was heißt das genau? Wann kommst du nach Hause?»

Bitte lass es bald sein!

«Am … Mittwoch. Also, in einer Woche. Am Ende unseres … äh, deines Urlaubs.» Kurze Pause, dann ergänzt er: «Vorausgesetzt, die Ärzte haben bis dahin eine klare Diagnose gestellt.»

Natürlich. Hin- und hergerissen zwischen dem Bedürfnis, ihn zu bemitleiden und endlich meine Fragen loszuwerden, entscheide ich mich vorerst für etwas Neutrales. «Klar. Werd erst mal wieder gesund.»

Im Hintergrund höre ich jetzt etwas quieken. Doch hoffentlich kein EKG-Gerät? Meine Krankenhausphobie macht sich wieder bemerkbar.

Erneutes Quieken.

Nein, ich glaube nicht, dass das ein EKG-Gerät ist. Irgendwie klingt es mehr nach einer Frauenstimme. Und zwar nach einer der besonders anstrengenden Sorte. Von der Tonlage so zwischen Verona Pooth und Minnie Maus.

Ich presse den Hörer ans Ohr.

«... nun frag schon», fiepst Minnie jetzt. Vielleicht hat sie aber auch «Nun schlaf schön» gequiekt. Bei so einer Diven-Stimme vertut man sich ja gerne mal. Vielleicht ist es die Nachtschwester? Duzt man sich etwa dort unten am Bodensee? Oder ist das wieder eine Spezialbehandlung für Privatpatienten?

«Sag mal, Alex, weißt du zufällig, ob Ben sich um ... äh ... um meine Post kümmert?»

«Nee. Der hat genug zu tun. Das mache ich.»

«Du?», sagt Flo, als wäre ich zu blöd, einen Briefkasten zu öffnen. «Und geht es ... Rüdiger gut?»

«Rüdiger?»

«Natashas Hamster.»

Ach, das Viech hat sogar einen Namen. Ist ja interessant.

«Weißt du was, Flo?», entgegne ich anstelle einer Antwort. «Findest du nicht, dass du mir nach allem, was ich gerade für dich tue, wenigstens die Wahrheit sagen könntest?»

«Wie ... äh ... wie meinst du das?», stottert Flo und klingt dabei ziemlich ertappt.

Wusste ich es doch! «Jetzt tu doch nicht so! *Natashas* Hamster ... Und der steht ausgerechnet jetzt bei dir, wo du gar nicht da bist? Ich sag dir mal, was ich denke: Ich glaube, du bist schwul. Wellnesswanne, Kerzen und ein Hamster namens Rüdiger, das ist doch genau wie in diesem Film. Du weißt schon, der mit …»

«Ich bin nicht schwul!»

Nee, ist klar.

«… jetzt leg doch mal auf!», quiekt Minnie, die Nachtschwester.

Mir reicht es. «Weißt du, Flo, wenigstens der Schwester solltest du beizeiten die Wahrheit sagen. Sonst verliebt sie sich noch in dich.»

«Ich habe keine Schwester!»

«Ich meine doch die Nachtschwester. Oder wer redet da im Hintergrund auf dich ein?»

Statt mit einer Antwort kontert er mit einer Gegenfrage: «Sag mal, Alex, bist du betrunken?»

«Nein! Aber eigentlich wollte ich mit dir auch über etwas ganz anders sprechen», setze ich an und überlege, wie ich am besten weitermache.

«Fass dich kurz, Alex, du weißt, die … Schwester wartet.»

«Ich … Ich wollte wissen, ob die Grünewald eure einzige Stammkundin ist, weißt du, es könnte nämlich sein, dass …»

«Ob *wer* unsere einzige Stammkundin ist?»

«Carmen Grünewald. Die Kristallkönigin.»

«Du bist doch betrunken!»

Ich werde gleich wahnsinnig. Stellt der sich jetzt blöd, oder ist der so schwer von Begriff?

«Flo! Die Grünewald! Die, die aussieht wie Joan Collins, nur dicker. Sie ist …»

«Du, Alex, die Schwester sieht echt sauer aus», werde ich unterbrochen. «Wenn es um die Gesundheit der Patienten geht, verstehen die hier nur wenig Spaß. Kann ich dich vielleicht morgen zurückrufen?»

Wenn es um meine Verkaufsprovision geht, verstehe ich eigentlich

auch keinen Spaß. «Na gut», knurre ich. «Nur noch eine ganz kurze Frage …»

«Ja?»

«Äh … weißt du zufällig, ob Victoria einen Freund hat?»

Aber Florian hat schon aufgelegt.

Ich Idiot. Wo kam denn jetzt diese Frage her? Als hätte ich nicht tausend andere Sorgen! Schöner Mist.

Mit gesenktem Kopf trotte ich an der Binnenalster entlang. Zu Miucci ist es von hier nur ein Katzensprung. Ein Spaziergang bei eisigen Temperaturen hilft mir vielleicht, den Kopf freizubekommen. Doch egal, ob ich hoch- oder runtergucke, schnell oder langsam gehe – meine Gedanken hören nicht auf, um die Erpressung zu kreisen. Wenn aus Florian schon nichts Gescheites herauszubekommen ist, muss ich eben Victoria unauffällig ein Statement zu der Wichtigkeit der Kundin entlocken.

* * *

Bei Miucci sind die Innenjalousien von Tür und Fenstern heruntergelassen. Eine Spezialanfertigung, die direkt vor dem Glas, im Fensterrahmen, eingepasst wurde und somit Türen und Fenster auch bei heruntergelassener Jalousie beweglich macht. Nur ein kleiner Lichtschein dringt nach außen und lässt vermuten, dass drinnen noch gearbeitet wird.

Im selben Moment, in dem ich die Eingangstür aufschließen will, wird sie von innen aufgedrückt. «Sieh mal an», sagt Kai, der offenbar gerade gehen will. Sein Tonfall klingt ein bisschen spöttisch. «Du hast dir ja ganz schön Zeit gelassen. Wohl noch in aller Ruhe das Buffet geplündert, was?»

Unverschämtheit. Ich bin der Sohn seines Chefs. Wird er das jemals begreifen?

«Im Gegenteil. Ich habe einen Bärenhunger.»

Aufmerksam betrachte ich seine Betonfrisur. Entweder trägt er einen Helm, oder aber er versteckt irgendwo einen geheimen Vorrat Haarkleber. Jedenfalls sitzt die Frise wie nach DIN-Norm gezimmert.

«Tja», Kai versucht sich in einem bedauernden Gesichtsausdruck, «Sushi ist leider alle. Aber vielleicht reichen dir ja ein paar Weihnachtskekse.»

Alles ist besser als dieses asiatische Glibberzeug.

«Ich düs dann jetzt. Wollte längst weg sein. Wir haben gut was geschafft. Aber Vic soll dir das lieber selbst erzählen.» Er nickt mit dem Kopf in Richtung Foyer. «Ciao, ciao!»

«Ja, tschau.»

Ich finde Victoria in der Sofaecke. Sie hat das Schneeköniginnenkleid gegen Jeans und ein kariertes Hemd getauscht und die Haare zu einem Knoten auf dem Kopf getürmt. Mit angezogenen Beinen hockt sie auf der kleinen Couch und ist vertieft in irgendwelche Papiere. Vor ihr auf dem Tisch stehen die Reste ihrer bestellten Pizza, außerdem eine Flasche Sekt und diverse Gläser. Als sie mich kommen hört, blickt sie auf.

«Hallo, Alexander», sagt sie knapp, und wie immer kann ich nicht erkennen, ob sie sich freut oder mich am liebsten auf den Mond schießen würde. Ihre Haut ist blass, und die Augen sind vor Müdigkeit gerötet, was besonders auffällt, da sie von einer überformatigen schwarzen Lesebrille eingerahmt werden, die Victoria nun verlegen abnimmt. «Die brauche ich nur abends, wenn ich müde bin», erklärt sie und wechselt sogleich das Thema. «Wie ist es denn mit Carmen Grünewald gelaufen? Wenn dir der Auftritt mit ihr unangenehm war, dann tut mir das leid.»

Na ja. Wenigstens einer weiß hier, was sich gehört.

«Hallo, Vic», sage ich zunächst einmal, um möglichst gleich eine Vertrauensbasis zu schaffen. Dann nehme ich auf der gegenüber-

liegenden Couch Platz und greife mir eine Zeitschrift. Während ich locker durch die Seiten blättere, starte ich meinen Versuch, Victoria unauffällig auszuhorchen. «Tja, die Grünewald ist schon ziemlich durchgeknallt. Viel länger hätte ich es mit ihr nicht ausgehalten. Ich hoffe, nicht alle eure Stammkundinnen sind derart anstrengend?»

Victoria, die sich alle Mühe gibt, ihre Papiere ohne Brille zu entziffern, sieht kurz hoch. «Ach, sooo anstrengend ist sie doch gar nicht.»

Bitte? Die hat ja keine Ahnung! Selbst ohne das vertauschte Kleid, das ich an dieser Stelle besser nicht erwähne, ist die Grünewald ein Härtefall. «Sind die anderen Stammkundinnen etwa anstrengender?», fahre ich mit der Befragung fort.

Obwohl ich meiner Stimme einen unauffälligen Klang gebe, hebt Victoria alarmiert den Kopf. Mit gerunzelter Stirn sieht sie mich an.

«Ich verstehe die Frage nicht, worauf willst du hinaus?»

War ja klar. Ein unauffälliger Tonfall versetzt Frauen automatisch in allerhöchste Alarmbereitschaft. «Na ja, ich wüsste einfach nur gern, ob es bei Miucci viele Kunden gibt, die einen solchen Umsatz einbringen?»

Jetzt legt Victoria die Zettel zur Seite. «Reicht dir der Umsatz nicht, den wir erwirtschaften?»

Harrr. Kann man denn hier auf eine einfache Frage nicht mal eine einfache Antwort bekommen? Muss immer alles so kompliziert werden?

Victoria scheint ein Einsehen zu haben. «Wir haben bei Miucci sehr viele Stammkunden. Manche kommen wöchentlich, andere monatlich und manche wiederum nur, wenn sie zufällig in der Stadt sind. Nicht immer kaufen diese Kunden etwas. Carmen Grünewald allerdings ist jemand, der regelmäßig für großen Umsatz sorgt. Natürlich ist sie nicht die Einzige, aber auch niemand, auf den man als Kundin verzichten möchte. Man darf ja auch die Werbewirkung nicht unterschätzen, die eine prominente Kundin mit sich bringt.»

«Verstehe.» Scheiße. Den Verkauf kann ich knicken und meinen Job bei Hambitare gleich mit. Ich rutsche etwas tiefer in das Sofa.

Victoria schiebt mir ihren Pizzakarton entgegen. Offenbar glaubt sie aufgrund meiner deprimierten Haltung, ich sei unterzuckert. «Hier, Erste Hilfe. Ist aber leider schon kalt. Was soll ich für dich bestellen?»

«Gar nichts.» Mir ist der Appetit vergangen.

Kurz herrscht Schweigen, dann will sie wissen: «Und welches der Kleider hat Frau Grünewald sich ausgesucht?»

Im Grunde genommen wäre dies wohl der geeignete Augenblick für eine Beichte. Ich könnte erzählen, dass ich die Kleidersäcke zwar vertauscht, aber durch geistesgegenwärtiges Handeln das Beste daraus gemacht habe. Natürlich ohne dabei zu sehr ins Detail zu gehen. Doch irgendwie fürchte ich, dass Victoria von dieser Miucci-Missoni-Kooperation nicht besonders begeistert wäre.

«Jaja, die Kleider haben gepasst. Also jedenfalls ... fast», sage ich deshalb, vermeide es aber, Victoria in die Augen zu sehen. Ein Verhalten, das sich in der Vergangenheit ohnehin als die sicherste Möglichkeit erwiesen hat, in ihrer Nähe einem Kreislaufzusammenbruch zu entgehen. Stattdessen blättere ich wie wild durch die Zeitschrift. «Sie sah ... äh ... einzigartig aus.»

«Einzigartig?» Schon wieder dieser alarmierte Tonfall. «Heißt das *gut*?»

«Na ja, also, ich finde ... für ihre Verhältnisse ... schon irgendwie. Sie wurde jedenfalls auf der Gala bewundert.»

«Ach, toll!» Victoria ist sichtlich erleichtert. Auf meiner Stirn hingegen bilden sich Schweißperlen. Erst recht, als sie hinzufügt: «Hast du ihr gesagt, dass der Kurier morgen um elf kommt, um die Kleider wieder abzuholen?»

«Ich ... also ...» Davon hat mir nun wirklich niemand etwas gesagt.

«Du hast es vergessen!»

«Nein. Ja. Also, es ist …»

«Egal. Sollte sie nicht zu Hause sein, rufe ich morgen im Laufe des Tages bei ihr an, um mich mit ihr abzustimmen. Wir brauchen die Kleider, so schnell es geht, zurück. Am Samstag beginnt die Cavalli-Woche, dann ist das Kleid als Fensterdekoration gedacht.»

Die Schweißperlen auf meiner Stirn verdichten sich zu einem klebrigen Film. Jetzt wäre es vielleicht doch schlauer, ich würde mal kurz erklären, dass sich das Kleid, von dem sie redet, auf dem Weg nach Bella Italia befindet.

Nur wie?

Ach, einfach heraus damit. Warum auch nicht? Mit ein bisschen Souveränität vorgetragen klappt das schon.

«Also … das Kavallerie-Ding habe ich … versehentlich nach Italien geschickt», falle ich dann doch etwas plump mit der Tür ins Haus.

«Was?» Ruckartig richtet Victoria sich auf.

«Ja, die Grünewald trug deshalb …» Mist, wie hieß denn die Schwuppe noch mal? Maserati? Rigatoni? Ah, ich hab's: «Mussolini oder so. War aber auch okay. Sie war jedenfalls total happy.»

Victoria sieht mich an, als wäre ich nicht ganz dicht. «Missoni?»

«Ja, genau, ich glaube, der war's!»

«Soll das ein Witz sein?»

«Äh … was jetzt genau?»

«Alles. Die ganze Geschichte.» Ihre Augen sprühen Funken.

«Keineswegs.»

«Du willst mir also sagen, du hast das Galakleid von Roberto Cavalli nach Italien geschickt und Frau Grünewald stattdessen in ein defektes Strandensemble von Missoni gesteckt?»

Mein Reden. Okay, Missoni, das sollte ich mir jetzt vielleicht wirklich mal merken.

Victoria schlägt die Hände vors Gesicht. Ihr Hautton wird noch einen Tick blasser. «Und … darin ist sie … über den roten Teppich gelaufen? Nur in einer kaputten Stricktunika?»

«Natürlich nicht. Sie hatte ja noch den Badeanzug drunter.»

Victoria weicht jetzt komplett das Blut aus dem Gesicht. «Das … das … Ich kann das nicht glauben.»

Ich schätze, ich muss der Geschichte jetzt mal einen etwas glamouröseren Dreh geben. Sonst kollabiert Victoria mir gleich. «Möglicherweise reden wir aneinander vorbei. Wenn ich noch einmal genau darüber nachdenke, war das kein Strandensemble. Ich muss etwas anderes erwischt haben. Das Teil war schon eher so etwas wie ein … äh … Kleid. Ich musste es nur ein kleines bisschen enger schnüren, schon sah es aus wie das Teil auf dem letzten *Vogue*-Cover.»

Victoria wirkt nicht überzeugt. Vielmehr scheint sie plötzlich unter Schnappatmung zu leiden. «Und du sagst, Frau Grünewald gefiel das?»

«Nicht nur ihr. Eine ganze Horde modebegeisterter Tussen hat sich bewundernd um sie versammelt. Sicher gehen hier ab morgen haufenweise Nachbestellungen ein. Freu dich drauf!»

An dieser Stelle wäre ein bisschen Dank ja wohl mehr als angebracht.

Doch mehr als ein gehauchtes «Aha» schafft Victoria nicht zwischen ihren zusammengebissenen Zähnen hervorzupressen.

Angesichts dieser eher reservierten Reaktion beschließe ich, die Schnippel- und Tacker-Arie vorerst noch für mich zu behalten.

Möglicherweise wird die Grünewald ja auch auf dem Heimweg von einem Taxi überfahren, was ich ihr und mir beinahe wünschen würde. Denn damit wären alle meine Probleme auf einen Schlag gelöst.

Victoria grübelt noch immer schweigend. Ihre Lippen leuchten in sattem Dunkelrot, was vermutlich daran liegt, dass sie pausenlos darauf herumkaut. In Verbindung mit ihrem bleichen Gesicht wirkt sie jetzt fast wie ein Wesen aus einer anderen Welt. Ein sehr hübsches Wesen. Wäre diese Frau nicht Opfer ihrer oberflächlichen Chichi-Glitzerwelt, würde ich vielleicht doch noch einmal über ein Date nachdenken.

«Ehrlich jetzt, Vic, du kannst dich entspannen», versuche ich das Thema zu einem Abschluss zu bringen. «Es ist alles gut gelaufen, alle sind zufrieden und glücklich.»

Wenn man von mir einmal absieht.

Da ich inzwischen aus Erfahrung weiß, dass Bizzelwasser in der Modeszene als Allheilmittel gilt, fülle ich ungefragt Victorias Glas auf. Selbst hole ich mir ein Wasser aus der Küche und setze mich anschließend wieder aufs Sofa. Nach Whisky und einem Sekt, den ich auf der Gala noch schnell in mich hineingeschüttet habe, brauche ich nun erst mal etwas, um wieder klar zu werden.

«Gab es sonst noch nennenswerte Vorkommnisse auf der Veranstaltung?», fragt Victoria mich jetzt misstrauisch und leert vorsichtshalber schon mal ihr Glas in einem Zug. «Irgendwelche bekannten Gesichter? Oder neue Trends?»

«Tja, also … Nicht wirklich.»

Sie wirkt erleichtert. Ich weiß ja nicht, womit sie genau gerechnet hat, aber offenbar kann sie mit dem bislang Gehörten leben. Oder die Modemedizin entfaltet bereits ihre Wirkung.

Plötzlich sieht sie mich neugierig an. «Dein Bruder geht ja leider ungern zu solchen Veranstaltungen. Vielleicht könntest du in Zukunft –»

«Mein Bruder?»

«Ja, da Florian nie hier ist, muss ich mich immer um die Events kümmern.» Sie schenkt sich nun selbst noch einmal nach. Langsam kehrt Farbe in ihr Gesicht zurück. Die Wangen sind gerötet, und die bernsteinfarbenen Augen funkeln in altbekanntem Glanz. Sicherheitshalber starre ich an ihr vorbei in den Flur.

Fängt sie jetzt an, wirr zu reden? Florian ist nie hier? Ja, wo ist er denn dann? Er ist doch der Geschäftsführer dieses Ladens. Merkwürdig. Aber mir kann das egal sein. Noch ein paar Tage, dann bin ich hier raus. Dann kann Flo mit Victoria und dem Betonhelm seinen Fashion-Fasching hier alleine weiterfeiern.

«Wie ist es denn hier heute so gelaufen?», wechsele ich sicherheitshalber das Thema. «Habt ihr alles geschafft, was anstand?»

«Tagsüber sind wir mal wieder zu nichts gekommen. Aber dieses Weihnachtsevent ist wirklich enorm wichtig», sagt Victoria ernst, «deshalb immer die Nachtschichten.»

Ich schaue kurz in ihre Augen, entdecke einen Anflug Schuldbewusstsein und schaue schnell wieder weg. Jetzt bloß nicht sentimental werden.

«Den Hauptteil der Arbeit müssen wir wohl auf Freitagabend schieben. Da schließen wir ausnahmsweise bereits um 17 Uhr und haben anschließend freie Bahn.» Sie sieht mich fragend an. «Hast du eigentlich schon mit den Handwerkern wegen des Bodens gesprochen? Wann kommen die?»

«Äh ... Freitag», lüge ich, da ich nicht schon wieder den Anschein erwecken möchte, ich hätte etwas vergessen. Auch wenn es in diesem Fall ausnahmsweise einmal zutrifft.

«Freitag erst?» Victoria ist entsetzt. «Und du hast denen auch wirklich gesagt, dass sie erst nach Feierabend anfangen können zu arbeiten?»

«Jep.»

«Na gut.» Victoria lässt die Angelegenheit auf sich beruhen. Es scheint, als seien ihre Energiereserven aufgebraucht. «Ich habe heute mit den drei kranken Kollegen telefoniert», schweift sie vom Thema ab. «Sieht nicht so aus, als kämen die vor Weihnachten noch einmal wieder. Schöner Mist.»

So wie sie jetzt auf dem Sofa hängt, die Arme um die angezogenen

Beine geschlungen, sieht sie ganz verloren und fast ein bisschen verletzlich aus.

«Erstaunlich, dass du dich so für diesen Laden einsetzt», sage ich und greife nach dem kalten Pizzarest. «Also, versteh das jetzt nicht falsch, aber du bist doch nur eine Angestellte. Wenn der Chef und drei weitere Mitarbeiter krank sind – was kümmert es dich?»

Victorias Gesichtsausdruck lässt sich schwer deuten. «Tja, der *kranke* Chef», sagt sie und schweigt einen Moment nachdenklich. Es scheint, als suche sie nach den passenden Worten. «Es kümmert mich, weil ich das, was ich hier tue, gern mache. Es macht mir Spaß, ich liebe Mode, und ich mag es nun mal, Verantwortung zu übernehmen. Und nicht zuletzt mag ich auch den Umgang mit den Kunden. Frau Grünewald, zum Beispiel. Sie mag dir vielleicht etwas schrullig vorgekommen sein, aber das ist sie eigentlich gar nicht. Überhaupt sind die meisten von unseren Kunden supernett.»

Nun, das fällt mir schwer zu glauben. Ich jedenfalls habe bislang nur komplizierte Fälle kennengelernt.

«Also, ich weiß ja nicht», werfe ich ein. «Viele der Frauen, die hier auftauchen, sind doch verwöhnte, reiche Modepüppchen, die ihrem Mann das Geld aus der Tasche leiern, um dann mit einem teuren Glitzertäschchen vor ihren Freundinnen anzugeben.»

Victoria starrt mich an, als hätte ich etwas total Abartiges gesagt. Etwas, das politisch unkorrekt und zudem auch noch vollkommen abwegig ist.

«So siehst du das?», fragt sie. «Obwohl deine ganze Familie von der Mode lebt?»

Okay, ich habe etwas vollkommen Abwegiges gesagt. Scheiße. Wie konnte ich nur vergessen, dass ich ja seit Geburt ein Modefuzzi bin?

«Also … äh, das war jetzt vielleicht ein bisschen krass formuliert. Andererseits – ich hatte gar keine Wahl. Ich bin ja sozusagen in diese

Branche hineingeboren worden. Und nun mache ich das eben, ob ich will oder nicht.»

Victorias Augen werden immer größer. «Du machst das alles, obwohl du gar keine Lust dazu hast?» Sie sieht mich an, als hätte ich mit einem Satz die gesamte Modezunft verraten.

Ich denke an meinen wahren Beruf. «Manchmal hängt mir einfach alles zum Hals raus. Dann fühle ich mich nur als ganz normaler, heterosexueller Mann mit ganz normalen Bedürfnissen.»

Ich glaube, es liegt an den vielen Schwulen, die mich neuerdings umgeben, dass dieser Satz gesagt werden musste.

Einen Moment sehen wir uns in die Augen. Es ist ein magischer Moment.

«Ach. Und welche Bedürfnisse sind das?»

Okay, sie hat es nicht gespürt.

«Mich mit normalen Menschen zu umgeben. Oder, um es konkret auszudrücken, mit normalen Frauen. Frauen, die nicht mal eben 300 Euro für eine Jeans rausdonnern, weil sie sich zu Hause sonst langweilen. Frauen, die auch noch andere Dinge im Kopf haben, außer dem neusten Modetrend. Und die nicht noch die zehnte beigefarbene Tasche haben wollen, nur weil das seit neustem nude heißt.» Zum Beweis meiner Aussage poche ich mit dem Zeigefinger auf eine Zeitschrift, die vor uns auf dem Tisch liegt. Dort steht in großen Lettern: *«Beige bekommt Nachwuchs: Ash, Schlamm, Nude und Desert Rose sind die Farben der nächsten Saison!»* Scheint die wichtigste Information des Frühjahrs zu sein.

Victoria ignoriert den Einwand. «Du glaubst doch nicht allen Ernstes, dass Frauen, die hier einkaufen, allesamt arbeitslose Anhängsel sind, deren Tageswerk darin besteht, zu Hause den Geschirrspüler einzuschalten, oder? Es sind nicht immer nur Männer, die einen gutbezahlten Job haben.»

«Na ja …»

«Außerdem kaufen hier auch Frauen ein, die nicht so gut verdienen. Die sparen dann auf eine Tasche oder ein paar Markenschuhe, so wie ich.»

Sie beißt sich auf die Zunge. Das hätte sie wohl lieber nicht sagen wollen.

Um ihre Aussage zu überspielen, redet sie sich weiter in Rage: «Das ist doch wirklich unfassbar. In dieser Hinsicht tickst du anscheinend wie alle anderen Männer auch. Kaum kauft sich eine Frau ein drittes Paar Schuhe, hält ihr Mann sie für eine überdrehte Modetussi. Dass er sich aber gerade eine unnötige Speichererweiterung für seinen Computer, schicke Alufelgen oder das neueste Smartphone zugelegt hat, vernachlässigt er bei dieser Überlegung komplett.»

«Findest du nicht, du übertreibst jetzt ein bisschen?», frage ich mechanisch. «Ich meine, so oft, wie Frauen etwas Neues zum Anziehen kaufen, macht kein Mann im ganzen Universum ein Update seines Computers. Nicht mal das Pentagon. Oder Bill Gates.»

Victoria verzieht das Gesicht. «Interessant. Das bedeutet dann wohl im Umkehrschluss, dass Bill Gates oder der amerikanische Präsident aber sehr wohl ein Recht darauf hätten, jederzeit ein neues Update zu machen, falls sie es denn wollten. Weil sie ja etwas leisten im Leben.» Sie fuchtelt mit den Armen. «Aber eine Frau, die sich von ihrem Gehalt Schuhe kauft, hat es nicht verdient! Ein Glück, dass du nicht der Designer in eurem Familienunternehmen bist. Sonst würde es pro Jahr vermutlich nur eine fünfteilige Kollektion aus Kartoffelsäcken geben.»

Ich muss grinsen. Die Frau traut sich was, keine Frage.

Es entsteht eine kurze Pause, in der ich mir nun doch einen Schluck Sekt einschenke. Um an die Flasche zu gelangen, stehe ich auf und bleibe einen Moment vor Victoria stehen. Unsicher schielt sie zu mir hoch.

«Du wolltest vorhin wissen, warum ich mich hier um alles so engagiert kümmere?», sagt sie und springt jetzt ebenfalls auf. Inzwischen klingt sie leicht beschwipst. «Weil ich sehr wohl beides kann: mich für Mode interessieren und etwas leisten. Also in diesem Fall einen Laden führen. Und weil dein Vater ein netter Mann ist, mit dem man sehr gut arbeiten kann. Und weil ich mir eines Tages einen eigenen Laden wünsche ...»

Auf ihrem Gesicht macht sich eine gewisse Befriedigung breit. Sie steht direkt vor mir. So dicht, dass ich ein paar dunkle Farbtupfer auf ihrer Iris erkennen kann.

Einen Moment schweigen wir und sehen uns in die Augen. Mit Erstaunen stelle ich fest, dass mein Kreislauf dieses Mal nicht versagt. Zu viel Alkohol? Zu wenig Alkohol? Oder ist mein Körper bereits so entkräftet, dass er nicht mal mehr eine handfeste Ohnmacht zustande bekommt? Nein, es liegt an etwas anderem.

Wie durch ein Wunder bin ich mir plötzlich sicher, dass dies der richtige Moment ist. Ein Moment, in dem plötzlich alles wie von selbst läuft. Und der auch keinen Schokoladensplitter auf der Unterlippe braucht. Als würde eine höhere Macht mich leiten, mache ich den einen Schritt auf Victoria zu, der noch zwischen uns möglich ist, umfasse mit beiden Händen ihren Kopf, schaue noch ein letztes Mal in ihre Augen und – küsse sie.

Langsam und vorsichtig. Doch Sekunden später ist es, als würden sich drei Tage aufgestauter Emotionen entladen. Als würden wir bereits drei Jahre umeinander herumschleichen und heimlich füreinander schwärmen. Victorias Lippen fühlen sich exakt so an, wie sie aussehen: weich und wunderbar. So wunderbar, dass ich mich nie wieder von ihnen lösen möchte.

Erstaunlich, welche Gedanken einem durch den Kopf schießen, wenn die Hormone verrücktspielen. Wären wir bei mir zu Hause, kämen mir zahlreiche Ideen, wie es nach dem Kuss weitergehen könnte. Neunzig Prozent davon haben mit einem Bett zu tun. Die

anderen zehn Prozent teilen sich Küchentisch, Fußboden und Badewanne. Nein, die Badewanne muss da wieder raus aus den Gedanken. Aber wir sind ja auch gar nicht bei mir zu Hause.

Fast grenzt es an ein Wunder, dass dann doch alles so läuft, als wären wir bei mir zu Hause. Es fühlt sich herrlich leicht und richtig an … dass ich Victoria aufs Sofa, auf meinen Schoß ziehe … dass ich unter ihr Hemd greife und mit meiner Hand ihren nackten Rücken entlangstreiche … dass wir beginnen, uns die Kleider auszuziehen und uns dabei weiter küssen … und dass uns alles andere an diesem Abend egal ist.

Danach weiß ich nicht mehr viel. Nur noch, dass Höschen mit Schleifen durchaus sexy sein können. Und dass sich die Besuchercouch eines Modeladens zum Sex nicht besonders eignet. Schon gar nicht, wenn es das erste Mal ist, das man mit einer Frau verbringt. In dieser Hinsicht bin ich konservativ. Jedenfalls, wenn mir die Frau nicht egal ist. Und das ist nun wirklich das Allerletzte, das mir an diesem Abend bei vollem Bewusstsein klar wird.

16. Kapitel

«Herr Angelo. Ich glaube, Ihr Auto steht auf meinem Parkplatz!»

«Mamma mia, vengo! Bella … Senorita … prontissimo … amore … carbonara … cappuccino!!!»

Also, von diesem Dialog auf YouTube hatte ich mir irgendwie mehr versprochen. Besonders hilfreich ist der ja nicht. Genervt schaue ich, ob noch ein weiteres Video der Nescafé-Werbung zu finden ist, aber Fehlanzeige. Dabei hätte ich wetten können, dass Herr Angelo noch ein paar italienische Weisheiten mehr draufhat.

Es ist 1 Uhr 40. Ich sitze in der *Goldquelle* und versuche mit Hilfe meines Handys, meine Italienischkenntnisse zu verfestigen. Dummerweise kann ich mich nur schwer konzentrieren. Mein Körper, meine Gedanken, einfach alles an mir befindet sich in einer Art Vakuum. Es ist, als wäre die Zeit stehengeblieben – und zwar in dem Moment, als Victoria und ich uns zum ersten Mal küssten. Seitdem bin ich komplett neben der Spur. Und nur, weil morgen ein weiterer, anstrengender Miucci-Tag auf uns wartet, haben wir es überhaupt irgendwann geschafft, uns voneinander loszureißen und aufzubrechen. Jeder zu sich nach Hause, damit wir wenigstens ein bisschen Schlaf finden.

Doch ich mochte nicht nach Hause. Und erst recht nicht zu Tanja. Nie und nimmer hätte ich ihr nach den Ereignissen der letzten Stunden unter die Augen treten können. Und der Gedanke, dass sie vermutlich bereits seit Stunden mit gezücktem Ehevertrag in Flos Wellnesswanne auf mich wartet, hat mein Bedürfnis, sie zu sehen, auch nicht gerade befeuert.

Wie ist sie nur auf diesen idiotischen Hochzeitsgedanken gekommen? Und das, nachdem wir gerade zweimal zusammen gebadet

haben? Wird einem als Loftbesitzer etwa immer so schnell ein Heiratsantrag gemacht?

Um heute nicht noch eine Diskussion führen zu müssen, habe ich sie mit einer SMS vertröstet. Feige, ich weiß, aber was hätte ich ihr sagen sollen? Dass ich vollkommen durcheinander bin und selbst nicht genau weiß, was los ist? Dass Sex mit Victoria sich anfühlt, als äße man ein großes Stück Chili-Schokolade mit Minze und Pfeffer-Krokant? Dass ich weder Loft noch Hamster besitze und außerdem noch erpresst werde?

Ja, vermutlich sollte ich ihr all das sagen. Aber nicht heute Nacht. Denn diese Nacht ist besonders. Trotz der vielen Lügen in den letzten Tagen fühle ich mich irgendwie leicht und unbeschwert. Als könnte mir nichts und niemand etwas anhaben. Ich bin sogar optimistisch, dass Victoria Verständnis für meine Lage aufbringen wird, wenn ich ihr nur alles in Ruhe erkläre. Keinen Tag länger darf ich sie in dem Glauben lassen, ich sei der Sohn ihres hochverehrten Chefs. Diese Lüge würde sie vermutlich noch weniger verzeihen als die Tatsache, dass ich eigentlich Makler bin. Eine Zunft, für die sie ja keine nennenswerte Sympathie empfindet.

«Willste noch ein Bier?», durchbricht Ben meine Gedanken und deutet fragend auf mein leeres Glas.

Ich nicke. Ben schnappt sich den leeren Humpen und wirbelt herum zum Zapfhahn.

Eine Busladung junger Männer, die alle offenbar etwas zu feiern haben, halten ihn schon eine Weile auf Trab. Sie grölen, lachen und hegen einen Cocktailwunsch nach dem anderen.

Ich verabschiede mich von dem Gedanken, bei diesem Lärm weitere Italienischvokabeln aufschnappen zu können, und stecke mein Telefon in die Tasche meines Mantels. Das pistazienfarbene Outfit habe ich zum Glück längst wieder gegen meine Jeanskluft getauscht.

Meine Gedanken schweifen zurück zu Victoria. Zurück zu dem

Moment, als wir beide, kompliziert verknotet und dennoch seltsam entspannt, auf dem Sofa lagen und sie plötzlich fragte: «Verstehst du dich eigentlich gut mit Florian? Er hat nämlich noch nie etwas von dir erzählt.»

Wieder eine Gelegenheit, die sich für eine ausführliche Lebensbeichte geeignet hätte. Und wieder sah ich mich nicht imstande, den schönen Augenblick durch komplizierte Sachverhalte mutwillig zu zerstören.

Stattdessen speiste ich sie mit einer schlappen Ausrede ab: «Na ja, Flo und ich sehen uns nicht so oft. Zu viel los im Job. Außerdem reden Männer ja ohnehin nicht gern, schon gar nicht über andere Männer.»

Das schien Victoria einzuleuchten. «Und dein Vater? Hast du zu dem Kontakt?», wollte sie anschließend wissen. «Er spricht, wenn überhaupt, nur von Florian.»

«Ja, äh ... Papa ist manchmal ... ein bisschen komisch», grub ich mich tiefer in den Sumpf der Lügen. «Manchmal ist er mir regelrecht fremd.»

«Echt?», wunderte sich Victoria. «Ich finde, er ist wirklich ein unglaublich sympathischer Mensch.» Und mit dem schönsten Lächeln, das ich in den letzten 32 Jahren gesehen habe, fügte sie hinzu: «Ein bisschen was scheinst du von ihm aber schon geerbt zu haben.»

Ein wirklich schöner Moment. Bis sie plötzlich wissen wollte, ob sie mir etwas anvertrauen könne. «Etwas, das du nicht weitererzählen wirst, Alex?»

«Natürlich», versprach ich, obwohl sich meine Begeisterung, von ihr zum Geheimnisträger auserkoren zu werden, in Grenzen hielt. Ich bin ein Betrüger, ich verdiene kein Vertrauen.

Doch Victoria ahnte davon nichts und begann, ihrem Herzen Luft zu machen. «Ich bin kein großer Fan von deinem Bruder. Er redet viel, aber tut nichts. Bei Miucci lässt er sich auch so gut wie nie blicken.

Und wenn er doch mal da ist, macht er einen auf dicke Hose.» Sie klang, als müsse sie sich zusammenreißen, nicht noch bösere Worte zu wählen. «Wie geht es Florian eigentlich? Ist er wirklich krank? Oder drückt er sich nur vor der Arbeit? Ich würde ihm ja zutrauen, dass er irgendwo auf der faulen Haut liegt und dich für sich schuften lässt …» Sie biss sich auf die Lippen.

Einen Moment schwieg ich ungläubig. War das ein Versuch, Florian vor mir schlechtzumachen?

Victoria schien meine Zweifel zu spüren und legte mir behutsam ihre Hand auf den Arm.

«Euer Vater überweist Florian jeden Monat ein sattes Geschäftsführergehalt. Ein Drittel davon leitet dein Bruder an mich weiter. Den Rest steckt er sich in die eigene Tasche. Und um mich bei Laune zu halten, lädt er mich ab und zu zum Essen ein. Wusstest du das nicht?»

Nein, das wusste ich in der Tat nicht. Woher auch? Flo würde sich hüten, solche pikanten Details hinauszuposaunen. Aber wer sagte denn, dass Victoria mir tatsächlich die Wahrheit erzählte?

Selbst in diesem Moment, fast zwei Stunden später, bin ich noch immer unschlüssig, wem von den beiden – ihr oder Florian – ich glauben soll.

Nach Victoria ist mein Kumpel ein hochstapelnder Faulenzer, dessen einzige Aufgabe bei Miucci darin besteht, monatlich einen unverdienten Gehaltsscheck einzusacken. Und nicht nur das. Sie ging sogar so weit, zu behaupten, dass Flo sich, statt in einer süddeutschen Privatklinik, irgendwo im Urlaub befindet. Starker Tobak, den ich irgendwie nicht so recht ernst nehmen kann. So ein Theater würde Flo mir doch nicht vorspielen. Vielmehr könnte es ja auch sein, dass Victoria die Lügnerin in diesem Szenario ist. Möglicherweise, um einen Keil zwischen uns vermeintliche Brüder zu treiben und so in den Augen ihres Chefs zur einzigen Konstante bei Miucci zu avancieren. Sicher rechnet sie sich davon ein höheres Gehalt, wenn nicht gar einen Anteil Miucci-Aktien aus. Aber traue ich ihr das wirklich zu?

«So, Alex, hier kommt dein Bier.» Ben stellt zwei Gläser auf dem Tresen ab. Eines genehmigt er sich gleich selbst.

«Mann, ist heute ganz schön was los hier», sage ich und proste ihm zu.

«Hast du den Junggesellenabschied vorhin gesehen?»

Ich schaue hoch und stelle fest, dass die Traube Jungs offenbar weitergezogen ist. «Klar. Die waren ja nicht zu übersehen.»

«Ein Glück, dass die weg sind. Ich bin ganz schön geschafft.» Er massiert seine Augenlider. «Na, und du? Viel zu tun gehabt mit dem Hamster? Blumengießen nicht vergessen? Und der Briefkasten? Alles gut?»

Ben sieht ein bisschen besorgt aus. Offenbar traut auch er mir nicht zu, einen Briefkasten zu leeren. Ich ignoriere seine Fragen. Stattdessen frage ich: «Wusstest du eigentlich, dass Flo schwul ist?»

Ben stoppt die Gesichtsmassage und sieht mich müde an. «Flo? Schwul? Wer behauptet denn so was?»

«Sagen wir mal so: Er hat 'ne Wellnesswanne zu Hause. Mit Starlight-Funktion. Und jede Menge Kerzen. Und er besitzt einen rosa Bademantel!»

«Ja, und?» Ben scheint das egal zu sein. «Vielleicht gehört der Natasha.»

«Jetzt fang du nicht auch noch an, Natasha für alles verantwortlich zu machen.»

«Mach ich doch gar nicht. Ich sage bloß, dass nicht immer alles ist, wie es scheint. Außerdem», er hebt abwehrend beide Hände hoch, «was wäre schon dabei, wenn Florian schwul ist? Mit der Gesinnung ist er doch in guter Gesellschaft: Freddie Mercury, David Bowie, George Michael, Elton John ...»

«Aber Flo kann nicht singen.»

Ben winkt ab und kümmert sich um zwei Gäste, die bezahlen wollen. Als er wieder vor mir steht, frage ich: «Hast du eigentlich eine Ahnung, in welcher Klinik Flo liegt?»

Er schüttelt den Kopf. «Nee. Hat er nicht gesagt. Nur, dass sie in Süddeutschland liegt. Ich hab mal versucht, ihn auf dem Handy zu erreichen. Wollte hören, wie es so läuft. Aber er ging nicht ran. Warum fragst du?»

Ich leere mein Bier und überlege, inwieweit ich Ben von Victorias Behauptung erzählen soll. «Es gibt da eine Frau bei Miucci, die erzählt komische Dinge über Flo.»

Ben hebt überrascht die Brauen. «Ach ja? Noch komischer als die Behauptung, er sei schwul?»

Witzig. «Ja, noch komischer.»

«Was sagt sie denn?»

Ich hole tief Luft. «Sie sagt, dass Flo in seinem Laden gar nicht regelmäßig auftaucht. Dass er die Arbeit delegiert und am Schluss trotzdem die meiste Kohle einsteckt. So weit die Kurzform.»

Ben grinst. «Würde dich das wirklich überraschen?»

«Natürlich! Dich etwa nicht?»

«Na ja ...» Er zapft uns zwei neue Biere. «Also, dass ihr beide Angeber seid, ist mir jedenfalls schon länger klar.»

«Was soll das denn bitte schön heißen?»

Ben seufzt. «Na, so wie ihr euch gegenseitig zu übertrumpfen versucht! Geradezu lächerlich ist das.»

«Das stimmt doch gar nicht. Flo ist ein Aufschneider, aber ich?»

Ben rollt mit den Augen. «Alex, deine ständigen Angebereien mit den Villa-Verkäufen, mit den zahlreichen Anforderungen in deinem Job und nicht zuletzt mit den Frauen ... Ich war ehrlich erstaunt, als du neulich tatsächlich mal eine mitgebracht hast. Der hast du aber ja auch nicht erzählt, dass ihr in Florians Loft fahrt, oder?»

Ich beiße mir auf die Lippen.

Ben macht weiter: «Außerdem, wenn einer von euch beiden schwul ist, hätte ich eher auf dich getippt.»

Fassungslos starre ich meinen Kumpel an. «Sag mal, spinnst du jetzt total?»

«Weißt du, Alex, du bist so sehr damit beschäftigt, männlich zu tun. Außerdem hörst du nicht auf, von dir zu erzählen. Dir fällt überhaupt nicht auf, was um dich herum passiert. Von mir weißt du doch auch so gut wie nichts.»

«Aber ich ...» Mir fehlen die Worte.

«Mach dir nichts draus. Du bist mit deinen Eigenschaften nicht allein. Hier im Laden kann ich dir haufenweise Leute zeigen, die sich nur um sich kümmern.»

Also, das ist doch wohl die Höhe. «Und das fällt dir ausgerechnet heute ein? Hättest ja auch gerne mal einen Tick früher einen Ton sagen können.»

Ein toller Freund ist das!

«Ach, Alex ...» Ben sieht mir fest in die Augen. «Wann hätte ich es dir denn sagen sollen? Für so etwas gibt es keinen richtigen Zeitpunkt. Außerdem», er stellt die beiden Biere vor uns hin und befüllt zusätzlich noch zwei Schnapsgläser, «kenne ich ja den echten Alex. Ich habe dich schon oft genug betrunken erlebt, um zu wissen, dass du einen guten Kern hast. Der offenbart sich nämlich sehr schnell, wenn die Leute zu tief ins Glas geschaut haben. Da trennt sich die Spreu vom Weizen.» Mit diesen Worten prostet er mir zu.

Na das wird ja immer besser. «Und was genau hältst du für meinen wahren Kern?» Vorsichtshalber leere ich das Schnapsglas, bevor er antwortet.

Ben zögert einen Moment. Dann sagt er: «Du bist ein netter Kerl. Irgendwann haben andere damit begonnen, sich neben dir aufzuplustern, und aus irgendeinem Grund hast dann wohl beschlossen, bei

dem Spiel mitzumachen. Seitdem gaukelst du uns den erfolgreichen Geschäftsmann vor, der alles kann und alles weiß. Aber mal ehrlich, Alex …» Ben beugt sich zu mir über den Tresen. «Wie erfolgreich ist man, wenn man es nicht mal schafft, den Schuldenzettel in seiner Stammkneipe zu bezahlen?»

17. Kapitel

Am nächsten Morgen bin ich immer noch geschockt von dem, was Ben mir erzählt hat. Mache ich einen auf dicke Hose? Bin ich wirklich ein Aufschneider? Aber machen das nicht alle so, Männer wie Frauen? Ist doch nur ein bisschen Werbung in eigener Sache. Und wenn mein Verhalten so schlimm war, warum hat Ben sich nicht schon eher beschwert? Stattdessen sieht er stumm zu, wie ich mich zum Affen mache.

Auch über Florians Rolle bin ich mir noch nicht im Klaren, beschließe aber, ihm am Nachmittag noch einmal auf den Zahn zu fühlen. Zwar mehren sich die Anzeichen dafür, dass er ein Lügner ist, aber Vermutungen reichen mir nicht aus. Ein vorschnelles Urteil, das ich später vielleicht bereue, könnte auch in Hinsicht auf seine Familie fatale Folgen haben. Und auf einen Tag mehr oder weniger in der Divenboutique kommt es jetzt auch nicht mehr an – zumal ich seit gestern einen wunderbaren Grund habe, meinen Urlaub bei Miucci zu verbringen.

Bei meinem Eintreffen gegen elf – ich brauchte mal wieder ein bisschen Schlaf – stehen Victoria und Beton-Kai, der sich heute eine kesse Stirnlocke gezwirbelt hat, in trauter Eintracht an einem Laptop an der Kasse. Beide starren gleichermaßen konzentriert auf den Monitor. Etwas im Internet scheint weit interessanter zu sein als meine Verspätung. Sogar die Kunden, die im Laden herumstöbern, müssen dies auf eigene Faust tun.

«Moin», grüße ich lässig und hoffe, dass man mir nicht anhört, wie nervös ist bin. Victoria wiederzusehen, nachdem wir uns gestern Abend genau hier im Foyer mit einem leidenschaftlichen Kuss voneinander verabschiedet haben, erhöht meinen Puls. Ein gutes Zei-

chen. Denn nicht selten empfinde ich beim ersten Wiedersehen nach einer gemeinsamen Nacht Reue. Oder ich merke, dass mir die Frau doch nicht so viel bedeutet, wie es mit zwei Promille am Vorabend den Anschein hatte. Heute jedoch würde mein Herzschlag andernorts vermutlich eine Tsunamiwarnung auslösen.

Victoria schaut vom Computer hoch. Unsere Blicke begegnen sich, und sie lächelt mich warm an. «Hallo, Alex», sagt sie, und ihre Augen glänzen. Man merkt, dass Kais Anwesenheit auch sie etwas verlegen macht. Sicher ist sie nicht wild darauf, ihr Privatleben vor einem Kollegen auszubreiten. Ist mir sehr recht. Schwule sind ja immer so indiskret.

Trotz der widrigen Umstände – spät im Bett, früh wieder raus – sieht Victoria erstaunlich frisch aus. Sie trägt eine weite schwarze Hose, kombiniert mit einer enganliegenden pinkfarbenen Bluse, die ihre gute Figur zur Geltung bringt. Und seit gestern habe ich eine sehr genaue Vorstellung davon, *wie* gut diese ist.

Kai blickt kurz hoch, nickt mir zu und quält sich ein knappes «Na, zurück aus der Promi-Welt?» heraus. Dann vertieft er sich sogleich wieder in den Bildschirm.

Was gibt es da nur zu gucken?

«Schau mal, Alex», sagt Victoria und deutet auf den Monitor. «Du bist auf *bunte.de* zu sehen.»

Ich spüre, wie sich mein Magen zusammenzieht. Bunte.de? Das klingt schon mal nicht gut.

«Du hast Frau Grünewald ja ganz schön eingewickelt», kommentiert die Betonlocke, ohne dass es auch nur im Entferntesten bewundernd klingt. «Aber was ist das nur für ein Teil, das sie da trägt?» Er wendet sich an Victoria. «Ich dachte, sie wollte Cavalli tragen.»

Von bösen Vorahnungen getrieben, schlüpfe ich nun ebenfalls hinter den Tresen und falle dabei fast über einen Stapel unausgepackter Kartons, in denen vermutlich mal wieder neue Taschen angekommen sind. Dann blicke ich Kai über die Schulter – und tatsächlich: Ich bin im Internet! Und zwar nicht nur einmal, sondern auf gefühlten tausend Fotos. Mal mit der Grünewald, mal ohne. Auf manchen ist auch nur sie in ihrem Häkellappen zu sehen. Eines der Bilder zeigt sogar, wie sie ihren Kopf auf meine Schulter legt.

Verunsichert linse ich zu Victoria. Doch die amüsiert sich nur.

«Na, ihr seht ja süß aus», kichert sie und liefert Kai anschließend eine Erklärung: «Alex hatte die Kleidersäcke verwechselt. Die Grünewald trägt nun Missoni.» Sie kneift die Augen zusammen und schaut noch einmal genau hin. «Allerdings frage ich mich inzwischen wirklich, was sie da anhat. Zu blöd, dass die Bilder im Netz immer so eine niedrige Auflösung haben. Und wenn man sie vergrößert, wirkt das Kleid so pixelig. Fast wie zerstückelt. Ich kann mich auch gar nicht erinnern, so ein Teil hier im Laden schon mal gesehen zu haben.» Sie wirft mir einen irritierten Blick zu. «Und du sagst, du hast es nur ein wenig enger schnüren müssen?»

Ehe ich antworten kann, mischt sich der Schwule wieder ein: «Schau mal hier, Vic.» Er presst seinen dürren Spinnenfinger auf den Monitor. «Hier sieht es so aus, als sei der Rocksaum irgendwie ... ausgefranst. Fast wie bei Chanel. So etwas macht Missoni doch gar nicht.»

Am liebsten würde ich ihm jetzt offenbaren, dass dieser Look allein einer ganzen Flasche seines Klebesprays zu verdanken ist. Aber irgendwie mag ich immer noch nicht zugeben, dass ich mit der Schere am Werk war. Bei Victorias Liebe zur Mode macht mich das Verstümmeln der Klamotten vermutlich zum Leichenfledderer. Also sage ich: «72 dpi – bei der Auflösung kann man einen Hund nicht von ’nem Huhn unterscheiden.»

«Na, in ein paar Minuten wissen wir mehr. Ich habe Carmen Grünewald bereits einen Kurier geschickt, um das Kleid abzuholen. Schließlich war es nur eine Leihgabe für den Abend.»

Bitte, bitte lass die Trulla vom Taxi überfahren worden sein!

Victoria sieht auf ihre Uhr. «Der Kurier müsste jeden Moment hier eintreffen, hängst du das Kleid dann bitte zurück auf die Stange im Keller, Alex? Ich schaue es mir später an.»

Ich nicke mechanisch. Noch gebe ich die Hoffnung auf ein Wunder nicht auf. Auf keinen Fall möchte ich, dass dieses blöde Häkelmonster den Zauber zwischen Victoria und mir zerstört.

«Hört euch das mal an», meldet sich nun wieder Kai zu Wort. Ohne Rücksicht auf die Kundschaft im Laden zitiert er, frei von jeglichem Schamgefühl, eine Bildunterschrift: «Carmen Grünewald am Arm ihres schwulen Freundes Alexander Micolucci, Sohn des Modepapstes Ernesto Micolucci …»

Verschissenes Reporterpack! Nicht auszudenken, wenn diese Gala bereits vorgestern über die Bühne gegangen wäre. Dann hätte Victoria den Artikel gelesen, und der Gedanke an Sex mit mir wäre ihr so abwegig vorgekommen, wie ein Kleid mit Schere und Kleber zu bearbeiten.

«Also, ich … bin nicht schwul! Ehrlich!» Jetzt bin ich es, der keine Rücksicht auf die Kundschaft nimmt.

Victoria grinst. Kai hingegen sieht aus, als wolle er mir gleich mal testweise in den Schritt greifen. Misstrauisch wie immer. Und während er anschließend wieder gebannt auf den Monitor schaut, immer auf der Jagd nach neuen Sensationen, beginnt Victoria hinter uns die leeren Kartonverpackungen zusammenzupacken.

Das Telefon klingelt. Keiner meiner Kollegen macht Anstalten, den Anruf entgegenzunehmen. Also greife ich seufzend nach dem Hörer. «Miucci am Neuen Wall, Sie sprechen mit Alexander Held. Was kann ich für Sie tun?»

Den Spruch habe ich gestern bei Kai aufgeschnappt.

In der Leitung knistert es. «Hallo?» Gerade, als ich entscheide, wieder aufzulegen, meldet sich eine Frauenstimme.

«Buongiorno, Esmeralda Carmalotti … che una cosa selvaggia! … risolvere un problema … cosa nostra … tutti collectione … ieri sera … Pronto!»

Ich kann es nicht mit Bestimmtheit sagen, aber irgendwie kommt mir das ein wenig spanisch vor. Oder italienisch? Dummerweise habe ich kein Wort verstanden. Warum sprechen die auch immer so schnell?

«Scusi? Issremirante … di alere lacuccenro?»

Ja, ja. Ist ja schon gut. Die soll sich bloß keinen Knoten in die Zunge machen.

Aus dem Augenwinkel sehe ich, dass Victoria neugierig zu mir herübersieht. Typisch Frau. Erst nicht rangehen, aber dann wissen wollen, wer anruft. Aber sie kann von Glück sagen, dass ich am Telefon bin. Schließlich ist ihr Italienisch ja, eigenen Angaben zufolge, etwas eingerostet. Wenn ich nicht diese Reise durch die Toskana gemacht hätte, wären wir jetzt ganz schön am Arsch.

«Ah!», sage ich, als wäre Esmeralda Karamella eine alte Bekannte von mir. Gleichzeitig rufe ich mir die Nescafé-Werbung mit Angelo ins Gedächtnis. «Ah! Mamma mia, vengo! Come … come …»

Herrje – wie ging das nur weiter? Auf keinen Fall darf ich sagen: «Isch abe gar keine Auto.» Das checken meine Kollegen sofort.

Am anderen Ende scheint Esmeralda langsam ungeduldig zu werden. Frechheit! Nur weil ich vor zwanzig Jahren mal durch die Toskana gecruist bin, heißt das ja noch lange nicht, dass ich mit Pressluftgeschwindigkeit Antworten raushauen kann.

«Pronto? Urgente conversazione … che lo così non funziona … Disastro … Berlusconi! Signorina Victoria?»

Oh, na das klingt doch verdammt nach einem Gesprächswunsch.

«Null problemo!», sage ich und überlege, ob das wirklich Angelo gesagt hat oder vielleicht doch eher Alf, der Nasenbär aus der Spießerfamilie. «Momento, Signora. Victoria, sì sì sì, pronto … capito. Saluti a tutti. Arrabbiata!»

In bester Eros-Ramazzotti-Manier überreiche ich der sichtlich beeindruckten Victoria den Hörer. Ja, da siehst du mal, Baby, mit wem du letzte Nacht Sex hattest. Mit einem waschechten Italiener!

«Sì?», sagt Victoria und verstummt augenblicklich. Vermutlich versteht sie kein Wort, mag es aber vor uns nicht zugeben. Wie süß!

In Italien hat jemand offenbar viel zu erzählen. Ich nutze den Moment, um über Kais Schulter noch ein paar Internetfotos zu betrachten. Er ist jetzt auf einer anderen Seite, wo die Grünewald und ich noch mal aus unterschiedlichen Perspektiven zu sehen sind. Kann man solche Aufnahmen nicht irgendwie verbieten lassen?

«Scusi! … che casino, Mama Mia … abbiamo accidentalmente … Mi spiace se a volte sono così stupida!», glaube ich Victoria jetzt sagen hören, dann schickt sie noch ein «Grazie, tutto … va bene. Sì, arrivederci!» hinterher.

Komisch. Irgendwie klingt ihr Italienisch gar nicht eingerostet. Eher, als könne sie Eros Ramazzotti ein paar neue Schnulzen dichten. Oder ihn auffordern, seine nervige Exfrau aus der deutschen Fernsehlandschaft wegzulocken. Falls der Kerl überhaupt ein echter Italiener ist.

Victoria sieht jetzt irgendwie etwas blass aus. Genau genommen sieht sie sogar extrem blass aus. Ihr würde ein Urlaub unter italienischer Sonne auch mal ganz guttun.

«Sag mal, Alexander …»

Mist. Wir sind wieder beim *Alexander*.

«… die italienische Zentrale war höchst verwundert über die Bildunterschrift.»

Ach, die auch? Na toll. Dann ist mein Ruf bereits in ganz Europa ruiniert!

Ich will mich gerade aufregen, da fällt mir Ben ein und wie gelassen er gestern auf das Thema Homosexualität reagiert hat. Möglicherweise sollte mich das alles auch nicht so sehr aufregen. Da steh ich doch drüber. Außerdem hätte Victoria die Sache ja auch gerne selbst mal geraderücken können.

«Du weißt doch ganz genau, dass die Presse bei der Bildunterschrift gelogen hat», sage ich zu meiner Verteidigung, «du hättest es Esmeralda Karamella irgendwie sagen müssen.»

«Woher sollte ich das denn bitte schön wissen?», fragt sie gereizt.

Also, jetzt rege ich mich aber doch langsam ein bisschen auf! Eineinhalb Stunden haben wir gestern auf dem Sofa herumgeturnt, ich hatte die Erektion meines Lebens, und Victoria zweifelt an meiner Männlichkeit? Ich kralle mich am Tresen fest. Kann eine Frau so gemein sein?

Ich hole zum Gegenschlag aus: «Also, mir ist zwar nicht klar, wie dir gestern Nacht entgehen konnte, dass ich auf Frauen stehe, aber warum dieses Thema nun sogar in Italien solche Wellen schlägt, ist mir vollkommen schleierhaft. Was kümmert es die, ob ich schwul bin oder nicht?»

Der Glimmer in Victorias Augen hat sich in eine Feuersbrunst verwandelt. Ihr Blick flattert nervös zu Kai, der mit gespitzten Spock-Ohren so tut, als gäbe es bei bunte.de tatsächlich einen Artikel zu lesen, der seine ganze Aufmerksamkeit erfordert.

«Du wirst es vielleicht nicht für möglich halten», zischt sie mir zu, nachdem sie sich vergewissert hat, das keiner der anwesenden Kunden in Hörweite steht. «Aber in Italien hat man andere Probleme als deine ... Potenz. Unter einem der Fotos steht offenbar, dass es sich bei dem Kleid von Carmen Grünewald um eine Kooperation von Miucci und Missoni handelt, die demnächst in den Handel kommt. Darüber bin ich nicht informiert. Die Zentrale auch nicht. Aber vielleicht weißt du Näheres darüber?»

Es ist ein Elend. Während Kai sich nach Kräften bemüht, einen Lachanfall als Keuchhusten zu tarnen, steigt mir langsam die Schamesröte ins Gesicht. Wie konnte ich nur so weit vorpreschen? Mal abgesehen davon, dass ich mit meinem freizügigen Spruch über gestern Nacht in Victorias Augen vermutlich Hochverrat begangen habe, steht nun auch noch die Aussage der blöden Grünewald im Raum. Eine Kooperation zwischen Miucci und Mussolini – wie ist sie nur auf den Trichter gekommen?

Kurz überschlage ich die mir verbleibenden Möglichkeiten. Soll ich wirklich behaupten, ich, der verlorene Sohn des Hauses, sei als Einziger über diese Kooperation informiert worden? Mit der These würde ich vermutlich schneller auffliegen, als Kai sich eine zweite Locke kleben kann. Oder alles gestehen? Natürlich nicht, ohne Kai und seine Änderungstipps mit in den Abgrund zu reißen. Die Schuld abwälzen?

«Das … war … die Grünewald!», entscheide ich mich für die gute alte Variante des Petzens. Ehrlich währt nun mal am längsten. «Ich habe der Presse jedenfalls nichts davon gesagt.» Unter anderem deshalb, weil mir der blöde Name gar nicht eingefallen wäre. Missolucci? Margarini? Da haben wir es: Ich bin unschuldig. Bereits jetzt habe ich den Namen wieder vergessen.

«Hier.» Kai deutet mit abgespreiztem Finger auf den Monitor. «Dort steht es: *Carmen Grünewald trägt ein Kleid aus der ersten gemeinschaftlichen Kollektion von Missoni und Miucci. Es ist eine Sonderanfertigung. Die komplette Kollektion erscheint im Januar 2013.*»

«Scheiße», sagen Kai und Victoria synchron und blicken mich so erwartungsvoll an, als solle ich einen Reaktorstörfall beheben, nachdem man mir gerade mal die Grundlagen der Kernspaltung erklärt hat.

Langsam wird mir das hier zu viel. Wofür soll ich denn noch alles den Kopf hinhalten?

«Also gut», setze ich schweren Herzens zu der alles erschütternden Beichte an, «es ist vielleicht an der Zeit, dass …» Weiter komme ich nicht, denn in diesem Moment geschehen zwei Dinge gleichzeitig: Ein Kurier betritt den Laden, und mein Handy klingelt.

Überglücklich, der brenzligen Situation auf diese Art entgehen zu können, nehme ich das Gespräch entgegen. «Held», melde ich mich und entferne mich langsam ein bisschen von meinen Kollegen. Gleichzeitig beobachte ich, wie Victoria den Kurierempfang eines Pakets quittiert. Was kann das sein? Doch nicht etwa …?

«Gratuliere!», brüllt Friedrich von Klatt in mein rechtes Ohr. «Sie haben es geschafft!»

Ich kann ihm nicht folgen. «Äh … ich habe *was* geschafft?»

«Na, die Wohnung von gestern, Sie wissen schon – die ohne Küche. Sie ist verkauft!»

Mist!

Die Grünewald wird ausrasten, und dann heißt es: Bye-bye, Miucci! Sie wird dem Laden den Rücken kehren und Victoria niemals wieder ein Wort mit mir wechseln. Geschweige denn mich je wieder küssen.

«So schnell?», erkundige ich mich vorsichtig. Immerhin besteht ja die Möglichkeit, dass ein anderer Interessent die Wohnung haben möchte.

«Na ja», rudert mein Chef ein paar Meter zurück, «Ihr Interessentenpaar von gestern möchte natürlich noch einen zweiten Besichtigungstermin wahrnehmen, aber wenn Sie mich fragen – der Drops ist gelutscht! Die haben schon nach einem Notartermin gefragt.»

«Nicht doch!», rufe ich entsetzt und meine damit gleichermaßen meinen Chef und Victoria, die in dieser Sekunde das Paket öffnet. Gleich ist alles vorbei. Die zarte Pflanze unserer jungen Liebe – gekappt wie ein dunkelblauer Rocksaum.

Einen Moment herrscht Stille. Sogar Friedrich von Klatt scheint die Spannung, die in der Luft liegt, zu spüren. Sekunden später bricht mein Kartenhaus über mir zusammen.

Die gute Nachricht ist: Carmen Grünewald wurde nicht vom Taxi überfahren.

Die schlechte Nachricht ist leider ebenfalls, dass Carmen Grünewald nicht vom Taxi überfahren wurde. Brav und ordentlich gefaltet hat sie das improvisierte Galakleid in einen alten Karton gestopft, in dem laut Aufdruck mal eine Kristallschale verpackt war.

Mit gerunzelter Stirn zieht Victoria das zerstückelte Outfit heraus und breitet es in Zeitlupentempo vor sich auf dem Tresen aus.

«Herr Held?», fragt mein Chef irritiert. «Was soll das heißen?»

«Was jetzt?»

«Sie sagten: *Nicht doch.*»

«Äh … ja. Weil das nicht geht. Das mit dem Verkauf.»

«Ach. Und warum nicht?»

Los, Alex, denk nach!

«Weil … äh … ich einen anderen Interessenten habe, der mehr zahlt.» Wenn etwas Friedrich von Klatt überzeugen kann, einen Deal sausenzulassen, dann nur ein noch besserer Deal.

Am gegenüberliegenden Tresen sehe ich Victoria und Kai fassungslos die sterblichen Überreste des Mussolini-Kleides betrachten. In ihren Gesichtern spiegelt sich blankes Entsetzen.

«Na, das ist ja ein Hammer», sagt mein Chef jetzt sehr treffend. «Und wer ist es?» Ohne mir Zeit zum Antworten zu geben, senkt er die Stimme und fügt in chefmäßigem Hyänentonfall hinzu: «Wäre ja schön, wenn Sie sich, wie es bei uns üblich ist, zunächst bei mir melden würden.»

Normalerweise wäre ich bei dem bedrohlichen Klang seiner Worte jetzt ein wenig aufmerksamer geworden, doch in diesem Moment kommen Victoria und Kai wie in einem schlechten Western auf mich zu.

«Ja, äh … dafür fehlte mir leider die Zeit. Ich habe momentan wirklich … extrem viel zu tun», stottere ich in den Hörer.

Jetzt stehen die beiden direkt vor mir und bauen sich schmaläugig vor mir auf. Wieso nur möchte gerade eigentlich kein einziger Kunde bedient werden? So häufig brennt hier die Hütte, aber wenn man mal eine Verrückte mit Beratungswunsch braucht, ist keine da.

«Ach. Was machen Sie denn den ganzen Tag? Sie haben doch Urlaub!», hakt mein Chef neugierig nach.

«Urlaub? Ich?»

Ich muss auf Zeit spielen. Einerseits würde ich Friedrich von Klatt nur zu gern abwimmeln, andererseits befinde ich mich, solange ich telefoniere, in Sicherheit vor Victoria.

«Jetzt tun Sie mal nicht so», trompetet es genervt aus dem Hörer. «Ich habe Sie doch vorgestern noch in dieser Designerboutique getroffen. Zum Shoppen reicht Ihre knappe Zeit offenbar sehr wohl.»

Kurz trage ich mich mit Kapitulationsgedanken, dann kommt mir plötzlich eine Idee. *Sei nicht naiv, sei kreativ!* Meine Rettung. Jedenfalls, wenn ich es geschickt anstelle.

Vorsichtig verdecke ich das Sprechteil am Handy mit der Hand, beuge mich leicht zu Victoria und flüstere: «Mein Vater ist dran.»

Ihre zusammengekniffenen Augen werden augenblicklich riesengroß. Mit hektischen Handzeichen bedeutet sie mir, dass sie ihren Chef ebenfalls zu sprechen wünscht.

Als ich das Telefon wieder an Ohr halte, schimpft Friedrich von Klatt derart laut, dass ich schon fürchte, Victoria könnte ihn hören.

«Hallo? … Was ist mit der Verbindung? Und wie wäre es mal mit einer ausführlichen Berichterstattung? Auch im Urlaub besteht die Verpflichtung, mir Feedback zu geben!»

Eilig presse ich das Gerät an mein Ohr und runzele geschäftsmäßig die Stirn, als gäbe es nichts Dringenderes als dieses Telefonat.

«Wie war denn nun die Besichtigung gestern, Herr Held? Und wer ist dieser andere Käufer, den Sie an der Hand haben?»

«Käufer …», wiederhole ich und nicke wissend. Gleichzeitig richte ich meinen Blick fest auf eine Sommersprosse auf Victorias Nase und blicke durch sie hindurch. «Also, das kann ich jetzt noch

nicht sagen. Aber am Nachmittag weiß ich sicher mehr. Soll ich mich dann noch mal melden?»

«Spätestens. Und dann will ich die ganze Geschichte hören.»

«Geht klar, Chef.» *Oh, Mist.* Ich vertusche meinen Patzer, indem ich den beiden Lauschern schelmisch zuzwinkere.

Aber Friedrich von Klatt wäre nicht Friedrich von Klatt, ließe er sich so einfach abwimmeln. «Das haben Sie mir vorgestern auch schon versprochen, und dann habe ich nichts mehr von Ihnen gehört», nörgelt er. «Also, eines sage ich Ihnen, Herr Held: Wenn das mit dem neuen Kunden nichts wird, dann sind Sie ganz schön am Arsch. Dann hilft Ihnen nur noch der Verkauf *des Objekts,* um bei Hambitare eine Zukunft zu haben.»

«Habe verstanden», gebe ich schnell zurück und versuche, trotz allem optimistisch und kein bisschen kleinlaut zu klingen. Kurz überlege ich, ob ich mir statt einer Zukunft als Makler vielleicht eine Karriere bei Miucci vorstellen könnte. Aber nie und nimmer würden die einen Vandalen wie mich einstellen.

«Heute Nachmittag um 14 Uhr ist ein Ehepaar Schümann terminiert», fährt mein Chef fort. «Sie treffen sich mit den beiden vor *dem Objekt.*» Er senkt die Stimme. «Wenn Sie das versemmeln, sind Sie raus!»

«Verstehe», sage ich knapp und ignoriere Victorias Drängen. «Um 14 Uhr? Natürlich mache ich das», gebe ich fröhlicher zurück, als mir zumute ist, und überlege gleichzeitig krampfhaft, wie ich das Gespräch am Laufen halten kann.

Doch Friedrich von Klatt hat bereits aufgelegt.

Gestenreich spreche ich weiter mit dem stummen Apparat. «Nein, nein, *Papa,* sei unbesorgt, hier läuft alles super. Victoria und ich haben alles im Griff. Reg dich bitte nicht auf, denk lieber an dein krankes Herz.» Ich mache eine Pause und runzele konzentriert die Stirn. «Das Foto im Internet? Ja, das war eine Notlösung. Du kennst doch unsere Kunden. Die wollte unbedingt Mussorgski tragen, aber wir hatten in ihrer Größe nur noch diesen zeltartigen Lappen. Ich musste sie dort quasi hineinschneidern.» Zu Victoria gewandt schüttele ich mit dem Kopf. «Ja, die Grünewald hat dem Reporter einfach irgendeinen Stuss erzählt. Wir machen natürlich das Beste draus, kennst uns ja … Wie bitte?» Kurz nehme ich das stumme Handy vom Ohr, starre es an und mache ein filmreifes Die-Verbindung-ist-schlecht-Gesicht. Dann fällt mir noch etwas ein. Als könnte ich ihn plötzlich wieder hören, hebe ich den Zeigefinger und sage: «Nein, sei unbesorgt, Victoria klärt das mit den Kollegen in Italien. Du brauchst dich um nichts zu kümmern.» Ich sehe Victoria fest in die Augen. «Verstehe …», sage ich und nicke mehrmals versonnen. «Nein, kein Problem. Du kannst zwei Tage im Meeting verschwinden, wir werden dich auf keinen Fall stören … Nein, hier ist alles klar … Ja, ich grüße alle, auch Flo. Mach's gut, äh … *Papa*, war schön, dass du dich mal gemeldet hast!»

18. Kapitel

Gegen 14:15 Uhr schleiche ich durch die überraschend leeren Räume von Hambitare Immobilien, um den Schlüssel für *das Objekt* und ein fertiges Exposé zu holen. Friedrich von Klatt hat nicht übertrieben. Die Belegschaft ist bis auf die Sekretärin, zwei Kollegen, die ich kaum kenne, und eine neue Praktikantin tatsächlich krank. Vermutlich hat Marcel hier mit seinem Klingonenfleisch eine Epidemie ausgelöst.

Aber mir soll es recht sein. Je weniger Kollegen mich heute zu sehen bekommen, umso besser. Es ist ohnehin ein Wunder, dass ich es überhaupt bis hierhin geschafft habe.

Irgendwann nach Entdeckung des zerhackten Häkellappens und meiner Ankündigung, im Auftrage meines Vaters um 14 Uhr kurz für eine Stunde den Laden verlassen zu müssen, hielt mir Victoria stumm und mit einem Anflug von Mordlust im Gesicht den Anzug des Tages unter die Nase. Gleich darauf verschwand sie wieder. Vermutlich fürchtete sie, ich würde noch mehr Intimitäten in Gegenwart Dritter ausplaudern. Dabei wäre ein klärendes Gespräch natürlich die beste Lösung gewesen. Doch Victoria entschied sich vorerst für den Weg, den Frauen gerne gehen: Rache.

In diesem Fall war es eine besonders niederträchtige Form der Vergeltung: eine weiteres Stück aus der Versace-Gruselkollektion. Aber klar: Ich hatte ihr bezüglich des Grünewald'schen Kleides nicht die Wahrheit gesagt, ihr nicht die Möglichkeit gegeben, mit ihrem Chef persönlich zu sprechen, und war darüber hinaus auch noch indiskret gewesen. Das musste in ihren Augen bestraft werden.

Ich sah die Sache natürlich ein bisschen anders. Schließlich hatte ich in allen drei Fällen in Notwehr gehandelt und mir deshalb eigentlich auch nichts vorzuwerfen. Als Antwort wählte ich deshalb die stumme Form der Verteidigung: Ich stieg, ohne auch nur mit der Wimper zu zucken, in mein Outfit des Tages. Schlimm genug, dass der gestrige Abend für Victoria offenbar nicht mehr zählte – ihre Schadenfreude hätte ich nicht auch noch ertragen wollen.

Selbst ein Blick in den Spiegel änderte nichts an meinem heroischen Vorhaben, allerdings ließ mich der Anblick prophylaktisch zu einer Aspirin greifen. Viva Las Vegas! Das war das Erste, was mir zu dem Anzug spontan durch den Kopf schoss. Denn Las Vegas ist mit Sicherheit der einzige Ort auf der Welt, an dem man mit einer enggeschnittenen, lachsfarbenen Hose mit Strassapplikationen am Bund nicht verhaftet wird. Zumal das Pendant zu der Hose ein dunkelgrünes Sakko ist, auf dem sich das volle Ausmaß der Scheußlichkeit erst auf der Rückseite offenbart: Strass und Nieten in Hülle und Fülle. Von hinten betrachtet blinke und funkele ich, als stünde der Anzug unter Strom.

Auf leisen Sohlen und mit hochgeschlossenem Wintermantel schleiche ich jetzt also schwitzend an Friedrich von Klatts Büro vorbei. Was für ein Glück, dass er nicht anwesend ist. Das erspart mir, ihm einen lückenlosen Bericht der gestrigen Besichtigung und Details über den erfundenen Kaufinteressenten zu liefern. Über beides muss ich mir selbst erst noch Gedanken machen.

Auf meinem Schreibtisch finde ich Exposé und Schlüsselbund zu *dem Objekt* sowie Angaben zu den Kaufinteressenten, ein Ehepaar Mitte fünfzig. Bevor ich ihre Telefonnummer und auch die der Eigentümer in mein Handy eingebe, reiße ich mir den dicken Mantel vom Leib. Mit den schwitzenden Fingern könnte es sonst schwierig werden.

«Alex?»

Ich wirbele herum – und erstarre. Vor mir steht, kerngesund und klingonisch grinsend: Marcel.

«Dachte ich es mir doch!»

«WAS dachtest du dir?» Wehe, er fängt jetzt mit der Schwulennummer an!

«Dass ich dich gesehen habe. Neulich. Im Schaufenster von Miucci.»

«Das war nicht das Schaufenster, das war das Foyer!» Kennt eigentlich jeder in Hamburg diesen verfickten Laden?

Neugierig begutachtet er meinen Glitzeranzug. «Versace, nicht wahr?»

Na, Hauptsache, er drückt mir jetzt keine feuchten Küsse ins Gesicht, wie meine Tanten auf Bettinas Konfirmation.

Unbeirrt fährt er fort: «Ich habe mich bei dem Anzug ehrlich gesagt gefragt, wer außer Elvis sich wohl trauen würde, mit diesem Teil auf die Straße zu gehen.»

Pah! Es wundert mich eigentlich, dass er diese leberwurstfarbene Glitter-Kombi nicht gut findet. Marcel mit seinem Weltraumgeschmack hätte nämlich wirklich prima in die Achtziger gepasst. Dann wäre er mit Sicherheit Sänger geworden und gemeinsam mit Modern Talking in ballonseidenen Trainingsanzügen über die Bühne gehüpft. Sicher hätte man dann damals schon den Begriff des Fremdschämens erfunden.

«Wie heißt er denn?»

«Wer?»

«Dein neuer Lover?»

«Mein … was?», huste ich.

«Ach, Alex, mir kannst du doch nichts vormachen. Wenn jemand sich einer derart krassen Typveränderung hingibt, steckt fast immer ein Mann dahinter.»

Da sieht man es mal wieder: Die Menschheit ist von Vorurteilen geradezu besessen. Nur weil man mal ein bisschen mehr auf sein Äußeres achtet, wird man gleich in eine Schublade gesteckt. Können die Leute sich nicht mal ein bisschen locker machen?

«Weißt du was, Marcel? Schmier dir 'ne Regenbogenstulle und steck deine Nase lieber *da* rein. Aber lass mich mit deinen scheiß Vorurteilen in Frieden.»

Wütend schnappe ich mir die Besichtigungsutensilien und verschwinde.

* * *

Die Büroräume von Hambitare Immobilien liegen am Rande der Innenstadt, unweit des ehemaligen Freihafens und der Hafencity. Auf dem Weg dorthin löst eine Baustelle die nächste ab, was zu einer chronischen Verstopfung der Straßen führt. Typisch für Hamburg: Obwohl mein Weg nur etwa 500 Meter Luftlinie beträgt, dauert die Fahrt mit meinem Fiat dann doch eine halbe Stunde.

Dank Navi finde ich zumindest *das Objekt* sehr schnell, oder sagen wir besser: Dank Navi finde ich es überhaupt. Vollkommen unscheinbar liegt das Gebäude zwischen den modernen Neubauten und ließe sich leicht übersehen, sofern man nicht gezielt danach sucht. Denn *das Objekt* ist ein alleinstehendes Haus mit drei Stockwerken, im typischen Lagerhausstil. Auf dem Dach befinden sich zwei Türmchen, die das Gebäude eher wie ein Schloss denn wie ein altes Kaufmannshaus aussehen lassen. Inmitten der ringsherum entstandenen Wohncity wirkt es vollkommen verloren und unwirklich. Wie ein Schrebergarten in Tokio.

Schon komisch, dass mir dieses Kleinod bei Terminen in der Gegend nie aufgefallen ist. Allerdings frage ich mich bei aller Besonderheit des Gebäudes nun langsam, wo hier der Haken ist. Ich meine, es kann doch eigentlich nicht sein, dass sich für ein derartiges Schmuckstück kein Käufer finden lässt. Zehn Monate schlummert es schon bei Hambitare in den Akten, und soweit ich weiß, gab es auch bereits diverse Besichtigungen. Trotzdem kam es nie zu einem

Kaufvertrag. Vermutlich sind die Mauern marode, Schwamm und Holzbock haben bereits ihre Spuren hinterlassen, und innen müffelt es nach feuchtem Laub und Verwesung. In diesem Fall würde ich es auch nicht haben wollen. Mal abgesehen von dem Kaufpreis, den ich im Leben nicht zahlen könnte: Eine Million Euro verlangt der Eigentümer für sein kleines Schloss. Eine Summe, die – das muss man fairerweise zugeben – angesichts der steigenden Immobilienpreise und der exponierten Lage beinahe ein Schnäppchen ist.

Neugierig betrete ich das Grundstück. Es wird von einem imposanten, gusseisernen Zaun mit Jugendstilelementen abgeschirmt. Dahinter blickt man auf einen tadellos gepflegten Garten. Die Beete sind liebevoll bepflanzt, und ein Weg aus mediterranen Bodenfliesen – angeblich vom Eigentümer selbst verlegt – führt zum Eingang. Nichts deutet darauf hin, dass dieses Haus zum Verkauf steht, im Gegenteil. Hier hat sich jemand so viel Mühe gegeben, wie man es normalerweise nur macht, wenn man vorhat zu bleiben. Merkwürdig.

Als ich auf das Gartentor zugehe, höre ich jemanden hinter mir rufen. «Herr Held? Hallo! Wir sind die Schümanns!»

Eindeutig sind sie das. Sie sehen aus, wie man sich Schümanns um die fünfzig vorstellt. Sie: ein bisschen erschöpft von Hausarbeit, Kindererziehung und den Wechseljahren. Er: voll in der Midlife-Crisis, macht trotz Kugelbauch einen auf Jogi Löw, sieht dabei aber eher aus wie Tony Marshall.

Kinder haben sie nicht dabei.

«Na, das passt ja gut», sage ich zur Begrüßung. «Ich hoffe, Sie warten noch nicht lange auf mich?»

«Halb so wild», sagt Frau Schümann, aber ihre Augen sprechen eine andere Sprache. Sie streifen vorwurfsvoll meine lachsfarbenen Hosenbeine, das einzige Detail meines Glitzer-Outfits, das unter dem Mantel hervorblitzt, und klagen stumm: «Eine Unverschämtheit ist das, uns hier in der Kälte warten zu lassen, nur weil Sie sich nicht vom Spiegel lösen konnten!»

Ich ignoriere ihren vorwurfsvollen Blick und wende mich stattdessen gleich an ihren Mann. Denn der macht sich bereits kugelbauchschwenkend daran, mit wurstigen Fingern den Metallzaun abzuklopfen.

«Büschn morsch das Teil. Müsste mal gekärchert werden, wa? Und ein neuer Anstrich ist auch fällig. Wird nicht ganz billig.»

Elender Preisdrücker. Hat das Haus noch nicht betreten und fängt schon an mit dem Feilschen.

Auch Frau Schümann hat mehr drauf als stummes Anklagen: «Also, wissen Sie, mit dem Parken ist das hier ja eine Katastrophe. Zum Glück ist der Gehweg einigermaßen ausgebaut, sodass man dort eine Weile stehen kann.» Sie deutet auf ihren Wagen, der den kompletten Fußweg sowie die halbe Straße blockiert.

«Na ja …», setze ich an und will gerade anfügen, dass ein großkotziger CMC Sierra Pick-up für den Stadtverkehr sicher kein praktisches Fahrzeug ist, da schmiedet ihr Mann schon Abrisspläne.

«Weißt du, Ulla, wenn wir den Käfig dort vorn abreißen», er deutet auf einen eigentlich ganz ansprechenden Gartenpavillon, «dann setzen wir an die Stelle einen schönen Carport! Kriegt man heutzutage alles fertig zu kaufen. Bei Obi zum Beispiel.»

Blöder Proll. Wie ist der nur an die Million für diese Immobilie gekommen?

Ulla nickt. Sie scheint für jeden Zentimeter Garten, den sie nicht bewirtschaften muss, dankbar zu sein. «Gute Idee, mein Schatz. Dann reißen wir die hässlichen Fliesen und die Beete auch gleich mit raus, teeren das Ganze und –»

«Also …», unterbreche ich das Horrorbrainstorming, bevor die beiden noch das ganze Areal betonieren. «Wollen wir jetzt mal loslegen?»

Ohne ihre Antwort abzuwarten, gehe ich zur Haustür und betätige trotz des mitgebrachten Schlüssels zunächst die Türklingel. Laut meinen Unterlagen wollte das Eigentümerpaar zwar ein paar Tage wegfahren, aber wenn sich solche Pläne kurzfristig ändern, denkt meist niemand daran, den Makler zu informieren.

Da sich im Haus nichts tut, zücke ich den Schlüssel. Ich will gerade aufschließen, als ich registriere, dass die Haustür nur angelehnt ist. Ich klingele ein weiteres Mal, klopfe dann lautstark an die Tür und drücke sie dabei leicht auf.

Herr Schümann hinter mir grunzt ungeduldig. «'tschuldigung», sagt er und quetscht sich schon an mir vorbei in den Hausflur, «aber ich hab ja nich den ganzen Tach Zeit.»

Seine Frau latscht unerschrocken hinterher.

Nach kurzem Zögern rufe ich zweimal laut «Hallo?» in den Hausflur und folge den Schümanns. Dem Jogi Löw der Handwerker traue ich alles zu, auch dass er gleich einen Hammer zückt und beginnt, den Putz von den Wänden zu schlagen oder die Einrichtung zu zerkleinern.

Aber der quadratische Eingangsbereich, von dem alle übrigen Räume abgehen, ist komplett leer. Ebenso die anderen Zimmer im Erdgeschoss. Die Türen stehen alle offen, und wir blicken auf guterhaltene Holzdielen, schneeweiße Wände und blitzsaubere Fenster. Eine Tür führt in eine geräumige Küche, die offenbar noch benutzt wird. Denn sie ist mit modernen Geräten bestückt und wurde mit viel Liebe zum Detail eingerichtet. Statt Dielen finden sich hier Bodenfliesen in gedeckten Farben. Vom Stil ähneln sie denen im Garten, doch während sich die Steine draußen unauffällig der Natur anpassen, hat jemand hier drinnen ein geschmackvolles Muster gelegt.

Hut ab, denke ich. Wer das gemacht hat, versteht sein Fach.

Bei den Küchenmöbeln scheint es sich um echte Antiquitäten zu handeln. Der große Esstisch und die zwei ausladenden Buffetschränke würden garantiert jeden Shabby-Schick-Ladenbesitzer vor Neid erblassen lassen. Auch ich wäre froh über eine solche Küche.

Frau Schümann offensichtlich nicht.

«Ach herrje, das sind ja noch ganz alte Kacheln», stöhnt sie und verzieht angewidert das Gesicht. «Die abzuschlagen macht im ganzen Haus furchtbaren Dreck.»

«Na ja, wenn der alte Kram erst mal raus ist», macht Herr Schümann in Preisdrückermanier weiter, «holen wir uns bei Obi die grün furnierte Fertigküche *Ankara*. Dann wird es hier ganz schnell wohnlich, Schatz.»

Die Augen seiner Frau beginnen zu leuchten. «Ach Nobbi – wirklich? Die Küche mit den Kassettentüren, die dir eigentlich zu teuer war?» Sie schlägt ergriffen die Hände vors Gesicht.

Nobbi nickt gönnerhaft. «Wir sparen ja in Zukunft das Geld für den Gärtner und das Kärchern.»

Ist das zu fassen? Wo gibt es denn so viel geballte Spießigkeit? Vermutlich im Taubenzüchterverein.

Oder bei Obi.

«Tja, die Details können Sie dann ja später ganz nach Ihrem … äh … Geschmack gestalten. Heute sollten Sie sich erst einmal für oder gegen dieses Haus entscheiden.»

Am besten dafür, sonst drehe ich nämlich durch. Puh, was für schreckliche Leute, denen würde ich als Eigentümer ja nicht mal die Einfahrt verkaufen!

«Ich bin mir allerdings sicher», fahre ich geschäftsmäßig fort, «dass man bei diesem Objekt nicht lange überlegen muss. Es ist ein Sahnestück, nicht zuletzt wegen der 1-a-Lage und des guten Kaufpreises.»

Statt einer Antwort gibt Norbert Schümann ein weiteres Grunzen von sich. «Logisch», sagt er, als hätte ich etwas angemerkt, das zum Grundwissen eines Abc-Schützen gehört, «Lage und Grund-

fläche müssen stimmen. Was sonst nicht passt, wird passend gemacht. Hahaha!»

«Ganz genau.» Ich werfe einen kurzen Blick ins Exposé und fahre dann mit meinen Ausführungen fort. «Wie Sie gesehen haben, befinden sich hier im Erdgeschoss neben der Küche noch drei weitere Zimmer. Sie sind nicht besonders groß, aber es gibt ja noch die beiden oberen Etagen.»

«Wissen Sie, Herr Held», sagt Norbert Klugscheißer jetzt und versucht sich in einem spitzbübischen Gesichtsausdruck. «Ich überlege, ob es nicht billiger wäre, das Haus komplett abreißen zu lassen und auf das Grundstück 'ne neue Hütte zu stellen. Was meinst du dazu, Ulla?» Ohne seine Frau anzusehen, fachsimpelt er weiter: «Fertighaus mit Laminat und Panorama-Speckstein-Ofen *Pluto* von Obi. Heutzutage ist ja alles möglich.»

«Ist es nicht!»

Eine Stimme aus dem Nichts lässt uns zusammenzucken.

Auf einer der oberen Treppenstufen hat sich eine schätzungsweise sechzigjährige Frau mit orangefarbenem Haar und rötlichem Häkelkleid aufgebaut. Mit energischen Schritten marschiert sie zu uns runter. Unten angekommen stemmt sie die Arme in die Hüften und sagt entrüstet: «Hier wird überhaupt nichts abgerissen. Nicht, solange ich lebe!»

So wie sie dasteht, komplett in Orange, erinnert sie mich an eine Möhre. Genauer gesagt an eine sprechende Möhre im Stricksack. Ob sie das Outfit wohl bei Miucci gekauft hat? Ich beschließe, besser nicht nachzufragen, um die Stimmung nicht noch mehr aufzuheizen.

«Guten Tag, mein Name ist Alexander Held, von Hambitare Immobilien», versuche ich stattdessen die Form zu wahren und die Lage zu entschärfen. «Und Sie sind sicher Frau …?»

Fragend blicke ich die Möhre an. Sie hat warme braune Augen, ein gepflegtes Gesicht und eine lustige Stupsnase. Eigentlich ganz sympathisch, wäre da nicht ihre in Falten gelegte Stirn.

«Aha.» Geflissentlich ignoriert sie meine ausgestreckte Hand.

«Sind Sie Frau … äh …» Hastig durchforste ich das Exposé.

«Die Eigentümerin», entgegnet sie und kneift die Augen zusammen, um mich kritisch zu mustern. «Ich wohne hier. Und zwar noch mindestens vierzig Jahre.»

Frau Schümann nickt, als sei das eine realistische Einschätzung bei einer Sechzigjährigen. Ihr Mann dagegen sieht aus, als überschlage er im Geiste, was billiger wäre: die Möhre unter dem geplanten Laminatboden zu begraben oder sie zerstückelt im Specksteinofen zu pulverisieren.

Nach und nach dämmert mir, warum *das Objekt* bislang nicht verkauft wurde. Wenn sich die Eigentümer querstellen, hat man keine Chance.

«Nun», sage ich streng, «daran soll sich natürlich auch nichts ändern, es sei denn …» Ich werfe den Schümanns einen vielsagenden Blick zu. «… man bietet Ihnen eine angemessene Summe, nicht wahr?»

Noch so eine Preistreiberin, vermutlich ist sie auf Schwarzgeld aus. Aber die Schümanns dürfte das nicht verschrecken. Wer neben einer Million für den Kaufpreis noch Geld für Scheußlichkeiten von Obi hat, der verfügt mit Sicherheit über ein gutgefülltes Konto auf den Kaimaninseln. Typisch Neureiche: keinen Geschmack, aber Kohle bis zum Abwinken.

«Nein.» Die Möhre schüttelt den Kopf.

«Äh … wie – nein?»

«Nein, nein», sagt sie.

Jetzt verstehe ich überhaupt nichts mehr. Ich meine, Friedrich von Klatt hätte mich ja auch gerne mal vorwarnen können, dass man es hier mit einer Geisteskranken zu tun bekommt.

«Gute Frau, nu mal Butter bei die Fische», mischt sich Norbert Schümann ein. «Wie wäre es mit fünfhundert Euro extra? Bar. Cash auf die Kralle.» Zum Beweis seiner Bonität fischt er jetzt zehn Euro aus seiner Hosentasche.

Okay, ich erhöhe auf zwei Geisteskranke. Fünfhundert Euro Bestechungsgeld in kleinen gebrauchten Scheinen – hinter welchem Mond lebt der Kerl?

«Junger Mann», wendet sich die Eigentümerin jetzt an mich, ohne den knittrigen Euroschein auch nur eines Blickes zu würdigen. Als sie das Stück lachsfarbene Hose unter meinem Mantel erblickt, scheint sie kurzfristig irritiert. Dann huscht der Anflug eines Lächelns über ihr Gesicht. Sekunden später hat sie sich wieder unter Kontrolle.

«Was ist denn daran so schwer zu begreifen? Ich und mein Mann, wir wohnen hier.»

«Ja, den Teil habe ich verstanden», erwidere ich, inzwischen leicht genervt. «Ich dachte allerdings, Sie wollen das Haus verkaufen?»

«Richtig. Genauso ist es.»

Nun ja. Festgefahren, würde ich sagen.

«Wir wollen das Haus verkaufen …» Sie schaut mich mit großen Augen an. «Aber nur mit uns darin.»

Ah, na, wer sagt es denn? Jetzt kommen wir der Sache doch langsam näher. «Das bedeutet dann vermutlich», ich blicke mich noch einmal gewissenhaft um, «dass Sie in den oberen Stockwerken wohnen bleiben möchten, und das Erdgeschoss ist für den neuen Eigentümer gedacht?»

Die Möhre rollt mit den Augen. «Natürlich nicht. Mein Mann und ich brauchen nicht so viel Platz. Wir wohnen ganz oben. Um fit zu bleiben, Sie verstehen? Die beiden unteren Stockwerke kann der neue Eigentümer nutzen.»

«Verstehe», sage ich und fühle, wie sich unter meinem Mantel die Hitze staut. Ich knicke das Exposé einmal in der Mitte, um mir damit

Luft zuzufächern. Dann wende ich mich zu den Schümanns. «Diese Konstellation käme doch sicher auch für Sie in Frage, oder?»

Norbert Schümann, der vermutlich gerade beschlossen hat, die gesparten fünfhundert Euro in einen Auftragskiller zu investieren, wirkt erstaunlich gelassen. Vielleicht sieht er in dieser Konstellation auch nur eine weitere Möglichkeit, den Preis zu drücken.

«Nun, diese Entscheidung können wir natürlich erst treffen, wenn wir das obere Stockwerk gesehen haben», sagt er. «Nicht dass in den oberen Räumen auch noch so viel zu renovieren ist.»

Ursula Schümann hat andere Bedenken: «Aber wo werden Sie denn dann kochen?», will sie von der Möhre wissen. «Doch wohl nicht in unserer neuen Küche *Ankara*?»

Die Möhre winkt ab. «Darüber machen Sie sich am besten keine Sorgen. Ich verkaufe nämlich nicht.»

Womit wir wieder am Anfang dieser hirnrissigen Unterhaltung stünden.

«Aber … Sie haben doch einen Makler eingeschaltet», versuche ich es noch einmal auf die langsame Tour. «Und der bin ich. Alexander Held.» Ich lege eine Hand auf meine Brust und verbeuge mich leicht. «Ich komme wegen des Verkaufs. Und das hier», ich deute auf die Schümanns, die sich gerade anschicken, die Treppe ins obere Stockwerk hochzumarschieren, «sind die Kaufinteressenten. Wo liegt denn nun *genau* das Problem?»

«Es gibt kein Problem.»

Plötzlich tritt ein älterer Mann durch die Haustür. Er ist klein, von drahtiger Statur, trägt einen grünen Overall und hat ein kugelrundes, braungebranntes Gesicht. «Hallo, guten Tag», sagt er fröhlich. «Ich bin Bruno Lembke, der Mann dieser jungen Dame.»

Liebevoll tritt er neben die Möhre und legt seinen Arm um sie. Die beiden passen äußerlich wunderbar zusammen. Wie Erbse und Wurzel.

«Na, Lotti», neckt er seine Frau, «bringst du wieder alle um den Verstand?»

Erleichtert atme ich auf. Endlich, ein Mann! Ein ernstzunehmender Ansprechpartner! Sogar die Schümanns drehen sich jetzt zu uns um.

Lotti, die Möhre, gibt ein ungnädiges Brummen von sich. «Du verdirbst mir schon wieder den Spaß, Bruno.» Sie wendet sich augenzwinkernd an mich: «Aber ich muss schon sagen, Herr Held, Sie haben sich tapfer geschlagen. Ihre Vorgänger sind schneller aus der Haut gefahren.»

Ich glaube mich verhört zu haben. Macht die sich etwa einen Spaß daraus, Makler zu veralbern? Na, so wird sie ihre Hütte definitiv nicht los. Die Frau ist mir ein Rätsel.

«Heißt das, Sie verkaufen nun doch?», versuche ich mit letzter Kraft Klarheit in die Angelegenheit zu bringen.

Die Möhre und ihr Mann sehen sich an. Dann schütteln beide mit dem Kopf.

«Nein, tut uns leid», sagt Bruno daraufhin zu mir. «Seien Sie uns nicht böse, aber wir haben es uns anders überlegt.»

Mein erster Gedanke ist, ob man in der kardiologischen Sprechstunde eines Spezialisten wohl auch als Notfall auftauchen kann. Ich meine, mit Kammerflimmern können die einen doch wohl kaum abweisen, oder?

Mein zweiter Gedanke gilt den Schümanns, die auf der ersten Treppenstufe festgefroren sind und mich mit ungläubiger Miene anstarren. Ob die Interesse an einer Wohnung ohne Küche haben? Bestimmt kann man bei Obi auch einen zusammenklappbaren Herd kaufen.

«Wie bitte?» Das Gesicht von Norbert Schümann beginnt rot anzulaufen.

Herr Lembke erklärt es ihm geduldig. «Hier soll nichts abgerissen oder baulich verändert werden. Wir haben so viel Arbeit in das Haus gesteckt …»

«Das ist unser letztes Wort», pflichtet ihm die Möhre bei. «Wir verkaufen nicht.»

Als die Schümanns keine Reaktion zeigen, macht sie zusätzlich eine auffordernde Geste in Richtung Haustür.

In das Ehepaar Schümann kommt nun Bewegung. Mit mittlerweile dunkelroter Gesichtsfarbe packt Norbert Schümann seine Frau am Ärmel, schleift sie hinter sich her und kommt direkt auf mich zugeschossen. «Ich höre wohl nicht richtig», presst er mit drohender Stimme hervor. «Ich hab doch meine Zeit nicht gestohlen! Wissen Sie eigentlich, was es kostet, wenn ich hier meinen Tag verplempere?» Wütend pocht er auf seine Armbanduhr und funkelt mich böse an. «Das wird ein Nachspiel haben, Herr Held, das sach ich Ihnen.»

Jetzt sieht er kein bisschen mehr wie Tony Marshall aus, sondern tatsächlich genau wie Jogi Löw. Und zwar nach der verkackten EM. Mit erhobenem Zeigefinger und einem Blick, als wolle er mir den Kopf wegkärchern, fügt er hinzu: «Ich werde mich bei Ihrem Chef beschweren. Jawohl, das werde ich!»

Frau Schümann sagt nichts. Muss sie auch gar nicht. Denn genau wie am Anfang unserer Begegnung spricht ihr Blick Bände. Diesmal sagt er: Wenn ich Ihretwegen jetzt nicht die *Ankara*-Einbauküche bekomme, werde ich Sie höchstpersönlich mit meiner Gartenschere von Obi in Stücke zerlegen!

«Komm, Ulla.» Wütend schleift Herr Schümann seine Frau Richtung Haustür. «Diese Bruchbude wollen wir sowieso nicht kaufen.»

Zehn Sekunden später heult der Motor ihres überdimensionierten Schlittens auf, und die beiden brausen davon.

In Schockstarre verharre ich im Hausflur der alten Leute.

«Möchten Sie vielleicht einen Kaffee?», fragt Bruno Lembke freundlich und deutet zur gemütlichen Küche. «Sie sehen ein wenig erschöpft aus.»

Ist das ein Wunder? Unter meinem Mantel herrschen 45 Grad, mein Stressbarometer steht kurz vor der Explosion, und meine Karriere bei Hambitare düst gerade in einem protzigen Pick-up davon.

Ja, ich bin erschöpft, und ja, ich will einen Kaffee. Auch wenn das kardiologische Notfallteam mir mit Sicherheit davon abraten würde.

«Nun schauen Sie doch nicht so konsterniert, Herr Held.» Aufmunternd klopft er mir auf die Schulter und schiebt mich in die Küche. «Wir würden ja verkaufen. Aber wir haben bisher nur schlimme Interessenten kennengelernt, sodass wir uns mittlerweile gerne mal einen Spaß erlauben, wenn die für uns nicht in Frage kommen.»

«Genau», stimmt die Möhre zu. «Ständig wollen diese komischen Vögel alles abreißen und uns am liebsten gleich unter die Erde bringen.» Aufgebracht fingert sie an einer modernen Espressomaschine herum. «Mit diesen Leuten kann man doch nicht unter einem Dach leben!»

Kraftlos lasse ich mich auf einen der antiken Stühle plumpsen und schäle mich mit schweißnassen Händen aus dem Mantel. Mit brüchiger Stimme erkläre ich: «Es ist aber nun mal so ... dass eine Million Euro kein Pappenstiel ist. Eine solche Summe kann sich nur ein Bruchteil der Bevölkerung leisten.»

«Schon klar», knurrt die Möhre und knallt den Siebträger mit dem gebrauchten Kaffeesatz wie in einem Café auf eine Schublade. «Aber warum sind die Millionäre alle so unsympathisch?»

Es entsteht eine Pause, während deren sie sich wieder an der Maschine zu schaffen macht. Als der Kaffee endlich durchläuft, dreht sie sich zu mir um. «Wissen Sie, Herr –»

Beim Anblick meines Anzugs gerät sie ins Stocken. Wenn sie mich bisher hierhin ganz sympathisch fand, zweifelt sie spätestens jetzt an ihrer Urteilskraft. Ungläubig starrt sie mich mit weit aufgerissenen Augen an.

«Tja, ich … äh … weiß ehrlich gesagt auch nicht, warum Sie bislang solches Pech hatten», gebe ich zu und wünschte, ich hätte den Mantel nicht ausgezogen.

Einem Mann in diesem Aufzug traut die Möhre verständlicherweise niemals zu, einen sympathischen Käufer für ihr Schlösschen zu finden. Alte Leute sind ja bekannt für ihre Vorurteile.

Besser, ich rücke meine Fähigkeiten noch mal ins rechte Licht. «Da ich ja nun weiß, wonach Sie genau suchen, werde ich die nächsten Interessenten auf Herz und Nieren prüfen, ehe ich Sie mit einer weiteren Besichtigung belästige», sage ich und verdecke mit dem Mantel unauffällig eine Paillettenblume auf meiner Schulter.

Doch der Frau entgeht nichts.

«War sicher nicht billig, der Anzug», sagt sie und kneift die Augen zusammen. «Sieht nach Handarbeit aus.»

«Äh …» Was kommt denn jetzt? Ein Vortrag über Kinderarbeit?

«Wissen Sie, meine Frau war früher Schneiderin», mischt Bruno sich jetzt ein. «Sie kann einfach nicht aus ihrer Haut.»

«Verstehe.»

«Und was den Verkauf angeht: Uns macht es nichts aus, wenn es etwas länger dauert. Wir haben Zeit. Wichtig ist, dass wir einen netten Käufer finden. Geld spielt dabei eine eher untergeordnete Rolle.»

«Aha?»

«Na ja, im Alter hat man keine großen Ansprüche mehr. Das Haus ist abbezahlt, und unsere Rente reicht zum Leben. Was will man mehr?» Er nimmt den Kaffee von seiner Frau entgegen und stellt ihn vor mir auf den Tisch.

Ich bin verwirrt. «Aber dann verstehe ich ehrlich gesagt gar nicht, warum Sie überhaupt verkaufen wollen. In der heutigen Zeit gibt es doch kaum etwas Beständigeres als eine Immobilie.» Ich versuche zu ignorieren, dass die Möhre um mich herumschleicht, als sei ich ein Kunstobjekt. «Warum lassen Sie also nicht alles, wie es ist?»

«Gute Frage!» Bruno lacht. «Wir haben keine Kinder und möchten unser Heim in guten Händen wissen. Außerdem», er macht eine Pause und beobachtet amüsiert, wie seine Frau mit der Hand über eine Stickerei auf meinem Ärmel fährt, «wünschen wir uns ein bisschen mehr Leben im Haus.»

«Aha. Und vermieten kommt für Sie nicht in Frage?» Ich weiß nicht, warum ich das frage. Vermieten bringt mir schließlich keine Verkaufsprovision.

Bruno Lembke schüttelt den Kopf. «Nein, wir wollen unserem Schlösschen eine Zukunftsperspektive bieten.»

Ich kann mir nicht helfen, aber so skurril die beiden Alten auch wirken, irgendwie sind sie mir sympathisch. Jedenfalls er. Die Möhre macht mir zunehmend Angst. Deshalb trinke ich schnell meinen Kaffee aus und will mich rasch verabschieden.

Als ich schon in der Haustür stehe, nimmt mich die Hausherrin noch einmal zur Seite und pikst mir gegen den paillettenbestickten Hosenbund. «Versace, nicht wahr?»

«Äh … ja.»

Mit einem Gesichtsausdruck tiefer Zufriedenheit nickt die Möhre und öffnet mir die Tür. «Sie sind ein mutiger Mann. Sie schaffen das.»

19. Kapitel

Während ich zurück zu Miucci fahre, überlege ich, wie schön es sein muss, mit jemandem gemeinsam alt zu werden, der die eigene Schrulligkeit verzeiht.

Unwillkürlich muss ich an Victoria denken und daran, dass sie vermutlich immer noch sauer auf mich ist. Kein schöner Gedanke. Nach dem, was gestern Abend zwischen uns gewesen ist, kann es doch nicht jetzt schon zu Ende gehen. Es hatte noch nicht einmal richtig angefangen, oder? Ich meine, den ganzen Zirkus veranstalte ich doch auch ihretwegen!

Einer spontanen Eingebung folgend, krame ich in der Manteltasche nach meinem Handy. Wir müssen reden. Dringend. Ich will ihr sagen, dass es mir leidtut, so indiskret gewesen zu sein. Und dass ich nicht anders konnte, als das Kleid zu zerschneiden. Und dass ich sie –

Huch! Mit Verwunderung sehe ich auf meinem Display, dass Tanja viermal vergeblich versucht hat, mich zu erreichen. Bei Wohnungsbesichtigungen stelle ich Klingelton und Vibration grundsätzlich aus.

Gerade, als ich es wieder einschalte, fängt das Telefon auch schon an zu klingeln. Es ist Flo. Hoffentlich mit der guten Nachricht von seiner Blitzgenesung. Dann wäre er womöglich bereits auf dem Heimweg nach Hamburg und könnte das Weihnachtsevent zum Abschluss bringen.

«Sag mal, Alex, tickst du noch ganz richtig, dich als mein Bruder fotografieren zu lassen?», schreit Flo mich an, kaum dass ich das Gespräch angenommen habe. «Ich sehe gerade zufällig im Internet die Society-Seite der GALA. Da bist du ganz groß abgebildet. Zusammen mit einer Tussi in einem Flohmarktfummel.» Er holt kurz Luft. «Mein Vater macht mir die Hölle heiß, wenn er das erfährt!»

Hatte Flo einen Rückfall? Das Chaos ist ja wohl nun wirklich nicht meine Schuld! Wer bitte schön wollte denn, dass ich für ihn einspringe? Was hat Florian überhaupt auf der GALA-Seite verloren? Ist die Langeweile in der Klinik inzwischen so groß, dass er sich Hochglanzmagazine im Internet beguckt?

«Ich kann das erklären», sage ich schlapp. Er soll bloß aufhören, mich so anzuschreien, sonst lande ich bald auf dem gleichen Krankenhausflur wie er.

Aber Flo scheint sich noch längst nicht abreagiert zu haben. «*Mir* musst du das nicht erklären. *Mir* könntest du stattdessen lieber sagen, wie ich die Sache meinem Vater beibringen soll! Der denkt doch, dass ich meine Mitarbeiter nicht im Griff habe.»

Ja, das fürchte ich auch. Aber weitaus schlimmer wäre es, wenn Ernesto Micolucci die Schlussfolgerung ziehen würde, dass Victoria in Florians Abwesenheit offenbar die Kontrolle über den Laden verloren hat. Das darf auf keinen Fall passieren.

«Sag ihm doch, dass es sich um einen Druckfehler handelt und dass du bereits veranlasst hast, den Fotografen zur Rechenschaft zu ziehen.» Meine Güte, so langsam entwickele ich mich zum Lügenbaron. Wenigstens muss ich diese Schwindelei nicht direkt bei Herrn Micolucci vortragen.

Statt einer Antwort höre ich plötzlich jemanden zu Florian sagen: «Wer von Ihnen bekommt den Kaiserschmarrn?» Danach klappert Geschirr, und es raschelt gewaltig.

«Ist Kaiserschmarrn in deinem Zustand nicht ungesund? Zu viel Zucker und –»

«Mann, Alex. Ich esse nur etwas. Ich rauche keinen Joint. Außerdem …» Er macht eine Pause und scheint sich kurz einen Bissen zu genehmigen. «… außerdem liege ich in einer Privatklinik. Die würden mir hier vermutlich sogar ein Straußenei braten, wenn mir danach wäre.»

Angeber!

«Wo genau bist du eigentlich?»

«Bodengrmpf.»

Er hat schon wieder den Mund voll. «Wie heißt die Klinik überhaupt?», hake ich nach. Irgendwas stimmt da doch nicht.

Schmatzgeräusche. Dann: «Was soll denn die Fragerei, Alex?»

«Sag mir einfach, wie die Klinik heißt, dann lege ich sofort auf.»

Am anderen Ende wird plötzlich geflüstert. Schließlich meldet sich Flo: «Na, *Klinik am Bodensee* natürlich. Sonst noch Fragen?»

«Und wie heißt dein Arzt?»

«Mann, Alex, also ... Das ist doch albern!»

Wieder Flüstern.

«Professor Mang heißt er.»

Wenn er Dr. Brinkmann gesagt hätte, wäre ich sofort ausgerastet.

«Bist du jetzt zufrieden?», fragt Flo genervt. «Also, ich melde mich, wenn mein Vater die Ausrede mit der Presse geschluckt hat. Oder wenn es etwas Neues gibt.» Er legt auf.

Bevor ich ihn weiter verdächtige, fahre ich an den Straßenrand und gebe auf meinem iPhone bei Google *Bodenseeklinik* ein. 38 000 Treffer! Sogar Professor Mang wird in einem der Ergebnistreffer kurz erwähnt.

Gerade will ich mir die Klinik genauer ansehen, da klingelt schon wieder das Telefon. Dieses Mal ist es Miucci. Genau genommen habe ich einen hysterischen Kai am Ohr.

«Alex, wo bleibst du denn? Hier brennt die Hütte. Es waren schon dreißig Kundinnen da, die eines dieser Miucci-Missoni-Kleider wollten. Etwa genauso viele haben telefonisch nachgefragt.»

Es ist ein stiller Triumph.

«Vic hängt die ganze Zeit am Telefon und versucht, bei Missoni jemanden für diese Idee zu begeistern», fährt er hektisch fort. «Sie ist fix und fertig. Verständlicherweise. Ich meine ...» Er macht eine Pause, und ich kann mir vorstellen, wie es unter seiner Betonfrisur

brodelt. «Unser Name stand unter dem Foto. Wir können wohl kaum behaupten, dass es sich bei dem Outfit von Carmen Grünewald um ein vom Sohn des Hauses laienhaft zurechtgeschnittenes Designerteil handelt.»

Was meint er jetzt mit *laienhaft*? Immerhin war es doch sein Haarspray. Aber ich komme gar nicht dazu, etwas klarzustellen, weil er bereits weitersprudelt.

«Vic hat schon mit der Chefdesignerin von Missoni gesprochen. Du kannst dir ja vorstellen, was die dazu zu sagen hatte.»

Unfassbar – der ganze Wirbel nur wegen eines Kleides! Und zwar aufgrund eines Fotos im Internet. Das guckt sich doch normalerweise kein Mensch so gründlich an. Ich schaue zum Beispiel grundsätzlich nur auf zwei Dinge. Bei Männern: ob ich den kenne. Bei Frauen: ob man was von der Brust sieht.

Kurzerhand speise ich Kai mit einem knappen «Bin unterwegs» ab und starte den Motor.

Als ich nach etlichen Baustellen endlich irgendwann bei Miucci eintreffe, ist in der Tat dort einiges los im Laden. Kai scheint den hinteren Verkaufsraum übernommen zu haben, Victoria den vorderen. Offenbar hat sie ihre Telefonate mit Italien beendet, denn sie zeigt gerade einer Kundin ein paar Handtaschen.

Ihre Augen schießen Giftpfeile in meine Richtung. Und auch ihr Körper steht dermaßen unter Spannung, dass ich froh sein kann, nicht gleich mit einem besonders schweren Exponat erschlagen zu werden.

Langsam finde ich ihre Reaktion ein bisschen übertrieben, immerhin helfe ich hier, wo ich nur kann.

«Victoria, ich …»

Doch sie deutet nur mit ausgestrecktem Arm Richtung Dessous-Abteilung. «Du hast Besuch», erklärt sie mit Grabesstimme.

«Oh!» Sicher die Grünewald, die sich das mit der Erpressung noch mal überlegt hat.

Als ich schon erleichtert aufatmen will, da Victoria offenbar nicht vorhat, mich mit Schweigen und Nichtbeachtung zu strafen, fügt sie hinzu: «Deine Verlobte wartet auf dem Sofa.»

Haha.

Leicht verunsichert suche ich in Victorias Augen nach etwas, das die Ironie in ihren Worten erkennbar werden lässt. Doch ich sehe weiterhin nur Mordlust.

Gerade als ich mich mit unguter Vorahnung zur Sofaecke aufmachen will, kommt Tanja auf mich zugeschossen. Mit einem Gesichtsausdruck, der es mit Victorias durchaus aufnehmen kann.

«Bautzel!», sagt sie erschüttert. Dann fällt sie mir um den Hals. «Ich habe mir ja solche Sorgen um dich gemacht. Wo warst du nur die ganze Nacht?»

Irritiert blickt sie an mir herunter.

«Äh … Ich … hatte dir doch eine SMS geschrieben.» *Und nenn mich nicht Bautzel!*

Tanja ignoriert meinen Einwand. «Die ganze Nacht habe ich wachgelegen. Und um nicht durchzudrehen, habe ich irgendwann im Internet gesurft. Ach, Bautzel!», sagt sie mit ehrlicher Bewunderung in der Stimme. «Ich wusste ja gar nicht, dass du mit den Micoluccis verwandt bist.» Sie tätschelt meine Wange. «Das ist großartig! Wir sollten unsere Hochzeit in Italien feiern!»

Victoria, die offenbar nicht vorhat, sich das Szenario entgehen zu lassen, sieht immer wieder von ihrem Kundengespräch zu uns herüber.

Tanja registriert diese Blicke sehr wohl. «Sie und Ihr Kollege sind natürlich auch eingeladen!», ruft sie in den Laden und macht eine wegwerfende Geste. «Auf ein paar Leute mehr oder weniger kommt es nun wirklich nicht an.»

«Danke.» Victoria hat ganz offensichtlich ein zweites Opfer für ihre Mordlust ausgemacht. «Ich gratuliere Ihnen zu diesem …»,

sie schenkt mir einen mitleidigen Blick, «… hervorragenden Fang!»

Tanja bemerkt die Ironie nicht, sondern strahlt mit meinen Pailletten um die Wette. «Natürlich werde ich zur Hochzeit ein Kleid von Miucci tragen, das können Sie ja sicher organisieren, oder?» Sie blickt sich suchend im Raum um. «Bautzel, kann ich mir als Verlobungsgeschenk vielleicht eine Tasche aussuchen? Du brauchst sie auch nicht einzupacken, ich werde sie gleich über den Arm werfen.» Gierig grabscht sie gleich nach mehreren Exemplaren im Regal.

Victoria zuckt mit keiner Wimper.

Meine Geduld nähert sich ihrem Ende. «Das geht nicht», sage ich bestimmt. «Hier findet diese Woche ein wichtiges Event statt, vorher können wir nicht einfach etwas aus dem Sortiment verschenken.»

Tanja runzelt die Stirn. «Aber du bist der Sohn vom Chef. Du kannst das sehr wohl tun.» Sie greift erneut ins Regal.

Victoria entschuldigt sich kurz bei ihrer Kundin und gesellt sich zu uns. «Besuchen Sie doch einfach unser Event am Samstag. Dann wird Alexander Ihnen sicher im Anschluss eine hübsche Tasche spendieren.» Sie lächelt zuckersüß. «An dem Tag können Sie sich übrigens gleich Ihr Monogramm einbrennen lassen. Vielleicht schon mit den neuen Initialen?»

Tanja bekommt große Augen. «Wirklich?», quiekt sie und klatscht begeistert in die Hände. «Ach, das wäre wunderbar! Ich komme ganz bestimmt.»

Jetzt bin ich es, dem die Mordlust ins Gesicht geschrieben steht.

Aber bevor mir endgültig der Kragen platzt und ich am Ende etwas sage, das ich niemals wiedergutmachen kann, greife ich Tanja am Arm und ziehe sie energisch in Richtung Kellertreppe.

«Ich bin gleich zurück», sage ich zu der falsch lächelnden Victoria im Vorbeigehen, und mein Tonfall lässt keinen Zweifel darüber aufkommen, dass ich mich von meinem Vorhaben durch nichts abbringen lassen werde.

Mit der verdutzten Tanja am Arm hechte ich die Treppe runter. Auf jeder Stufe mache ich mir im Geiste neue Vorwürfe.

Warum habe ich es überhaupt so weit kommen lassen? Wieso habe ich Tanja nicht gleich die Wahrheit gesagt? Was ist so schlimm daran, in einer Zweizimmerwohnung zu leben, weil man es seinem raffgierigen Chef nicht recht machen kann und dessen Problem-Immobilien nicht loswird? Wo ist das Problem, wenn man es als Makler nicht zu einem Loft gebracht hat?

Ben hatte recht, ich bin wirklich armselig.

Ich schleife Tanja in das provisorische Büro, drücke sie auf den Schreibtischstuhl und schließe die Tür hinter uns. Dann baue ich mich vor dem Tisch auf.

Doch ehe ich mich auch nur räuspern kann, faucht sie los: «Was soll denn das, Alex? So kannst du mich vor deinen Angestellten nicht behandeln. Die denken ja, ich hätte zu Hause überhaupt nichts zu melden. Außerdem», sie wartet, bis ich mir jetzt doch einen Stuhl herangezogen habe, «finde ich es entsetzlich kleinlich von dir, dass du mir keine Tasche mitgeben magst. Ich meine, da stehen doch nun wirklich genügend Exemplare rum. Du kannst mir doch nicht erzählen, dass es für irgendein Event eine Rolle spielt, ob dort nun vierzig oder einundvierzig von den Dingern im Regal liegen.» Sie verschränkt bockig die Arme vor der Brust. «Ich meine, ich bin schließlich deine Verlobte, ich habe quasi ein Recht darauf ...»

Ich will gar nicht wissen, worauf sie glaubt ein Recht zu haben, und unterbreche sie barsch.

«Sag mal, glaubst du das eigentlich wirklich?», frage ich und bin auf einmal erstaunlich ruhig. «Wir kennen uns gerade mal ein paar Monate, und in der letzten Zeit haben wir entweder in der Bade-

wanne gesessen oder im Bett gelegen. Das ist doch keine Grundlage für eine Ehe!»

«Und wieso nicht?», fragt Tanja aufmüpfig. «Wir haben uns doch auf Anhieb super verstanden. Wir verfügen über denselben Wohnungsgeschmack, arbeiten in der gleichen Branche und sind uns sogar bei der Wannentemperatur einig.»

Ich kann nicht glauben, was ich da höre. Man kann doch nicht eine Hochzeit planen, nur weil man sich ohne Streit auf eine Wassertemperatur verständigt hat!

«Also erstens», sage ich und verschränke ebenfalls die Arme vor der Brust, «war mir das Badewasser immer zu heiß, und zweitens ist heiraten nicht meine oberste Priorität.»

Plötzlich fängt Tanja an zu kichern. «Ach, Bautzel, was soll denn das? Die Baderei hört doch sowieso auf, sobald ich schwanger bin. Und da wir das Problem mit dem Hamster jetzt auch vom Tisch haben, können wir auf der Stelle mit der Familienplanung loslegen.»

«Wie bitte?»

«Na ja, so ein Hamster könnte unserem Baby alle möglichen Krankheiten übertragen. Aber da er heute Morgen gestorben ist, hat sich diese Sorge auch erledigt.»

«Er ist … WAS?»

«Tot. Lag heute Morgen regungslos in seinem Käfig. Keine Ahnung, was da passiert ist.»

Entsetzt blicke ich aus dem Fenster. Nun gab es also den ersten Toten in diesem Szenario. Wird wirklich Zeit, dass der ganze Zirkus aufhört.

Immer noch aufs Wasser schauend, erkläre ich: «Das war nicht mein Hamster. Und es ist auch nicht mein Loft. Und …»

«Ach, Bautzel, jetzt hör doch mal mit dem Quatsch auf. Das ist nicht witzig.»

Ich drehe mich vom Fenster zurück und sehe Tanja in die Augen.

Es dauert einen Moment, bis sie meinem Blick entnimmt, dass ich es ernst meine. Dann verliert sie die Fassung.

«Du meinst, du hast mich die ganze Zeit belogen? Das Loft, unsere Hochzeit und ...» Ihre Augen werden glasig. «Bist du denn wenigstens mit den Micoluccis verwandt? Dann würde ich dich trotzdem nehmen.»

«Nein, bin ich nicht.»

Ich habe nichts mehr zu verlieren. Ich habe bereits verloren.

«Aber die Fotos ... im Internet!?» Tanja mag mir noch immer nicht glauben. «Und was machst du dann hier im Laden, wenn du nicht der Chef bist? Noch dazu in diesem Aufzug!»

«Ich ... äh ... kenne die Geschäftsführerin.»

So langsam fällt bei Tanja der Groschen. «Die Dunkelblonde von eben?» Sie stöhnt auf. «Mein Gott, Alex. Du kannst doch nichts mit einer Verkäuferin anfangen!» Einen Moment scheint sie zu überlegen, ob es sich lohnt, gegen Victoria ins Rennen zu gehen. Doch schnell wird ihr klar, dass ihr das auch keine Gratistaschen bescheren würde. «Wenn es so ist, kannst du die Hochzeit natürlich vergessen», schnaubt sie und verzieht wütend das Gesicht. «Und ich dachte, ich kann jetzt endlich meinen langweiligen Halbtagsjob kündigen und ...»

«Halbtagsjob? Als Maklerin?»

Sie schenkt mir einen bitterbösen Blick. «Mann, Alex, das war doch nur ein bisschen Werbung in eigener Sache. Ich hab deine Corvette gesehen, und da wollte ich nicht so aussehen, als sei ich ein Trostpreis.» Sie verzieht den Mund. «Aber der Wagen gehört dir ja vermutlich auch nicht.»

Ich schüttele den Kopf. «Er gehört meinem Kumpel Florian. Genau wie das Loft. Ich wohne dort nur, solange er in der Bodenseeklinik liegt.»

Tanja sieht mich merkwürdig an. «In der Bodenseeklinik?»

«Richtig. Bei Professor Mang. Er hat es am Herzen. Also … mein Kumpel, meine ich, nicht der Arzt.»

Tanja runzelt die Stirn. «Wirklich? Na, dann tut er mir doppelt leid», sagt sie und steht auf.

«Äh, warum jetzt doppelt?»

«Na ja, zum einen wegen dem Tod seines Hamsters. Und zum anderen, weil die Bodenseeklinik eine Schönheitsklinik ist. Professor Mang nennt man auch den Nasen-Papst. Wenn dein Kumpel dort mit einem Herzleiden eingecheckt hat, dann gute Nacht!»

20. Kapitel

Schätzungsweise eine halbe Stunde benötige ich, um mir der Tragweite von Tanjas Worten bewusst zu werden. Nach ihrer Offenbarung knallte sie mir Florians Wohnungsschlüssel auf den Tisch und rauschte – noch immer wütend – hinaus.

Seitdem sitze ich kraftlos hier unten im Keller und starre aus dem Fenster. Um ihre Aussage zu überprüfen, googele ich ein weiteres Mal auf dem Handy die Bodenseeklinik. Erst habe ich kein Netz, dann öffne ich eines der bodentiefen Fenster und beuge mich so weit vor wie möglich. Es funktioniert. Dieses Mal durchforste ich die Internetseiten etwas sorgfältiger. Und siehe da: Bei der Bodenseeklinik handelt es sich tatsächlich um eine Schönheitsklinik. Sogar auf Professor Mang stößt man bei der Suche. Letzten Endes ist es die Kombination von Klinik und seinem Namen, die eine Verwechslung mit möglichen anderen Bodenseekliniken ausschließt. Da ich annehme, dass mein Kumpel mit Schönheitsoperationen nichts am Hut hat, jedenfalls noch nicht, wird er wohl einen Tipp bekommen haben, mir diese Klinik zu nennen. Vermutlich von der quietschigen Flüsterstimme, die ständig im Hintergrund zu hören war. Und wenn ich nun zwei und zwei zusammenzähle, kann ich mir auch vorstellen, wem dieses anstrengende Organ gehört: Natasha. Die Tonlage, mit der sie mich neulich in der *Goldquelle* beinahe taub gequasselt hat, erinnerte in der Tat an ein EKG-Gerät. Außerdem steht beziehungsweise stand ihr Hamster bei Flo. Eigentlich wäre es ja an ihr gewesen, sich um den kleinen Kerl zu kümmern und bei Florian die Post zu leeren …

Je länger ich darüber nachdenke, desto klarer werden mir die Zusammenhänge: Florian ist gemeinsam mit Natasha auf Achse. Und jetzt hat er es der überschaubaren Intelligenz seiner Freundin zu verdanken, dass sein Lügengerüst zusammengebrochen ist. Geschieht ihm recht. Ich meine, wer in Zeiten von Internet und Google glaubt, dass eine Klinik für plastische Chirurgie als Herzklinik durchgehen könnte, ist schon 'ne echte Evolutionsbremse.

Kopfschüttelnd lasse ich mich auf den Fenstersims sinken und hänge meine Beine aus dem Fenster. Die Kälte lädt nicht gerade zum Verweilen ein, und der alberne Glitzerfummel ist nicht unbedingt ein winterliches *Must-have*. Doch die frische Luft hilft mir, einen klaren Kopf zu bekommen. Ich stecke mein Handy weg und reibe fröstelnd meine Hände aneinander.

Kann es wirklich sein, dass mein guter Kumpel Flo sich einfach verpisst hat, als es bei Miucci eng wurde? Dass er es sich gerade irgendwo mit Natasha gutgehen lässt, während ich hier den Karren für ihn aus dem Dreck ziehen soll? Nutzt er einfach nur meinen guten Kern aus, wie Ben es nannte?

Inzwischen ist mir natürlich klar, warum Florian so gehandelt hat. Er konnte gar nicht anders. Zum einen, weil er – wie sich ja inzwischen herausgestellt hat – eine faule Sau ist, die andere für sich arbeiten lässt. Und zum anderen, weil er bei Miucci ganz sicher keine Hilfe gewesen wäre. Ich gehe sogar so weit zu behaupten, dass er Kelly nicht von Jackie unterscheiden kann und Cavalli und Missoni für Formel-1-Fahrer hält. Peinlich, peinlich. Da wäre ich an seiner Stelle auch abgehauen. Außerdem hätte er sich, um Victoria bei Miucci zu unterstützen, ihrem Kommando unterwerfen müssen. Und das war in seinen Augen vermutlich keine Option.

Die Kälte kriecht immer mehr unter meinen Anzug. Trotzdem mag ich noch nicht aufstehen. Ehrlich gesagt habe ich nicht übel Lust, hier die Zelte abzubrechen, nach Hause zu gehen und das Wochenende sowie meine verbleibenden drei Urlaubstage einfach nur zu genießen. Soll der Laden doch den Bach runtergehen, Flo würde es überleben, da bin ich mir inzwischen sicher. Vermutlich erfreut sich sogar sein

Vater blendender Gesundheit. Sicher war die ganze Geschichte um die herzkranke Familie Micolucci erstunken und erlogen und diente nur einem einzigen Zweck: Niemand sollte sich trauen, bei Florians Vater anzurufen.

Ich dämlicher Trottel!

Kurz spiele ich mit dem Gedanken, Florians alten Herrn einfach anzurufen und ihm die Augen zu öffnen. Doch ich verwerfe diese Idee schnell wieder. Wer weiß schon, was man mit einer solchen Aktion anrichtet? Am Ende bekommt Victoria den ganzen Ärger ab. Und das wäre nun wirklich das Letzte, was ich wollte. Nein, ich kann Victoria nicht im Stich lassen. Übermorgen ist das Event, heute Abend muss also weiter umgeräumt werden. Und seit dem Auftritt der Grünewald brummt der Laden, und der Verkauf ist in vollem Gange. Wenn ich mich jetzt aus dem Staub mache, kann ich es vollkommen vergessen, jemals wieder auch nur so etwas wie ein Date mit ihr zu haben. Und das hätte ich gern. Ich würde gerne noch einmal von vorn anfangen, ohne Lügen und Missverständnisse.

Allerdings stehe ich momentan nicht besonders hoch bei Victoria im Kurs. Um nicht zu sagen: Ich glaube, sie hasst mich. Und ich kann es ihr nicht mal verdenken. Müsste ich annehmen, sie sei gleich nach dem Sex mit mir zu ihrem Verlobten in die Wellnesswanne gestiegen, wäre Hass das Harmloseste, was ich ihr an Gefühlen entgegenbrächte.

Tja, und nun?

Soll ich mich schon mal vor die Tür der *Goldquelle* setzen, damit ich mir später, wenn Ben eintrifft, bereits vor der regulären Öffnungszeit die Lichter auspusten und in einem zwanzigjährigen Dauerkoma versinken kann? Wie *der letzte Bulle*. Nach meinem Erwachen müsste ich mir als debil grinsender Obermacho nur 'ne Fluppe anstecken, das Lederwams überwerfen und ein paar Achtziger-Jahre-Sprüche raushauen, und Victoria würde vor Ehrfurcht vor mir niederknien.

Ich blicke auf die Uhr. Da Ben voraussichtlich erst in einer Stunde in der *Goldquelle* auftaucht, bleibt mir vor der Variante mit dem Dauerkoma noch Zeit, es bei Victoria mit einem klärenden Gespräch zu versuchen.

Vorher sollte ich allerdings dringend bei Werner Wischnewski anrufen, von dem Victoria denkt, er käme morgen vorbei, um das Loch im Fußboden auszubessern.

Schon leicht durchgefroren stehe ich auf und versuche noch einmal, mit meinem Handy ein Netz zu empfangen.

Fünf Minuten später lasse ich es enttäuscht wieder in meiner Tasche verschwinden. Ich habe definitiv eine Pechsträhne. Zwar kam eine Verbindung zustande, aber weder Werner Wischnewski noch eine der anderen acht Firmen, die ich angerufen habe, hat so kurzfristig Zeit.

Scheiße, Scheiße, Scheiße! Ein weiteres Wannenbad mit Tanja würde Victoria mir mit Sicherheit eher verzeihen als einen vergessenen Anruf wegen des Fußbodens. Mist!

Plötzlich muss ich wieder an Kais Liste denken. *Sei nicht naiv, sei kreativ!*

Aber der einzige kreative Gedanke, der mir spontan durch den Kopf schießt, ist: Wie-wo-was-weiß Obi. Doch plötzlich kommt mir noch eine andere Idee. Unwahrscheinlich, dass es klappt, aber ich bin bereit, alles zu riskieren. Victoria hat es verdient.

Mit zitternden Eisfingern zücke ich erneut mein Handy und hänge mich für einen besseren Empfang wieder halb über das Alsterfleet.

«Lembke?»

«Hallo, Frau Lembke, Alexander Held am Apparat. Sie wissen schon, der Makler, der vorhin bei Ihnen war.»

Am anderen Ende wird gekichert. «Natürlich erinnere ich mich an Sie. Man trifft ja nicht alle Tage einen Mann, der sich zur Arbeit in Versace kleidet.»

«Äh …» Die Möhre schafft es erneut, mich aus dem Konzept zu bringen.

«Wollen Sie uns etwa schon wieder einen bierbäuchigen Neureichen vorbeischicken? Nur zu! Dann haben mein Mann und ich wenigstens etwas Abwechslung.»

Ich muss grinsen, gehe aber nicht weiter auf ihren Kommentar ein. «Ehrlich gesagt, Frau Lembke, rufe ich in einer anderen Angelegenheit an.»

«Oh, na dann schießen Sie mal los, junger Mann.» Sie klingt neugierig.

Ich hole einmal tief Luft und bete, dass sie nicht gleich wieder auflegt. «Eigentlich habe ich nur eine Frage: Die Fliesen bei Ihnen im Garten und auch in der Küche – hat die zufällig Ihr Mann verlegt?»

Die Möhre schnauft erbost. «Machen Sie Witze?»

Mir rutscht das Herz in die Hose. «Nein, ich …»

«Natürlich war das Bruno. So exakt arbeitet sonst niemand, den ich kenne.»

* * *

Fünf Minuten später stehe ich wieder oben im Verkaufsraum. Trotz des Trubels sehe ich Victoria sofort. Sie kämpft wie eine Löwin, um den Laden reibungslos am Laufen zu halten. Zeitgleich berät sie eine Dame beim Schuhekauf, eine weitere bei den Handtaschen und hilft wiederum einer anderen dabei, den Reißverschluss am Rücken ihres Kleides zu schließen.

Als sich unsere Blicke treffen, muss ich feststellen, dass mir leider noch immer Wut und Hass entgegenschlagen. Aber auch Unsicherheit und verletzter Stolz. Wie gerne würde ich ihr mit meinen Augen vermitteln, dass jetzt alles gut wird. Dass die Sache mit Tanja ein großes Missverständnis war und dass ich einen guten Kern und ein noch

besseres Herz habe. Doch längst hat sich Victoria wieder ihren drei Kundinnen zugewandt.

Einen kurzen Moment liebäugele ich damit, die Henning-Baum-Variante auch ohne vorheriges Koma, Fluppe und Lederjacke durchzuziehen. Ich könnte jetzt einfach zu Victoria gehen, sie küssen und im Anschluss auf Händen diesem Irrenhaus entreißen. Doch ich käme vermutlich gar nicht zu ihr durch.

Im Laden ist es brechend voll. Viele der umherschwirrenden Kundinnen wollen das gewickelte Kleid mit dem Schlitz und der Fransenkante. Andere wurden durch den ausführlichen Bericht über die Gala im Hotel Atlantik und die damit verbundene Werbung für Miucci angelockt. Ein weiteres Mal bin ich erstaunt, was ein Foto auslösen kann.

Kai hat alle Hände voll damit zu tun, neue Ware aus dem Lager zu holen, Bizzelwasser aufzufüllen und nebenbei Vorbestellungen entgegenzunehmen. Geht das Kleid – meine Kreation! – also tatsächlich in Produktion?

Unschlüssig trete ich von einem Bein aufs andere, dann atme ich einmal tief durch und stürze ich mich in die Höhle der Löwinnen. Ich ignoriere Victorias berühmtes Stirnrunzeln, stelle mich hinter den Verkaufstresen und setze ein Lächeln auf, das, wie ich erstaunt feststelle, von Herzen kommt. Ich straffe die Schultern und liefere mich der kaufwütigen Meute aus.

«Junger Mann», wendet sich sogleich eine Kundin an mich. «Bedienen Sie hier? Haben Sie die Marcie auch in Pink? Das ist doch jetzt *in.*»

Ich drehe mich zum Regal und greife mir das Modell, das dort steht. Im Geiste versuche ich mich an all die komischen Ausdrücke und Farben zu erinnern, die Kai und Victoria in den letzten Tagen benutzt haben.

«Nein, Pink ist *totally last-season,* Madame. Wir haben zurzeit nur Schlamm und Ash. Aber das hat natürlich einen Grund …» Ich mache eine Pause und überlege, welcher das sein könnte.

«Ach ja? Und welcher ist das?»

Mist, war ja klar, dass es Nachfragen geben würde. «Äh … Im kommenden Sommer sind noch einmal Powerfarben angesagt. Aber nur bei der Kleidung. Die Accessoires nehmen sich etwas zurück. Weil … äh … Pink das neue Schwarz ist und Schlamm das neue Pink.» Oder war es andersherum? Habe ich mich da jetzt vielleicht etwas verheddert? Ich meine, wenn Pink das neue Schwarz ist, bedeutet das dann, dass im nächsten Sommer kein Schwarz getragen wird? War das jetzt vielleicht ein bisschen *zu* kreativ?

Leicht verunsichert blicke ich mich um. Nein, das war aufdringlich, ohne dass ich mich aufgedrängt hätte. Ich glaube, so langsam verstehe ich Kais Verkaufsprinzipien. Denn acht Augenpaare starren mich ehrfürchtig an. Eines davon gehört Victoria, der außerdem noch der Mund offen steht. Schon ist die Traube, die sich um sie gebildet hatte, deutlich kleiner geworden. Stattdessen hängen nun alle an meinen Lippen. Und zum ersten Mal an diesem Tag bin ich froh über den Versace-Anzug. Denn wer den Mut hat, sich wie Gary Glitter zu kleiden, der findet auch Gehör.

Kurzerhand hänge ich mir die schlammfarbene Marcie über den Arm. *Eine Anprobe sagt mehr als tausend Worte!*

«In der kommenden Saison soll die *bag* mit der Trägerin verschmelzen, sie aufwerten, ohne sich in den Vordergrund zu drängen. Das wird vor allem dank der neuen Farben Ash, Schlamm, Nude und Desert Rose der Fall sein.»

Im Stillen bete ich, dass mich das Tragen dieser Tasche nicht schwul werden lässt.

«Meine Damen, das ist *so miucci!*»

Die Kundinnen klatschen begeistert, dann greifen alle gleichzeitig nach der Tasche und versuchen, sie mir zu entreißen.

«Ich nehme sie!», kreischt eine Frau.

«Ich hab zuerst gefragt», empört sich eine zweite, die weiter hinten steht.

«Und ich will die in Ash», verlangt die dritte.

«Ich auch.»

Das Chaos ist perfekt.

«Haben Sie die Falabella denn auch in Schlamm?»

«Warum gibt es die nur in Pink? Ich dachte, Schlamm sei das neue Pink?»

Also, blöd sind die nicht, das muss man den Mädels ja lassen.

«Sie müssen wissen, meine Damen, dass die Falabella eher ein Modell für den Abend ist. Da soll die ganze Frau strahlen, samt Accessoires, Schmuck und Kleid. Am Abend darf es ja immer ein bisschen mehr sein», sage ich und registriere, dass Victoria verschämt zu Boden blickt. Findet sie das etwa lächerlich?

Doch mein Erfolg gibt mir recht.

«Dann nehme ich die pinke», ruft eine der Kundinnen.

«Ich möchte sie auch haben!»

«Haben Sie auch das größere Modell?»

«Meine Damen …», versuche ich die Meute zu beruhigen. «Heute verkaufen wir leider nur die Modelle, die Sie hier im Regal sehen. Aber übermorgen, am Samstag, ist unser Eventtag. Verkaufsstart für die neue Ware. Und gleichzeitig eine Top-Gelegenheit, sich Ihr Monogramm in die Taschen drucken zu lassen oder sich ein Unikat zu bestellen.»

Die Frauen schnattern aufgeregt durcheinander, als wäre dies der Verkaufsstart des neuen iPads. Victoria hatte recht: So ähnlich sieht es in der Technikabteilung bei Saturn aus, wenn ein neues Gerät auf den Markt kommt.

Was wäre die Welt nur ohne Hobbys?

21. Kapitel

Um 19 Uhr schließen wir erschöpft den Laden. Dummerweise geht jetzt die Arbeit erst richtig los.

In Windeseile wird der Raum im Keller, der bislang als Büro und Lager diente, ausgeräumt und so Platz für die wichtigsten Regale und Kleiderständer aus den oberen Verkaufsräumen geschaffen. Morgen nach Ladenschluss sollen sie hier unten vorübergehend aufgestellt werden. Bislang verdeckte und nun staubig hervorscheinende Ecken sowie Flecken an den Wänden und auf dem Fußboden werden ausgebessert, geputzt und poliert. Zwischendurch kochen wir wechselseitig Kaffee und plündern die Weihnachtskekse.

Als gegen Mitternacht der Großteil der Arbeit erledigt ist, zückt Kai eine Flasche Eierlikör aus seiner Tasche.

«Von meiner Oma», sagt er und will jedem von uns etwas davon in ein Wasserglas einschenken. Doch Victoria streikt.

«Jungs, seid mir nicht böse, aber ich gehe nach Hause.» Noch immer vermeidet sie es, mich anzusehen. Bereits den ganzen Nachmittag hat sie mich, so gut es ging, ignoriert. Und jetzt hat es den Anschein, als würden wir ohne eine Aussprache auseinandergehen müssen. Dabei weiß doch jedes Kind, dass man nicht im Streit einschlafen soll. Und dass Frauen eigentlich immer die sofortige Aussprache wünschen. Doch irgendwie fehlen mir die passenden Worte. Und selbst wenn mir etwas einfiele, möchte ich nicht denselben Fehler noch einmal machen und reden, solange Kai neben uns steht.

«Macht euch einen schönen Abend», sagt Victoria und schnappt sich ihre Tasche. «Ihr habt es wirklich verdient.» Sekunden später ist sie auch schon verschwunden.

Vollkommen perplex starre ich auf die Stelle, wo sie eben noch gestanden hat.

«Auf das Event!», trompetet Kai unangemessen fröhlich durch die Stille und hebt sein Eierlikörglas. «Cheers!»

Mechanisch lasse ich mein Glas gegen seines stoßen. Nebenbei arbeitet mein Hirn auf Hochtouren. *Los, Alex, lauf ihr hinterher. Du weißt doch, wie Frauen ticken!*

Doch statt mich auch nur einen Schritt von der Stelle zu bewegen, leere ich stumpf mein Glas. *Nun geh schon, sonst ist es zu spät!*

Kai schenkt noch einmal nach. Dann stopft er die Flasche zurück in seine überformatige Tasche, wobei auf der Frontseite ein großes schwarzes Logo sichtbar wird: *Prada*.

Schlagartig fühle ich den Eierlikör in mein Blut schießen.

Kai, der meinem Blick gefolgt ist, kann sich ein Grinsen nicht verkneifen. «Ich hab mal dort gearbeitet, bevor ich zu Miucci kam», erklärt er und sieht mich dabei an, als wäre ihm Europas größter Juwelendieb ins Netz gegangen. Mir wird ein bisschen schlecht.

«Ist 'ne Weile her, aber die Kollegen bei Prada kenne ich noch gut.»

Er macht eine Pause, in der ich übersprungartig mein Eierlikörglas mit dem Finger auswische und diesen anschließend ablecke.

«Ich habe mal ein paar Nachforschungen angestellt ...» Die Augen von Kommissar Kai funkeln bedrohlich. Sie haben dasselbe Schwarz angenommen wie seine gelackte Betonfrisur. «Komischerweise kennt man dich dort gar nicht.»

«Äh ... wo jetzt?»

«Bei Prada.»

«Nicht?», entgegne ich überrascht und will mich fast schon aufregen, dass die dort ihren Top-Verkäufer so schnell vergessen haben. Doch etwas in Kais Blick lässt mich verstummen.

«Stattdessen habe ich von einer anderen Quelle erfahren, du wärst ... Makler.»

Ich muss husten. Das Schnapszeugs kommt mir wieder hoch.

«Tja ... also ...»

Ich? Makler? Das glaube ich ja selbst kaum mehr. Und wer zum Henker hat ihm das überhaupt erzählt? Tanja?

«Weißt du, Alex, im Grunde genommen ist es mir egal, wer du bist oder woher du kommst. Florian hat aus irgendeinem Grund angenommen, du könntest uns hier helfen.» Kai verzieht das Gesicht. «Wie er darauf gekommen ist, weiß ich zwar nicht. Aber bei dem Kerl wundert mich ehrlich gesagt wenig.»

Nun, da haben wir ja etwas gemeinsam. Mich wundert bei Flo eigentlich nur noch, dass er es so lange geschafft hat, alle an der Nase herumzuführen.

Plötzlich kommt mir ein schrecklicher Gedanke. «Weiß Victoria, dass ... ich ... äh ...»

«Dass du einen auf dicke Hose machst und eigentlich ein Abzocker bist, der für wenig Arbeit viel Geld bekommt?»

«... dass ich Makler bin?»

«Sag ich doch.» Kai stemmt die Hände in die Hüften. «Nein, das weiß sie nicht. Uns war zwar von Anfang an klar, dass etwas mit dir nicht stimmt, aber wir brauchten hier so dringend Hilfe – notfalls hätten wir auch einen farbenblinden Passanten von der Straße genommen. Hauptsache, jemand packt uns die Ware aus.»

Na, herzlichen Dank.

«Außerdem hätte Victoria sich nur noch mehr Sorgen gemacht», fährt er fort. «Und möglicherweise sogar die Polizei gerufen.»

«Die Polizei? Meinetwegen?» Also, das finde ich jetzt wirklich übertrieben. Genau wie die Aussage, mit mir würde etwas nicht stimmen. Hat der sich in letzter Zeit mal selbst im Spiegel betrachtet?

«Es ist dir vielleicht inzwischen aufgefallen, dass die Ware hier im Laden außerordentlich wertvoll ist», bemerkt Kai spitz. «Einen Kerl,

der uns die Bude leerräumt, hätten wir nun wirklich nicht gebrauchen können.»

Will die Betonbirne etwa andeuten, ich sähe aus wie ein Dieb?

«Jeden Morgen habe ich als Erstes geschaut, ob auch nichts fehlt. Aber außer meinem Haarspray ist nichts weggekommen, seitdem du da bist.»

Okay, ich *bin* ein Dieb. Aber nur im Bagatell-Bereich.

«Marcel meint jedoch, du wärst harmlos. Bisschen verklemmt und schwulenfeindlich, aber nicht gefährlich.»

Marcel? Was für ein Marcel? Doch nicht etwa der galaktische Stullenfresser von Hambitare? War ja klar, dass der mich anschwärzt. Woher kennen die sich überhaupt? Doch nicht etwa aus der Sauna?

Kommissar Kai macht auch schon weiter mit seinem Verhör: «Wenn du nun also Makler bist, eine Verlobte hast und ...»

«Ich bin nicht verlobt! Das war ein Missverständnis.»

«Ach. Ein ziemlich blondes Missverständnis ...»

«Äh ... na ja ... wenn du es so nennen möchtest.»

Ich fasse es nicht! Da ist man mal zwei Stunden nicht im Haus, und schon mischt sich jeder Hans und Franz in mein Privatleben ein. Kann ihm doch total egal sein, mit wem ich in die Wanne steige. Unverschämtheit. Ich meine, bei so einem brisanten Thema, das Verschwiegenheit und Taktgefühl verlangt, wäre Kai nun wirklich der letzte Mensch, dem ich mich anvertrauen würde. Okay, der vorletzte. Der allerletzte wäre vermutlich Marcel.

«Aber das war, bevor Victoria und ich ...», setze ich zu einer Erklärung an.

«Bevor ihr was?»

Achtung, Alex, drück es diplomatisch aus. Denk dran, der Kerl ist schwul. Privatangelegenheiten sind bei ihm so sicher aufgehoben wie auf einer Postkarte.

«... bevor wir Sex hatten.»

Wie soll man das auch diplomatisch ausdrücken?

Außerdem hat Kai doch meine Andeutung heute Morgen mitbekommen.

«Du hast mit Victoria geschlafen?» Er reißt überrascht seine Augen auf.

Er wusste es nicht? Harrr. Ich sage jetzt besser nichts mehr.

«Ja, habe ich. Aber danach war ich nicht mehr baden. Also ... nicht mehr mit Tanja. Nur noch duschen. Also ... ohne Tanja natürlich.»

«Verstehe ... du warst *baden*», sagt Kommissar Kai, und es hat den Anschein, als wolle er, entgegen sämtlichen schwulen Gepflogenheiten, doch lieber keine weiteren Details aus meinem Privatleben hören.

Aber ich möchte noch etwas loswerden. «Ich hätte wirklich niemals gleichzeitig ... also, natürlich meine ich nicht *gleichzeitig*, sondern zur selben Zeit ... nur zeitversetzt ... mit Victoria *und* Tanja ...» Hilfesuchend blicke ich zu Kai. «Das würde ich gar nicht durchstehen.»

Er nickt. «Den Eindruck habe ich allerdings auch.»

«Ich weiß, ich sollte dringend mit Victoria reden», fahre ich fort, meinem Herzen Luft zu machen und mich der fleischgewordenen Postkarte anzuvertrauen. «Sie ist eine tolle Frau. Es hat mich ganz schön erwischt. Ich wünschte wirklich, wir könnten noch einmal von vorn anfangen. Ohne diese ganzen Missverständnisse ...» Und mehr zu mir selbst füge ich hinzu: «Ist vielleicht am besten, ich rufe sie an. Jetzt gleich.»

Kai hebt die Augenbrauen, bis sie unter dem gelackten Pony verschwinden. «Bist du verrückt? Du willst sie *jetzt* anrufen?» Entsetzt schüttelt er den Kopf. «Von Frauen verstehst du offenbar noch weniger als von Handtaschen.»

«Aber Frauen wollen doch immer reden», ignoriere ich seinen Einwand, «das weiß ich zufällig ganz genau.»

«Ach ja? Dann weißt du aber nur die Hälfte.»

Langsam wird mir das hier zu blöd. «Und was weißt du über die andere Hälfte?»

Statt einer Antwort fährt Kai mit seiner Erklärung fort: «Mir ist schon klar, dass du die Sache, so schnell es geht, bereinigen willst, aber glaube mir ...» Er macht eine Kunstpause. Sowohl sein Blick als auch seine Stimme haben jetzt etwas Therapeutisches. «So funktioniert das bei Frauen nicht.»

Woher zum Geier will denn ausgerechnet er das wissen?

«Bevor du mit ihr redest, sollte ein wenig Zeit ins Land gehen. Das zeigt der Frau, dass du dir eine Weile Gedanken gemacht hast.»

Oh. Na, wer sagt's denn! War vielleicht doch ganz gut, dass ich Victoria vorhin nicht hinterhergelaufen bin. Instinktiv habe ich mich richtig verhalten.

«Außerdem ...» Der therapeutische Ausdruck auf Kais Gesicht weicht dem eines überqualifizierten Gehirnchirurgen. «Außerdem bringt Abwarten noch einen weiteren entscheidenden Vorteil mit sich.»

Ich sag es ja: Ich habe mich instinktiv richtig verhalten. Und nur für den Fall, dass ich noch einmal unverschuldet in eine solche Situation gerate, hake ich nach: «Und welchen?»

Kai demonstriert mit einer weiteren Gehirnchirurgen-Pause seine Überlegenheit. Dann sagt er: «Heute braucht Victoria noch, um wütend zu sein. Du könntest die dramatischsten Entschuldigungen vor ihr ausbreiten, sie würde dich nicht anhören. Morgen hingegen hat sie im besten Fall schon mal einen kurzen Moment Angst gehabt, du würdest dich gar nicht mehr bei ihr melden. Das ist deine Chance. Jedenfalls, wenn du es geschickt anstellst.»

Tja, aber wie wir ja leider wissen, bin ich nicht unbedingt Meister der geschickten Unterhaltungskultur.

«O-kay», sage ich und fühle, wie mein Enthusiasmus langsam

abebbt, «dann also morgen.» Vielleicht geschieht bis dahin ja ein Wunder. Oder ich falle über Nacht in das ersehnte Dauerkoma.

«Ganz genau», sagt Kai. «Und überleg dir gut, was du ihr sagen willst, denn morgen zählt jedes Wort doppelt.»

«Äh ... wieso doppelt?»

Kai rollt mit den Augen. «Na, weil du bis dahin Zeit hattest, dir Gedanken zu machen. Wenn du dann nichts Vernünftiges herausbringst, wird sie dich gnadenlos abschießen.»

Ich glaube, es wäre doch besser gewesen, ihr sofort hinterherzulaufen.

22. Kapitel

Am nächsten Morgen bin ich pünktlich um 10 Uhr an der Ecke Jungfernstieg und Neuer Wall und warte auf Bruno Lembke. Während ich dort stehe, wähle ich mal wieder Florians Nummer. Aber offenbar hat er sich komplett vom Alltag losgesagt – nicht mal seine Mailbox meldet sich.

Auf der anderen Straßenseite entdecke ich jetzt Bruno Lembke. Trotz eines dicken Wollmantels und einer verknautschten Prinz-Heinrich-Mütze erkenne ich ihn sofort. «Guten Morgen, Herr Lembke», sage ich, als er vor mir steht. «Schön, dass Sie es einrichten konnten.»

Nach anfänglicher Skepsis, nicht zuletzt wegen des knappen Timings, willigte der handwerklich begabte Mann der Möhre gestern Nachmittag ein, sich die Stelle im Fußboden bei Miucci wenigstens einmal anzusehen.

«Moin, Herr Held, ich hoffe, ich kann Ihnen helfen. Ist lange her, dass ich für andere etwas gemacht habe. Seit ein paar Jahren tobe ich mich ja nur noch in unserem Schlösschen aus.»

Ein verschmitztes Lächeln huscht über sein faltiges, braungebranntes Gesicht. Kaum zu glauben, aber dieser unscheinbare Mann könnte Millionär sein, würden er und seine Frau sich zum Verkauf ihres Hauses entschließen. Doch wichtiger scheint ihm zu sein, weiterhin gefordert zu werden.

«Es wäre super, wenn Sie sich irgendetwas einfallen lassen könnten», versuche ich ihm zuzureden, während wir den kurzen Fußmarsch in Richtung Miucci starten. «Damit bei diesem Event, von dem ich Ihnen am Telefon erzählt habe, die Frauen in ihren Highheels nicht über den Fußboden stolpern und sich die Haxen brechen.»

Bruno Lembke nickt. «Schauen wir mal.»

Mir fällt noch etwas ein: «Sie würden mir außerdem einen Riesengefallen erweisen, wenn Sie vor Frau Wendt, also vor der Geschäftsführerin, nicht erwähnen, woher wir uns kennen. Auf keinen Fall darf sie erfahren, dass ich Makler bin.»

«Sie wollen mich doch nicht in eine Intrige verwickeln, Herr Held?», fragt er stirnrunzelnd. «Frauen kann man nämlich nichts vormachen. Die durchschauen einen immer. Und dann möchte ich nicht in Ihrer Haut stecken.» Er kratzt sich an der Mütze. Offenbar hat ihn die Möhre schon bei mancher Schwindelei ertappt, weswegen ihm bereits beim Gedanken an ein Geheimnis unbehaglich zumute wird.

«Sie haben natürlich recht», gebe ich kleinlaut zu, «aber ich stecke leider schon mittendrin in der Geschichte. Glauben Sie mir, es wäre für alle Beteiligten besser, wenn Frau Wendt noch nichts von all dem erfährt, was ich ihr zu sagen habe.»

Bruno Lembke bleibt stehen. «Wenn ich glauben würde, Sie planten etwas Illegales, würde ich nicht mitmachen», sagt er in strengem Tonfall. «Aber meine Frau, die über eine gute Menschenkenntnis verfügt, sagt, Sie wären harmlos. Und mutig.»

Da ich gar nicht genau wissen will, worauf seine Frau ihr Urteil stützt, lasse ich seine Aussage einfach unkommentiert. Außerdem stehen wir bereits vor Miucci.

Ich deute auf die Fensterfront. «Hier ist es. Ganz hinten durch. Kommen Sie, ich zeige es Ihnen.»

Wir betreten den Laden, und Bruno Lembke blickt sich ehrfürchtig um. Spontan werde ich daran erinnert, wie ich vor ein paar Tagen hier das erste Mal im Foyer stand und vermutlich ähnlich staunend die Regale abgescannt habe.

«Donnerwetter», sagt er, «hier würden Lotti aber die Augen übergehen. Wissen Sie», fährt er fort, ohne den Blick von den

Taschenregalen zu nehmen, «meine Frau hat einen Schuh- und einen Taschenfimmel. Wie ein junges Mädchen.» Er lacht. «Ich dachte, es würde im Alter etwas nachlassen, aber das Gegenteil ist der Fall.»

«Ach, dann bringen Sie Ihre Frau doch einfach mal mit!» Aus der Tiefe des Raums tritt uns jetzt Victoria entgegen. Sie trägt ein kurzes Kleid mit graphischem Muster in Beigetönen, hat ihr Haar zu einem lockeren Knoten im Nacken geschlungen und verströmt den Duft von Sommerwiese light.

Bei ihrem Anblick krampft sich mein Magen zusammen, und mein Puls rast. Bitte, lass sie nicht mehr sauer sein, dann muss ich heute nichts doppelt Geniales zu ihr sagen!

«Guten Tag, ich bin Victoria Wendt, die Geschäftsführerin.» Sie reicht Bruno Lembke die Hand. Mir schenkt sie lediglich ein kurzes Stirnrunzeln. Okay, sie IST noch sauer. Der Tag wird hart.

«Dies ist Herr Lembke, er wird sich der Stelle im Fußboden annehmen», erkläre ich so souverän, als sei der kleine Mann mit der Prinz-Heinrich-Mütze Chef einer zehnköpfigen Handwerkertruppe, die berühmt für ihr schnelles und effektives Arbeiten ist.

Victoria entdeckt die Schwachstelle sofort. «Haben Sie denn gar keine Hilfe mitgebracht?», will sie wissen. «Ich nehme doch an, Herr Held hat Ihnen gesagt, dass wir etwas unter Zeitdruck stehen.»

Bruno Lembke nickt. «Ja, das hat er gesagt.» Verunsichert blickt er zwischen Victoria und mir hin und her.

Ich nicke ihm vertrauensvoll zu. «Am besten, ich zeige Herrn Lembke gleich mal das Problem, dann sehen wir weiter.» Ohne Victoria eines weiteren Blickes zu würdigen, schiebe ich den Mann der Möhre in den hinteren Verkaufsraum.

Zum Glück sind gerade keine Kunden im Laden, sodass wir uns ungestört über den Boden beugen können. «Hier ist es.» Ich deute auf die Stelle neben dem Raumteiler. «Die komplette Regalfläche entlang. Frau Wendt hätte gerne Dielen, aber das lässt sich auf die

Schnelle vermutlich nicht realisieren, oder?» Fragend schaue ich zu Bruno Lembke.

Er hat seinen Blick fest auf den Fußboden geheftet und scheint nachzudenken. Nach einer Weile sagt er: «Donnerwetter, da haben Sie aber etwas angerichtet!»

«Das war ich gar nicht. Das hat ein anderer versucht so zu kaschieren.»

«Ich meine nicht den Fußboden.» Er blickt hoch. «Ich meine die junge Dame gerade.» Mit zusammengekniffenen Augen fixiert er mich. «Die haben Sie aber ganz schön verärgert, Herr Held.»

«Ich weiß», erkläre ich seufzend.

«Schade. Sie macht mir einen so netten Eindruck.»

«So ist es auch.»

«Guter Humor.»

«Nicht nur das.»

«Duftet wunderbar.»

«Sie sagen es, und ich brauche –»

«… ein Auto.»

«Bitte?»

Bruno Lembke sieht mich mit großen Augen an. «Wir brauchen ein Auto», erklärt er. «Oder möchten Sie die Fliesen zu Fuß hierhertragen?»

* * *

Zehn Minuten später sitzen der Mann der Möhre und ich in meinem alten Fiat Punto und fahren gemeinsam zum Schlösschen in der Hafencity.

Victoria war nicht begeistert, dass ich den sich langsam füllenden Laden schon wieder verlassen wollte. Auch die Tatsache, dass ich keine Firma mit mehreren Angestellten und eigenem Lieferwagen

engagiert habe, schien ihr nicht besonders zu gefallen. Aber natürlich ist sie nicht dumm. Für eine Grundsatzdiskussion war es entschieden zu spät, und dass sie Bruno Lembke, wenn er denn etwas leisten sollte, weder verärgern noch verunsichern durfte, war ihr natürlich auch klar. Also ließ sie uns kommentarlos gehen.

Die Möhre ist nicht zu Hause, und so schleppen wir ohne weitere Zwischenfälle gefühlte 100 Kilo Bodenfliesen im Marokko-Stil, eine 100-Kilo-Schneidemaschine, 100 Kilo Blitzzement und noch ein paar andere Utensilien zum Auto. Wobei genau genommen ich es bin, der schleppt. Bruno Möhre beschränkt sich darauf, alles, so gut er kann, in meinem Fiat zu verstauen.

Wir verabreden, dass ich mit dem Wagen allein zurück zum Laden fahre und er nach Ladenschluss dazustößt. Vorher ließe sich ohnehin nichts ausrichten.

Eine Viertelstunde später halte ich wieder bei Miucci.

Konnte man Victorias Laune heute Morgen durchaus noch als zurückhaltend bezeichnen, so hat sich ihre Stimmung inzwischen dramatisch verschlechtert.

Mit gequältem Lächeln verabschiedet sie eine Kundin, drückt ihr eine Tüte im Format eines Kleinwagens in den Arm und schiebt sie zur Tür hinaus. Dann schießt sie sofort auf mich zu und zerrt mich hinter den Tresen.

«Wir müssen dringend etwas besprechen», zischt sie. Ihre Augen funkeln, aber ich meine darin eher einen Anflug von Verzweiflung als Wut zu erkennen.

«Ich bin ja so froh, dass du es ansprichst!» Ich muss mich zusammenreißen, um Victoria nicht vor Erleichterung um den Hals zu fallen. «Fast habe ich befürchtet, du würdest nie wieder mit mir sprechen. Dabei habe ich wirklich lange und gut nachgedacht. Schließlich weiß ich natürlich, dass Frauen am zweiten Tag doppelt schlaue Sätze hören wollen.»

Einen kurzen Moment starrt sie mich irritiert an, dann hat sie sich wieder im Griff. «Es ist …»

«Sag jetzt nichts», unterbreche ich. Keine Ahnung, welcher Teufel mich reitet, aber plötzlich weiß ich ganz genau, was ich sagen will. «Du sollst nur zuhören.» Ich hole tief Luft, um das, was ich sagen möchte, auch mit angemessen fester Stimme vorzubringen. «Tanja und ich sind nicht verlobt. Wir haben nicht mal eine Beziehung. Wir hatten nur ein einziges Mal Sex … na gut, zweimal. Aber das war, bevor die Sache mit dir und mir begann.»

«Alex, ich möchte das jetzt nicht hören», unterbricht mich Victoria und wedelt wie wild mit den Armen.

Doch jetzt gerate ich erst richtig in Fahrt. Alles scheint auf einmal ganz einfach zu sein. Man muss sich nur trauen. Um meinen Worten Nachdruck zu verleihen, ergreife ich Victorias Hände und erkläre laut und deutlich: «Ich dachte, Tanja wäre gut für mich. Aber ich war nicht verliebt und –»

Victoria rollt mit den Augen und versucht sich aus meinem Griff zu befreien. «Halt die Klappe, Alex!» Sie wirkt fast ein bisschen hysterisch. «Das ist jetzt wirklich nicht der richtige Moment –»

«Es ist immer der richtige Moment, um jemandem zu sagen, dass man ihn liebt.»

Diesen Satz sage ich leider nicht. Stattdessen erkläre ich: «Ich finde es toll, wie du dich für den Laden einsetzt, auch dass du kündigen und etwas Eigenes aufmachen möchtest. Und ganz ehrlich: Mir ist es egal, wie viele Paar Schuhe du besitzt oder wie viele Handtaschen. Und dieses Schleifenhöschen steht dir wirklich super!»

Also, wenn das keine Liebeserklärung ist, dann weiß ich es auch nicht. Sogar Victoria ist kurz vorm Durchdrehen. Allerdings nicht vor Glück. Wütend zerrt sie an ihren Händen. Doch noch ist nicht alles gesagt.

«Es gibt noch so vieles, was ich dir erklären muss», fahre ich fort.

«Zuallererst finde ich es nicht fair, dass du allein mir die Schuld an diesem … Missverständnis gibst.» Meine Stimme kippt, und ich muss kurz husten. «Ich meine, du hast doch die SMS gelesen, neulich Abend. Theoretisch hättest du wissen müssen, dass es eine Frau in meinem Leben gibt. Und trotzdem hast du einen Tag später mit mir geschlafen. Und ich sage dir auch, warum …»

Victoria gebärdet sich wie wild. «Alex! Nicht jetzt!»

Ich bin nicht zu bremsen. Dies ist der Tag, an dem die Worte doppelt zählen. Ich lasse mir doch jetzt nicht den Mund verbieten. Im Gegenteil. Ich werde noch einen Tick lauter. «Du hast mit mir geschlafen, weil es sich richtig angefühlt hat. Ich habe es auch so empfunden. Der Sex mit dir war wunderschön, und ich …»

Mit einem Mal gelingt es Victoria sich loszureißen. Ihre Hand schließt sich um meinen Mund. «Jetzt halt verdammt noch mal die Klappe!», stößt sie zwischen ihren Zähnen hervor. «Was ich die ganze Zeit versuche dir zu sagen ist: Du hast mal wieder Besuch.» Sie lässt mich los und deutet mit hochrotem Kopf in Richtung Sofaecke.

Besuch? Ich? Doch nicht etwa schon wieder Tanja?

«Wer … äh … ist es denn?», frage ich vorsichtig, auch wenn mir der Sinn nun wirklich nicht danach steht, unterbrochen zu werden.

«Dein Vater.»

«Mein …» Ich verschlucke mich an meiner eigenen Spucke. «Mein WER?»

«Dein Vater. Ernesto Micolucci, du erinnerst dich? Er musste dringend noch telefonieren, also habe ich ihn mit einem Kaffee in die Sofaecke bugsiert. Herzlichen Dank, dass er nun über mein Sexleben Bescheid weiß.»

Ich fürchte, das ist jetzt gerade mein kleinstes Problem.

«Die Sache mit dem Fußboden erklärst du ihm am besten selbst. Und auch, was es mit diesem Gespräch auf sich hat.» Victoria ist peinlich berührt.

Ooookay, jetzt ist alles aus. Schluss und vorbei. Wenn ich in der letzten Woche irgendwann dachte, ich sei am Tiefpunkt angelangt, so war das nur die letzte Stufe auf dem Weg zur Hölle. Ich hätte mir die wohl überlegten Worte sparen können. Und auch das Fliesenschleppen. Überhaupt alles.

Victoria nutzt mein Schweigen und erklärt: «Du hättest mir sagen müssen, dass er hier heute auftaucht. Du wusstest doch sicher Bescheid. Schließlich habt ihr – oh!» Sie lächelt gequält und wendet sich an jemanden in meinem Rücken. «Da sind Sie ja schon, Herr Micolucci. Entschuldigen Sie bitte, wir hatten noch … äh … etwas zu klären.»

Ich wirbele herum. Ein elegant gekleideter Mann mit graumelierten Schläfen und fast schwarzen Augen, die von Lachfältchen umrahmt werden, steht direkt vor mir. Ohne Zweifel Herr Micolucci. Florians Vater.

Ich habe keine Ahnung, ob ich mir Ernesto Micolucci so vorgestellt habe. Ich weiß nicht einmal, ob ich ihn mir überhaupt jemals vorgestellt habe. Auf jeden Fall sieht er Florian kein bisschen ähnlich. Und mir schon gar nicht.

Sein plötzliches Auftauchen hat mich dermaßen überrascht, dass ich keine Angst mehr verspüre vor dem, was zwangsläufig gleich passieren wird. Nicht einmal, als er einen forschen Schritt auf mich zumacht.

23. Kapitel

Mit der Wucht eines Hurrikans reißt mich der fremde Mann in seine Arme, donnert mir gleichzeitig presslufthammerartige Schläge auf die Schulter und ruft: «Alessandro! Was für eine Freude! Schön, dass du endlich da bist!»

Worte könnten nicht ausdrücken, was ich in diesem Moment empfinde. Darum klappt mir nur stumm der Unterkiefer runter. Gleichzeitig fangen meine Knie an zu zittern, und mir wird schrecklich heiß.

Nach einer Weile, vermutlich weil ihn mein pochendes Herzflimmern an seiner Brust beunruhigt, löst Signor Micolucci die Umarmung. Mit seinen Bärenpranken greift er meine Schultern und hält mich auf Armeslänge von sich weg. «Mensch, Alex, ich freu mich ja so!»

Bei mir hält sich die Freude ehrlich gesagt in Grenzen. Und das sieht man mir vermutlich auch an.

«Ich ... äh ... freu mich auch ... *Papa*!»

Augenblicklich werde ich wieder an die fremde Brust gerissen. Ob der Mann dement ist? Eines steht jedenfalls fest: Um den Zustand *seines* Herzens braucht man sich keine Sorgen zu machen. Eher um den seines Hirns. Möglicherweise ist ja die gesamte Familie nicht ganz dicht. Das würde auch in Bezug auf Florian einiges erklären.

«Du hast hier ja wirklich ganze Arbeit geleistet, mein Sohn», sagt Signor Micolucci und klopft schon wieder wie wild auf meiner Schulter rum. «Tolle Fotos übrigens.»

Ich sehe ihn fragend an.

«Auf der Gala ... Du und Carmen Grünewald. Ein Traumpaar!»

«Na ja ...»

«Also – wie sieht es aus?»

«Mit mir und der Grünewald?»

«Mit dir und dem Geschäft. Wie ich höre, wird sogar endlich der kaputte Fußboden versorgt. Wunderbar!» Er strahlt erst mich und dann Victoria an, die von so viel Wiedersehensfreude sichtlich überwältigt ist.

«Ja, das ist ... Alex' Verdienst», sagt sie und blickt verschämt zu Boden.

Ich habe zwar noch immer nicht die leiseste Ahnung, was hier vor sich geht, aber solange das nicht geklärt ist, beschließe ich, mich von einem vollkommen fremden Mann adoptieren zu lassen – und ein paar Dinge klarzustellen: «Den ganzen Rest hat allerdings Frau Wendt organisiert», berichte ich meinem neuen Vater. «Wir sind hier gerade etwas unterbesetzt, deshalb hat sie Tag und Nacht geschuftet. Vor allem nachts!»

Victoria errötet. Offenbar ist es ihr noch immer megapeinlich, dass Florians Vater unseren Streit mit angehört hat. Aber was soll ich erst sagen? Dieser Mann, den ich gerade zum ersten Mal in meinem Leben sehe und dessen Geisteszustand durchaus als fragwürdig zu bezeichnen ist, weiß nun, dass ich in der letzten Woche mit zwei verschiedenen Frauen geschlafen habe, von denen eine seine Geschäftsführerin ist. Ich könnte gut verstehen, wenn er mir deshalb die Camorra auf den Hals hetzt.

«Oh, hallo, Herr Micolucci!» Kai schwebt um die Ecke. Mit zwei Kundinnen im Schlepptau und einem Kleiderhaufen über dem Arm. «Schön, dass Sie uns mal wieder besuchen.»

Neugierig starren die Kundinnen den gutaussehenden Italiener an. «Buongiorno, die Damen!» Signor Micolucci verneigt sich leicht vor der Truppe und blickt Kai anerkennend nach, als er die beiden Frauen geschäftstüchtig zur Kasse schiebt.

Ist es möglich, dass ein Mann so viel Charme besitzen und gleichzeitig einen derart stoffeligen Sohn wie Florian in die Welt setzen kann?

Formvollendet wendet er sich jetzt an Victoria. «Wie haben Sie es nur geschafft, nebenbei noch die ganzen Vorbereitungen für das Event zu treffen, Frau Wendt?», fragt er, und es klingt ehrlich besorgt.

«Na ja, irgendwie hat es halt funktioniert.» Man hört Victoria an, dass sie es selbst kaum glauben kann.

«Haben Sie auch daran gedacht, die Einladungen zu verschicken?»

«Natürlich. Sie sind bereits vor zwei Wochen an unsere registrierten Stammkunden rausgegangen. Alle anderen wurden durch ausliegende Flyer informiert.»

«Sehr gut. Und die Taschenhersteller aus Italien?», will er dann noch wissen. «Sollten die nicht längst eingetroffen sein?»

Victoria nickt. «Sie sind noch unterwegs und erst heute Abend gegen halb neun zum Aufbau der Tische da. Anschließend bringe ich sie in ein Hotel, das ich ganz in der Nähe für sie gebucht habe.»

Ernesto Micolucci nickt anerkennend. «Ja, wenn das so ist ...», sagt er und überprüft schnell die Kundenanzahl im Laden. «... werden Ihre Kollegen Sie wohl eine Weile entbehren können.» Dann sieht er mich kurz an. «Könnt ihr eure Chefin einen Moment entbehren, *mein Sohn*?»

Oh. «Äh ... ja ... klar doch. Absolut.»

«Ich würde jetzt nämlich gern zwei Stunden mit Frau Wendt im Büro ein paar Dinge durchgehen.» Galant fasst er Victoria am Arm und führt sie zur Treppe.

Victoria wirkt nicht besonders glücklich. Ob es allerdings daran liegt, dass sie Kai mit mir hier oben alleinlassen muss, oder der Tatsache geschuldet ist, dass aller Wahrscheinlichkeit nach unten gleich die Schnippelarie und die damit verbundenen Sonderbestellungen für gewickelte Kleider mit Fransenkante zur Sprache kommen, lässt sich schlecht sagen. Fakt ist nur, dass sie den Eindruck ihrer bevorstehenden Exekution vermittelt.

«Hilfe ...», schafft sie gerade noch hervorzupressen, «also, äh ... falls ihr Hilfe benötigt, komme ich sofort.»

Fast hat es den Eindruck, als wünsche sie sich eine Katastrophe herbei. Ihr Blick, den sie mir zuwirft, ehe sie am Arm ihres Chefs in Richtung Keller schreitet, ist mitleiderregend. Aber auch einen Tick vorwurfsvoll. Vermutlich legt sie mir nach wie vor zur Last, ihr das Eintreffen von Signor Micolucci verschwiegen zu haben. Aber woher hätte ich das wissen sollen?

So langsam verliere ich den Überblick über die Dinge, die ich tatsächlich verbockt habe, und jene, die man mir in die Schuhe geschoben hat. Für den ganzen Rest habe ich selbst keine Erklärung.

«Ihr habt offenbar noch nicht geredet», stellt Kai nüchtern fest und drückt mir einen Karton mit Lederhandschuhen in die Hand. «Die sollst du auspacken und in der Glasauslage des Tresens dekorieren.»

Warum nur haben die beiden sich nicht tatsächlich einen Passanten von der Straße geholt?

«Ich bin sehr wohl ein paar wichtige Dinge losgeworden. Dummerweise kam dann ... mein ... äh ... Vater.» Ich gebe einen hysterischen Lacher von mir. «Eltern kommen ja bekanntlich immer in den unpassendsten Momenten.»

Offenbar sind Kais Eltern anders gestrickt. Denn gleich nachdem er mir einen Blick der Marke Ich-glaube-dir-kein-Wort zugeworfen hat, wechselt er das Thema: «Du musst dich noch umziehen. Ich hole dir schnell ein Outfit von unten.»

Ohne meine Bitte nach einer unauffälligen, wenn nicht gar geschmackvollen Kluft abzuwarten, schießt er in den Keller. Mechanisch wende ich mich dem Accessoire-Kleinkram zu und schaffe es gerade, ein paar Handschuhe aus einer viel zu kleinen Plastiktüte zu fummeln, da flitzt Kai bereits wieder auf mich zu.

Über seinem Arm hängt etwas. Leider etwas wenig. «Hast du auch alle Teile dabei?», erkundige ich mich misstrauisch.

Kai nickt. «Natürlich. Heute ist Freitag. Du weißt schon: *easy casual.*»

Easy was? «Und deshalb soll ich Shorts tragen?»

«Das sind keine Shorts, das ist eine *crinkled twill Chino Bermuda.*»

«Das ist eher eine Krankheit!»

«Nur, wenn du sie ohne Pullover trägst.»

Das soll doch wohl hoffentlich keine Anspielung auf meinen Oberkörper sein. Gestern war mir der Mann fast sympathisch, aber heute muss ich leider feststellen, dass er doch nur ein Typ mit schlechtem Geschmack, Spinnenfingern und Betonfrisur ist.

«Victoria hat dir das Teil rausgelegt. Meinetwegen hättest du die Jeans anlassen können. Steht dir echt gut.»

Okay, er ist mir doch sympathisch. Ein bisschen jedenfalls.

Während ich mich auf der Toilette umziehe, erwäge ich noch einmal die Möglichkeit, einfach abzuhauen. Ich könnte jetzt alles hinschmeißen, Feierabend machen und auf diese Art vielleicht wenigstens mein Leben retten. Wer weiß schon, was mich hier noch so alles erwartet? Vielleicht gehört Florians Vater tatsächlich der Camorra an und wartet nur auf einen Rangniederen, der mir in einem ungestörten Moment die Kehle durchtrennt?

Doch sosehr mich dieses Szenario auch beunruhigt – ich kann nicht abhauen. Auch wenn Victoria mir gehässigerweise diese zerknitterten Twilight-Shorts rausgesucht hat, werde ich sie nicht im Stich lassen. Ich stehe das hier durch.

Der kleine Hoffnungsschimmer, dass alles sich zum Guten wendet, lässt mich dann auch den Rest des Tages ohne Murren Kunden bedienen, Kartons auspacken und sogar drei weitere Taschen verkaufen.

Irgendwann tauchen Victoria und Signor Micolucci aus dem

Keller wieder auf. Ihren Mienen ist nicht zu entnehmen, ob es Ärger oder vielleicht sogar Lob wegen der vielen Sonderbestellungen gab. In diesem Fall hätte man mich allerdings gerne mal dazurufen dürfen.

Zum Feierabend überrascht der Chef uns mit einem bestellten Essen von Hamburgs Edelitaliener «Da Enzo». Offenbar kennt Florians Vater Enzo persönlich, weswegen dieser seine warmen Antipasti und eine riesige Platte Nudeln mit Trüffeln persönlich vorbeibringt. Auch wenn ich Enzo aus tiefstem Herzen dankbar dafür bin, dass er Italiener und kein Japaner ist – und mir somit ein weiteres Glibberfisch-Menü erspart bleibt –, möchte ich ihn heute lieber nicht persönlich kennenlernen. Einer Konversation mit zwei Italienern fühle ich mich aufgrund meines eingerosteten Vokabelschatzes noch nicht gewachsen. Auf dem Klo warte ich, bis kein italienisches Gebrabbel mehr zu hören ist.

«Alessandro, mangare!», tönt es irgendwann mit tiefer Stimme durch die Klotür.

Danach höre ich Victoria: «Es gibt Essen, Alex!»

Ja doch. Traut die Frau mir denn gar kein Sprachgefühl zu? Aber immerhin hat sie mich direkt angesprochen. Und sie hat *Alex* gesagt. Das ist ja schon mal ein Fortschritt.

Ich schlendere zur Küche, in der ein kleines, aber feines Buffet aufgebaut wurde. So wie die anderen lade auch ich mir einen Teller mit Antipasti voll und quetsche mich im Anschluss an den kleinen Glastisch in der Sofaecke. Victoria sitzt mir gegenüber. Mein Versuch, Blickkontakt mit ihr aufzunehmen, scheitert. Viel zu beschäftigt ist sie damit, ihrem Chef bis ins Detail zu erklären, welche Vorbereitungen nach dem Essen noch für das Event getroffen werden müssen. Ich lasse mich von dem Gespräch einlullen, kaue nebenbei Nudeln und bemerke erst, dass mein Handy klingelt, als mich alle fragend ansehen.

Es ist Florian. Ich fluche innerlich. Einen blöderen Moment hätte

er sich nun wirklich nicht aussuchen können. Den ganzen Tag über habe ich es immer mal wieder bei ihm versucht. So wütend wie ich mittlerweile auf ihn bin, würde ich dieses Gespräch gerne ohne Zuhörer führen. Wer weiß schon, wie sein Vater reagiert, wenn ich seinen Sohn vor versammelter Mannschaft anbrülle? Also drücke ich das Gespräch weg. Nach seinem zweiten Versuch habe ich die Nase voll und schalte das Handy kurzerhand aus. Ein Fehler, wie sich herausstellt, denn gleich darauf klingelt bei Miucci das Festnetz.

«Wenn das mal nicht für dich ist», sagt Victoria und unterbricht das spannende Gespräch mit ihrem Chef, um mir beim Rotwerden zuzusehen.

Signor Micolucci ist leider auch keine große Hilfe. «Ja, ein sehr gefragter Mann, mein Sohn.» Er lacht ein bisschen. «Geh ruhig ran, Alessandro, wir essen dir schon nichts weg.»

Witzig. Drei Augenpaare starren mich erwartungsvoll an. Wie es aussieht, habe ich keine Wahl.

«Miucci am Neuen Wall, Sie sprechen mit Alexander Held, was kann ich für Sie tun?», melde ich mich in offiziellem Tonfall.

Am anderen Ende wird gelacht. «Das hast du aber schön gesagt, Alex.» Florian feixt. «Ich hab gesehen, dass du versucht hast, mich zu erreichen. Falls es wegen der Fotos im Internet ist: Ich kann Entwarnung geben. Mein Vater scheint die Ausrede mit der Pressefalschmeldung geschluckt zu haben. Er hat zurzeit in Mailand zu tun und will sich *mit derartigen Lappalien* nicht aufhalten, wie er meinte. Du kannst also beruhigt weitermachen bei Miucci.»

Einen kurzen Moment verspüre ich tatsächlich so etwas wie Erleichterung. Die Worte *Entwarnung* und *beruhigt weitermachen* entfalten ganz automatisch eine entspannende Wirkung. Dann fällt mir wieder ein, was sich hier eigentlich wirklich gerade abspielt: Florians Vater ist nicht in Mailand. Und sein Kommentar bezüglich der Fotos hörte sich auch nicht so an, als glaube er an eine Pressefalschmeldung.

Keine Ahnung, wie Florian die Sache für sich geregelt hat, aber seinen Vater hat er eher auf den Plan gerufen als beruhigt.

Unfassbar, aber Flo besitzt tatsächlich die Frechheit, seine Lügengeschichte immer weiterzuspinnen!

Einen kurzen Moment gerate ich in Versuchung, ihn doch vor allen Anwesenden anzubrüllen, aber dann käme mit Sicherheit die ganze Geschichte zur Sprache. Inklusive unseres Deals und der damit verbundenen Lügen. Das sollte Victoria nicht erfahren. Jedenfalls nicht auf diesem Weg. Also wähle ich einen anderen Weg. Einen viel besseren.

Mit dem Ausdruck tief empfundener Freude auf dem Gesicht strahle ich in die Runde meiner Zuhörer. «Florian! Wie schön, dass du anrufst! Wir haben uns schon Sorgen gemacht. Wo bleibst du denn?»

«Wie bitte? Ich verstehe nicht, was du meinst ...»

«Kommst du nun zum Essen oder nicht?»

«Hä? Zu welchem Essen? Du weißt doch, dass ich in ... äh ... der Klinik bin.» Florian gerät ins Stottern.

«Ach, du schaffst es nicht? Na, das ist ja schade.» Ich verziehe bedauernd den Mund. «Dabei ist es hier gerade so gemütlich bei Miucci.»

«Was redest du denn da, Alex? Bist du schon wieder betrunken?»

Ich nicke vielsagend in die Runde. «Ach, lieb von dir, dass du fragst, Flo. Aber mach dir keine Sorgen, hier ist wirklich alles in allerbester Ordnung. Sogar Papa ist heile eingetroffen!»

24. Kapitel

Eine Weile tut sich nichts am anderen Ende der Leitung, dann fragt Florian tonlos: «Was soll das heißen, *Papa* ist eingetroffen? Meinst du meinen Vater?»

«Ganz genau! Er ist heute Nachmittag angekommen, toll nicht?» Ich höre nicht auf, in die Runde zu strahlen.

«Bei euch? Bei Miucci? In Hamburg?»

Ich koste den Überraschungseffekt noch ein bisschen aus. «Aber natürlich bei Miucci, du Dummerchen. Wir essen gerade alle zusammen leckere Antipasti. Von Enzo. Schaffst du es wirklich nicht, dazuzustoßen?»

Ich höre Florian nach Luft schnappen. «Jetzt lass doch den Quatsch, Alex. Das ist nicht witzig.»

Ich greife seine Vorlage auf. «Ja, witzig, nicht? Er stand auf einmal vor der Tür. Wir haben uns total gefreut. Allerdings war er sehr erstaunt, dass du nicht hier bist.» Ich zucke mit den Schultern. «Aber sicher wird es ihn freuen, dass du morgen bei dem Event dabei bist.»

Langsam scheint die schlechte Nachricht zu Florian durchzudringen. «Du meinst das ernst, oder? Die sitzen da jetzt alle und hören zu, oder? Auch mein Vater.»

Mir wird das jetzt zu blöd. Ich steigere mich daher zum Finale. «Super!», rufe ich mit geradezu hymnischer Begeisterung. «Dann bis morgen früh um neun! Was wäre schon so ein Event ohne den ... Geschäftsführer, nicht wahr?» Dann lege ich auf.

Auf den Gesichtern meiner Zuhörer spiegeln sich die unterschiedlichsten Emotionen wider. Während Kai wenig begeistert seine Gabel auf den Teller sinken lässt, starrt Victoria mich mit aufgerissenen Augen an. Einzig Signor Micolucci lehnt mit tiefenentspanntem

Gesichtsausdruck in seinem Polstersessel und schiebt sich eine ganze Bruschetta in den Mund. Als er sie so weit zermalmt hat, dass er ohne Spucken Worte formulieren kann, sagt er: «Belliiissimo! Dann ist ja alles geregelt.»

Ob er damit nun mein oder Florians Schicksal meint – und was das wiederum für Konsequenzen für den Auserwählten mit sich bringt –, lässt sich an seiner Miene leider nicht ablesen.

Einen Moment kauen alle schweigend auf Enzos Köstlichkeiten herum, dann blickt Victoria auf die Uhr. «In einer halben Stunde kommen schon die italienischen Werksleute, außerdem Herr Lembke, der den Fußboden ausbessert. Wir sollten zusehen, dass dann der Verkaufsraum leer ist und unten so weit alles vorbereitet ist.»

Ich stehe auf, um ihr zu helfen, die Teller zusammenzustellen und die leeren Gläser wieder in die Küche zu bringen. Victoria und Ernesto Micolucci bereiten anschließend alles für die Italiener vor. Ich drehe eine kurze Runde durch alle Verkaufsräume und fotografiere mit meinem Handy die Regale samt Inhalt, ehe ich mit Kai beginne, sie auszuräumen. Als alles in Kartons verstaut ist, bauen wir den Raumteiler und zwei weitere Regale auseinander, die sonst nicht über die Kellertreppe passen würden.

«Ich hätte ja nicht gedacht, dass du mit einem Akkuschrauber umgehen kannst», sagt Kai, als wir im Keller versuchen, das Ungetüm wieder zusammenzusetzen.

«Und ich hätte nicht gedacht, dass du das Teil mit deinen Ärmchen tragen kannst.»

Wir grinsen uns an.

Eine halbe Stunde später sind der Großteil der Regale und ein paar Kleiderstangen im Keller aufgebaut. Kai schafft die Kartons mit den ausgeräumten Klamotten und Wäscheteilen heran, und ich befülle die Fächer dank meiner Fotos haargenau so, wie es vorher oben im Verkaufsraum der Fall war.

Als wir mit unserer Arbeit fertig sind und die Kellertreppe hochsteigen, hört man oben lautes Stimmengewirr. Die Handwerker aus Italien unterhalten sich freudig mit Victoria und dem Chef. Bruno Lembke steht mitten in der Menge und gibt radebrechend ein paar italienische Vokabeln zum Besten. Die Stimmung ist erstaunlich gelöst, sogar Victoria, die bis eben noch angespannt und verkrampft wirkte, scheint langsam zur Ruhe zu kommen.

Aber obwohl alle mit anpacken – selbst Signor Micolucci hat sich von Sakko und Krawatte befreit und mit hochgekrempelten Ärmeln Hand angelegt –, dauert es fast bis Mitternacht, ehe der Laden so aussieht, wie Victorias Planung es vorgesehen hat. Während sich Kai trotz seiner zarten Spinnenfinger als wahres Handwerkstalent entpuppt und Kabel für die Werkstische hinter der Wandverkleidung verschwinden lässt, schleppe ich aus meinem Auto die Fliesen heran. Bruno Lembke kniet mitten im Raum und lässt sich durch das Gewusel um sich herum nicht im mindesten aus der Ruhe bringen.

Neugierig beobachte ich, wie viele verschiedene Handgriffe offenbar nötig sind, um ein paar blöde Kacheln auf den Boden zu kleben. Hier muss ein Pröbchen entnommen werden, dort etwas testweise eingeritzt werden, dann noch ein Stückchen aufrauen, zähflüssige Masse ausgießen, abwarten, anschauen, prüfen, wieder einen Test machen, wieder abwarten. Dann legt er ein komisches Gitter, testet wieder etwas, öffnet noch mal eine geheimnisvolle Dose und gießt den Inhalt auf den Boden, bis endlich die Fliesen gelegt werden können. Wie von Geisterhand schafft er aus den marokkanischen Fliesen ein Muster, das so gut mit dem Fußboden harmoniert, dass man nie wieder ein Regal draufstellen möchte. Als er gefühlte Stunden später auch noch die Fugenmasse aufgetragen hat, schart sich ein Kreis aus Bewunderern um ihn.

«Normalerweise hätte ich das zwar nicht so verlegt», sagt er selbstkritisch, als ich gerade einen Siehst-du-es-hat-doch-alles-wunderbargeklappt-Blick in Victorias Richtung schicke. «Aber normalerweise plant man ja auch nicht so kurzfristig.»

Postwendend erhalte ich per Augenkontakt die Antwort: Hättest-du-dich-eher-gekümmert-hätte-der-arme-Mann-nicht-solchen-Stress-gehabt.

Schließlich klopft sich der Fliesenvirtuose den Staub von der Hose und steht auf. «Passen doch gut hierhin, die braunen Steine. Ein Segen, dass ich immer alles aufbewahre.» Er lächelt stolz in die Runde. «Meine Lotti sagt immer, ich soll mal den Keller ausmisten, aber jetzt habe ich ihr etwas entgegenzusetzen: Aus Resten lassen sich durchaus noch schöne Sachen zaubern.»

«Ja, man muss den Frauen einfach manchmal die Stirn bieten», lacht Ernesto Micolucci, ohne jemand Spezielles dabei anzusehen. «Falls Sie und Ihre Frau Interesse haben, zu unserer Feier zu kommen, sind Sie beide herzlich eingeladen. Vielleicht mag die Signora sich sogar eine Tasche aussuchen?»

Der Mann der Möhre strahlt. «Ja, das würde Lotti gefallen. Wir kommen mit Sicherheit, Herr Micolucci. Allerdings …» Er wirft einen Blick auf die Uhr. «Vermutlich erst so gegen Mittag. Ich muss mich erst einmal ausschlafen.»

«Lassen Sie sich Zeit. Bis 16 Uhr haben wir geöffnet.» Der Chef klopft seinem Fliesenleger genauso kraftvoll auf die Schulter wie seinem Adoptivsohn. Dann klatscht er in die Hände. «Feierabend!»

* * *

Am nächsten Morgen sieht die Welt um mich herum schon ganz anders aus. Sie ist noch einen Tick grauer geworden.

Um Punkt neun Uhr stehe ich vor Miucci und stelle fest, dass drinnen bereits Licht brennt. Um Victoria vor dem turbulenten Tag abzupassen und endlich ein paar vernünftige Worte unter vier

Augen sprechen zu können, bin ich extra eine Stunde vor Ladenöffnung erschienen. Gestern hat Herr Micolucci sie auf dem Weg zu seinem Hotel nach Hause gefahren. Da blieb keine Gelegenheit für ein Gespräch. Aber jetzt will ich die Chance nutzen. Auch das Outfit des Tages habe ich bereits an: die Krönung der Versace-Woche. Ein schlichter schwarzer Anzug, den Kai mir freundlicherweise gestern im Keller noch aus dem Gewühl gefischt hat. Kombiniert mit einem schwarzen Hemd und schwarzer Krawatte, sehe ich tatsächlich aus wie der prominente Sohn eines Modemagnaten. Ob Kai mir dieses Beerdigungs-Outfit allerdings im Hinblick auf den bevorstehenden Tag oder einfach nur aus geschmacklichen Gründen ausgesucht hat, weiß ich nicht. Fakt ist jedoch, dass es mir gefällt. Im Vergleich zu den Scheußlichkeiten der letzten Woche geradezu Rock 'n' Roll.

Mit klopfendem Herzen durchquere ich das Foyer, das Gespräch mit Victoria fest vor Augen. In der Küche rattert die Kaffeemaschine. Erwartungsfroh biege ich um die Ecke und – erblicke Florian.

«Na, da musst du den Cayenne aber getreten haben!», begrüße ich ihn in Anspielung auf seine zügige Anreise. «Konntest es wohl nicht mehr abwarten, deinem alten Herrn unter die Augen zu treten, was?»

Florian wirbelt herum. In Sachen Augenringe tun wir uns nicht viel. Während ich stundenlang wegen Victoria wachgelegen und mir nebenbei noch ein Schicksal in den Klauen der Mafia ausgemalt habe, scheint Flo die Nacht durchgefahren zu sein. Trotz einer gehörigen Portion Urlaubsbräune wirkt sein Gesicht fahl und gestresst. Er verzieht den Mund. «Mensch, Alex, was ist denn hier los? Warum ist mein Vater angereist? Der soll sich doch nicht aufregen und seine Gesundheit unnötig strapazieren!»

Geht das jetzt schon wieder los?

«Weißt du was, Flo? Langsam reicht es mir. Und überhaupt: Wenn du hier jemanden von Aufregung abschirmen solltest, dann bin das ja wohl ich. Weil ich nämlich sonst bald durchdrehe.» Wütend schiebe ich ihn zur Seite, stelle eine Espressotasse in den Kaffeeautomaten und wähle eine extrastarke Röstung. Während der Automat lautstark arbeitet, brülle ich meinem Kumpel ins Ohr: «Du kannst dir überhaupt nicht vorstellen, was die ganze Woche hier im Laden los war. Sei froh, dass ich dir trotz deiner Lügengeschichten so lange den Rücken gestärkt habe. Sonst wäre hier nämlich einiges den Bach runtergegangen!» Als mein Kaffee fertig ist, reiße ich die Tasse an mich und stürze die Flüssigkeit runter. «Und mal abgesehen davon, dass ich eigentlich Urlaub habe und ein paar freie Tage wirklich gut gebrauchen könnte, mutest du deinen beiden besten Mitarbeitern zu, dieses Event allein vorzubereiten!»

Ich will keine Erklärung von ihm. Ich will mir einfach nur Luft machen. Doch Florian hat nicht vor, meine Vorwürfe unkommentiert auf sich sitzenzulassen.

«Moment mal, Alex. *Du* hast dich doch angepriesen wie Sauerbier. *Du* hast gesagt, du könntest alles verkaufen. Wie sollte ich denn wissen, dass dich die Arbeit hier gleich dermaßen ins Schwitzen bringt?» Mit selbstgefälligem Grinsen fischt er eine Flasche Mineralwasser aus dem Kühlschrank.

«Spinnst du jetzt total, Flo?» Ich habe nicht übel Lust, ihm das Ding aus der Hand zu reißen und über seine Yuppie-Birne zu donnern. «Du hast mich unter Vorspiegelung falscher Tatsachen um Hilfe angefleht. Und warum? Damit du schön entspannt in den Urlaub fahren kannst.» Meine Stimme überschlägt sich. «Victoria hast du vorgegaukelt, ich käme von Prada. Und mich hast du noch am Telefon belogen, als du längst wusstest, dass ich hier in fetten Schwierigkeiten stecke. Dabei habe ich alles gegeben. Und eurer anstrengenden Stammkundin habe ich sogar eine Kleiderkreation auf den Leib geschneidert, damit sie euch die Treue hält. Ob du es glaubst oder nicht, für den Laden bedeutet das ein ordentliches Zusatzgeschäft.»

Florian verschluckt sich an seinem Wasser. «Bitte?», prustet er.

«Wenn diese Aktion nicht passiert wäre, hättest du meinen Vater nicht auf den Plan gerufen. Ich habe noch immer keinen Schimmer, wie ich ihm die ganze Sache erklären soll.»

«Versuche es zur Abwechslung doch mal mit der Wahrheit», schlage ich wütend vor. «Sag ihm, dass ich eigentlich Makler bin und dazu neige, mich von anderen ausbeuten zu lassen. Von meinem Chef beispielsweise. Und von meinem Freund.»

«Ach komm schon, Alex, jetzt beruhig dich mal wieder. Ist halt ein bisschen blöd gelaufen.» Flo senkt verschwörerisch die Stimme. «Das kam eigentlich alles ganz spontan. Natasha wollte nun mal gern zum Skifahren. Und wäre ich nicht mit ihr gefahren, wäre sie möglicherweise mit Thorsten losgedüst. Du weißt schon, der Angeber mit dem Speedboot, der letztes Jahr ...»

«Dieser Thorsten interessiert mich einen Scheiß!», brülle ich erneut los. Mit seinen halbgaren Erklärungen macht Florian alles immer schlimmer. «Du willst mir doch nicht allen Ernstes erzählen, dass du mich wegen einer Tussi, die du gerade mal drei Wochen kennst, versetzt hast, oder?» Ich fasse es nicht. «Wie kann man nur so dreist lügen und betrügen?»

Florian verzieht das Gesicht. «Das fragst ausgerechnet *du*? Wer hat sich denn hier als mein Bruder ausgegeben, hä? Wolltest wahrscheinlich einen auf dicke Hose machen und dir ein paar Annehmlichkeiten verschaffen. Presserummel, zum Beispiel. Und die Frauen dazu bringen, sich dir an die Brust zu werfen. Lass mich raten», er tut, als müsse er überlegen, «Victoria ist bestimmt total auf dich abgefahren, als sie gehört hat, dass es noch einen Miucci-Erben gibt. Nachdem sie bei mir nicht landen konnte, hat sie sich nun meinem vermeintlichen Bruder an den Hals geworfen. Habe ich recht?»

Er gibt ein hysterisches Gackern von sich, das bei mir die Sicherungen durchbrennen lässt. Plötzlich habe ich mich nicht mehr unter Kontrolle. Florians schadenfrohes Gesicht, die Erwähnung von

Victoria und die Unterstellung, dass sie – wutschnaubend pfeffere ich meine Espressotasse in die Spüle, sodass sich tausend kleine Splitter ins Waschbecken ergießen. Dann hole ich aus und schlage meinem Kumpel die Faust ins Gesicht.

Peng!

Einen kurzen Moment halte ich inne, weil ich vor mir selbst erschrecke, dann übermannt mich erneut der Zorn, und ich hole ein weiteres Mal aus. Blitzschnell hält Florian sich schützend die Hände vors Gesicht und bringt seinen Körper zum Gegenschlag in Stellung. Gerade als ich trotzdem noch einmal zuschlagen will, ertönt hinter mir ein spitzer Schrei.

Erschrocken wirbele ich herum. Vor mir steht Victoria – kreidebleich und mit aufgerissenen Augen. Eine Hand reißt sie vor den rot geschminkten Mund. Als unsere Blicke sich treffen, schüttelt sie langsam den Kopf. Das Ganze dauert nicht länger als vier Sekunden, doch sie reichen Florian, um zum Gegenschlag auszuholen. Mit voller Wucht trifft sein Fausthieb meine Wange.

Victoria schreit erneut auf, und auch Florian hebt jetzt die Stimme: «Mach sofort, dass du hier rauskommst, Alex!», giftet er und zerrt an meinem Arm.

«Nur zu gern», fauche ich zurück und überlege, welchen melodramatischen Satz ich Victoria zum Abschied hinhauchen könnte.

Doch dazu soll es nicht mehr kommen. Hinter mir ertönt die tiefe Stimme von Florians Vater: «Hier verlässt niemand mal so einfach den Laden.»

Alle drei zucken wir erschrocken zusammen. Mit zusammengezogenen Augenbrauen, die jedem Mafioso alle Ehre machen würden, baut Ernesto Micolucci sich im Türrahmen auf. Er wirkt wie *Der Pate* höchstpersönlich. Denn dafür, dass sein Sohn gerade eine blutende Lippe und sein Adoptivsohn ein blaues Auge kassiert hat, bleibt er erstaunlich gelassen. Für meinen Geschmack geradezu verdächtig gelassen. Allerdings versperrt er mit seiner ausgestreckten Bärenpranke den Weg aus der Küche.

«Frau Wendt, ich bedauere den Vorfall und muss mich für diese beiden Raufbolde entschuldigen. Es wäre nett, wenn Sie sich um die Kollegen aus Italien kümmern würden, die ich gerade hergefahren habe. Das hier», er macht eine wegwerfende Geste in Florians und meine Richtung, «erledigen wir besser unter Männern.»

Ich kenne ja manche Frau, die bei diesem Spruch beleidigt gewesen wäre. Oder die mit trotziger Miene auf die Emanzipation hingewiesen hätte. Nicht so Victoria. Sie nickt und verlässt stumm die Küche.

Was jetzt kommt, wird bestimmt ein bisschen wehtun. Ich meine, man kennt das ja aus dem Fernsehen: Gleich wird zweimal dumpf geschossen, dann sickert Blut auf den Küchenfußboden, und zu guter Letzt erscheint Kai, der vermutlich der heimliche Neffe des Paten ist, um unsere Kadaver zu entsorgen, ehe die Party steigt.

Unsicher blicke ich zu Flo. Wenn einer weiß, was jetzt passiert, dann ja wohl er. Schließlich ist das sein Familienclan. Doch er blickt stumpf zur Tür und schweigt.

«Seid ihr beide von allen guten Geistern verlassen?», brüllt Signor Micolucci jetzt ohne Vorwarnung los. «Dies ist ein Familienunternehmen. Das Lebenswerk meines Großvaters, meines Vaters und auch meins. Ich habe meine ganze Kraft dafür aufgewendet, es nicht nur aufrechtzuerhalten, sondern daraus eine Marke zu machen. Eine Luxusmarke. Miucci ist sozusagen mein Leben. Es macht mir Freude, und ich trage inzwischen eine große Verantwortung. Für meine Mitarbeiter zum Beispiel. Ich gebe mir Mühe, ein guter Chef zu sein, und ich versuche, Leute einzustellen, die wiederum gute Chefs sind. Und genau das», er zeigt auf Florian, «hatte ich von dir erwartet.»

Na, herzlichen Glückwunsch. Diese Erwartung hat sich ja wohl so was von nicht erfüllt! Schlimmer hätte es nur kommen können, wenn er Jörg Kachelmann eingestellt hätte. Oder Silvio Berlusconi.

«Wie du weißt», fährt er mit donnernder Stimme fort, «läuft vor allem unsere Eigenmarke Miucci sehr gut. Ich sah keinen Grund, dich an diesem Erfolg nicht teilhaben zu lassen. Allerdings hatte ich gedacht, du würdest meine Großzügigkeit zu schätzen wissen und als Gegenleistung hart arbeiten. Und Verantwortung übernehmen.» Er sieht von Florian zu mir. «Aber wie ich sehe, ist das nicht der Fall.»

Moment mal! Also, wenn sich hier einer engagiert hat, dann war das ja wohl ich.

Florian setzt kleinlaut zu seiner Verteidigung an: «Papa, ich ...»

«Nichts da, *Papa*!», brüllt der Pate, und mir scheint, in den Schränken zerspringen die restlichen Tassen. «Dir bleiben genau zwei Möglichkeiten, Florian: Entweder du suchst dir irgendwo einen Job, von dem du deine eigene Bude und dein eigenes Auto finanzieren kannst, oder aber ...» Seine Augen funkeln gefährlich. «Du gehst jetzt sofort in den Verkaufsraum und sorgst dafür, dass dieser Tag ein großer Erfolg wird. Und zwar für alle, die daran beteiligt sind!»

Ich sehe Florian aufatmen. Offensichtlich hat er schon andere Bestrafungen des Paten miterlebt und weiß, dass er diesmal noch mit dem Leben davongekommen ist.

«Und noch etwas», sein Vater ist noch nicht fertig, «ab sofort hat hier Frau Wendt das Kommando. Ist das klar?»

Das ist zu viel für Florian. Ich sehe ihm an, wie er um Fassung ringt. Ein bisschen Gebrülle vom alten Löwen, gut und schön. Aber von einer Frau Befehle entgegenzunehmen geht ihm eindeutig gegen den Strich. Doch es steht einiges auf dem Spiel: Job, Auto, Loft – haben oder nicht haben.

Ich feixe innerlich und brenne darauf, spätestens morgen Abend Ben die ganze Geschichte zu erzählen.

«Und jetzt zu dir, *mein Sohn*.» Der Pate sieht mich durchdringend an. Augenblicklich fühle ich mich wie ein Zwölfjähriger, der beim Stehlen eines Matchboxautos erwischt wurde.

«Ich habe dich im Internet gesehen und mich gefragt, was zum Teufel hier los ist.» Ernesto Micolucci zieht seine Augenbrauen zusammen. «Wusstest du, dass ich es Frauen wie Carmen Grünewald zu verdanken habe, dass sich die Marke Miucci irgendwann durchgesetzt hat? Sie trug den ersten Entwurf. Das Kleid ging durch die Presse und wurde zum Renner. Seitdem hat sie etwas gut bei mir.»

Oh. Da scheint mir die Bezeichnung Stammkundin ja beinahe untertrieben zu sein. Klingt eher wie ein Rundum-sorglos-Paket von der Mafia. Denn offensichtlich wird Carmen Grünewald jeder Wunsch von den Augen abgelesen. Folglich sollte ich wohl auch langsam mal auf ihre fünf Anrufe reagieren, mit denen sie mich seit gestern bombardiert hat und die ich aus Angst vor einer weiteren Erpressung jedes Mal weggedrückt habe. Woher die wohl meine Nummer hat? Bestimmt von der fleischgewordenen Postkarte. Bei Stammkunden hat man es hier mit der Diskretion offenbar nicht so.

Was Signor Micolucci wohl dazu sagen würde, wenn er von dem Stress um die Wohnung in der Hafencity wüsste? Vermutlich würde er mit mir weitaus weniger zimperlich umgehen als mit seinem leiblichen Sohn.

Besser, ich spreche ihn gar nicht erst darauf an. Die Wohnung bedeutet ja so oder so meinen Ruin.

«Dieses Kleid, das du zerschnitten hast …» Er macht eine Pause und sieht mich überraschend freundlich an. «Und mit dem du offenbar einen Trend losgetreten hast …»

Ein Fünkchen Hoffnung keimt in mir auf. Vermutlich wird er mir jetzt Geld anbieten, damit ich über die Hintergründe schweige. Wenn ich Glück habe, liegt die Summe in derselben Höhe wie die Provision, die mir durch die Grünewald'sche Erpressung entgeht. Ha, das wird eine doppelte Schmach für Flo! Während er in Zukunft einen Hiwi-Job in der eigenen Firma bekleiden wird, bekommt sein Kumpel Geld und eine Belobigung des Patriarchen!

«… war ein Albtraum, und es ist mir vollkommen schleierhaft, wie es einen solchen Hype ausgelöst hat.»

Tja, Mode halt. Die ist schon manchmal merkwürdig.

«Auf den Fotos konnte man die stümperhafte Handarbeit zum Glück nicht erkennen», fährt er erbost fort. «Unsere Designer haben dann, gemeinsam mit denen von Missoni, das von dir verhunzte Teil als Vorlage für ein brauchbares Modell genommen. Sie haben daraus einen wunderbaren *Cashmere Pencil Knit Dress* geschaffen, der sich außerordentlich gut verkaufen dürfte. Ich schulde dir also zumindest ein bisschen Dank.»

Na bitte, wer sagt's denn?

«Auch wenn es ein riskantes Spiel war. Du hättest mit einem Schlag unseren Ruf zerstören können. Den zu rehabilitieren kann in der Branche schon mal zehn Jahre dauern.»

Öhm.

«Außerdem hast du dich hier eingeschlichen und dich als ein Micolucci ausgegeben – und das auch noch öffentlich!»

«Aber das war doch …»

«Ich könnte dich anzeigen.»

«… ein Missverständnis.»

Der Pate verzieht keine Miene. Gerade will er seine Standpauke ausweiten, da erscheint Kai in der Küche.

«Es ist zehn Uhr, wir müssen den Laden öffnen.» Seine Haare sind heute nach oben gegelt, er trägt einen Anzug mit aufgedruckten Pferde-Accessoires und scheint meinen fragenden Blick zu registrieren. «Ab morgen sind Hermès-Wochen», erklärt er knapp.

«Ich denke, Cavalli?»

«Ich wollte nur mal sehen, ob du aufgepasst hast.» Grinsend verschwindet er wieder in Richtung Verkaufsraum.

«Also los, Jungs», sagt der Mann, der nun wohl nicht mehr mein Vater ist. «Jeder auf seine Gefechtsposition.» Im Vorbeigehen zischt

er mir zu: «Ich gehe mal davon aus, dass du unten noch einiges ins Reine zu bringen hast.» Er deutet mit dem Kopf in Richtung Treppe.

Ich weiß zwar nicht genau, worauf er anspielt, aber ehe ich antworten kann, ist er weg.

Florian verschwindet ebenfalls, allerdings nicht, ohne mir ein «Du hast alles vermasselt!» zuzuraunen.

Einen Moment bleibe ich allein in der Küche zurück, atme ein paarmal tief ein und aus und lasse die letzte halbe Stunde Revue passieren.

Irgendetwas nagt schon die ganze Zeit an mir, und jetzt, da ich zur Ruhe komme, weiß ich auch, was es ist: Victoria ist bei Florian abgeblitzt! Ob sie deshalb so schlecht auf ihn zu sprechen ist?

25. Kapitel

Ich glaube kaum, dass es in der Verkaufsgeschichte von Miucci jemals einen Tag mit einem derartigen Kundenansturm gegeben hat wie heute.

Als wir um Punkt zehn die Tür aufschließen, wartet bereits eine kleine Menschentraube vor der Tür. Viele kommen tatsächlich, um die italienischen Gäste bei der Arbeit zu bestaunen und sich eine Tasche mit den eigenen Initialen verzieren zu lassen. Manche sind aber auch nur auf ein kostenloses Glas Sekt aus. Und wiederum andere scheinen grundsätzlich samstags durch das Geschäft zu bummeln und stehen jetzt überrascht vor dem umgebauten Laden.

Nicht ohne Schadenfreude nehme ich zur Kenntnis, dass Victoria in ihrer neuen Rolle als Chefin Florian in den Keller abgestellt hat. Ob nun aus Rache, weil sie in der Vergangenheit bei ihm abgeblitzt ist, oder weil Flo im Keller am wenigsten Schaden anrichten kann, erschließt sich mir nicht. Fest steht nur, dass ihm seine neue Aufgabe – den unteren Verkaufsraum bewachen und die Kunden bedienen, die sich für das normale Sortiment oder für Dessous interessieren – gehörig gegen den Strich geht. Kai hat den besten Job: Er steht im Foyer und schenkt Sekt aus.

Victoria hat im hinteren Teil des Ladens die Organisation der Sonderveranstaltung übernommen. In einem engen schwarzen Kleid, das mit schwarzer Spitze abgesetzt ist, und schwindelerregend hohen Schuhen sieht sie aus wie einem französischen Spielfilm entsprungen. Ein Glück, dass ich ihr Kleid bei unserer kurzen Begegnung heute Morgen in der Küche nicht wahrgenommen habe, sonst hätte Flo mir vermutlich gleich zwei Veilchen verpassen können.

Ernesto Micolucci beschränkt sich darauf, den Kunden sektglasschwingend seine Aufwartung zu machen. Man könnte sagen, im ganzen Laden herrscht ein gut organisiertes Chaos.

«Huhu, Herr Held! Hallo!» Carmen Grünewald stürmt auf mich zu. Sie hat ihren Körper in ein A-förmiges Sechziger-Jahre-Kleid gepresst, das für meinen Geschmack einen Tick zu gelb ist. «Ich habe mich ja so gefreut auf das Event heute!», trällert sie und wirft sich mir an die Brust. «Ein Glück, dass mein Terminkalender mir heute freigegeben hat ...» Glucksend wirft sie den Kopf in den Nacken und schlängelt ihren Arm um meine Hüften. «Es hat schon was für sich, wenn man sein eigener Chef ist, nicht wahr?»

«So ist es.»

«Ach, und da ist ja auch der Herr Papa. Guten Tag, Signor Micolucci! Was für eine Freude, Sie wiederzusehen.»

Florians Vater begrüßt sie formvollendet mit Handkuss. «Die Freude ist ganz meinerseits.»

«Sie können wirklich stolz auf Ihren Sohn sein», plappert die Grünewald drauflos. «Ein cleveres Bürschchen.»

Ich halte die Luft an. Was wird der Papa nun sagen? Wird er mich vor seiner Stammkundin als Hochstapler bloßstellen?

«Hach ja, die Kinder ...», sagt er und legt mir ebenfalls einen Arm um. Allerdings schraubt er seine Pranke auf Schulterhöhe in mein Fleisch, sodass ich nun vollkommen bewegungsunfähig zwischen den beiden stehe. «Ich sage immer: Man kann gar nicht genug Kinder haben. Finden Sie nicht auch?» Er drückt mich ein Stück nach hinten, um die Grünewald besser anlächeln zu können.

«Na ja ...», entgegnet sie ein wenig ratlos. Offenbar hat ihre Karriere keine Zeit für Kinder gelassen.

«Und wissen Sie, warum ich das sage?», fragt der Modepapst rein rhetorisch. «Weil ich dann natürlich auch viele wunderbare Frauen hätte ...»

Ich weiß nicht, warum, aber ich habe das Gefühl, die Situation retten zu müssen. «Vielleicht möchte Frau Grünewald sich auch eine Tasche zum Bedrucken aussuchen?», frage ich und versuche krampfhaft, mich aus dem Klammergriff der beiden zu befreien. «Oder haben Sie das dunkelblaue *Must-have* dabei?»

Carmen Grünewald schüttelt den Kopf.

«Macht ja nichts», tröstet sie der väterliche Modezar, «wäre doch gelacht, wenn wir nicht ein anderes schönes Exemplar für Sie finden.» Er schwenkt uns drei in Richtung Taschenregal. Direkt in die Arme von Friedrich von Klatt.

War ja klar, dass der hier antanzt, wenn es Gratis-Sekt gibt. Mit großen Augen steht mein Chef vor einer Reihe Laptoptäschchen und quält sich ganz offensichtlich mit Entscheidungsnöten. Als sich unsere Blicke treffen, entdecke ich außerdem noch einen verschwommenen Glimmer in seinen Augen, der auf eine Überdosis Bizzelwasser hindeutet.

«Hallo, Herr Held, Sie sehen ja heute so … schlicht aus», erklärt er überrascht. «Haben Sie die Anzugfarbe passend zu Ihrem Platz auf dem *Score* gewählt? Hahaha!» Er ist kurz davor, sich vor Lachen auf die Schenkel zu schlagen.

Warum müssen Verrückte eigentlich immer in Rudeln auftauchen? Reicht es denn nicht, dass ich eingekeilt zwischen einer fleischigen Stammkundin und dem wahnsinnigen Inhaber dieses Tollhauses stehe? Muss sich jetzt auch noch mein Chef in aller Öffentlichkeit die Kante geben und mich demütigen?

«Sind das Ihre Eltern?», will er jetzt von mir wissen und deutet mit dem überschwappenden Sektglas zwischen Carmen Grünewald und dem Paten hin und her.

Keine unberechtigte Frage, angesichts der intimen Umklammerung, in der ich mich noch immer befinde. Allerdings hört der Spaß für mich endgültig auf, als er hinzufügt: «Sie sind Ihrer Mutter ja wie aus dem Gesicht geschnitten!»

«Aber das ist …»

«Ernesto Micolucci», sagt der Signore und reicht Friedrich von Klatt seine freie Pranke. «Ich bin der Inhaber dieses Ladens. Und dies ist Carmen, meine Muse …»

«Hoho», macht Friedrich von Klatt. «Na, das ist ja schade.»

Sechs Augenpaare starren ihn fragend an. Er genießt seinen Auftritt und vollendet dann den Satz: «Na, schade, dass wir uns jetzt erst kennenlernen. Wo Ihr Sohn hier und ich uns bald trennen werden.»

«Sie wollen sich von Herrn Held *trennen*?», fragt Carmen Grünewald besorgt, und etwas in ihrer Stimme lässt mich vermuten, dass sie die Sachlage falsch einschätzt. «Also, das verstehe ich nicht. Einerseits kämpfen die Schwulen doch immer mit wehenden Fahnen für die Homo-Ehe und für gesellschaftliche Anerkennung, und auf der anderen Seite sind sie schrecklich promiskuitiv und wechseln die Partner wie die Täubchen.»

Ich sehe, wie meinem Chef der Unterkiefer herunterklappt. Entweder hat er es nicht so mit Fremdwörtern, oder aber ihre Andeutung hat ihn mundtot gemacht. Doch wie sich herausstellt, nur vorübergehend.

«Ach, Sie sind schwul?», fragt er und sieht mich dabei an, als würde das meinen letzten Platz auf dem *Score* erklären. «Also, gedacht habe ich mir das schon irgendwie. Sie hatten ja immer diese Frauenprobleme.»

«Huppala», gluckst Carmen Grünewald überdreht und sucht den Blick ihres Modeschöpfers. «Ich hoffe sehr, ich habe da nichts Falsches über Ihren Sohn gesagt, Herr Micolucci. Aber nachdem es auch schon in der Zeitung stand …»

Ich zähle innerlich bis zehn, um nicht laut loszubrüllen.

«Sie haben sich in der Zeitung geoutet?» Friedrich von Klatt fallen fast die Augen aus dem Kopf. «Donnerwetter, Herr Held! Wollten Sie deshalb die Woche Urlaub?»

Ich würde mal sagen: Die Lage ist verzwickt. Der väterliche Mafioso neben mir beginnt nun ebenfalls seine Finger in meine Schulter zu graben. Warum, ist mir allerdings schleierhaft. Auf einen Schwulen mehr oder weniger unter diesem Dach kommt es ja nun wirklich nicht mehr an.

Carmen Grünewald sagt gar nichts. Stattdessen beobachtet sie interessiert, wie Friedrich von Klatt versucht, das Thema zu wechseln. «Na ja», plappert er munter weiter, «dann sollte ich mich in Zukunft vielleicht doch lieber persönlich um den Verkauf der Wohnung in der Hafencity kümmern.»

«Aber ich ...»

Carmen Grünewald, die es offenbar für vollkommen normal hält, dass man sich in der Schwulenszene siezt, fällt mir ins Wort: «Sind Sie etwa Makler?» Mit einer Mischung aus Ekel und Panik starrt sie meinen Chef an.

Plötzlich habe ich ein Déjà-vu. Ich spüre, wie sich ihre Hand in meine Hüfte krallt. Dabei sind meine blauen Flecken vom Mittwoch noch immer auf dem Unterarm zu sehen.

«Jawohl, das bin ich!» Die schmächtige Brust meines Chefs schwillt an vor Stolz. «Wenn ich mich vorstellen darf: Friedrich von Klatt, Inhaber von Hambitare Immobilien. Sicher haben Sie schon von meiner Firma gehört.» Es fehlt nicht mehr viel, und er hätte die Hacken zusammengeschlagen.

«Und ob ich das habe!» Carmen Grünewald schnaubt ihm die Worte entgegen. Ohne meine Hüfte loszulassen, dreht sie mich so, dass sie mir direkt in die Augen sehen kann. Da der Pate mich nach wie vor festhält wie einen Eierdieb, wird mein linker Arm schmerzhaft verdreht. Ich unterdrücke ein Stöhnen.

«Hatte ich Ihnen nicht gesagt», keift die Grünewald, und ihre Stimme zittert, «Sie sollen die Wohnung nicht verkaufen?»

«Hab ich doch auch nicht», verteidige ich mich.

«Aber Sie haben einen Makler eingeschaltet.»

«Äh ... Nicht wirklich.»

Carmen Grünewald ist nicht überzeugt. «Sollte dem dennoch so sein, können Sie die Maklerkosten mit Ihrer Provision verrechnen.»

«Aber eigentlich ...»

Sie lässt mich nicht zu Wort kommen. «Ich habe es in meinem Leben doch nicht so weit gebracht, weil ich mein Geld aus dem Fenster werfe!»

«Heißt das ...?» Ich verstehe kein Wort.

«Ich will die Wohnung kaufen, was dachten Sie denn? Die Räume sind wie für mich gemacht. Tolle Aussicht, annehmbarer Preis, gute Investition – was will man mehr? Und ohne Küche wirkt die Wohnung herrlich dekadent.»

Wieder zähle ich im Geiste bis zehn. Kann das wirklich wahr sein?

«Ja, wenn das so ist ...», sagt Friedrich von Klatt, der offenbar schneller schaltet als ich. In seinen Augen blitzen nämlich schon die Dollarzeichen. «Dann sollten wir beiden vielleicht ...»

«Kommt nicht in Frage!» Carmen Grünewald fuchtelt mit ihrem manikürten Zeigefinger vor der Nase meines Chefs herum. «Ich weiß genau, was Sie vorhaben. Jetzt, wo der Junge seine Wohnung zu Geld macht, da ist er wieder interessant für Sie. Aber so blöd ist er nicht, nicht wahr?» Sie schaut mich an und schüttelt den Kopf. «Herr Held? Jetzt sagen Sie doch auch mal was dazu. Lassen Sie sich in dieser Beziehung nicht ausnutzen!»

Ich kann nicht sprechen. Mein Mund ist ausgetrocknet, und ich versuche zu verstehen, was hier gerade vor sich geht. Die Grünewald denkt ernsthaft, Friedrich von Klatt und ich wären ein Paar? Und sie will die Wohnung wirklich kaufen? Nur wegen der fehlenden Küche? Oder vielleicht, um Sarkozy und seiner Carla eins auszuwischen? Die Logik der Frauen ...

Ernesto Micolucci nutzt die entstandene Pause. «Jetzt beruhigen wir uns erst einmal alle wieder», schlägt er vor und lockert seinen Griff um meine Schulter. Mit dem Kopf deutet er auf eine der Laptoptaschen. «Lassen Sie sich doch Ihre Initialen einbrennen, Herr … Makler.» Der Pate sieht ihn mit zusammengezogenen Augenbrauen an und macht mit einer unwirschen Geste klar, dass mein Chef sich trollen möge. «Die Tasche geht aufs Haus!»

Und tatsächlich. Friedrich von Klatt weiß, dass man sich mit einem mutmaßlichen Mafioso besser nicht anlegen sollte. Er greift zielstrebig nach dem teuersten Exemplar im ganzen Regal, grummelt ein «Wir sprechen uns noch!» in meine Richtung und steuert auf den ersten Handwerkstisch zu.

Carmen Grünewald macht derweil Nägel mit Köpfen. «Ich kriege doch die Wohnung, oder, Herr Held?»

«Äh … natürlich. Allerdings befürchte ich, dass bei der ganzen Sache …»

«… der Makler mit drinhängt.»

Ich zucke mit den Schultern. «So könnte man es ausdrücken.»

Sie winkt ab. «Egal. Wir werden uns schon einig.» Ein letztes Mal drückt sie ihre Nägel tief in mein Fleisch. «Hauptsache, kein anderer Interessent schnappt mir die Wohnung weg.»

Mit diesen Worten galoppiert sie davon. Allerdings nicht, ohne sich im Gehen noch einmal umzudrehen und sich überschwänglich von Ernesto Micolucci per Luftkuss zu verabschieden.

«Du bist also tatsächlich Makler?», richtet der Modemäzen jetzt das Wort an mich.

«Mmh.» Keine Ahnung, warum ich in letzter Zeit öffentlich nicht mehr so gerne zu meinem Beruf stehe.

«Habe ich mich vorhin also nicht verhört. Das ist ja interessant.»

«Na ja, geht so. Es gibt Leute, die halten nicht viel von diesem Beruf.»

Er ignoriert den Einwand. «Und der Verrückte eben – war das nun dein Chef oder dein … Lover?»

«Bitte? Mein Chef natürlich.»

«Also habe ich mich doch nicht getäuscht.» Er deutet auf Victoria.

«Ich verstehe nicht …»

«Du und Victoria … Läuft da was?»

«Eher nicht. Also, nicht mehr … äh … Es gab da ein paar Missverständnisse.»

Florians Vater nickt und lockert seine Umklammerung. «Das kann ich mir vorstellen.»

Damit lässt er mich stehen und widmet sich wieder seinen Gästen.

Als hätte er nur darauf gewartet, pirscht Kai sich jetzt heran. Mit ernster Miene nimmt er mich beiseite. «Kannst du vielleicht mal deinen … *Bruder* im Keller ablösen? Der hat vom Sortiment so viel Ahnung wie du noch vor einer Woche, nämlich gar keine.»

«Mist», sage ich und weiß selbst nicht genau, ob ich damit Florians Unfähigkeit meine oder die Tatsache, dass ich nun – weit weg von Victoria – im Keller abgestellt werde. Wenngleich dies zur Abwechslung von Kai mal als Auszeichnung gemeint ist.

«Geht klar», sage ich mechanisch und will schon loslaufen, da hält Kai mich am Arm fest. «Ich habe übrigens gehört, wie der Chef Victoria zur Rede gestellt hat», erklärt er im vertraulichen Agententon. «Warum sie ihm nicht gleich Bescheid gesagt hat, was hier läuft und dass Florian nie da ist und so.»

«Aber das konnte sie doch nicht», gebe ich zurück.

«Ja, aber sie weiß, dass sie einen Fehler gemacht und das Vertrauen des Chefs missbraucht hat. Und sie ist nicht der Typ, der sich dann herausredet.»

«Aber das war doch alles eher meine … beziehungsweise Florians Schuld.»

«Das weiß der Chef. Trotzdem hat er sich alle Daten geben lassen und über Nacht das letzte halbe Geschäftsjahr noch einmal genau unter die Lupe genommen.»

«Ja und? Da ist bestimmt nichts Schlimmes bei herausgekommen, oder? Victoria arbeitet doch so gewissenhaft.»

Kai zuckt mit den Schultern. «Er hat sich noch nicht dazu geäußert.»

Also, mir ist weder klar, warum er mir die ganze Sache erzählt, noch, was ich jetzt machen kann, um Victoria zu helfen. Aber ich will nicht, dass sie meinetwegen Ärger bekommt.

Ich nicke Kai dankbar zu und arbeite mich durch das Gedränge Richtung Treppe. Ich sollte schnell runter zu Florian, um Schlimmeres zu verhindern.

«Na, wenn das mal nicht der liebe Alex ist», höre ich plötzlich eine bekannte Stimme neben mir. Marcel baut sich vor mir auf und grinst anzüglich. «Hattest du ein schnelles Techtelmechtel mit deinem neuen Freund?» Mit einem Cocktailspieß in der Hand deutet er auf Kai, der sich bereits wieder einer Kundin widmet.

Offenbar werden inzwischen ein paar Häppchen gereicht. Bevor Marcel den Cocktailspieß mit Garnele, einem Stück Ananas und irgendeinem grünen Zeug komplett im Mund versenkt, sagt er: «Schade, dass du uns Ende des Jahres verlässt, Alex. Wirst du jetzt Hausfrau?»

«Möglicherweise», gebe ich zurück und verschränke die Arme. «Vielleicht bleibe ich Hambitare aber auch noch ein bisschen erhalten.»

Marcel schluckt schwer an der Garnele. «Ach ja? Und wie soll das gehen? Du bist ganz unten auf dem *Score,* mein Lieber. Letzter Platz mit Auszeichnung, sozusagen.» Nach einem selbstsicheren Kichern fügt er hinzu: «Selbst wenn du heute Abend noch drei Wohnungen verkaufst, würdest du es nicht schaffen. In deiner Abwesenheit hat sich nämlich einiges getan.» Er beginnt mit dem abgelutschten Spieß im Mund herumzupulen.

«Weißt du was, Marcel?» Ich schlage ihm so kräftig auf die Schulter, dass er sich den Spieß beinahe ins Zahnfleisch rammt. «Ich dachte immer, der Grund, warum ich dich nicht leiden kann, sei deine Homosexualität. Aber jetzt weiß ich, dass ich mich geirrt habe.» Ich grinse. «Es liegt einzig und allein daran, dass du ein armseliger Idiot mit schlechtem Geschmack und einer großen Klappe bist.»

Marcel kaut ungerührt auf seinem Plastikspieß herum.

«Und was den *Score* betrifft ...» Ich grabe meine Finger in seine Schulter, wie die Grünewald und der Pate es zuvor bei mir gemacht haben. «Da erwartet dich vielleicht noch eine Überraschung.»

Auch wenn ich weiß, dass der Grünewald-Kauf mich nicht retten wird, ist mir doch gerade eine Idee gekommen. Eine ziemlich gute sogar. Sie hat mit *dem Objekt* zu tun.

Bevor ich die Treppe hinuntersteige, füge ich noch hinzu: «Such dir hier am besten schon mal ein Köfferchen aus und lass es dir gravieren. Dann kannst du Ende des Jahres den Inhalt deines Schreibtisches stilvoll verstauen, wenn du uns verlässt.»

* * *

Ein paar Stunden später krieche ich buchstäblich auf dem Zahnfleisch durch den Laden. Die letzten Kunden haben sich vor einer Stunde verabschiedet, und die italienischen Handwerker sind erschöpft auf ihr Hotelzimmer zurückgekehrt. Einzig Bruno und Lotti Lembke mögen sich noch nicht so recht vom Laden trennen.

Während die Möhre noch immer unentwegt das Sortiment erkundet, hat ihr Mann sich mit Signor Micolucci angefreundet. Gerade wird die erste Einladung nach Italien ausgesprochen.

Weder Florian noch Victoria haben den Tag über ein Wort mit mir gesprochen. Was Flo betrifft, ist es mir egal. Ich hätte ihm ohnehin nichts zu sagen gehabt.

Und sobald er eine Strategie entwickelt hat, wie er mit den Ereignissen der letzten Woche umgehen kann, ohne dabei sein Gesicht zu verlieren, wird auch unser Verhältnis wieder zu dem, was es mal war: eine Kneipenbekanntschaft. Denn Freundschaft, das weiß ich jetzt, fühlt sich anders an.

Victorias beharrliches Schweigen bereitet mir weitaus mehr Kopfzerbrechen. Natürlich ergab sich in dem ganzen Trubel bislang keine Gelegenheit, mit ihr zu sprechen. Aber dies sind meine letzten Stunden bei Miucci. Schließlich dürfte meine Anwesenheit hier nur noch so lange erwünscht sein, bis das Event glatt über die Bühne gelaufen ist. Meine letzte Chance ist somit hier und heute.

Gerade versammeln sich alle vollkommen erschöpft in der Sitzecke. Victoria streift ihre hohen Schuhe von den Füßen und lässt sich seufzend auf das Sofa plumpsen. Die Möhre setzt sich daneben. «Also, ich fand es phantastisch», schwärmt sie. «Einen so wunderbaren Tag haben wir schon lange nicht mehr erlebt, oder, Bruno?»

Ihr Mann, der gerade noch mit seinem neuen italienischen Freund über die Vorzüge von mediterranen Natursteinplatten gefachsimpelt hat, pflichtet ihr bei. «Ja, Lotti, die letzten beiden Tage waren für unseren sonst so beschaulichen Alltag wirklich außergewöhnlich.»

Die beiden strahlen sich an.

Bei so viel Glück muss ich unwillkürlich zu Victoria blicken. Sie hat die Füße angezogen und sitzt exakt so da wie vor drei Tagen, als wir kurz danach übereinander hergefallen sind. Müde, aber durchaus interessiert, verfolgt sie die Unterhaltung der Lembkes und lächelt.

«Schön, dass es Ihnen gefallen hat. Falls Sie sich in die Kundendatei eintragen, bekommen Sie in Zukunft für derartige Events eine persönliche Einladung nach Hause geschickt.»

Die Möhre hört nicht auf zu strahlen. «Ach, das wäre schön!»

«Es sind noch Spieße da!» Florian kommt mit einem Teller aus der Küche. Offenbar hat er sich dort über die Häppchenreste hergemacht, denn er kaut gerade mit vollen Backen auf etwas herum. Vermutlich will er sich noch ein letztes Mal satt essen, bevor sein Vater ihm nächste Woche das Taschengeld kürzt.

Als auch Kai sich endlich gesetzt hat, spricht der Chef aus, was alle denken: «Na, das ist ja noch mal gutgegangen heute.»

«Und es lief gar nicht mal so schlecht.» Kai grinst.

«Ja, das sehe ich auch so.» Signor Micolucci lehnt sich zufrieden zurück, um dann zu einer Rede anzusetzen: «Nun, da das Tageswerk vollbracht ist, möchte ich mich bei allen Beteiligten noch einmal ganz herzlich bedanken.» Er sieht nacheinander jeden Einzelnen in der Runde an. «Nicht nur das Event, auch die Verkaufszahlen der letzten Monate sagen mir, dass hier einiges richtig läuft.»

Ich atme erleichtert auf. Wusste ich es doch, Victoria ist nichts vorzuwerfen.

Auch der Chef bleibt mit seinem Blick jetzt bei ihr hängen. «Insbesondere die Eigenmarke Miucci hat ein enormes Umsatzplus zu verzeichnen. Und wem ich das eigentlich zu verdanken habe, weiß ich leider erst seit gestern.»

Victoria schießt vor Verlegenheit das Blut in den Kopf. Ihre Wangen glühen geradezu.

«Liebe Frau Wendt, es tut mir leid, dass ich so lange auf das falsche Pferd gesetzt habe.» Er wirft einen kurzen Seitenblick auf seinen Sohn. «Deshalb möchte Ihnen heute mitteilen – nicht als Wiedergutmachung, sondern weil ich glaube, dass niemand diesen Job besser machen könnte –, dass ich Sie ab sofort bei Miucci zur Geschäftsführerin befördere. Ich hoffe sehr, dass ich damit Ihren Wunsch nach Selbständigkeit noch eine Weile hinauszögern kann. So etwa fünfzig Jahre!»

Er lacht derart mitreißend, dass alle mitlachen müssen. Dann richtet sich die Aufmerksamkeit auf Victoria, der jetzt Tränen in die Augen treten. Man kann sehen, wie sehr sie das Lob ihres Chefs freut.

Aber außer Stolz liegt noch etwas anderes, etwas Undefinierbares, in ihrem Blick. Unruhig rutscht sie auf ihrem Platz hin und her, dann räuspert sie sich, um zu sprechen.

Meiner Einschätzung nach wird sie das Angebot ihres Chefs annehmen. Vielleicht nicht für fünfzig Jahre, aber wenigstens für ein weiteres. Oder sogar zwei. In dieser Zeit würde sie vermutlich auch endlich das Gehalt bekommen, das ihr schon so lange zusteht. Und sie würde offiziell mehr Verantwortung tragen. Vielleicht wird Signor Micolucci ihr sogar irgendwann die Teilhaberschaft anbieten.

Doch statt sich zu freuen, werden Victorias Augen immer trauriger. Sie kämpft mit den Tränen. «Signor Micolucci, vielen Dank für das Angebot», flüstert sie kaum hörbar. Dann beugt sie sich zu ihrer Tasche und kramt einen handgeschriebenen Zettel hervor. «Bitte verstehen Sie mich nicht falsch, Ihr Vertrauen ehrt mich wirklich sehr ... nach allem, was passiert ist.» Sie schluckt und blickt zu Boden. «Allerdings kann ich unter den gegebenen Umständen hier nicht weiterarbeiten.» Ein kurzer Blick streift Florian, dann sieht sie wieder ihren Chef an. «Ich wollte Ihnen dies hier eigentlich unter vier Augen geben, aber nun ist es anders gekommen.»

Mit den Füßen angelt sie nach ihren Schuhen und schlüpft hinein. Sie steht auf und drückt ihrem überraschten Chef den Zettel in die Hand. Anschließend schnappt sie sich ihre Tasche und hastet grußlos in Richtung Keller.

In der Sofaecke herrscht betretenes Schweigen. Vor lauter Dramatik steigen Lotti Lembke nun ebenfalls die Tränen in die Augen. Während ihr Mann beruhigend seine Hand auf ihr Knie legt, überfliegt Signor Micolucci stumm den Zettel. Als er wieder hochblickt, sagt er: «Sie hat gekündigt.»

Als Einziger in der Runde nimmt nur Florian die Nachricht

gleichgültig auf. Allen anderen steht der Schreck ins Gesicht geschrieben.

Kai sieht mich an, als wollte er sagen: «Vergiss alles, was ich gesagt habe, es gibt Dinge, die müssen sofort beredet werden, also worauf wartest du noch?»

Seine Botschaft kommt an. Ich springe auf, murmele ein «Ich seh mal, was ich tun kann» und sprinte Victoria hinterher die Treppe runter.

Ich brauche nicht lange zu suchen. Sie steht zwischen Kartons, provisorisch zusammengeschobenen Möbeln und überladenen Kleiderstangen am Schreibtisch und knöpft sich gerade den Mantel zu. Als sie mich kommen hört, blickt sie hoch. Ihr Gesicht ist tränenüberströmt, die letzten Make-up-Reste verteilen sich auf den Wangen, und ihre Wimperntusche hat zwei schwarze Streifen gezogen.

«Vic, was ist denn los?» Hilflos bleibe ich vor ihr stehen, auch wenn ich sie eigentlich lieber in den Arm nehmen würde. Doch etwas in ihrem Blick lässt mich innehalten. «Ich verstehe das nicht, diese schwierige Woche hast du mit Bravour gemeistert, die Verkaufszahlen scheinen hervorragend zu sein, und dein Chef bietet dir einen Wahnsinnsposten an. Das ist doch die Anerkennung, die du dir immer gewünscht hast. Wo ist denn nur das Problem?» Als sie nicht sofort antwortet, füge ich hinzu: «Und was mich betrifft, so würde ich dir gern einiges erklären.»

Entgegen allen Signalen setze ich nun doch zu einer Umarmung an, aber Victoria wehrt mich ab. «Es geht hier jetzt ausnahmsweise mal nicht um dich, Alex.»

Immerhin: Ich bin noch nicht zu *Alexander* degradiert geworden. Ein gutes Zeichen.

«Ich weiß», sage ich. «Aber ich möchte gern, dass du verstehst, wie es zu der ganzen Sache gekommen ist.»

«Das ist jetzt nicht mehr wichtig.»

«Mir schon.»

Victoria zieht die Nase hoch. «Ich habe euer Gespräch heute Morgen in der Küche gehört. Selbst wenn du aus den besten Motiven heraus gehandelt hast, ändert das nichts an der Tatsache, dass du mir ins Gesicht gelogen hast. Vermutlich habt ihr beide – du und Florian – euch am Anfang sogar lustig gemacht, wie leicht ich zu beschwindeln war.»

«Das meinst du nicht ernst.»

Sie funkelt mich an. «Warum nicht? Bis vor ein paar Stunden wart ihr doch noch die besten Freunde.»

«Das mag so ausgesehen haben. Aber glaub mir doch bitte: Mir war von Anfang an nicht wohl bei der Sache. Ich wollte lediglich einem Kumpel einen Gefallen tun. Glaubst du nicht, ich hätte sonst meinen Urlaub anders verbracht?»

«Ach, das spielt nun eh keine Rolle mehr.»

«Das sollte es aber. Weil das, was zwischen uns war, aufrichtig gemeint ist. Von mir jedenfalls.»

Ich warte einen Moment, dass sie etwas erwidert, doch nichts geschieht. Also mache ich weiter: «Außerdem erklärt das alles nicht, warum du kündigst. Falls ich der Grund sein sollte – ich bin doch in spätestens einer Stunde hier raus.»

Victoria kramt aus ihrer Tasche ein Taschentuch hervor. Nachdem sie sich die Nase geschnäuzt hat, sagt sie: «Du wirst es nicht für möglich halten, Alex, aber mit dir hat das wirklich nichts zu tun. Hier geht es einzig und allein um Florian.»

Mir rutscht das Herz in die Hose. Also doch. Insgeheim hängt ihr Herz an dieser Knalltüte. Damit wäre wohl alles gesagt.

«Tja dann …» Ich zucke resigniert mit den Schultern.

Victoria kaut auf ihren Lippen. Einen Moment schweigen wir.

Als ich schon denke, dass sie jetzt einfach gehen wird, ringt sie sich noch eine Erklärung ab: «Ich kann doch hier in Zukunft nicht jeden

Tag neben Florian in diesem Laden stehen. Wie soll das funktionieren? Glaubst du wirklich, er sieht schweigend zu, wie eine fremde Frau das Geschäft seines Vaters führt? Und überlässt mir sogar das Feld?» Sie schüttelt den Kopf. «Mit Sicherheit nicht. Er würde mir das Leben zur Hölle machen, mich sabotieren und meine Arbeit behindern, wo er nur kann. Natürlich so, dass keiner es merkt. Aber für solch ein Spiel fehlt mir die Energie.» Sie pfeffert das Taschentuch in den Müll. «Ich möchte meine Kraft lieber in meinen Job stecken und nicht in einen Konkurrenzkampf, den ich nicht gewinnen kann.»

«Heißt das, Flos Abfuhr ist nicht der Grund, warum du gehst?»

«Seine *Abfuhr*? Du meinst den Quatsch, den er heute Morgen in der Küche von sich gegeben hat?»

«Äh … ja.»

Victoria lehnt sich gegen den Schreibtisch. «Vollkommener Schwachsinn. Er hat mich ein paarmal zum Essen eingeladen, aus Dank, dass ich die Arbeit für ihn erledige. Auf seine anzüglichen Sprüche hätte ich dabei gut und gerne verzichten können. Aber einen Annäherungsversuch hat er nie gewagt. Dafür ist er viel zu feige. Sicher war ihm klar, dass ich dann kündigen würde.» Sie schnappt sich ihren Schal und wickelt sich das lange Teil hektisch um den Hals. «Keinen Tag länger als unbedingt notwendig halte ich es mit ihm in diesem Laden aus.»

«Aber was ist mit …»

… mit uns?, will ich fragen. Doch stattdessen sage ich: «… mit Kai? Soll der dann hier mit Flo allein bleiben?»

Victoria ringt sich ein Lächeln ab. «Kai kommt schon klar. Der hat ein dickes Fell.» Sie hängt sich ihre Tasche über die Schulter und geht in Richtung Tür. «Mach's gut, Alex. Ist wirklich schade, dass du genauso ein Idiot bist wie Florian. Und das, obwohl ihr ja nicht mal verwandt seid.»

26. Kapitel
Zwei Monate später

«Wissen Sie zufällig, ob jemand in diesem Haus Vögel hält?»

Ralf Hübner, ein schätzungsweise fünfzigjähriger Wohnungsinteressent mit dicken Klunkern an den Wurstfingern, steht mit seiner aufgetakelten Frau Susanne in einem Neubau am Rande der Hafencity. «Susi kann Vogelgezwitscher nämlich nicht ausstehen.»

Kurz muss ich grinsen, weil mir Britney und ihre Katzenhaarallergie einfallen. Obwohl die Begegnung mit ihr gerade mal neun Wochen zurückliegt, kommt es mir vor, als lägen Jahre dazwischen. So viel ist in der Zwischenzeit passiert.

Noch immer arbeite ich für Hambitare Immobilien. Der Schwerpunkt meiner Tätigkeit liegt auch noch immer in der Hafencity. Das durfte ich mir aussuchen, denn ich habe *das Objekt* verkauft, den *Score* geknackt und als Jahresbester abgeschnitten. Seitdem behandelt mich Friedrich von Klatt wie ein rohes Ei. Besser gesagt: Er lässt mich schalten und walten, wie ich möchte. Und das ist auch gut so. Denn inzwischen habe ich meine eigene Strategie, wie Wohnungsbesichtigungen ablaufen sollten. Das Erfolgsrezept ist eine Mischung aus Kais Verkaufsregeln und den bei Miucci gesammelten Erfahrungen mit Kundinnen, die ich mir zu Herzen genommen habe. Diese neue Taktik funktioniert außerordentlich gut. Und da mache ich jetzt wirklich kein bisschen auf dicke Hose.

«Ich würde vorschlagen, Sie testen die Geräuschentwicklung dieser Wohnung am besten selbst in Ruhe», schlage ich den überraschten Vogelhassern vor und zwinkere Frau Hübner freundlich zu. *Eine Anprobe sagt mehr als tausend Worte.* «Fühlen Sie sich hier wie zu Hause und lassen Sie sich so viel Zeit, wie Sie benötigen. Im Wohnzimmer stehen ein paar Erfrischungen bereit – bitte bedienen Sie sich.»

«Oh», entfährt es Susanne Hübner, «aber ...»

Ich weiß, was jetzt kommt. Alle Interessenten fragen dasselbe. «Machen Sie sich um mich keine Sorgen. Ich fahre zurück ins Büro und lasse Sie hier für einige Zeit allein. Manche Dinge lassen sich einfach besser besprechen, wenn der Makler nicht mithört, habe ich recht?»

«Okay, aber ...» Offenbar ist diese freizügige Art der Besichtigung bislang einzigartig. Die Hübners wirken irritiert, aber gleichzeitig auch erleichtert. Niemand, der ihnen auf den Füßen steht und der mit unwichtigen Details nervt, die sie bereits dem Exposé entnehmen konnten.

«Wenn Sie fertig sind, wäre ich für einen kurzen Anruf und ein kleines Feedback dankbar. Aber den Haustürschlüssel können Sie sonst auch einfach unten in den Briefkasten werfen.» *Sei aufdringlich, ohne dich aufzudrängen.*

Ehe die beiden antworten können, ziehe ich mir den Mantel über.

Meine neue Strategie ist simpel: Die Interessenten erkunden die Wohnung allein. Ein Exposé mit den Eckdaten und allen weiteren wichtigen Infos geht im Voraus per Mail an sie raus. Offenbar haben die Fakten Ralf Hübner zugesagt, jetzt ist er mit seiner Frau zur Besichtigung erschienen. Also gilt es vor allem, die Frau zu überzeugen. Denn: *Was sie nicht will, wird er nicht kaufen.*

Damit Frau Hübner sich gleich zu Hause fühlt, helfe ich mit ein paar gelernten Tricks nach. Im Wohnzimmer lädt ein winziges Cocktailsofa zum Verweilen ein. Das habe ich mir nach Erhalt meiner ersten Verkaufsprovision angeschafft. Ganz nach Bedarf stelle ich es in dem jeweiligen Objekt auf und schaffe auf diese Art eine Wohlfühlatmosphäre und erzeuge in den nackten Räumen eine gewisse Gemütlichkeit. Dazu stehen eisgekühltes Bizzelwasser, etwas Mineralwasser und ein paar Gläser bereit. Außerdem diverse Einrichtungskataloge mit Wohnbeispielen. Im günstigsten Fall läuft es nämlich so, dass die Interessenten gar nicht überlegen, *ob* sie die Wohnung kaufen, sondern bereits Pläne schmieden, *wie* sie ihr neues Zuhause gestalten können.

Die Hübners scheinen langsam zu begreifen, welche Freiheiten sie haben. «Ach, deshalb sagten Sie am Telefon, ich solle mir für die Besichtigung eine Stunde Zeit nehmen.» Herrn Hübner scheint die Idee zu gefallen. Seiner Susanne ebenfalls.

«Das ist ja nett, komm, Ralf, nimm mal den Katalog mit, dann setzen wir uns dort auf das Sofa.»

Als ich die Haustür hinter mir zuziehe, sind die beiden bereits in sehr konkrete Überlegungen vertieft.

Zufrieden steige ich in meinen neuen Volvo, ein Gebrauchtwagen natürlich, den ich anschaffen musste, um das kleine Sofa ohne fremde Hilfe transportieren zu können. Während ich losfahre, wähle ich auf meinem Handy die Nummer von Kai. Meine Finger zittern vor Aufregung. Gleich werde ich Victoria wiedersehen. Nach acht endlos langen Wochen, in denen ich mich aus taktischen Gründen komplett zurückgehalten habe. Mein einziges Werben um sie bestand darin, ihr jeden Montag Blumen zu Miucci zu schicken. Dort ist sie nämlich nach wie vor beschäftigt. Und irgendwie auch wieder nicht. Ach, die Modewelt ist kompliziert … Die Sträuße habe ich jedenfalls ohne Absender und ohne Nachricht geschickt. Das war eine Idee von Ben, mit dem ich mich intensiv besprochen habe. Von Kai als meinem zuverlässigen Spitzel erfuhr ich, dass Victoria mich als Absender wähnte. Außerdem erzählte er mir, dass sie die Blumen nicht wegwarf, sondern auf ihrem Schreibtisch platzierte. Ein gutes Zeichen, das mich am Ball bleiben ließ. Acht Wochen hatte ich mir vorgenommen, sie zappeln zu lassen. Acht Blumensträuße, die sie umstimmen sollten.

Und heute ist nun der Stichtag. Heute wird sich zeigen, ob sich die Anstrengung gelohnt hat. Und zwar nicht nur für mich, sondern auch für Ernesto Micolucci. Denn er setzte eine andere Idee um, die mir am Tag des Events gekommen war.

Kai meldet sich. «Hallo, Alex», flüstert er. «Bist du bald da? Ich kann Victoria nicht mehr lange aufhalten.»

«Keine Sorge, ich biege gerade in den Neuen Wall ein.»

«Gott sei Dank. War gar nicht so einfach, mir immer neue Dinge einfallen zu lassen, um sie zu beschäftigen. Du weißt ja – sie ist nicht gern unpünktlich.»

Ich muss grinsen. Sie hatte sich nicht verändert. «Super von dir. Wie viel zu spät ist sie denn jetzt dran?»

Es entsteht eine kleine Pause, in der Kai vermutlich auf die Uhr sieht. «Eine Viertelstunde. Bis sie am Rathausmarkt den Bus in Richtung Hafencity erwischt, dürften es zwanzig Minuten geworden sein.»

«Perfekt! Dann suche ich mir jetzt hier einen Parkplatz und passe sie ab. Wir treffen uns doch später vor Ort, oder?»

«Klar. Ich hoffe, um zu feiern.»

«Das hoffe ich auch.»

Ich lege auf und fahre kurz an die Seite, um zu warten, bis Victoria bei Miucci aus der Tür kommt. Sie hat ein Vorstellungsgespräch in der Hafencity. Ein neuer Job, bei dem es darum geht, eigenverantwortlich eine Luxusmarke auf dem Markt zu lancieren. Einzelheiten wurden nicht genannt, nur dass es um eine Ladeneröffnung geht. Die Anzeige lief unter einer Chiffre-Nummer, und Kai hat dafür gesorgt, dass Victoria sie entdeckt und sich bewirbt. Den Termin bekam sie per Post mitgeteilt, die Adresse wurde per Mail bekanntgegeben, allerdings erst heute Morgen. Damit sie nicht im Vorwege spionieren konnte …

Plötzlich sehe ich sie. Ohne sich umzuschauen, hetzt sie die Straße entlang, und ich habe Mühe, mein Auto schnell genug aus der Parklücke zu bugsieren. Victoria trägt einen schwarzen Mantel mit Fellkragen, kniehohe Stiefel und eine schwarze Wollmütze, unter der sie kaum zu erkennen ist.

Als wir uns auf derselben Höhe befinden und ich endlich auch ihr Gesicht sehen kann, klopft mein Herz bereits so stark, dass mir spontan mein Vorsorgetermin beim Kardiologen wieder einfällt. Wenn die Aktion heute schiefgeht, hat er mit meinem Herzen womöglich alle Hände voll zu tun.

Ich fahre das Fenster runter. «Hallo, Vic!», rufe ich und bin heilfroh, dass meine Stimme einigermaßen fest klingt.

Überrascht reckt sie den Kopf zur Seite. Ich weiß ja nicht, mit wem sie gerechnet hat, aber mit mir offenbar nicht. Vor Schreck bleibt sie stehen. Ich halte den Wagen ebenfalls an und steige aus.

In Victorias Miene lassen sich die unterschiedlichsten Emotionen ablesen: Misstrauen, Unverständnis, aber auch Freude, die sie durch eine gerunzelte Stirn zu überspielen versucht.

«Was für ein Zufall, schön dich ...» Ich bin so aufgeregt, dass ich fast vergesse weiterzusprechen. «... zu sehen! Du siehst aus, als wärst du in Eile, kann ich dich ein Stück mitnehmen? Ich fahre in die Hafencity.»

Das Stirnrunzeln verdichtet sich. Ich kann sehen, wie es in ihr arbeitet.

«Ich ... also, ich schaffe das auch allein.» Sie blickt auf die Uhr. Nie im Leben würde sie es schaffen, pünktlich zu sein.

«Na, wenn du meinst ...» Ich mache eine Pause. Hinter mir hupt ein Wagen, da ich die Straße blockiere. «Ich muss mich beeilen, mein Termin ist bereits in fünf Minuten.»

Inzwischen ertönt ein regelrechtes Hupkonzert hinter mir. Victoria ist sichtlich gestresst. «Und es würde dir auch wirklich nichts ausmachen?», fragt sie und geht bereits ein paar Schritte auf den Wagen zu.

Ja, komm schon, noch fünf Meter!

«Kein Stück. Schnell, steig ein.»

Ich halte ihr die Wagentür auf, und mit Victoria weht eine Brise Sommerwiese light an mir vorbei, die mich komplett außer Gefecht setzt. Dementsprechend schweigend verläuft unsere Fahrt. Bei aller Planung habe ich diesen Moment leider komplett außer Acht gelassen. Und spontan fällt mir leider auch nichts ein. Außerdem wäre es ja wohl an ihr, etwas zu sagen. Sie ist die Frau – ich muss mich auf den Verkehr konzentrieren!

Doch Victoria scheint in Gedanken bereits bei ihrem Vorstellungsgespräch zu sein. Schweigend sieht sie aus dem Fenster. Vielleicht ist das auch besser so, sonst hätte ich mich möglicherweise verplappert.

Wir erreichen die Hafencity in Rekordzeit. Ohne zu fragen, wohin sie genau möchte, bremse ich vor der Villa der Lembkes. Das Gartentor wurde neu gestrichen, es steht weit offen und lädt zum Betreten des Grundstücks ein. Der schön geflieste Weg wurde sorgfältig gefegt und die Haustür auf Hochglanz poliert.

«Woher weißt du, dass ich hierhermuss?», fragt Victoria misstrauisch, als sie die Hausnummer mit ihrem Computerausdruck vergleicht.

«Das wusste ich nicht», lüge ich. «Dies ist die Adresse, zu der *ich* wollte.»

Victoria sieht aus, als wüsste sie nicht, ob sie lachen oder weinen soll. Nur mit Mühe gelingt es ihr, die Fassung zu bewahren. Fast tut sie mir ein bisschen leid, andererseits habe ich in den letzten Wochen ebenfalls ausreichend gelitten, sodass wir nun quitt sind.

Ganz langsam scheint sie zu begreifen, was hier vor sich geht. «Was soll das, Alex? Steckst *du* etwa hinter dem Vorstellungsgespräch?» Man hört deutlich die Enttäuschung in ihrer Stimme. «Hättest du nicht einfach im Laden vorbeikommen und ganz normal mit mir reden können, anstatt mich schon wieder an der Nase herumzuführen?»

«Es gibt keinen Grund, sich aufzuregen», sage ich schnell, «du hast hier tatsächlich ein Vorstellungsgespräch. Los, lass uns reingehen, wir sind spät dran.»

Ich steige aus dem Auto und tauche Sekunden später auf der Beifahrerseite auf, um Victoria die Tür zu öffnen. Stocksteif sitzt sie im Polster und krallt sich an ihrer Handtasche fest. Ich reiche ihr die Hand.

«Nun komm schon!», fordere ich sie auf. «Was hast du zu verlieren?»

Das Argument scheint sie zu überzeugen. Sie ignoriert meine Hand und steigt elegant allein aus dem Wagen aus. Einen Augenblick später durchqueren wir gemeinsam den winterlichen Vorgarten.

Ich drücke die Türklinke runter und lasse Victoria eintreten. Drinnen hört man die aufgeregte Stimme der Möhre, dann das tiefe Gelächter eines Mannes. Wie verabredet führe ich Victoria durch den Flur und vorbei an den Zimmern, die noch vor zwei Monaten bei der Besichtigung durch die Schümanns leer und unbewohnt waren. Jetzt quellen sie über vor Kartons, an den Wänden stehen Regale und Kleiderstangen, außerdem gibt es ein paar gemütliche Sitzgelegenheiten. Ein alter Tisch, auf dem eine Kasse thront, rundet den stilistischen Wirrwarr ab.

Aber Victoria bleibt keine Zeit, sich umzusehen, denn ich gebe das Tempo vor und eile in die Küche. Bei unserem Eintreten verstummt das Gelächter. Vor uns bietet sich das wohl ungewöhnlichste Bild, das man sich je von einem Vorstellungsgespräch gemacht hat. In gemütlicher Runde, bei Kaffee und Kuchen, sitzen Lotti und Bruno Lembke mit dem so gar nicht mehr mafiös aussehenden Ernesto Micolucci.

Victoria bleibt wie angewurzelt im Türrahmen stehen. «Ich dachte, Sie sind in Italien» ist das Erste, was ihr über die Lippen kommt, als sie ihren Chef erblickt. Dann registriert sie die Lembkes: «Oh, guten … Tag.» Ihre Stimme ist nur mehr ein Hauchen. Komplett verunsichert lässt sie ihren Blick durch die Küche wandern.

Inzwischen stehen hier etwa sechs kleine Bistrotische, von denen anlässlich des heutigen Kaffeetrinkens drei zusammengeschoben wurden, um genug Platz für alle zu bieten. Der Rest der Küche ist unverändert. Ein paar Kerzen und eine gedimmte Deckenleuchte verleihen dem Raum mit den wundervollen Bodenfliesen eine gemütliche Atmosphäre.

«Frau Wendt, wie schön, dass Sie gekommen sind!» Ernesto Micolucci erhebt sich, um seine Mitarbeiterin zu begrüßen.

Dies ist Victorias letzter Monat bei Miucci. Sie ließ sich nach wie vor nicht dazu überreden, weiterhin gemeinsam mit Florian im Laden zu arbeiten. Nach ihrer endgültigen Ablehnung hat Signor Micolucci zunächst krampfhaft versucht, eine Nachfolgerin für sie zu finden. Es gab auch ein paar Vorstellungsgespräche, mit denen der Chef allerdings nicht zufrieden war. Irgendwann entschied er sich, den Posten an Kai zu vergeben. Außerdem stellte er zwei weitere Verkäuferinnen ein, die wiederum Kai unterstützen sollten.

Was den Laden betrifft, war Ernesto Micolucci mit der Entscheidung letztlich zufrieden. Allerdings fehlte ihm nun jemand, der ihn bei seinem Plan unterstützte, eine weitere Filiale in Hamburg zu eröffnen, in der ausschließlich die Eigenmarke Miucci vertrieben werden sollte. Er brauchte eine Vertrauensperson, die den neuen Laden leiten würde. Ein kleines, exklusives Geschäft in einem hippen Wohnviertel stellte er sich vor, mit einem außergewöhnlichen Konzept: Die Verkaufsräume sollten fast wie eine Wohnung anmuten. Ein Geschäft, in dem sich auch Männer wohlfühlen, weil es nicht wie ein Luxusstore daherkommt.

An dieser Stelle kam ich ins Spiel. Ich machte Signor Micolucci den Vorschlag mit der Lembke-Villa. Und nach zwei Besichtigungsterminen, einigen statischen Untersuchungen und einem ausgiebigen Gespräch mit den Lembkes kaufte Ernesto Micolucci das gesamte Haus. Den oberen Teil bewohnen nach wie vor die Möhre und ihr

Mann, die beiden unteren Geschosse der Villa werden zum Miucci-Store umgebaut.

Die Lembkes waren außer sich vor Freude. Lotti plant, in ihrer kleinen Küche Kaffee, ein paar Snacks und Bizzelwasser für die Kunden anzubieten. Bruno wird notwendige Hausmeistertätigkeiten übernehmen und im Sommer für einen Garten zum Verweilen sorgen. Alles scheint perfekt. Nur die Mitarbeiter fehlen noch immer.

Bevor Ernesto Micolucci eine Anzeige schalten wollte, beschloss er, es noch einmal bei Victoria zu versuchen. Sie soll den Laden wie einen eigenen führen. Gemeinsam mit Kai entstand so die Idee mit der Annonce.

«Kann mir jetzt mal bitte einer erklären, was das hier zu bedeuten hat?», fordert Victoria, sichtlich bemüht, die Fassung zu wahren. «Ich dachte, dies soll ein Vorstellungsgespräch sein.»

«Ist es auch», entgegnen alle wie aus einem Mund.

Als Victoria schon wieder die Stirn runzelt, fügt die Möhre hinzu: «Nun setzen Sie sich doch erst mal, Kindchen, sonst kippen Sie mir noch um.» Sie deutet auf einen freien Platz.

Sofort schenkt ihr Mann Kaffee in eine leere Tasse. Aber Victoria rührt sich nicht.

Stattdessen platzt jetzt Kai herein. «Bin ich zu spät?», ruft er aufgeregt und schaut erwartungsvoll in die Runde. Ehe jemand etwas sagen kann, entrüstet sich Victoria: «Du steckst auch hinter diesem Komplott?»

«Na ja ... Alex hat natürlich einiges an Überredungskunst aufbringen müssen, um mich zu überzeugen. Aber dann – nun ja, ich stecke also auch hinter dem Komplott.»

Ernesto Micolucci erklärt feierlich: «Liebe Frau Wendt, ich werde Ihnen gleich genau erklären, was ich Ihnen anzubieten habe. Vorweg möchte ich jedoch betonen, dass – wie auch immer Ihre Entscheidung ausfällt – Sie heute zum Kuchenessen eingeladen sind!»

Er lacht so heftig, dass auf dem Tisch die Tassen wackeln. «Bevor wir uns jedoch unterhalten, müsste ich nur noch einmal ganz kurz telefonieren.» Er steht auf und hat schon den Raum verlassen.

«Ich auch», sagt die Möhre und zieht ihren Mann am Arm. «Und du wolltest noch den Keller ausmisten, Bruno.»

Plötzlich verlassen alle fluchtartig die Küche. Auch Kai, der bis eben noch im Türrahmen stand.

Jetzt bin ich mit Victoria allein. Ich traue mich nicht, etwas zu sagen.

«Ehrlich, Alex, ich verstehe immer noch nicht ganz, was das hier soll.» In Victorias Blick liegt keine Wut mehr oder Enttäuschung, nur noch Neugierde.

«Was ist denn daran so schwer zu verstehen? Dein Chef eröffnet hier eine Filiale. Nur mit der Marke Miucci. Er sucht eine Geschäftsführerin und dachte dabei an dich.»

«Und du hattest nicht zufällig deine Finger im Spiel?»

Ich grinse. «Na ja, schon. Also, ein bisschen. Damit du mal siehst, dass Makler auch manchmal arbeiten.»

«Soso.»

«Wenn du den Job nicht möchtest, schaltet Signor Micolucci nächste Woche eine Anzeige. Ich bin sicher, die Stelle ist heiß begehrt.»

Victoria schürzt die Lippen. Man kann sehen, wie es ihr in den Fingern juckt. «Und Florian?»

«Der bleibt im Neuen Wall. Dort hat er ja erst mal noch einiges zu lernen. Und wer weiß, vielleicht geht er eines Tages nach Italien und übernimmt dort einen Laden.»

Endlich lächelt auch Victoria. «Aber er spricht doch gar kein Italienisch. Ich meine …» Sie pikst mir mit dem Zeigefinger in die Brust. «Du sprichst ja schon schlecht. Aber Florian …»

«Heißt das, du sagst zu?» Ich muss mich beherrschen, um ihr nicht um den Hals zu fallen. Zwei Monate habe ich mir gewünscht, dass sich die Sache zum Guten wendet und ich meine Fehler ausbügeln kann.

«Also, ein paar Einzelheiten müsste ich natürlich schon noch wissen», erklärt sie, aber ihre Augen leuchten bereits. «Grundsätzlich bin ich aber nicht abgeneigt.»

«Nicht abgeneigt?» Ich ziehe sie an ihrem noch immer abgespreizten Zeigefinger zu mir heran.

Sie wehrt sich ein bisschen. «Ich wüsste nicht, was das mit uns zu tun hat.»

«Also, ich schon.»

«Ach ja», sagt sie mit gespielter Strenge, «und was?»

«Lass ihren Weg zu deinem Ziel führen.»

«Wie bitte?»

«Ach, das hat mir mal ein Schwuler beigebracht. Von denen kann man ja bekanntlich irre viel lernen. Auf unseren speziellen Fall gemünzt bedeutet das: In Zukunft werde ich die Blumen für dich nicht mehr mit dem Kurier schicken, sondern sie dir persönlich vorbeibringen. Nach Hause.» Ich ziehe sie ein bisschen dichter zu mir heran. «Und glaub mir – ich werde oft vorbeikommen. Sehr oft.»

Endlich küssen wir uns.

Alex' Modeglossar

A-Line Kleid, das die Form einer mobilen Umkleidekabine hat.

All-over-Prints Die Tapete als Kleidungsstück.

Ballerinas Bieten dem Entengang eine solide Grundlage.

Bootcut Weites Hosenbein. Perfekt für dicke Waden.

Chanel Coco-lores mit Fransenkante.

Clutch Henkellose Abendtasche, in die nichts reinpasst.

Dufflecoat Mönchsmantel mit Säbelzahnknöpfen.

Duttkissen Push-up fürs Haar.

Elastan Gummiartige Chemiefaser fürs Batmankostüm.

Espandrillos Spanische Version der Chucks. Sollte man lieber kleinschneiden und rauchen.

Falabella Vegetarische Tasche von Stella McCartney.

Fascinator Peinlichkeit am Stiel, die auf den Kopf geklemmt wird.

Gladiatoren-Sandalen Der Fuß im Gefängnis, steht niemandem, nicht mal Russell Crowe.

Gecrinkelt Junggesellenfreundlicher Knitterlook.

Haremshose Orientalische Variante der Clownshose.

Haute Couture Unbezahlbar!

I love love love it! Ausruf der Freude, der im Mittelteil beliebig ausgedehnt werden kann. So lange, bis es auch der letzte Zweifler glaubt.

Indigo Blau wie zehn Russen.

Janker Chanel-Jacke der Bayern.

Jogginghose Sporthose, Pyjama und Liebestöter in einem.

Keilabsatz Darf in keiner Werkzeugkiste fehlen.

Kelly Bag Nach Grace Kelly benannte Tasche, deren Preis irgendwo zwischen Gebraucht- und Neuwagen liegt.

Kimonoärmel Kaschiert Schlachterarme.

Lagenlook Wer sich nicht entscheiden kann, zieht alles übereinander.

Lingerie-Look Im Nachthemd zum Cocktailempfang.

Mulberry Lederschnickschnack, nicht zu verwechseln mit BlackBerry.

Must-have Das iPad der Modebranche.

Nerd-Brille Der Klobrille nachempfundenes Gesichtsaccessoire.

Nude Mode im FKK-Look.

Overknee-Strümpfe Muss eine alte Frau lange für stricken.

Oversize-Look Mode für Scheinschwangere.

Polyamid Lässt spätestens beim Ausziehen den Funken überspringen.

Pumps Hebebühne to go.

Radlerhosen Nur für die Tour de Frankenstein.

Roberto Cavalli Sonnengebräunter Frauenversteher mit Pornobrille.

Sneakers Sportschuhe für den Shopping-Marathon.

Stiletto Der Eispickel unter den Schuhen.

Tiffany Der Laden müsste eigentlich Tinnefy heißen.

Tunika Figurloser Multifunktionslappen zum Überstülpen, lässt sich auch als Einmannzelt, Picknickdecke und Bettüberwurf benutzen..

U-Boot-Ausschnitt Achtung, Torpedos!

UGG-Boots Gehören auf den Index. Unsexy, klobig, einfach ugg-ly!

Used-Look Sieht nach Kleiderspende aus.

Vamp Frau mit zur Schau gestellter Midlife-Crisis.

Vintage-Look Günstiger All-inclusive-Look. Im Kaufpreis inbegriffen: Schweißflecken, Mottenlöcher, Bettwanzen.

Wickelkleid Passt vor und nach dem Essen.

Wonderbra Macht den Busen wunderbar.

Y-Line Für Frauen mit großem Vorbau.

Young Fashion Hilft bei den ersten Falten.

Zebramuster Ich bin ein Mann – holt mich da raus!

Zeitlos No risk – no fun.

MIX
Papier aus verantwortungsvollen Quellen
FSC® C083411

Das für dieses Buch verwendete FSC®-zertifizierte Papier *Holmen Book Cream* liefert Holmen, Schweden.